拉棉花糖的兔子

著

我开动物园那些年

—III—

新星出版社 NEW STAR PRESS

图书在版编目(CIP)数据

我开动物园那些年. III / 拉棉花糖的兔子著
. -- 北京：新星出版社, 2020.6
ISBN 978-7-5133-3987-2

Ⅰ. ①我⋯ Ⅱ. ①拉⋯ Ⅲ. ①长篇小说 – 中国 – 当代
Ⅳ. ①I247.5

中国版本图书馆CIP数据核字(2020)第038376号

我开动物园那些年. III

拉棉花糖的兔子 著

策划统筹：鲤伴文化 魏佳
责任编辑：汪欣
责任印制：李珊珊
装帧设计：仙境

出版发行：新星出版社
出 版 人：马汝军
社　　址：北京市西城区车公庄大街丙3号楼　100044
网　　址：www.newstarpress.com
电　　话：010 – 88310888
传　　真：010 – 65270449
法律顾问：北京市岳成律师事务所

读者服务：010 – 88310811　service@newstarpress.com
邮购地址：北京市西城区车公庄大街丙3号楼　100044

印　　刷：三河国新印装有限公司
开　　本：670mm×970mm　1/16
印　　张：24.25
字　　数：410千字
版　　次：2020年6月第一版　2020年6月第一次印刷
书　　号：ISBN 978-7-5133-3987-2
定　　价：49.80元

目
录
CONTENTS

第五卷

大熊猫馆

————

我们要有大熊猫啦！

101

肖荣是大学期间出道的，至今数年，手上有代表作品，有固定综艺，人气正是步入顶峰的时候。娱乐圈消息是藏不住的，以他平时的曝光率，公司也不可能瞒得住，更没有必要瞒。

只是没想到，在双方协商解约事宜的时候，娱记们就得到消息了。新闻铺天盖地，粉丝和路人第一反应都是：开玩笑吧？

在此之前，肖荣可半点儿没有要退出的节奏，不说势头大好，他自己还在采访里说了未来的计划呢，这就自己打脸了？

这个消息，一开始大家都以为是假的，一笑而过。假新闻满天飞，谁知道这又是哪门子的小道消息，编料编得也太没水准了。

但是接下来，好像每个媒体都在传这个消息，由不得大家不当回事了，总不可能一点儿儿缘由也没有吧？

公司一看，也只能提前出来发声明。说明肖荣身体健康，一切安好，但是由于个人计划，会无限期暂停一切活动，已在与公司协商解除合同事宜。

肖荣都要走了，公司当然是实话实说，最好最后再炒一下。

接着，肖荣自己也在微博发了个短视频，向粉丝感谢、道别，连 V 都去掉了。

这一下，真是引起轩然大波。

肖荣那人数众多的粉丝遭受了晴天霹雳，大部分开展了各种形式的挽留，小部分则在不舍之余，却也支持肖荣去过自己的生活。

各路娱乐媒体都疯了，因为肖荣放了视频后也不接受采访，加上和公司解约，没办法通过公司的关系找他，所有媒体都想采访肖荣，满天下找他。

同时，阴谋论也层出不穷，猜测肖荣为什么退出娱乐圈。

有的说他和官二代结婚去了，有的说他养小鬼被反噬治病去了，还有的说是移民治抑郁症、狂躁症、××病……反正怎么离奇怎么来。

肖荣父母都没曝光过，就算这时曝光了也没用，他们一个是满世界飞的商人，一个是大学学者，正在国外交流，所以媒体也找不到他父母。

求证一些同学、朋友呢，也全都不知道。

这些同学、朋友还奇怪呢，他们也想知道肖荣为什么退了啊，根本联系不上肖荣。

不过基于他们有意无意间的只言片语，记者又大书特书，猜测一二三四。或者讨论肖荣和从前公司同事的关系，编排一下，反正闹得是轰轰烈烈。

虽说明星也是一份职业，但是像肖荣这样在事业最好的时候辞职的，绝对属于少数。

谁也不知道肖荣隐匿踪迹，藏到了灵囿。

微博上还发起了＃寻找肖荣＃的活动，全国人民都在找，肖荣这家伙到底跑哪儿去了呢，恨不得掘地三尺，把他找出来。

因为这些媒体到处打听，终于，肖荣在老总办公室说的那句话还是传出去了，而且由于拐了几道弯，再被媒体夸大一些，就成了肖荣看破红尘出家。

娱乐圈中出家的人也有，这个消息还真有人信，甚至讨论起来肖荣会在哪个寺庙或者道观出家。

肖荣自己看到报纸的时候都哭笑不得："我怎么就出家了？"

他出家了还能谈恋爱？他明明是修仙来了啊。

在所有人都寻找肖荣踪迹的时候，肖荣戴着墨镜，作为家属，和灵囿动物园的园长及派遣动物们一起去看了新上映的《关山月》

——说起来，肖荣辞职，白世乔可能是最郁闷的人了。

他的电影宣传期刚好撞上了肖荣退圈，所有人都去关注肖荣，刚刚有了点儿热度的《关山月》瞬间冷清下来，差点儿把白世乔气死。

本来《关山月》预告发出来后反响不错，制作公司还想追加一点儿儿营销费呢，结果遇到这种新闻。没办法，他们只好想方设法蹭一下热度，比如炒一炒白世乔和肖荣的对立。

可惜炒煳了，全都在骂《关山月》和白世乔这种时候捆绑肖荣，被愤怒的粉丝一顿狂撕。她们本就因为找不到肖荣而满心郁闷，再看和肖荣同路线的白世乔敢蹭热度，顿时有了发泄的地方。

那么多蹭热度的，偏偏撕白世乔，谁让肖荣走了白世乔最捡便宜，粉丝都在脑补说白世乔小人得志了。

但是好歹，也算是让《关山月》吸引到了不少关注，只是郁闷了白世乔。

白世乔要是知道肖荣还优哉游哉跑去看他的电影，可能会更加郁闷吧。

因为有灵圃动物天鹅群的参演，段佳泽特意组团来看电影，之前也有让转发电影的宣传。

不过陵光没来，虽说大家看了预告片，都觉得白世乔比新闻里说的，还有他以前的戏发挥要好一点儿点，但陵光看了估计还是会气死。

大荧幕上，剧情展开，白世乔饰演的主角人设不错，长得又俊美，加上导演还算靠谱，至少没有特别大的硬伤，所以打发时间的观众们都看得很爽。尤其是女观众，在白世乔一开始出场时都低声惊呼。

不过在这里面段佳泽也听到了不和谐的声音：

"……我还是觉得白世乔长得不如肖荣，这电影要是肖荣来演多好啊。"

"就是就是。"

段佳泽看了一下旁边，与他隔着两个座位的肖荣显然也听到了，他在电影院里就摘了口罩，有点儿滴汗。

剧情继续，到了天鹅们出场的时候。

看着一群洁白的天鹅随着主角心意而动，观众们皆是赞叹，而且他们是东海本地人，多少知道那些天鹅是灵圃借出去的，还颇有些与有荣焉呢。

天鹅们随着船的前行，在主角上方排成人字飞翔，却始终没有逾越过他。在停下来之后，更是在他面前垂下高傲的头颅，俯首称臣。

凭借这样的装逼能力，主角当然赢取了女主的芳心，两人在尺度范围亲亲抱抱，合法虐狗。

他们俩一开始亲，段佳泽就心生防范了。果然，陆压把脑袋凑了过来，段佳泽一伸手，巴掌按在陆压脸上，想把他给怼开。

但是陆压是他能轻易推开的吗，自然纹丝不动。

段佳泽直翻白眼："别人看得到！"

陆压理直气壮地道："别人也都在亲！"

段佳泽还想说那"别人"也没有男男的啊。

再看其他人，两旁坐着的派遣动物们，除了小青在谈恋爱，其他人全都特别专心地看着荧幕，一副从未看过如此好看的电影的架势，仿佛谁也没听到园长这边的动静。

——陆压早就假装无意地把自己的和园长的关系炫耀个遍了。

这时，陆压又往前凑了。

"不来不来，真的不来。"段佳泽怕了，这可是公共场合，他差点儿吓死，按着陆压的脸。

陆压不开心地看着他，那几撮金红色的头发好像都亮了几分，一副不给个交代誓不罢休的样子。

"这这这……"段佳泽着实不好意思，再看看那些装傻的派遣动物都不往这边看，后面的观众在亲……不知脑袋怎么一晕，破罐子破摔般飞速在陆压脸颊上啃了一口，然后一巴掌轻轻拍在他脸上。

刚才段佳泽用尽了力气也没推回去的人，被这轻轻一巴掌拍得脑袋立刻就正回去了。

幸好这是在黑暗中，不然段佳泽的脸就要原地燃烧了，脑海中冒出无数语句：丧权辱国，逼良为娼，gay 里 gay 气，反正不是第一次了，节操一去不复返……

"老婆，我就觉得那只天鹅眼熟，肯定在灵囿见过！"

"放屁，你还能认出来天鹅了，你以为你是动物园园长啊？"

结束放映出场的时候，段佳泽听到有人这么讨论，当时脸就拉下来了，这算什么啊，就算他是动物园园长，也看不出来好吗？

走出电影院后，段佳泽准备带大家到海边溜达一圈，街上许多情侣牵着手，陆压也厚脸皮地伸手过来拉着段佳泽。

段佳泽觉得今天节操已经掉够了，以他毕业后磨炼出来的厚脸皮都不好意思再自称直男，再来负荷真是太大了，连忙甩开手拒绝："搞那么显眼。"

在东海市这地方，两个男人牵手还是很引人注目的好吗？刚才在电影院是太黑了，估计人家后面的人也看不清小青和肖荣是两个男的，但现在可是灯火辉煌。

但是段佳泽一说完，就见以就近原则，小青和肖荣牵起手，灵感和熊思谦牵起手，有苏和白素贞牵起手，精卫和谛听牵起手……

段佳泽："……"

这些贪生怕死的马屁精！

路人看到一群俊男美女手拉手，男女、男男、女女的组合都有，还以为他们做什么游戏呢，好玩地看过来，倒是没有什么奇怪的眼神，可能也是这个地方年轻人出没比较多。

这下子不显眼了吧，陆压喜滋滋地牵起段佳泽的手。

段佳泽呆了半天，虽然大家的眼神没有鄙视之类的，但是被这么多人看着牵手，他还是有种公开处刑的羞耻感。

段佳泽刚想说什么，就看到两个道士在不远处，嘴巴大张，如遭雷击。

江无水带着小师弟罗无周上街买东西，没留神竟然看到了段园长和陆居士，当然，他们只是最显眼的，后头还有白居士，以及一干大概是动物园员工的人，这么多人可能是搞集体活动。

他们也没被看到，江无水还琢磨是要假装没看到偷偷溜了，还是去问个好呢，就见他们一个个手牵手，陆居士也牵起了段园长的手。

刹那间，如同一道霹雳喀嚓闪过江无水和罗无周的脑袋，把他们俩都从内到外劈焦了。

卧槽，陆居士，说好的佛门大德呢？！

"你们这些家伙……"段佳泽埋怨着这些陪陆压胡闹的人，他们瞬间就走到一边去了，假装不关自己的事，于是冲江无水他们招手。

江无水和罗无周僵硬地走过来，虽然他们的手都松了，但是也改变不了两人心中的想法，他们都觉得灵圃动物园的人出来集体约会的。

但是陆居士为什么混在里面，就非常值得细思了，临水观的人可从没想过段园长能够代替陆居士发声是因为这个……

江无水恨不得给他俩跪下来，笑容非常僵硬地道："陆居士，段园长。"

段佳泽："刚刚……"

江无水立刻道："我们什么也没看到！"

段佳泽："……"

段佳泽有点儿郁闷，想开口说些什么，却发现无从说起，这事儿压根没办法解释啊。

而且人家道长挺识相，你多说一句都会显得很傻……

在段佳泽沉默之际，江无水就更加忐忑了。他快哭了，心想你们自己公共场合不注意，为什么来威胁我啊，我都这么识相了，还要沉吟吗！

好在，段佳泽不多时就闷声道："算了，我相信你知道怎么做，你们走吧。"

江无水猛点头，然后拉着罗无周走掉了，经过白素贞他们身边的时候，还礼貌地点了点头。

陆压看段佳泽把人打发走后，就无精打采的样子，问道："你怎么蔫了？"

段佳泽勉强笑了一下："……感觉直不回去了。"

陆压一脸茫然："？？"

段佳泽一直在纠结越来越多的人知道，他岂不是越来越"弯"，真是一失足成千古恨啊……

而且这次还是被道士发现，他这边也就罢了，陆压还是个"大德"，你说是不是害得人家佛门不浅……结果段佳泽第二天一看微博就喷了。

竟然是有人认出来昨天戴着墨镜的肖荣，但是没拍到他和小青牵手，因为江无水他们来了后，大家就松开手，并且再也没牵过了，而且后来肖荣就把在影院摘下的口罩又戴上了。

这人反倒是拍到了江无水离开时，经过他们那里和白素贞点头打招呼的样子。

但是从角度上来看，仿佛和肖荣一起的。

这发微博的网友其实也不是百分百确定，他不是肖荣粉，就说了一句："哇，挺像肖荣的。"

结果一群肖荣粉丝和娱记鉴定，这就是肖荣，百分百是肖荣，那个鼻子、嘴、手、身材，化成灰他们也认识！

肖荣消失一个多月了，都找不到人，这回突然出现，怎能让人不激动，噌噌就上了热搜。

而且就跟断章取义似的，此前有不少人怀疑的出家流突然间就仿佛得到了铁证，也不去思考逻辑上的问题了。

看啊，肖荣都和道士站在一起了，这绝对是出家没跑了吧？！

白世乔一口血都要吐出来。《关山月》上映，肖荣的热度也退了一点儿，他这边宣传做得正起劲呢，还打算和女主角炒作一下绯闻，在双方公司安排下，还出去摆拍了一下，吃了顿饭。

谁知道这时肖荣又嗖一下冒了出来，还是和道士一起出现。

唰一下，把白世乔打点好的头条就给抢了！

要不是再三确定过，白世乔都想怀疑，这是不是安排好的炒作了，而且是专门来打击他的。不然，他怎么觉得偏就盯着自己弄啊？

肖荣在东海市的新闻报道出去后，东海市就云集了无数娱记和肖荣的粉丝，尤其是临水观，道士们都要晕了，恨不得贴一个告示在外面：肖荣真的不在这儿！

这些人不知道是不是看多了新闻，总觉得肖荣跟顺治似的，在他们这里悄悄出家做道士了，而且可能被藏在后面。

临水观的后面的确有不让人进去的地方，但不是为了藏肖荣，而是为了供弟子专心修道。这下，不知道多少人用各种方式想混进去。

甚至有人仔细翻了以前的综艺，非说那次大家住在临水观，肖荣就被里面的道长传道了，现在更是直接出家。

其实也有人猜到，肖荣会不会在灵囿，毕竟他此前就没掩饰自己喜欢灵囿的食物，还在灵囿被拍到过。但是，普通人是根本不可能在灵囿找到肖荣的。

而且，同样是找不到，在动物园找不到，大家会觉得：哦，肖荣不在这儿。在道观找不到，他们就会觉得：一定是被道士藏起来了！

肖荣听说后都有点儿儿同情临水观的道长们了……

不过因为曝光出去，肖荣的朋友们也知道他在哪儿了。他本来还想等风头过去再联系，现在也不好意思再装死，回复了几个好朋友。

肖荣的好友杨子徽和苗筱强烈申请，到东海来看他。

为了躲避东海市现在密集的眼睛，他们还特意让助理开了半天长途车到东海市来，又选择下班时间去灵囿。

见面后，杨子徽一拍肖荣："你可以啊，还真的为爱辞职。"

肖荣一听他的声音，才是吓了一跳："你声音怎么怪怪的？"

杨子徽把口罩给摘下来，展示了一下自己肿起来的面颊："别提了，腮腺炎复发了，难受死了。"

肖荣不可思议地道："……这样你还飞来看我热闹？"

杨子徽僵了一下："怎么是看热闹呢，我关心你。"

苗筱哈哈大笑："我承认，我就是想来八卦一下你的退圈生活。"

肖荣翻了个白眼，把他们带去介绍给小青和白素贞了，段佳泽也在现场，他之前和苗筱、杨子徽也认识。

杨子徽肿着脸道："肖荣不得了，要么不恋爱，一恋爱就闹出这么大动静。"听到肖荣叫白素贞白姐后，更是笑道："你们姐弟一个叫小青一个姓白，要不是小青是男的，我都要以为这是白蛇和青蛇了。"

白素贞和小青含笑不语。

肖荣＆段佳泽："……"

苗筱："得了得了，你生着病怎么还那么多废话。"

白素贞微微一笑："生病了？"

杨子徽含糊不清地说："系啊。"

段佳泽心中一动："白姐学过医，不然让她给你看看？"

白素贞当年和许仙一起开药铺，不知道治好了多少人，堪称医术一流。

杨子徽郁闷地道："我也看过医生，还吃了药，但还是会复发，也不知道为什么，都想去做手术了。"

"试试看吧。"白素贞一看也有些技痒，让杨子徽坐下，伸手给他把脉。

杨子徽一看是把脉，登时呆了："你是中医啊？"

白素贞偏头："嗯？"

他们那时代，医生就医生，哪来的什么中西之分，全都她这样的。

杨子徽面露犹豫："那个什么……不好意思，我是不太看中医的，算了，反正我也在吃药了。"

当着白素贞的面，他也不好意思说什么，杨子徽是非常不信中医的，认为大部分中医和中药都相当于缥缈的玄学。尤其中药，都是些奇怪的原材料，古代巫医不分家，留下了很多古怪方子，一点儿儿也不科学。杨子徽本来就挺不喜欢那些蛇虫鼠蚁，自然对中药更不感兴趣。

杨子徽想把手缩回来，却见这位弱质纤纤的白医生按着他的手腕，他就死也抽不回了。

杨子徽可是一直在健身，就算腮腺炎复发也不影响他手脚用力啊，居然扯不过一个女性，怎么能让他不惊讶。

白素贞一挑眉："什么意思？"

肖荣倒是知道一点儿杨子徽的习惯，这会儿想起来，赶紧小声给白素贞解释了几句。

然而白素贞听了，却更加不悦："怎么会有人宁愿在脸上划道口子，也不吃药？你吃了我的药，立刻就能恢复。"

杨子徽喷了："白医生，你这话也太夸张了吧。"

他现在犹豫做不做手术，是考虑到术后有没有足够的时间恢复。不然一来容易留疤，二来还会被媒体猜测整容——虽然现在脸肿就老被说去打针了。

但是这位白医生的话也太夸张了吧，什么立刻就能好，他吃西药止痛还要一会儿时间呢。

肖荣小声道："老杨，姐姐说的是真的。"

杨子徽不相信别人，却不会不相信肖荣，看肖荣也给白素贞背书，要不是他也知道段佳泽是什么人，都要以为肖荣被骗来搞传销了。

看着杨子徽半信半疑的眼神，白素贞扬声道："小青去煎药来。这位先生，你要是不信，尽管一试，反正一碗汤药也吃不死人，要是吃了没好，我任你处置。"

杨子徽顿时露出有些狼狈的神情，哪里顾得上再反驳："言，言重了，试试就试试吧。"

二十分钟后，小青果然端来一碗热腾腾的中药汤。

这是白素贞开了方子，小青去煎来的。

肖荣看了，酸溜溜地道："小青都没给我煎过……"

这个杨子徽，都不知道自己享受了一回许仙的待遇。

杨子徽和苗筱看他这副痴痴的样子，却也一脸鄙视：真是恋爱脑！

小青扫了肖荣一眼，笑嘻嘻地道："回头我也给你煎帖药。"

段佳泽狂汗，一点儿也不想打听是什么药。

杨子徽接过那碗药，看着深棕色的样子，闻到浓烈的气味，嘴角抽了一下："喝了真的不会有事吗？"

其他人全都肯定地点头："放心吧！"

杨子徽有心退缩，但是他都答应一试了，只能闭着眼，捏着鼻子，一口气把药灌了进去，只剩下一点儿汤底和药渣。

喝完之后，杨子徽就觉得，虽然药汤是热的，但是好像化作了清凉的气息，拂过他红肿发痛的脸颊，痛感越来越小。

单单这个效果，杨子徽就觉得很惊人了，比止痛西药起效还快。

更惊人的是，十分钟后，杨子徽觉得一点儿痛感也没有了，照了照镜子，却见肿也消了下去，脸颊恢复如初，炎症消失无踪了！

即便不去医院检查，杨子徽也有预感，检查结果是正常。

杨子徽呆呆地看着白素贞和那碗药，半晌才佩服地道："白医生，我真的服了，没想到中医也能这么速效而且管用。"

不说别的，之前他不相信白素贞的话，其实也是因为知道中医就是慢腾腾的，白素贞却说什么立刻起效。

白素贞淡淡道："中华医术本来就能治急病，你只是了解太少。不过我这方子起效快，也是因为原料上佳，否则也得数日方能根治。"

即便数日，也很厉害了，这说的可是根治，不会再发作！

杨子徽看了一眼碗底，他刚才一直没敢问，现在忍不住问道："白医生，所以我刚才喝的药里，有些什么东西啊？"

白素贞缓缓说道："一共有十三味药，君药是（千年）蛇蜕……"

杨子徽扶着桌子："呕！！！"

102

杨子徽被按在椅子上，脑袋抬着。

肖荣语重心长地道："别吐了，待会儿影响疗效。"

这蛇蜕肯定是白素贞的，多珍贵啊，还吐出来，这简直就是暴殄天物。

杨子徽虚弱地捂着脸，他要是早知道这里面有蛇蜕，喝得肯定没那么快。但是这药效果太好了，所以也不会扛着不喝，像这会儿也没有后悔，就是特别古怪，胃里不由自主翻涌。

"老杨太弱了。"苗筱挤上来："白医生，我不怕啊，能给我看看有没有什么病吗？"

苗筱看白素贞这么厉害，当然心生想法，一个好医生多难得啊，而且她和杨子徽不一样，对中医没什么偏见，也不怕那些什么原材料。她平时就胆大，什么油炸虫子都吃过。

白素贞瞪了不识趣的杨子徽一眼，真给苗筱把起脉来，然后轻描淡写地道："没什么大毛病，肾水不足，平时睡眠不好，容易腰痛。腿有风湿，阴雨天作痛……"

白素贞将苗筱身上的小毛病一一道来，说得分毫不差。

"对对对，全都对了！"苗筱完全被震住了："白医生，你真厉害，年纪这么轻，却功底非凡。我还以为厉害的中医都是老先生老太太呢。"

人们印象中，好大夫都是年纪大的，不只中医，西医也一样。

白素贞笑了起来，摸了摸自己的脸："哪里，我也一把年纪了。"

苗筱："不可能不可能，绝对不会超过二十五岁……"

白素贞："哈哈哈……"

段佳泽狂汗："……"

苗筱嘴那么甜，白素贞心情大好，写下药方，让她回去照着抓来喝，又将煎药的注意事项也一一说清楚。

苗筱听得懵懵懂懂，不过她用手机记了下来，回去找人煎便是了。

接下来他们又关心了一下肖荣："肖荣，你以后的计划是怎样啊？"

肖荣心中想的是继续学习修仙入门，不过他知道朋友们问的是做人这几十年的计划，就笑道："现在是没办法找工作了，等风头过去，我看能不能在东海市找份设计类的工作，反正现在暂时还不缺钱。实在不行，我也可以在动物园工作啊，园长说准我和小青双职工……"

苗筱、杨子徽："……"

他俩都无语，肖荣要是在动物园工作，那会是什么场景？

也许以后人们会淡忘肖荣，但是最近几年，他要是正在动物园工作，那就有人络绎不绝来到这里，不是参观动物，而是参观肖荣了！

听苗筱说来，段佳泽不禁神往："那可以，我给肖荣单独开个馆。"

肖荣："……"

肖荣这一场风波的热度，一直过了好一段时间，才逐渐退却，那些跑到东海来的人陆续散了。不过这一波关注，也让东海市进入了更多人的视野，多了一个"肖荣隐居之地"的标签，无形中也吸引了很多游客。

而灵囿作为一个正经动物园，还有更加要紧的事情，那就是五对帝企鹅夫妇都孵化出了小企鹅。

其中有三对夫妇是自己孵出的小企鹅，另外两对夫妇的蛋则在孵化时出现了一点儿问题，小企鹅迟迟没破壳。不过在专业人士的帮助下，还是完成了出壳。

五只小企鹅的降生为极地展区带来了更多生机，动物园也正式向外征集它们的名字。

段佳泽更是决定，在小企鹅们满月之后，就正式开放极地展区，这可是灵囿建设过程最长的展区了，历时一年多才开放。

在这一个月里，还要完成一些工作。首先便是将北极狐、北极兔等原有的极地动物转移到极地展区，有苏的转移将会为极地展区带来一大波关注，而且极地展区在海洋馆——现在应该说极地海洋馆了——里面，是要另外买票的，可想而知，门票收入会增加一波。

还有就是从毛熊国动物园引进的一对北极熊夫妇也已经在运输过程中了，到时将一起和广大游客见面。

对于东海市的市民来说，极地展馆是非常有吸引力的，打起广告来事半功倍，这也是东海市乃至周边地区第一座展出极地动物的展馆。

待到开业之时，灵囿果然迎来了又一波参观高峰。

如今动物园都采取了在闸机口扫码进入的方式，在线买票的可以直接扫手机上收到的二维码，买实体票的也可以扫一下票，比以前人工验票要方便快捷多了。

灵囿的闸机刷一下，就会自动播放一声："欢迎光临！"

今天灵囿的客流量之大，以这样的检票速度，门口依然排起了几条队伍。

在那些队伍里走一圈，就可以听到如下言论：

"我早说应该给大仙儿专门建个展馆，原来那条件太简陋了！"

"对啊，想知道大仙现在居住环境怎么样，还是有点儿担心呢。这灵囿也是的，不知道开个众筹，我们会出不起钱吗？就想让大仙住在最好的展馆！"

"听说佳佳餐厅推出了极地主题的系列套餐，想吃！"

"哭了，云养企鹅那么久，终于能看到奇迹本鹅了！"

"听说还有五只刚满月的小帝企鹅，对了，动物园征集名字的结果怎么样了？"

"好像叫灵灵、悠悠、环环、莹莹、凝凝……"

这还只是第一道门，到了里头，想去看帝企鹅，还得购买极地海洋馆的门票。

过了两道关进去之后，就可以直奔极地展区了。

大部分人都会选择先去看白狐大仙，或者帝企鹅，前者最多，毕竟白狐大仙势力根深蒂固。

极地展区和鱼类展区一样，运用了大面积的玻璃展窗，站在窗外，可以看到里头白茫茫一片。白狐的居住范围很大，倒不是一只北极狐非得要这么大的活动区域，而是考虑到喜爱它的游客太多，建小了也太拥挤了吧。

里面是模拟的北极环境，在这样的环境下，北极狐的皮毛好像也更加白了，它拥有了比以前更大的活动区域，此时好似十分欢喜地在其中奔跑。

一举一动，都引发粉丝们由衷的痴迷。

从这里继续往前，就可以看到灵囿的帝企鹅群了。

很多人走到这里时，会先停顿一下，看看墙上挂着的几张照片，旁边有标注，这是青鸟动物园访问灵囿时的留影，而灵囿的五对帝企鹅夫妇，也引进自青鸟动物园，这是其中渊源。

而这些照片里有一张非常亮眼，是一名穿着防寒服的女性和一只帝企鹅的合影，两个居然差不多高，甚至帝企鹅还要壮一些。

因为没有别的参照物，人们一看，都觉得这是一只巨大的帝企鹅，忍不住惊叹起来。

"这帝企鹅太大了吧！"

"不是吧，标注才一米五？看着跟一米六七似的！"

"一米五也很高大了……"

大家看了这照片后，都迫不及待要进去看看，那只"巨大"的帝企鹅真身。

而在帝企鹅们的生活区域，让游客非常惊喜的是，这些帝企鹅离他们并不是很远。里头区域很大，但是它们偏偏站在了距离展窗不远的地方，让大家可以清楚地看到它们的动作。

五对帝企鹅夫妇聚在一起，雌雄全都一个样，游客们也分不出谁是爸爸谁是妈妈。

要问讲解员的话，讲解员也只能迷糊地道："抽血了才知道是雌的还是雄的……"

而小企鹅就藏在父母的育儿袋中，不时从下面钻出来，看着外面拥挤的人群，小豆子一般的眼睛里闪烁着好奇的光芒。

这些小企鹅彼此之间也不是特别友好，社交从这个时候就开始了，它们蹲在父母的大脚上，从育儿袋中探出身体，彼此用清脆的叫声交流。不时你顶一下我，我推一下你。

偶尔，还会有小企鹅失去平衡，从父母脚上掉下来，一屁股坐在冰冷的地板上。小企鹅细密的绒毛还不像父母的羽毛那样防寒，它们只好立刻站起来，再钻回育儿袋中。

一只小企鹅钻回去时，就成了屁股朝外，毛茸茸、圆中带尖的屁股还露在外面，惹来游客们的一阵宣传，纷纷心痒地举起拍摄工具。

企鹅爸爸妈妈也会鼓励小企鹅，勇敢地在外面活动一会儿，和小伙伴们玩。

这个时候，有的忠实粉丝也会疑惑：看来看去，好像都没有看到那只据说很高大的帝企鹅啊！

这些帝企鹅都一般高，也就一米二三的样子，离得近，一看就能估算出来。如果有只一米五的帝企鹅，应该会特别显眼才对。

就在游客们疑惑之时，有人惊叫一声："出现了！"

高处，一只帝企鹅的身影出现了。

这里面模拟真实环境，有高有低，甚至有白色的山石，就跟冰山一样。一些坡道也可以让帝企鹅们玩乐，就像滑梯一般。

"那个就是奇迹吧？我去，真的很大啊！"

虽然隔着距离，也能看出来奇迹的不一般。比起其他帝企鹅，它似乎格外高，也格外胖。

奇迹拍动了两下窄长圆润的翅膀，白胖的肚皮趴在地面上，直接从高处滑了下来。

"哇，它滑下来了！"小孩都兴奋地叫起来了："肚子不会痛吗？"

奇迹直接滑得老远，俯冲进了水池，像个炮弹一样，在水底划出一道轨迹。

由于展窗和内部高低的设计，高处有部分是水池，大家可以从外面看到水底的场景，就像海洋馆，只是这里只有部分区域是水。

一瞬间，所有游客都聚到了水池外面的区域，直接蹲下来看着奇迹在水中穿梭。

在陆地上笨拙的帝企鹅到了水里，却灵活迅捷无比。只见奇迹在水中几个来回，展现了英姿之后，就跳上岸，再爬起来。

五只小企鹅摇摇摆摆地走到了奇迹面前，仰着头对它唧唧叫了几声。

游客们紧张地盯着它们，有了对比才明显，站在同一水平线后，更能显出来奇迹比其他帝企鹅都高许多，至于这些小企鹅，在奇迹面前就更是小不点儿了，它只要一脚都能踩扁。

不过奇迹犹豫了一下，却是一低头，吐出了几只还没消化的磷虾。

五只小企鹅立刻挨挨挤挤上前，低头美美地享用起来。

游客们恍然："居然还会照顾小企鹅吗？"

"难道是在练习做爸爸的技巧？"

"听说那些没有孩子的帝企鹅，会疯狂偷别的帝企鹅的孩子，然后展现自己哺育的技巧……"

站在外面，不远不近看着这一幕的段佳泽欣慰地笑了一下。

要知道，为了让奇迹和小企鹅们和平相处，段佳泽也费了一点儿劲。

排外的帝企鹅群对刚来的企鹅，哪怕是小企鹅也会欺负。而放在灵围，则是当初五对帝企鹅夫妇来到时，被奇迹一个排挤了半天。现在呢，五只小企鹅出生，又被奇迹给排挤了。

尤其是奇迹看到段佳泽和兽医们一起给因为父母照顾不周，有点儿缺营养的小企鹅喂食时，简直疯了。奇迹疯狂怼小企鹅，它很愤怒，除了它怎么还能有其他宝宝呢？！

摸着一米六的宝宝，段佳泽安慰了半天，告诉奇迹它还是自己唯一的儿子。

最可恶的是陆压不帮忙，反而在一边煽风点火："当初自己喂儿子都落下好几顿，现在别人家的小鹅倒是很积极嘛。"

奇迹暴哭："哇哇哇哇哇哇哇哇——"

那声音，别提多聒噪了……

小企鹅的声音还算清脆，成年企鹅的声音，那简直了。

段佳泽差点儿聋了，怒从心头起，不知哪来的胆气，对陆压怒喝一声："你给我闭嘴！！"

别说陆压，奇迹都被吓得噎了一下。

段佳泽赶紧给奇迹揉了揉："好了好了，你哭什么……"

安慰完奇迹后，段佳泽才回过神来，他吼了一声吼，陆压还真的没说话了，在一旁安静如鸡。

段佳泽自己都震惊了！

这还是道君吗？被人吼了居然不还嘴？没发脾气没揍人，头发都没更卷！

他吼完可是忐忑得很，还没干过这么有勇气的事呢。

段佳泽要怀疑人生了，难道他一直做错了，其实应该早就骂陆压？不对啊，不可能的，陆压一向吃软不吃硬，刚来时他要敢骂陆压，虽然烧不死他，但是陆压估计会把动物园都烧干净。

陆压看段佳泽一直看自己，还十分不自然地插着兜，说道："看什么……"

但是语气可没以前那么强硬了，反而偷偷看段佳泽，一副怕他还在生气的样子。

段佳泽心里头差点儿笑晕，心想本园长这就农奴翻身做主人了啊："咳咳，你去给我把小鱼干拿来。"

陆压愣了一下，犹豫一会儿，还真的去拿了。

段佳泽："给我们奇迹喂吃的。"

陆压皱了皱眉，但也听话地喂奇迹了。

段佳泽惊讶了，我去，真的有用？道君变这么贤惠了！

看陆压喂完，段佳泽又试探性地道："给我捶捶背？"

话没说完就被陆压扑倒了，捧着他的脸狠狠搓揉了几下，恶狠狠道："你这个得寸进尺的小混蛋，本尊给你脸了是吗？"

段佳泽脸都被揉变形了："……"

看来这一招还是有极限的，要适可而止啊……

好在园长驯鸟有方，立刻含糊不清地说道："你儿子在旁边。"

这也是真的，奇迹就站在一旁，弯下来好奇地看着他们俩。

本来脑袋有越来越往下趋势的陆压顿了下来，撒手了："哼。"

陆压一分开，奇迹就挤了进来，段佳泽怕它压在自己身上，以长期锻炼出来的反应能力，就地一滚躲开了，不然又要被奇迹压住了。

这次段佳泽把奇迹给安慰好了，比那些生二胎的家长还要辛苦一些。

结果那些小企鹅长大一点儿后，奇迹又闹别扭了。

奇迹哭着扑进段佳泽怀里："他们叫我叔叔！"

段佳泽往后退了好几步："……"

奇迹："我明明是哥哥！嗷呜呜呜呜！"

段佳泽重重叹了口气，摸着奇迹肥厚的皮肉，你说你这个样子，人家凭什么叫你哥哥啊……

再说了，那些企鹅父母都是把奇迹当大哥的！

但是为了哄这个大宝宝，段佳泽还是和小企鹅们谈了一下，它们以后就叫奇迹哥哥了。

所以说，能够有现在的场景，奇迹居然还反哺食物喂给它们，是非常不容易的。

第一次亮相的奇迹，还是非常成功的，无论是它比其他帝企鹅更高大的身形，还是对待小企鹅们时温柔体贴（……）的绅士模样，都让游客们非常喜爱。

甚至有人脑补了起来，我们奇迹这么绅士，这么健壮，这么喜欢孩子，也好几岁了，怎么就没有女朋友呢？！

是因为那五对帝企鹅都做了几年夫妻，有一定默契了吗？还是说因为奇迹太高大了，匹配不上？

动物园啊，快点儿给奇迹也招亲吧！

有很多人在灵囿官博下催促，毕竟前段时间灵囿还给狮子招亲了呢，帝企鹅的婚事也该上心吧？大家看着奇迹出壳、长大，这会儿也很想看它找对象孵蛋呢。

段佳泽表示，因为奇迹还没有成熟，而且找个体形般配的对象还是有点儿难度。别忘了帝企鹅的交配，是雄鸟撑在雌鸟身上，要是体型相差太大，不就悲剧了吗？

所以说，希望大家不要太急，再给点儿时间。

好在粉丝们也很理解，毕竟他们也不知道奇迹究竟进入成熟期没有，只是渐渐把奇迹的体型玩成了梗。

尤其它和青鸟动物园那名女性专家的合影，也被人发到了网上，好多人还想让动物园开展合影活动。

但是，这个是不可能实现的。

倒是奇迹有时候会因为对人类友善，好奇地靠近展窗。趁这个时候，广大游客就可以趁机合影啦，机会难得，通常排队都排不上。

东海市在这个月又迎来了一件盛事，或者说东洲省都很重视，国际道教论坛由东洲省承办了，而举办地点，当然是临水观。

临水观在道教界是有重要地位的，虽然名声不是最大的，但是内行人都知道，现在国内道教最盛的流派，道统就在临水观，从这里发源。

除了各位道教界人士到来，国家宗教局的领导、东洲省相关部门的领导、社会名流、主流媒体等，都会齐聚东海。

东海市不少人都想挤进去，在这个场合，能认识很多人啊。但也是每个人想混进去就能混进去的，这可是有限制的。

周心棠犹豫半天，还是给段佳泽发了请柬。这样的盛事，他倒是不想招惹灵囿，但段佳泽本身不是佛修，而是世俗人士。而且灵囿和临水观有合作，他要是不请段佳泽，外人会想歪的。

段佳泽也是出于这一点儿考虑，才决定去看看。

这个论坛是为了交流道教文化，但也有个开幕式，会有文艺表演，看看节目，就当出来玩了。

段佳泽就一个人，看来看去，把孙颖给带上了。

孙颖笑说："别的老板、领导带美女助理、秘书，你带个姐姐去？"

开幕式的座位，她爸的级别都够不上，不说那些道教人士，光是全国各地信徒中有影响力的就不知来了多少。倒是段佳泽，还能带个人一起去，毕竟和临水观"关系密切"，不坐实这一点儿也不好。

段佳泽和孙颖都是本地人，知道当天去临水观的路一定会堵车，上山的路也会特别拥挤，平时有大的法事都这样，何况是这种盛事。他们干脆提前一天上去了，反正可以睡在临水观的厢房。

本来有一些需要转播的媒体，也会提前一天上去搭设设备。其他各路人士，因为人太多，反而是全住在旁边的酒店。只有极少数人，才可能和段佳泽一个待遇，住在观里。

段佳泽领着孙颖进山门，他也没让人来接，自己在闸机口刷了下卡，这是临水观送他的无限制门票卡，本来也是象征意义，可以给亲朋好友用。他自己上来不多，而且通常可以直接进去。

刷了卡，闸机通道也随之打开，每过一个人便响一道电脑男声："无量寿福。"

103

谢七情没什么形象地坐在花坛上，满心郁闷。

自从上次来东海市求购翡翠失败之后，他的成名绝技就再也用不出来了，不说一无是处，但实力确实一落千丈。而且这种事情根本瞒不住，往日捧着他的富商们也冷淡了许多。

谢七情长这么大，还是第一次遭受这样的挫折。

谢七情的师门还开了好几次会，研究谢七情这个问题，只是也没能研究出个一二三来，连到底是不是意外都说不清楚。

谢七情后来回想了很多次，总觉得古怪，太巧了，怎么偏偏在他堵人的时候，就没法借力，但是那个动物园园长和他的同伴分明是毫无修为的啊。

这种隐隐的第六感谢七情也不敢全信，只是有一丝困惑。

如今国际道教论坛开办，谢七情的师门也收到了邀请，他虽然再也借不了朱雀之力，好歹多年知识、经验还在，也不影响施展别的术法。盼着这次或许有同道高人可以解惑，谢七情就要了个名额，再一次来到了东海。

与上次来的心境完全不同，尤其是谢七情发现自己不如以前受欢迎，反而是向来被认为道术上没有什么成就的邵无星却被同道们大为赞赏。他都没心情一起凑过去看邵无星演练些什么术法，自己默默走开了。

这会儿，谢七情就坐在花坛上发呆，心中滋味很是复杂。

此时，他忽然听到一阵喧哗声，愣愣看过去，却是另外一个院子的月亮门内闪过几道身影，他觉得其中一人有些眼熟，不禁走过去。

段佳泽带着孙颖进了临水观，和邵无星打了声招呼后，就带她在后山的区域转了转。

孙颖作为东海土著，自然是来过临水观的。别说，她上学那会儿每逢中考、高考之类的重要考试，父母不提，班主任反正都会结伴到临水观上香。也不是每个班主任都迷信，但是这属于惯例了。

但是，这封锁的区域孙颖是没进来过的，这个地方对绝大部分香客都不开放，宣称是道长们住宿的地方。

这次进来之后，孙颖才发现封闭区域的空间也特别大，建筑都有一定年头，除了宿舍，其实还有别的建筑，如藏书楼、演武场之类的。比起外面香客往来，更多了一丝静谧。

此前说过，大部分贵宾，尤其非出家人都住在附近的酒店，不然根本没法分配。直接住观里的属于极少数，比如段佳泽这样不受约束的，还有就是和临水观属于同一道统，关系紧密的几个道观的代表。

和前面不同，虽然只是一墙之隔，但是在这里，段佳泽和孙颖这样穿着休闲，世俗打扮的反而是少数，非常醒目。

临水观的道士全都把段佳泽的脸记得清清楚楚，路上有遇到他们俩的，不远不近行个礼就赶紧溜，谨记师长的教导。

不过因为要办论坛，大部分道士都忙得很，没什么在外面转悠的。

段佳泽领着孙颖，跟游客似的，这里看看，那里看看，因为不懂，还会好奇地钻到角落里。

他们俩正看着呢，忽听到有人在上面说道："你们怎么进来的？"

两人抬头一看，二楼有个年轻道士正从走廊探出头来，警惕地看着他们，口中又问了一句："此处不允许游客进入的！你们是怎么进来的？"

段佳泽好奇地道："你不认识我？"

这次进来段佳泽就发现，不管他见没见过的临水观道士，全都认识他，会主动和他打招呼。因为孙颖在旁边段佳泽也没说什么，其实心里怀疑应该是不知何时起，周心棠把他的照片发给弟子们让他们熟记了。

眼前这个道士却以为他是混进来的游客，这就奇怪了，难道他不是临水观的？

年轻道士斥道："少来虚张声势那一套，你们最好自觉出去，否则我叫保安了。"

段佳泽愣了一下，说道："小道长，你不是临水观的吧？我和……他们邵主任打过招呼了，今日住在这里，就带朋友出来逛逛。"

他想明白了，仔细看这道士的衣服和临水观的是有点儿不一样，应该是别的道观的人，于是解释了一番。为了加强可信度，还提起了邵无星——他怕说周心棠显得太假。

这时候，又有两个道士出门，看到他们，问道："无治，这是怎么回事？"

"无治"说道："师兄，这两个小游客擅自进来参观，我问起来，他们还说和邵主任打过招呼……哼，怎么不说和观主打过招呼。"

段佳泽："……"

无治自己也是年纪轻轻，却把孙颖和段佳泽叫作小游客。

他那两个师兄听了，沉吟一会儿，也说道："今日能住到此处的，定然都与我等一般，和临水观关系匪浅。这两位我们都未见过，若是什么特殊的贵宾呢，也不至于不派人接待。这么说来，的确应该是乱闯的游客。"

无治一边听一边点头，他就是这么想的，而且他还看到这两人一副观光客的样子这里看看那里看看呢，再加上他们的衣服，那么显眼。

段佳泽哑口无言，他竟没想到还有这茬。

当时给邵无星打了电话，邵无星也说叫人来陪，他说你们忙着就不打扰了，我自己带着朋友转一转。邵无星又不敢拗他的意思，直接就答应了。没想到，反倒是这一点儿被误会。

连孙颖都有点儿迷茫的样子，看了看段佳泽："……怎么回事啊，不然你给道长打个电话？"

段佳泽点头，拿起手机就道："我打给邵道长。"

但是，邵无星可能正在忙，根本没接。一看，那几个道士都一脸看戏，他有点儿不好意思，又打给了周心棠，结果周心棠也没接。

段佳泽无语了："可能再忙没接。那个……不然这样吧，临水观的人都认识我，等等看有人路过的话可以证明一下。你们知道灵囿动物园吗？我是那里的园长。"

这几个道士听了，都疑惑地对视一眼，讨论道："动物园？好像外面是有卖门票？"

"那个是不是他们城市的旅游规划啊……"

"对啊，就算是动物园园长也不可能住到这里来吧。"

"这么年轻的园长？"

他们又不是本地人，要是本地人可能还更理解，这会儿只觉得段佳泽是在乱扯，单单之前那点他们也觉得解释不了。

他们几个是从与临水观同一传承的道观来的，这么亲密才不用人一直陪伴呢。

无治直接从二楼一翻身，跳了下来，稳稳落在一楼。

孙颖都吓了一跳："这、这……武林高手啊！"

"还是请出去吧，若真是的，外面也有师兄……"无治还算客气地说，怕这两个游客不配合，刚才特意露了一手，现在又把一只手伸向段佳泽，准备搭在他肩上。

段佳泽自然没去躲，他还想掏手机给无治看周心棠的微信，以及周心棠给自己点的那些赞证明一下呢。

然而此时，谁也看不到，庙宇某处，朱雀神像微微亮了一下。

然后，无治的手指刚刚碰到段佳泽的肩膀就猛地一折，他痛呼一声，捧着手蹲在地上。

无治的两位师兄脸色一变，也纷纷从二楼跳了下来："无治，怎么了？"

孙颖脸色变了一下："佳佳……"

段佳泽疑惑了一秒，随即就猜到可能是哪个派遣动物出了手，因为现在动物园越做越大，还有块世人皆知的帝王绿，之前出过在外面被谢七情堵的事情。

他离开灵囿的范围，肯定有人暗中盯着，灵囿的派遣动物自己心里有数，默契地轮流值班。

就是不知道是谁这么火爆，没必要吧，搞得他反而有点儿尴尬了。

"你……"无治震惊地看着段佳泽，他根本没看出段佳泽怎么出手的，自己手就折了。

无治的师兄们也愤怒地道："真是太过分了！"

退一步说，就算是误会了——毕竟这人身手这么好，很奇怪——也没必要把人手弄折了吧？

就算是道士，也是有脾气的，一见此状，另外两个道士就要把段佳泽押起来，免得无治去疗伤他跑了。

孙颖拉着段佳泽："喂喂，你们想干什么？我报警了！"

孙颖也有一点儿点心虚，她那个角度看不到，也以为是段佳泽折了别人的手，不过这俩人要动手她就不能看着了。好歹孙颖也是和妖怪交往过的，胆气还是有一些的。

女孩子挡着，人家道士就不好意思动手。但是段佳泽也不能让孙颖挡着，嘴里说着是误会就把孙颖拉开，于是四个人就乱了。

这时候，只听一老头喝了一声："住手！"

他们抬头看去，四个人却是有三个人认识这人，谢七情道长。

无治也抬起头来，忍痛站起来——虽然谢七情修为莫名出了问题，但对他们来说总归是前辈高人，反正治他们没问题。

谢七情看着段佳泽，心中起了一点儿波澜，虽说不知道和段园长有没有关系，但是出问题就是在他去找段佳泽的时候，总是有些古怪。而且他后来和临水观沟通，也知道段佳泽和临水观似乎关系匪浅。

"段园长，好久不见。"谢七情客气地道："这是怎么了？"

无治三人听到谢七情对段佳泽这么客气，甚至有一丝丝谢七情自己都没意识到的尊敬，心中吃惊。这人还真是园长，而且向来眼高于顶的谢七情态度竟然这么好，就算修为出了问题，也不至于对一个世俗人这样吧……

难道说，这人真的是邵主任的朋友？

段佳泽还记得这老头的名字，看到他也松了口气，总算有人能给他做个证了："谢道长啊，你来得正好，我们有点儿误会。"

段佳泽说了一下刚才发生的事，又道："这个，这个手……我只能说，我不是故意的，不好意思了，我可以承担医疗费。"

这个人，要么是修为深不可测，要么就是有高人相护。这是道士们的想法。

谢七情就淡淡道："段园长与周观主交情匪浅，也算是你们的长辈。徐无治有所冒犯，折了手也是个教训，我看你自去治疗，和段园长也无干。"

段佳泽刚才说的是他和邵无星认识，到了谢七情嘴里，就是和周心棠交情深了。谢七情有意透露，免得这几个小辈倒霉，他知道周心棠肯定不会站在他们那边。

无治听了都愣住拉，谢七情不可能说谎，要真是这样，那他的确无意中冒犯这位段园长了，周心棠是什么身份啊。段园长没修为，搞不好他手折了，就是周观主护着呢。

就是不知道这么一个人，是怎么凭空冒出来的。无治心里郁闷得很，但是当着谢七情的面，也只能应下了，还是回去打听一下吧。两位师兄扶着他走了，走前只说误会一场。

段佳泽还没什么，孙颖松了口气，他们两个人，这要打起来可不占便宜，幸好突然出来一个老头解决了。

段佳泽和谢七情之前有过可以说不愉快的经历，但是谢七情这么出来给段佳泽解围，他还是领情的，礼貌地道谢："谢谢你了，谢道长。"

"不客气。"谢七情看着都没以前见到时硬朗了，虽然刚才很威风，他说完后又坐到了一旁花坛上。

这个时候段佳泽的手机响起来，是周心棠，大概忙完了看到，赶紧拨回来。段佳泽想到人家也是周心棠的同门兼客人，于是说了一下刚才的事情。

周心棠赶紧过来当面说，却见谢七情也在一边，脚步立刻就慢了："这……"

他还在想，谢七情不会也掺和进去了吧？

"谢道长刚刚帮我解释了。"段佳泽连忙说道。他刚才这段空隙和谢七情也聊了一下，发现谢七情现在焉了很多，或者说踏实了很多。他问谢七情会不会发言，谢七情还自嘲了几句。

周心棠这才松了口气，小声对段佳泽道："这都是一场误会，请段园长务必对陆居士解释一下！"

其他人觉得是他给了段佳泽什么法宝之类的，他却一下想到是陆居士出的手，生怕陆居士生气。

开什么玩笑，现在正在开国际道教论坛，山上山下不知道多少道士，要是陆居士气急了，殃及池鱼，给他们都度了，那不夸张地说，道门就真的被一网打尽了！

周心棠这绝对不是小题大做！

谢七情坐在一旁，有点儿好奇地看着两人说话，总觉得周心棠这家伙态度怪得很，甚至不像对待平辈，背都微微躬着。就算被段佳泽帮过什么的，这态度也太好了。

他不知道，周心棠还是考虑到有外人，收敛过的。

段佳泽听了，干笑道："是我给你们添麻烦了，一场误会，放心……"

段佳泽也以为是陆压那暴脾气呢，说完后，找了个角落打电话去了。灵圈有世俗电话卡的人不多，段佳泽打到小青那里，让他给陆压接。

灵圈那边，陆压环视一周，骄傲地接过手机。

众派遣动物："……"

大家都不是很懂道君接个电话有什么好骄傲的……

段佳泽问道："哎，刚才是不是你出的手啊？我跟你说这就够了哈，都是误会，别把人家给度了之类的……"

陆压一听他居然是说这个，有点儿淡淡的不悦，看了陵光一眼，说道："若是我出的手，他们还能活着？"

段佳泽一想陆压那个动不动祭法宝把人头给削了的德行，也是："那是谁啊？你帮我问一下，转接。"

在大家好奇的目光中，陆压直接把手机抛到了陵光手里，脾气火爆的可不是他一个，多得是。

陵光接过电话："园长，不好意思啊，我是怕有人会碰瓷。唉，如今人间界的道修也是越来越不像话了。"

"碰、碰瓷不至于吧……"段佳泽大汗道："又是你啊，陵光。"

是陵光他就理解了，没把那几个道士借力的资格也禁了，陵光下手算轻的了。还不是陵光怕道门的人又给自己丢脸，袭击他现在的主管，顺便还得罪陆压道君。

陵光还是道门的，可以说长辈总是比较严厉，他出手没得说。

陵光："怎么不至于，园长您经手的都是金乌羽、千年蛇蜕，只要碰到手断了也是血赚，修为没了都不亏。"

"…………人家也不知道我有吧，算了。"段佳泽看了看远处的谢七情，谢七情好像有所感应，还抬起头来和段佳泽对视了一眼，随即尬笑一下转头，似乎不明白段佳泽为什么看自己。

段佳泽犹豫地道："对了，以前那个谢七情你还记得吗……"

他看谢七情经过上次的事，好像也受到教训了，人家修炼大半辈子，也不容易。

段佳泽走回来之后，就对周心棠比了个 OK 的手势，

周心棠松了口气："段园长，我带你和孙小姐参观吧。"

孙颖压抑着心里的激动，我去，这也太有面儿了吧！佳佳到底帮了人家周观主多大的忙？她不信道，也知道临水观观三在东海市是个什么地位啊！

段佳泽走之前，想了想，对谢七情说道："谢道长，再见，希望你修为进步。"

谢七情想着段佳泽大概还不知道自己的修为出问题了，虽然见面不多，但是他觉得以这个园长的性格，不会暗中嘲讽的，于是带着些微苦涩笑了一下，应道："再见，承蒙你吉言了，也祝你客似云来。"

走开一段路之后，周心棠还有点儿感叹地道："谢道长如今改变许多。"

可惜，也不知道尊神们看不看得到，能否宽解他。

段佳泽和孙颖吃完饭，他先把孙颖送到房间去。

孙颖拉着段佳泽问他："佳佳，你今天一下把人手都弄折了，是不是练过？"

段佳泽："呃……"

孙颖早就想说了，一路上脑补了不少剧情，终于有空间说了："都说你和周观主关系很好，是不是你救过他？是不是有一天周观主去采药，被你给救了，然后救命之恩，涌泉相报……"

段佳泽拍了拍孙颖的肩膀："姐，采药已太过分了吧？你以为周观主是

葫芦娃的爷爷吗？他微信用得比你溜，过节还给我发红包了。"

孙颖："……"

孙颖被段佳泽都扯迷糊了，还在琢磨段佳泽是不是暗示自己要给他发私包了。

段佳泽趁机回了自己房间，虽然没电视，但是有空调有网，条件很好，床品干干净净，还带着阳光的气息，他躺在床上玩手机。

他玩着玩着，不自觉就睡着了。

也不知睡了多久，手机仍在播放的视频里突然声音变大，把段佳泽给吓醒了，一下坐起来，然后脑袋撞在一个硬物上，瞬间又躺回去了。

"……我去。"段佳泽揉着额头，痛苦地看着陆压："疯了吧你。"

陆压这混蛋，居然就坐在他床边。他一个起身，就撞到陆压额头，更可气的是陆压还一点儿反应也没有，跟块钢板一样。

陆压还没反应过来呢："你，你醒啦。"

段佳泽这才有点儿想起来，自己好像是在临水观啊，顿时更加无奈了，捂着额头道："你怎么在这儿？"

他说完也觉得自己问得有点儿多余了，唉，这还能为什么。

陆压："我就出来散散步，看到你在附近……"

看来不管怎样，道君的回答还是能让他黑线："散步散这么远？"

陆压幽幽道："洪荒时，我们三足金乌都从扶桑神木散步到若木神树。"

扶桑和若木本是同一种神树，只是一个在东极之地，一个在西极之地，也就是太阳从东到西升起和降落的地方……

段佳泽："……"

段佳泽："你赢了你赢了。"

陆压瞪他一眼，把他的手拨开了："我看看，你们人族也太弱了。"

"好疼的！"段佳泽抱怨道，这能怪他吗？明明是陆压的脑壳太硬了，刚才愣把他磕清醒了。

陆压心虚，捧着段佳泽的脑袋："我给你吹几下……"

段佳泽心里喷了，想说道君也太特么幼稚了吧？！

却见陆压真的认真地噘起嘴对着脑门吹了几口气，原本红肿之处顿时不疼了不说，心跳也猛地漏了一拍。

104

第二天早上起来的时候，孙颖吓了一跳。

她昨晚睡得特别香，不知道是不是因为临水观环境好，反正一夜无梦就醒来了。结果一出去，看到段佳泽眼睛底下两只大大的黑眼圈，嘴巴也是肿的。

孙颖琢磨了半天："佳佳啊……你这是彻夜抽自己嘴巴了吗？"

段佳泽："……"

孙颖也不是不谙世事，她也觉得段佳泽这嘴巴像是被人亲的。但是她哪能想到，就他们俩上山，段佳泽的嘴巴总不能是道士亲肿的吧，那只能这么猜了。

段佳泽无奈地捂着嘴："没有……蚊子叮的。"

他在心里狠狠地记了陆压一笔。

段佳泽又收到凌霄希望工程的新通知，说有新的派遣动物在途了。他一想到自己明天还不在园里，不知道派遣动物什么时候来，谁去接待……一夜就这么一夜就过去了。

你说可气不可气？

开幕式是在早上九点，段佳泽和孙颖吃了道士送来的早餐，就往充作会场的道观场地去了，此处早搭了台，座位上还都有名字。

段佳泽的座位就在不前不后的地方，这是他问过的，他不希望给他安排到前面的座位。

人陆陆续续来了，段佳泽居然还看到了曲鑫和他妈妈。曲鑫虽然没有正式出家，也穿着一身道袍，看起来格外可爱，跑过来和孙颖、段佳泽打招呼："孙老师，园长叔叔。"

孙颖这个老师和曲鑫这个小学生在这样的场合见面，还真是别有一番幽默感，孙颖蹲下来抱着曲鑫自拍合影。

那边段佳泽又看到几个熟人，谢七情，还有昨日叫无治的小道士师兄弟。徐无治手打着石膏、吊在胸口，远远地和段佳泽对视一眼，犹豫了一下也没过来，就点了点头示意。

徐无治他们昨晚回去打听之后，没想到这个动物园园长还真和周观主交情匪浅，再看今日座位居然也能排在中间，也不知道究竟有什么内情。不过周观主都说就这么算了，当没发生过，所以徐无治没过来说些什么，只是点头示意。

段佳泽也十分不好意思地点了点头，谢七情还过来和他寒暄了几句，一问，谢七情座位和他只隔了两三个人。

谢七情："段园长没休息好？"

段佳泽摸了摸自己的黑眼圈："是啊……谢道长也是？"

谢七情的脸上赫然也挂着黑眼圈，不过他昨晚可没修窗户，只是因为今日的遭遇，有感于心，不免夜里多想，翻来覆去也没睡几个小时，想的全是以前的事情。

此时听到段佳泽问起来，谢七情尴尬地笑了笑："是啊，蚊子多。"

孙颖不禁侧头看过去，心想难道宝塔山的蚊子真的很多吗？怎么昨晚就没一个叮我？

人陆续来齐之后，就有领导上去发言，段佳泽听到旁边的记者在说些什么："快点儿拍，抓紧，待会儿这些人就都玩手机了！"

段佳泽顿时一囧，他正打算待会儿睡觉的，和玩手机也差不多……

这次论坛阵仗其实真的很大，来了几百个嘉宾，里头有不同国家、不同流派的代表。一些中央领导、国际组织也有贺信、贺电，足见规模。

开幕式结束以后，会有各种主题发言和分组讨论，段佳泽看了一下发的流程书，居然还有个议题是什么"道法自然与社会主义核心价值观"。

孙颖知道段佳泽困了，那么大黑眼圈，小声道："你睡吧，要是有什么精彩的节目我喊你。"

现在还是各级领导讲话呢，段佳泽嗯了一声，趴在桌上就睡了。

过了也不知道多久，段佳泽迷迷糊糊被孙颖推醒："我靠，有大场面！"

段佳泽抬头一看，却是几百名穿着道袍的道士，从台上延伸到台下，把整个会场都包围住了，然后开始打太极。

开幕式有音乐、舞蹈各种表演节目，唯独这一个，是由真正的道士来出演的，而且不只是临水观，还有一些他们同流派的道友。

这下真把段佳泽给惊着了，之前他一直觉得这些道士非常世俗化了，即使还会一些法术，他们的言行举止也非常有烟火气。

但是在此刻，一个个看上去真的倍儿出尘。

宝塔山上的冷空气，在他们身后的山林间形成了层层雾气，还有丝丝缕缕缠绕到了近处，衬得气氛很有仙气。

在这样的环境下，尤其仙风道骨的道士们举手投足全都节奏一致，但并非生硬的拷贝，而是让人感到和谐的一致。拳法柔中带刚，招式中带有气劲，将旁边人的衣服和头发都带起来了。

电视台的转播人员赶紧操控摇臂拍这个画面：围着会场的道士们一起打出一拳，然后周围一圈的来宾发丝、衣摆齐齐飘动，即便没有声音，也能让人感受到那种力道。

这些来宾里有的是道士，有的是社会人士，道士们安然坐着，社会人士则是咋舌不已，偏头看去。

这个风也有大有小，一些年纪稍大、功底扎实的道士一招打出去再兜回来，带起的风大得把一个来宾假发都掀起来一半，实在尴尬。

这是临水观有意要露一手——当然，这一手惊艳却并不夸张，还不至于吓到普通人，不然国家也不会让他们弄这个论坛

看直播的观众更是在各大社交平台上奔走相告：快去看国际道教论坛的直播，道长们露真功夫了！

嚯，那拳风，把人假发都吹起来了！

这一个节目调动了现场的热情，直到结束后，议论还不少。

这结束后的活动，应当是各位专家大师，分组讨论议题，以及一些主题讲座。因为这一出节目，却是有几个社会人士临时想求教一下。

他们属于那种半信半不信的，求到入场资格，看到这一幕希望道士们还能露点别的真功夫，比如道家的符咒什么的。要是能当场展示那就最好了。

真正的符箓怎么可能在直播下展示出来，当然是他们私底下讨论的，但是人家问起来，也没必要拒绝，只不过稍微变通一下。

能掌握符箓功课的，还是小部分，这几人问的是分组的一位道长，谢七情的师兄，他便随手派谢七情去了。

谢七情画符的功力厉害啊，又长期应付一些富商，小有名气，深知该怎么忽悠，与他修为有没有问题倒是没关系了，有时候掌握心理更重要。

谢七情也不拒绝，淡淡道："我为大家展示净身神咒的画法，此符可以清净身心，荡秽除恶，好叫你们待会儿更好听道长们的讲座。"

无论有没有实力的道士，都喜欢用这个符咒来展示。

尤其对于后者来说，因为这个神咒的作用是让人静心修炼，也就是很难

分辨出来到底管不管用。既容易被外在因素影响，产生心理作用，又能够在你没被影响、不相信的时候，忽悠一把，说你自己心态不行。

而围观的人看到，自己心里也会各有想法，反正一句话：很方便忽悠。

今天来这里的，大多数有些信道，这就更好忽悠了。

段佳泽本来打算走的，看到有人围起来，又被孙颖拖过来看热闹。

走到近前，才发现是谢七情在展示。

谢七情提笔，沾着朱砂在黄纸上画符，一笔而成，同时口中念咒："……朱雀玄武，侍卫我真，急急如律令！"

段佳泽听到朱雀两个字，眼睛就微微睁大了一点儿。

不过已经来不及了，谢七情不知道自己的情况，以为还是修为有损，这个咒肯定成不了，反正靠他画符的样子和口才就行了，再说也不是要求每个人都信。

旁边还有记者感兴趣地在拍，心里想着回去加个字幕，这就等于民俗表演啊。

谁知下一刻，谢七情符咒成了的时候，在场三十米范围内的人，全都感觉到一阵清风拂过心头，然后从头到脚，从内到外都被洗涤了一般，陷入了一种有点儿空灵的状态。

当他们从这种状态清醒，好像过去了三秒，也好像过去三了十年，但是总归全身都清静自然，极为舒畅，灵台一片清明。

这种玄之又玄的状态，令在场每个人都互相对视了一下，然后从彼此的神色中看到，他们可能有一样的感受。

谢七情也呆住了，他发现所有人都用敬畏的眼神看着自己！

这个咒，以前谢七情也用过。在这个末法时代，即便谢七情在符咒一道上极有天赋，但是施法之后，也只有一个人能够享受净身神咒的作用。

要不是这些人眼中的情绪太明显，他都要以为这么多人看着自己是因为自己裤腰带松了！

好在谢七情也是非常精明的，很快反应过来，神秘兮兮地道："符咒只是辅助，若你自己心静，也无须我再多言……"

谢七情心中庆幸，好在他用的是这个符咒啊，即便适用范围扩大了，也是内在的表现。今天能来的，最少也是像那几人一样，半信不信，很好忽悠。

至于记者……《走 × 科学》都能办那么多年，他们还能不知道怎么做？

"……我也不知道。"段佳泽把纸条展开，却见上面画着一个歪歪扭扭的桃心，非常粗糙，还是漆黑色的。

这什么意思，控诉他黑心周扒皮吗？？

孙颖眨了眨眼："这是有人暗恋你吧，还特意训了鸟来送信，就是手工不太好。"

段佳泽："……"

段佳泽把纸条收起来，试探性地对鸟说道："跟我一起回去？"

这小鸟鸣叫一声，也不知道什么意思，反正没飞走。

孙颖羡慕地看着落在段佳泽枝头的鸟："真是太漂亮了，还这么听话，佳佳，这要是有人训练来跟你告白的，你就答应了吧。"

"为什么，因为他的鸟漂亮啊？"段佳泽狂汗。

他们下了山，途中遇到一些游客，对段佳泽肩头那只极其漂亮的玉青色小鸟纷纷侧目，还有人上前搭讪，问段佳泽是什么品种的鸟，在哪儿买的。

幸好有孙颖在，她都能帮着回答："朋友送的！我们也想知道哪儿买的呢？"

孙爱平那边开车来接孙颖了，他们一家人有活动，段佳泽与他们告别后，上了自己的车。

车上，段佳泽小心地问道："你会说话吗？"

肩上的鸟儿旋即化作一名清秀可爱的青衣少女，笑容可掬地道："园长你好，我是新来的动物，我叫水青，籍贯是蓬莱山。"

段佳泽把手机拿出来，果然，物流显示已经到达，这就是新来的派遣动物。

段佳泽和水青握了握手："你好，我还有点儿不敢认呢。这……这个怎么回事，你刚来就派你出来，还是递小纸条……"

这纸条上画着颗心，不是陆压送的就有鬼了，谁还能有这个胆量？

水青一笑，露出来两颗小虎牙："没关系，我不会迷路的，是我主动问有没有活儿干的。你不知道，现在仙界传信都用网络了，没我们什么事。唉，我觉得他们生活得也太浮躁了。"

段佳泽："……"

他恍悟道："你是青鸟啊？"

生活在蓬莱山，青色的，还专门送信，这不就是"青鸟殷勤为探看"那个青鸟吗。

还是只失业的青鸟。

"对啊,"水青理所当然地说道:"对了,园长,你和陆压道君关系很好吗?千万年来,我们青鸟一族还没见过陆压道君给谁送过信呢,虽然以他的修为也不需要我们送……"她转为小声说道:"我还以为他没朋友!"

段佳泽:"……"

水青:"没想到道君在人间界还交到了朋友。园长,你放心,倘若以后你死了,我还负责帮你们从仙界送信到地府!"

段佳泽狂汗道:"谢谢你了啊!"

看来水青也不知道信上写的是什么,否则肯定不会说这个话。

段佳泽开车一路回去,水青没见过人间景象,兴奋地在座位上动来动去。不过她太轻盈了,即便动作幅度很大,也没有造成丝毫振动。

段佳泽忍不住问道:"你为什么会下来?"

水青说道:"唉,现在需要送信的太少了,只有少数大神还保持这种古典的习惯。但是大神们脾气大啊,自己看了信不开心,就拿我们信使说事……哼。"

看到段佳泽好奇的目光,水青赶紧道:"不过我们在仙界还是非常受欢迎的,虽然现在都用网络了。"

网络才出现多少年,而青鸟送信的年头可久多了,人们对她很有好感。

回到动物园后,领着水青进去的段佳泽,又招来很多目光,不比水青原型得到的少。都在奇怪呢,园长这是什么能力,出去参加一个开幕式,回来也能带个小美女。

有苏叼着棒棒糖和段佳泽打招呼:"园长,收到信了?"

"你也知道?"段佳泽把那纸条又掏出来了:"这个是陆压写的没错吧?你知道他在想什么吗?"

就这么点儿距离,他都要回来了,还送信,送信也就罢了,信上就画个黑色的桃心,就算他直男审美也觉得不太……那什么。

有苏看不到纸条上写了什么,好奇地道:"他用电脑上网找了半天,然后用爪子画的,到底是什么?"

段佳泽有点儿不好意思,把纸条收起来。心想难怪这么歪,原来是用爪子画的……

设施、环境，都是国内动物园中的一流水平！"

段佳泽连说不敢当，都是市林业局指导得好，这次也要请国家林业局的专家多加指点，好更上一层楼。

听到更上一层楼，专家组的组长露出了一个微笑："若说有什么不足，就是珍稀动物还欠缺了一些，尤其是以灵囿现在的水平，没有想过饲养大熊猫吗？"

说得俗气一点儿，对动物园而言，拥有大熊猫就是身份的象征啊！想想看青鸟动物园的人为什么有点儿小骄傲吧！

段佳泽呆了一下，才说道："当然有，领导！我们一直在积极准备相关工作，正在准备申请大熊猫驯养繁殖许可证的材料！"

要想引进大熊猫，必须有相应的资金、设施和人员，建个大熊猫馆肯定要吧？还有一个，得有大熊猫驯养繁殖许可证。

这个证申请下来，要有饲养人员技术能力证明，要有资金保障证明，动物饲料说明材料，还有各种项目报告，因为引进大熊猫，是不能单纯以展出盈利为目的的。

总之还挺复杂，虽说段佳泽和孙爱平关系很好，但是东海市林业局也没有相关经验，市动物园可没这个荣幸养过大熊猫，自然证也没申请过。

所以，段佳泽说的在积极准备相关工作是真的，但是也确实还没准备好。

展馆之类的对灵囿来说不算问题，直接用现有的改建也成，但是许可证就要翔实的材料了。没有经验，很难一次到位。

而且，虽然市林业局可以帮忙向上汇报，但是也有一些问题，比如技术能力证明，也需要时间准备。拿到证还是第一步，之后的申请，也有很多工作要做。

段佳泽也不知道专家组问这一句是有心还是无心，答完之后有种隐隐的预感，便盯着专家组的组长看。

专家组长没有让段佳泽失望，下一刻就说道："还挺有上进心，我们还会在这里待上几天，就给你们指导一下申请材料和之后的行政许可申请工作吧。"

顿时一朵烟花就炸开在段佳泽脑海里了，这是哪位大神帮的忙啊？这可是天大的好事啊！

且不说无论许可证和引进申请，都是由国家林业局来审批，也就是这些专家组的成员，像这家专家组长就是相关部门的负责人，单单他那句"指导申请材料和之后的行政许可申请工作"，就是默认了许可证肯定能批下来！

多得是地方，哭着喊着求国家林业局来指导这项工作，他们现在居然自己跑到东海来，还主动要求帮忙指导工作。

这要是申请不到熊猫就怪了，申请工作还不是他们做主！

段佳泽激动得都不知道说什么才好了："谢、谢谢领导……真的……"

专家组长和段佳泽握了握手，云淡风轻地道："指导有潜力的单位，也是我们的分内之事。"

孙爱平在一旁也惊得眼珠子都快掉出来了，赶紧低下头。他几时见过上头的大爷们态度这么好啊，还分内之事。

本来段佳泽对这些专家还存有一些疑惑，现在他简直恨不得抱着他们亲。

兴奋过后，段佳泽有点儿冷静下来。现在看来，和孙爱平说的对上了，绝对有人在后面帮了忙，把专家都送到面前来了。

但是，这到底是谁呢？竟然还知道他心中所求，在他找人帮忙之前，就先给解决了。

段佳泽在专家组长那里没有打听出什么来，甚至试探着打电话给周心棠，果然周心棠那边也不知道，还迷茫地问："需要我们帮什么忙吗？"

别说，还真有。

这边专家的帮助预示着灵囿能借到一只熊猫，但是，他们还有一个黑旋风要过明路呢。因为不知道背后是谁，所以段佳泽也不敢玩什么一事不烦二主，便和周心棠说了一下，他们抓了一只熊猫精，希望养在园里。

周心棠都快晕了，人工繁殖的熊猫都有谱系，野生救助熊猫压根不让借，要解决这件事，还真得费一番力气。不过段佳泽都开口了，周心棠还是果断答应了。

段佳泽放下电话后，默默想了下，反正他也不怕事，管他到底谁在后头帮了忙……反正，他们就要有两只熊猫啦！

这个好消息很快像长了翅膀一样，传遍了全园。

不用段佳泽去传播，专家组来了，还在指导大熊猫驯养工作的事情，也瞒不了别人。

要不了多久，连市动物园的人都知道了。

这下可把他们给嫉妒死了，又无可奈何。市动物园开了这么多年，还从来没能养过一只大熊猫呢，人家灵囿开了才几年，把海角动物园的历史算上都不到十年，一养就是两头！

还是国家林业局的专家组亲自指导，只要场馆到位，这流程全申请下来怕是不要两个月吧？

真是人比人，气死人。

市动物园的园长都电话给段佳泽祝贺了："段园长啊，听说你们要有大熊猫了。"

两个动物园经常互通有无，也没有什么敌对心理，但是面对大熊猫，市动物园的园长难免有点儿泛酸。

段佳泽心情正好呢："消息传得这么快？别这么说，还没申请下来呢，不过我们正准备改建场馆……相信自己，你们迟早也会有大熊猫的！"

市动物园园长唉声叹气，羡慕得不行。段佳泽那边眼看着大笔钱就要花出去，但是他也想要啊，这可是甜蜜的负担。

潘旋风最近被逼着和灵囿其他几个内定的大熊猫饲养员去考证，以后就要走上自己养自己以及自己同类的路了。

潘旋风还是很听话的，对自己以后的待遇很在意。他不时还去看一下场馆改建工程的进度，特别上心，让人都疑惑，心说这潘老师怎么对施工也那么在意。

潘老师对自己以后要睡在什么样的地方当然在意了，他还去问段佳泽："那个……另外一只借过来的妹儿是什么样哦，有照片吗？"

因为和专家组搭上了关系，段佳泽也获得了一定关于自己能申请到什么样的熊猫的资讯，

这个大熊猫呢，到时候是要和熊猫研究中心签订协议，通过借展的方式引进，一次签两年，到期还可以续签。

段佳泽看了潘旋风一眼，认真地道："你可不要打人家的主意。我告诉你，领导答应我借只两岁的大熊猫过来，而且不一定是妹儿。"

潘旋风顿时要哭了。

大熊猫借出年龄限制就在两岁到二十五岁之间，一般都愿意借小一点儿的大熊猫，但是，两岁的大熊猫在他们族里，还是孩子呢！

而且，听听，还不一定是妹儿，可能就来个和他分享食物的。

段佳泽："你还要看照片吗？"

眼看着潘老师就蔫了下来，一脸颓废地摇头："不看了……"

潘旋风拖着步伐要走，又被段佳泽喊住了："旋风啊，到时候那个弟弟或者妹妹来了，你千万不可以欺负人家，要好好照顾它，务必保证它的安全和健康……"

"哦。"潘旋风迟疑地点着头。

段佳泽："你动作幅度特别大，又比较重，对待大熊猫要轻手轻脚，小心着来……"

潘旋风快哭了。

潘旋风说："园长，你是不是不宠爱我了。"

段佳泽露出了慈祥的笑容："怎么会呢，你还是我第二宠爱的大熊猫。"

段佳泽若无其事地离开了，嗯，虽说两只大熊猫都很珍贵，但是两岁的熊猫肯定比潘旋风要吸引游客一些……

潘旋风受到伤心一击，委顿下来，"熊生观"都崩塌了。

园长太没人性了，有了可爱的儿童大熊猫，抠脚大熊猫就再也不是他心中的第一位了！这真是虚假的人兽情谊！

眼看就要"大熊猫到手，客流量我有"，段佳泽整个人都进入了非常轻松的状态，只要按着专家的意见，按部就班把准备工作做好就行了。

反倒是潘旋风没有之前那么开心了……

虽然以后待遇还是非常好，还是可以肆意挥霍任性，但是，他无疑会居于那只新来的小崽子之下。而且以前没有感觉，现在却是感受到了人情冷暖。不知道是不是他想多了，同事们看他的眼神都和以前不一样了！

当然，这个肯定是潘旋风想多了，反正至少小苏看他就和以前一样嫌弃。

段佳泽为了动物身心健康，也对潘旋风进行了安慰，但是潘旋风好像已经不是很相信他了。

慈祥的园长形象已经崩塌了。

为此，段佳泽在组织派遣动物们出去夜游之时，还破例把潘旋风也带上了。

早之前段佳泽就带派遣动物们出去玩过，犒劳他们，虽然只是在晚上。而这一次，段佳泽再次带队出门，队伍却是长了很多，除了自己园里的车之外，还不得不打了车。

段佳泽就跟个导游一样，可能比导游还操心，恨不得用绳子系着所有人。好在这里面的老员工都已经轻车熟路，不会给他惹什么麻烦，可以省点儿事。

东海市不太大，能去的地方不多，段佳泽把人都带到了今年东海市新建的风情街。

这里全都是仿古式建筑，专门卖本地美食和旅游纪念品。

小青一直心不在焉，因为肖荣这个家属没能来。倒不是严令不让带家属，而是怕引起什么围观事件。

灵感、善财、熊思谦这落迦山三人组对着别人店家养的富贵竹指指点点。

白素贞自从上次给杨子徽治了病之后，就对中西药的地位产生了浓烈的兴趣，买了板西药，正在一颗颗地磕开胶囊琢磨成分，本来想搭讪的路人都避开了。

鲲鹏背着一个精灵球造型的双肩猫包，薛定谔就从圆形的透明罩子往外张望，他们离大家有一定距离，毕竟有隔阂。

室火星君不停收人家的房地产宣传单，怂恿段佳泽买某某处的房，一旁挎着段佳泽手臂的有苏吐槽，到底知不知道现在动物园的政策啊，钱要拿来养大熊猫的……

谛听全程神色安详，在段佳泽问他游客这么多，会不会觉得太吵闹的时候，微微一笑说道："还没有奈何桥上人多。"

精卫看到人家卖的玉石就想买回去，没钱还要用石头和老板换，看得段佳泽欲言又止……

水青像入了林的鸟一样，窜来窜去，也不干别的，就买明信片。据她说，这是准备以后再卖给陆压使，陆压每次都还裁个二指宽的小纸条呢。

段佳泽看了一眼完全不知道青鸟想赚他差价，也没想过可以买点儿漂亮些的信纸的陆压，黑线连连。

回头望望，好难得这么多人一起出来，段佳泽有些感慨，多拉风啊，一群神兽出街，估计在仙界也不多见。本来还想把吉光也带上呢，硬是让白素贞给劝住了，自己一想也是，容易被交警拦下来……

因为人多，段佳泽也需要时常停下来"整队"。

而且这么一票人，回头率也比以前更高了。段佳泽帮助解决了几起搭讪事件后，就再也管不了了，这也太多了。

最可怕的是居然有个男的走过来问段佳泽要微信号码,当时陆压的脸色就变得非常难看,那男的背对陆压都不知道,还一脸得瑟地追问段佳泽。

段佳泽被撩得非常尴尬,隔着这人肩膀就能看到陆压已经举起手来了,更让他郁闷的是,以前上街就算有也是女孩子来搭讪啊,为什么现在会有男的??

这个时候有苏一下抱紧了段佳泽的手,大喊道:"爸爸,快走吧!"

段佳泽:"……"

搭讪的男人:"……"

他尴尬地看了看这小女孩:"啧"了一声:"不好意思啊,我还以为是你妹妹呢。"

说罢,投来惋惜的一眼,这人就走了,将将逃过一劫——不,看陆压仇视的眼神,可能不一定逃得过了。

陆压看了有苏一眼,露出一点儿嫌弃的神色:"你这种女儿……算了,看在你是来解围的分儿上。"

段佳泽:"……"

有苏嘴角抽了一下,客气地道:"道君,我是叫园长爸爸呢。"

又不是认你做爸爸,你有什么好嫌弃的??

陆压也不知道听没听出来有苏的话外之音,继续叨叨:"……不计较你占便宜了。"

饶是以有苏心机之深,这会儿也要发飙了,鉴于她发飙的下场可能是又被陆压烧黑脸,段佳泽一把抓住她的胳膊:"姐,我请你吃糖。"

陆压看着段佳泽把有苏捞走,心想本尊说的没有错吧,有苏这种女儿养来何用……他瞥到乱跑的水青,忽然想到,倒是青鸟还有点儿用,算是这些动物里最顺眼的一个,办事非常麻利,寓意也好。

而且青鸟的原型也是三只脚,虽然属于水鸟,还是绿色的……

正在数明信片的水青忽然觉得有人盯着自己,茫然地抬头一看,发现竟是陆压道君在用古怪的眼神看着自己,顿时一寒,心想难道道君知道我这是要倒卖给他的了?立刻对陆压讨好地笑了笑。

陆压看到青鸟这尊敬的笑容,满意地一点儿头,心中更是觉得,可以可以,女儿像这样可以。

如果段佳泽知道,大概会问一句,请问你他妈思想为什么这么辽阔?

水青开始恐慌了,哎呀,道君那个表情是什么意思,琢磨不透啊。

她跑去拉着段佳泽，给他一张明信片："园长，你给道君写个条儿呗？"

段佳泽拿着那张明信片，翻来看了看，莫名其妙地道："写什么？他就在后面。"

水青心虚地看着段佳泽，她虽然不知道陆压什么意思，但是她觉得如果园长能给道君写个信，道君怎么好意思因为任何事怪罪她这个信使呢。这也是水青多年工作带来的经验。

水青支支吾吾道："你们好朋友嘛（有苏嘻嘻笑起来），传个信联络下友谊……可以写让道君走上来点儿啊。"

段佳泽："……然后你拿着到后面送给他？"

水青点头。

"我还是第一次见到这样的工作狂，"段佳泽怪异地看水青一眼："还是算了，我这声音稍微大点儿他都能听到。"

要真写了段佳泽就要怀疑自己的智商了。

"唉，吃饭的地方到了，进去吧。"段佳泽招呼大家往一个巷子里走，这条街有些横向的短巷子，里头也是各种店面。

"人齐了吧？"段佳泽挠挠头。

众派遣动物鱼贯而入，段佳泽大略看了一下人应该都齐了，领着他们去预订好的包厢。

不远处，一名刚从小贩手里接过一个装着金鱼的袋子的小男孩站起身来，抬头眨了眨黑白分明的大眼睛。

"薛定谔，你看到园长往哪儿走了吗……"

106

一个长得可爱无比的小孩，背着一只猫，拎着一条鱼，站在繁华闹市中间，左右张望，显然是和家人走失了的样子。

很快，就有一个长得很漂亮的女孩子凑上去："小弟弟，你是不是和爸爸妈妈走失了？"

她的同伴也说道："表情也太可怜了，多茫然啊，还记得爸爸妈妈的电话号码吗？"

鲲鹏心中漠然想，我的表情很可怜吗？

他一声不吭，并不打算和这两个凡人扯，迈步往旁边走。

女孩说道："唉，警惕性还挺强，别走啊，我们不是坏人。"

但是这可爱的小男孩还是没理他们，埋头往前走。

这时，他们看到斜刺里冲出来一个中年男人，一把抱起了小男孩，怒道："你这小混蛋，就知道乱跑，多让大人担心！"

说着，他瞥了那两人一眼，就抱着小男孩离开了。

女孩只看到那小孩在男人怀里皱了皱眉，但是也没说话，心里惊疑不定。这人穿着打扮都很普通，甚至简陋，小孩却是干干净净，衣服也比较好的样子，长相更是一个地下一个天上，这难道能是父子？

如果不是，那小男孩怎么不说话，难道吓傻了吗？

女孩还想问一问，可是中年男人动作很快，他把小孩抱在怀里，那几句话也没引起如织游人的在意，紧走几步就消失在了人海中，令她再想呼救已经来不及。

米福夹着那小男孩，心跳只加快了一点儿点，而脸上仍是非常镇定的，这种事情，他也不是第一次做了。

米福不是专业人贩子，或者说不只掺和贩卖人口的事情。他没有正经工作，每天在各处繁华街市打混，小偷小摸也干，有时候遇到这样的情况，也会"顺手牵羊"。

不过，因为不是专业的，所以米福通常会联系专业人士，他们有渠道，然后他从中抽成。

眼下这一个，显然是只小肥羊，长得白白嫩嫩，跟拍广告的童星似的，年纪也不大，绝对能卖个高价。

想到这一点儿，米福就露出了淡淡的笑容。

不过，有一点儿不好，就是这小孩不哭不闹。本来米福还有百般手段，只要小鬼敢哭叫，就使出来，但是他愣是只皱了一下眉头，随即就全程盯着袋子里的鱼。

这小孩，不会是哑巴吧？

米福眼睛转了转，抱着小孩拐到了一个老公厕。

这商业街建起来后，有配套的全新公共设施，加上很多店家都有厕所，附近这个老公厕也就没多少人来了。

米福把小孩放在地上，锁了门，仔细看这小孩。

他的皮肤白嫩又光滑，鼻子翘得特别可爱，嘴巴粉嘟嘟的，就是那双大眼睛呢，好像黑得过头了，而且特别阴沉，就好像装了两口深潭一样。和他对视一久，就让人心里有点儿怪异。

这感觉，就好像米福看过的恐怖片里面，装着成人灵魂的小孩皮囊一样，特别变态……

"喵！"

一声猫叫，把米福给惊醒了，这才发现自己居然出了一点儿冷汗！

就算是在街上掳人，或者更紧张的场合，米福也没有这样的表现，谁能想到，他和这小孩对视几眼，就冒冷汗了。

这小孩真是邪性，而且到现在也不说话。

这要是个哑巴，那价格可就不好说了，长得再好看也卖不出美丽价格啊。

听到这声猫叫，鲲鹏却是解开包，把薛定谔从里面抱了出来，然后自顾自地把便携水壶拿出来，给薛定谔喂水喝，动作非常娴熟流畅。

薛定谔本来体型就大，一身长毛，就更显得蓬松了，看着都沉得慌。它安然坐在鲲鹏怀里，伸出舌头舔着水喝。

薛定谔舔了下水，又叫了一声。

鲲鹏又从怀里摸出了散装的猫零食，喂给薛定谔。

米福看得目瞪口呆。

什么鬼，就这么无视他，喂起猫来？

而且，这只猫好像有点儿眼熟，总觉得在哪里见过……不对，这不是重点。

重点是，一瞬间米福就不太在意小孩深沉的眼神了，或者是他觉得自己社会人的尊严受到了践踏，更加想要证明，于是刻意做出了凶恶的神色："小哑巴！好生喂猫吧，以后你估计也见不到它了！"

小孩抬起头，淡淡扫了米福一眼，就好像看智障一样。

这个是米福脑补的，其实小孩什么情绪也没有，但就因为什么情绪也没有，才让米福脑补得更多。

我都这个表情了，你居然还不怕？

米福气冲头顶，他想找回面子，结果这小孩更加不给面儿。他都有点儿失去理智了，生气地上前一把从小孩手里夺过猫零食，狠狠摔在地上："你他妈的，找抽是吧？"

说罢，米福扬手就是一巴掌抽过去。

"喵！"一声凄厉的猫叫，身形巨大的混血森林猫猛地扑出去，整个扒在米福头脸上，在小孩怀里时温驯的样子不复存在，尖利的爪子从爪垫中伸出来，在米福脸上划出了几道深深的血痕！

"啊！"米福惨叫一声，其中一道血痕从他上眼皮划到下眼睑，血糊住了视线，他抓着猫毛拽开猫，用手擦着眼前的血，疼痛让他暴怒了起来。

不过，米福还没能暴怒完。

薛定谔虽然修炼得有了一点儿点成就，但是长毛被米福粗暴一抓，也掉下了几根，飘在空中。它炸着毛站在鲲鹏身前，厉声喵了几下。

鲲鹏看到那几根飘浮在空中的毛，也暴怒了，心疼地喊了一声："薛定谔！"

米福闪过两个念头："原来他不是哑巴"和"薛定谔这个名字有点儿耳熟"。

人类一怒，要打小孩；鲲鹏一怒，嘴巴当时就张大了。

米福那怒气连同眼珠子一起凝固住了，没能做出任何反应动作，只见白嫩可爱的小男孩粉嘟嘟的嘴巴一张，越张越大，越张越大……

米福甚至能看到男孩的嘴巴张大到不可思议后，里头红嫩的扁桃体。

薛定谔！对了，它是灵囿动物园的散养猫，之前在朋友圈看到过视频！

这是米福陷入黑暗之前，最后一个想法。

鲲鹏慢条斯理地给薛定谔洗着爪子，这个公厕可不是特别干净，刚才薛定谔踩在地上了，得好好洗洗干净。

这时，一个男人走进来，看了看，对鲲鹏道："小朋友，你有没有看到这个人？"

鲲鹏看了一眼男人手机上的照片，正是刚才那个中年男人，他摇了摇头："没有。"

隔间都开着门，一眼就能看到，男人扫了一眼，对淡定的鲲鹏说："小朋友，你爸爸妈妈在外面吧？"

看到鲲鹏点头后，男人才出去。

这个男人是名便衣警察，外地警方最近查获了一起贩卖人口的案件，正在抓获所有涉案人员。他们合作调查位于东海市的窝点，顺藤摸瓜，一个供一个，就查到了米福身上。

不过这个人没有固定住所，所以他们只能在常出没地点进行询问，巧得很，有人给他们提供了线索，看到米福带着一个男孩往这边来，很有可能米福正在拐小孩。只是，暂时还没找到米福。

男人心想，可惜这边人流的关系，监控很容易遗漏，一定要快点儿找到米福，解救出那个小男孩才是。

鲲鹏把薛定谔装回猫包，背着这个大号猫包往外走去，准确地原路返回，走回到自己和园长失散的地方，然后掐指一算，朝着酒楼走去。

段佳泽正在一楼催菜，就见到一个仿佛要被大号猫包压垮的小孩走进来——能够装得下薛定谔的猫包对鲲鹏来说，真的很大。

段佳泽一惊："鲲……小鹏，你什么时候出去的？"

鲲鹏仰着脸慢慢道："园长，我刚刚才找过来。"

段佳泽反应了一会儿，才明白过来："卧槽"一声，原来刚才竟然把鲲鹏老师落下了！

鲲鹏老师一直阴沉孤僻，也不爱和人交流，不像普通小孩那么有存在感，加上这么矮，人群中就跟隐身似的，段佳泽愣是没发现他走失了。

鲲鹏都走失又回来了，段佳泽才知道，心想幸好鲲鹏不是真小孩，汗道："不好意思啊，疏漏了，这是什么，你买的鱼吗？"

鲲鹏也不在意，淡淡道："薛定谔喜欢，买回去给它玩。"

可怜的小金鱼……段佳泽瞥了小金鱼一眼。薛定谔对鱼很有兴趣，不过动物园里，海洋馆的鱼都在玻璃墙后不说，外面散养的金鱼、锦鲤基本都是灵感罩着的，薛定谔也就只能趴在湖边看看了。

不过，它有一个好猫奴，鲲鹏老师这就给他购置小伙伴了。

段佳泽这边催完菜，领着鲲鹏一起上去。

他们开了个有几桌的大包厢，鲲鹏落座没多久，就"啊"了一声。

他很少发出什么声响，加上知道自己刚刚弄丢过他，段佳泽有些关心，立刻看了过来："袋子破了，拿个茶杯装着吧。"

装金鱼的袋子也算跟着鲲鹏经历了一番奔波，不知到哪里便漏水了，金鱼在变瘪的袋子里挣扎。

不过桌上只有茶水，段佳泽拿了个杯子在包厢内的卫生间接了杯水："装进来吧……"

他刚说完呢，就看到等不及的鲲鹏老师从塑料袋里掏出那条金鱼，放进嘴里。

门开了，端着菜的服务员愣在了门口。

段佳泽："……"

服务员两只手都是满的，只能活动脸上的肌肉，挤了挤自己的眼睛，纳闷地自言自语："我怎么觉得我看到那金鱼造型的点心动了一下……"

段佳泽黑线地接了个茬道："你看错了。"

鲲鹏把金鱼给囫囵吞了下去，薛定谔在猫包里不停地抓着透明罩子，大概在喊叫，那是我的鱼。

段佳泽看到鲲鹏无奈地把包打开一条缝，对里面说道："没死，回去就吐给你。"

薛定谔娇声叫道："喵喵喵！"

段佳泽："呕！！"

灵囿的度假酒店大楼经过半年多的忙活也封顶了，接下来还要进行装修，动工配套设施。

作为工程总顾问，室火星君朱烽为装修风格定下了调子——古典风情，他还向园长申请，买些古董来做装饰，因为觉得现在的材料不是很有年代气息。他要是能用法术，就直接变他百十来个了。

段佳泽认真地说："买不起啊，星君，我们真没那么富裕。"

流动资金哪有那么多，就算回笼了，要用钱的地方现在多得很，日常维护、员工工资也是一大笔费用，还在不断考察引进新的动物。

朱烽叹气："只是那样，就有了缺憾，看上去没有那么完美了。"

"但是有星君你在，酒店还是非常宜居的啦。"段佳泽捧道："我觉得也不需要那么多外物来装饰，什么宋代清代的瓶瓶罐罐，我们去市场批发一点儿就得了。"

朱烽无奈地点了点头，半晌又说道："能不能自己烧啊？"

段佳泽惊道："您还会这门技术？"

朱烽说道："我不会，精卫肯定会啊，他们那个年代部落都自己捏罐子的……"

段佳泽："……"

段佳泽："哥，那是陶罐，和你要的能是一回事吗？不是一个时代的产物啊！"

朱烽咂咂嘴："我觉得差不离吧，不就两三千年。"

段佳泽没话说了，把图片调出来给朱烽看："您仔细看看这个，两三千年很长了，两三千年前我们这块地方还没人住呢。"

朱烽一看，差别还真有点儿大，他摸摸脑袋："原理应该也是一样的吧。不管了，我和精卫用业余时间研究一下，对了，再叫上善财，他来烧。"

朱烽话都说到这个分儿上了，段佳泽还能说什么呢，只能答应。

他说，如果需要的话，可以去联系东海那些烧窑的地方借场地。但是朱烽很洒脱，他说和精卫、善财上山琢磨就行了。

段佳泽都怕他们把山给烧了，心情沉重地把社区发的森林防火宣传单放在了朱烽手里。

而另一方面，有一件大好事：

在国家林业局的关怀之下，灵囿动物园的各项行政申请工作也飞速完成。原本需要好几个月的工作，在两个月之内就完成了。

把原有场馆进行改建、增加设备之后，熊猫馆以极快的速度落成。

游客们本来还在琢磨这是要引进什么动物，结果一看那装潢，竟然是——大熊猫馆！

一时间东海人民沸腾了，大熊猫要来东海了？

经过一些如市动物园、林业局内部人士的私下证明，小道消息满天飞，还有民间媒体向灵囿求证，最后证实：是的，大熊猫要来东海了！

不但有大熊猫要来，还是两只！

一只两岁的幼年大熊猫，在基地颇有人气的粽宝，一头"十三岁"的大熊猫，黑旋风。两只都是公的。

网民们倒还好，他们有的人在本地动物园看过熊猫，特别是蜀地人民，有的本来就是云养熊猫，熊猫在哪儿都一样。

东海市民就不一样了，对这件事非常热情，迅速拉起了组织，还说要给熊猫接车。至于熊猫馆会单独售票的事情……那就不叫事。

在市民的热烈情绪之下，灵囿动物园还放出了官方说明，录了视频给大家提前预览熊猫馆的内部设施，并由园长说明一下如何申请到大熊猫。

段佳泽讲述了一番申请大熊猫的"困难"，为何要申请，以及如何有幸运接到粽宝和黑旋风。最后，他含笑对镜头说道："相信自己，只要努力，你总有一天也会有熊猫的。"

"园长又在开玩笑了，神他妈总有一天也会有熊猫啊。"

"我连猫都没有，别提熊猫了。"

"我川蜀人民还没实现熊猫普及化，无法骑着熊猫满街跑，你们就不要想那么多了！"

"悲情一笑，如果努力就能有熊猫，我岂不是能开熊猫养殖场了……"

为了制造假象，提前一段时间潘旋风就被送到了中心，之后再和粽宝一起接过来。

黑旋风的身份是在临水观和国家有关部门帮助下伪造的，因为它的年龄，人们也就是疑惑一下以前没注意过，即便少数忠的实大熊猫粉，也被履历中"改过名"的记录给弄迷糊了，以为它是以前一只比较透明的大熊猫。

其实那只大熊猫前不久已经野放了，只是为了这个计划，特地不公布出来，直接把身份借给黑旋风，人家还以为它因故退出野放计划了。

相对黑旋风，粽宝有很多关注。它从前就在官博上很受欢迎，也算小小网红熊猫，这次去灵囿"打工"，惹来不少粉丝的叮嘱，让灵囿一定要好好照顾粽宝。

粽宝才两岁，因为在端午节出生，所以得名粽宝。

那个貌似是小透明的黑旋风，就不知道为什么叫这个名字了，还挺霸气的，导致有些粉丝还在微博上问，为什么它叫黑旋风。

灵囿和中心商量之后，放了一张动图出来，解释了这个问题。

一只圆滚滚的大熊猫，从小土坡上滚下来，不知道是因为体型太圆还是怎么，它滚动的频率特别高，整个像一道旋风。

同时，由于黑旋风作为一只成年大熊猫，不怎么洗澡，和黑白分明的粽宝不同，它白色部分的皮毛都脏兮兮的，因此，叫他黑旋风，而非黑白色旋风就很有道理了……

从山坡上旋风一般滚下来的黑旋风"duang"地瘫在地上，肉还动弹了几下，也不爬起来，仰躺着，肚子鼓起来，还抬起粗壮的爪子，慢悠悠挠了挠自己的肚皮。

虽然皮毛没幼年熊猫那么干净，但是动作非常有灵性。

"太萌了！！"小苏捧着脸大喊："憨憨的，这么萌的熊猫，就要是我们的了吗？"

一想到以后每天都可以看到可爱的粽宝和憨态可掬的黑旋风，小苏就觉得幸福得不得了！

段佳泽在一旁干笑了几声，没说话。

小苏从捧脸变成了捧心："唉，说起来几天没看到潘旋风老师了。园长，黑旋风的名字不会就是他给改的吧？虽然都叫旋风，不过此旋风可比彼旋风可爱多了。"

段佳泽："嗯。"

为迎接粽宝和黑旋风的到来，在段佳泽的亲自监督之下，熊猫馆的工作人员用紫竹笋和新鲜水果做了一个多层"蛋糕"。

此时，粽宝和黑旋风已经在从蜀地来东海的路上了。它们将先搭乘飞机，从中心到省城，然后再乘专车抵达灵囿动物园。

到时，两只大熊猫在新家修整数日后，才会正式与市民朋友们见面。

午休时分，派遣动物们围住了那个跟鲲鹏差不多高的超级大欢迎"蛋糕"，即便他们不是动物，也不禁冒出了一点儿点酸味……

就算是之前人气最高的有苏，也没有这样的待遇呢。

再看看这个熊猫馆，单独一栋，本来设施就是一流了，还另外添加了专门的设施，甚至墙上的装饰也都是熊猫主题的。

还有个最明显的：熊猫馆单独售票。

灵囿散养区乘坐交通工具要收费，但门票确实不用单独买，也就极地海洋馆需要而已。但是，那里头多少动物，熊猫馆呢，只有两只。

此前潘旋风待遇超好，但是直到现在，大家才深刻感受到差距，隐隐有点儿明白以前陆压道君的思维了。

想他们也是大神，待遇却不如那黑白熊呢。

再看看陆压，反而是道君现在心灵升华了，丝毫没有嫉妒，甚至还挑剔了起来："段佳泽你跟他们说呀，那几根竹子太难看了，影响动物园形象，得换几根！"

这人啊，是打心底把自己当成管理层……不，当成家属了！

107

今年两岁的粽宝在大熊猫研究中心中的基地之一出生，在自媒体时代，直播发达的现在，它非但被研究人员们呵护着，也备受网民喜爱。

粽宝迄今为止两岁的人生是美满无忧的，它的母亲没有遗弃它，它也没有生什么病，健健康康，在关注中长大。

但是，粽宝知道，这种生活就要结束了。它身边的伙伴们，长到一定大的时候，部分就会陆续到别的地方。

年纪大的熊猫告诉小熊猫们，那是去打工了，它们也曾经经历过。

粽宝简单的思维理解不了打工是什么意思，但它从前辈口中它得知，打工就是换到另外一个地方，给人类参观。至于条件好不好，就要看运气了，说不定还会吃不饱呢。

对此，粽宝有些惶恐，它喜欢基地每天供给的新鲜竹子，木竹的嫩芽，箭竹的竹叶……都是那么美味。去到其他地方，如果竹子不好吃怎么办？甚至吃不饱怎么办？

研究人员在旁边讨论："粽宝好像有点儿焦虑，是不是感觉到自己要走了？"

"应该是吧，粽宝比较敏感。你看康玉也要出发了，还睡得四脚朝天呢。"

"应该没什么问题吧，灵囿的人来了吗？"

灵囿动物园的员工千里迢迢来到蜀地，护送粽宝和黑旋风一起去东海市。

两只大熊猫被送上飞机，待在专门的运送房间内，里面放了粽宝最喜欢的竹子，还有一些苹果。

一进去，黑旋风就大摇大摆占据了一个角落，把竹子扫到一边，面对墙壁坐着。这什么破竹子，比得上灵囿的竹子吗？他才不稀罕呢！

即使起飞的颠簸，也没能让黑旋风动摇分毫。

倒是粽宝，在房间内毫无防备地滚来滚去，看着黑旋风屹立不倒的背影是那么的高大，顿时眼中充满了崇敬。

当平稳下来后粽宝弱弱地爬到一角，盯着黑旋风依然不动如山的背影看。

这位大叔，好像是前几天才到基地来的，和它们隔离开，它只远远见过一次。

看着大叔敦实的背影，粽宝半晌才害羞地往那边爬，抓起一根竹子吃了几口，一边吃一边看黑旋风。

听说，打工的地方，不像基地全都是熊猫，都是别的动物，同类就只有它们两个了。

粽宝很想对黑旋风示好，而且它觉得这位大叔给它一种很安心的感觉，一定是一位慈祥宽厚的长者。刚才飞机起飞时，大叔就像大山一样稳重呢。

抱着这样的心理，粽宝又蹭到了大叔旁边，试图把竹子递给大叔。

正在抠脚的黑旋风一伸手就把粽宝给推开了："干啥子哟，不要骚扰老子。"

这熊仔越可爱，黑旋风就越没办法喜欢它，因为这证明它越会威胁自己的地位啊。没揍过去，那都是怕园长生气了。

粽宝对黑旋风的话半懂不懂，被推得滚了好几下，反而觉得有意思，就像在和同伴玩耍一样。它衔着竹子再次爬向黑旋风：大叔……给你吃。

黑旋风一只手放在粽宝脑袋上，又把它顶开了："老子不吃。"

粽宝四脚朝天，锲而不舍地翻身再次爬向黑旋风。

黑旋风感觉心很累，他怎么觉得现在的熊猫越来越傻了呢？怕不是被人类繁育蠢了吧？

最后，当专机抵达东洲省省城时，来搬运熊猫的工作人员们看到的，就是粽宝趴在黑旋风身边睡觉，黑旋风面壁呆坐的一幕，竟然意外的温馨（？）。

来接大熊猫的带队人员是柳斌，他看着这一幕，感慨道："这两只大熊猫真的没血缘关系吗？感情真好啊！"

这时，黑旋风嫌弃地把粽宝踢开，自己爬进了运送笼，缩在里面。

粽宝打了个盹，被踢了后迷迷糊糊醒来，跟在黑旋风后面钻进去了。

"这也太乖了吧？"柳斌都惊呆了，看着基地的人。

其实基地的护送人员也有些蒙，说实话他也没见过熊猫这么乖的，还会自己进去，怕是在玩儿吧？

而且，这两只大熊猫的关系真的太好了！

两只大熊猫乘坐专车，一路飞驰，来到了风景如画的东海市，在路上，就受到了不少瞩目。专车车身上专门喷绘了熊猫，加上有动物园的标识，本地市民早知道今天熊猫会来，看到车都指点起来。

待抵达灵囿后，看到车辆的游客更是发出了欢呼声。

两只大熊猫被送入熊猫馆中，现在里面有好多没事做的员工在围观，甚至有市林业局和市动物园的人，也过来凑热闹了。作为市林业局，本来也有监督功能嘛，可以说是正大光明关心熊猫入住工作。

以小苏为首的几个负责宣传的员工和市电视台的记者，扛着长枪短炮全程记录。

黑旋风看到那竹子水果蛋糕，跌跌撞撞地冲了过去，跟不要命似的。

由俭入奢易，由奢入俭难啊！

想他在灵囿待了那么久，去以前非常向往的基地住了几天，反而很不喜欢，主要是吃不好。现在回来，立马就疯狂地冲向竹子蛋糕了。

粽宝羞怯地看了看这陌生的环境，毫不犹豫地跟在黑旋风大叔身后，埋头爬过去，一头撞在黑旋风屁股上。

黑旋风也不在意，他忙着吃呢。

小苏在旁边嗷嗷叫："它喜欢吃啊！太好了！！"

基地来的人也松了口气，没想到灵囿的条件还真不错，大熊猫连犹豫都没有，冲上去就吃了。那个胡吃海塞的范儿，不知道的还以为饿着了呢，明明路上一直提供了食物。

他们基地平时供给熊猫的竹子，那品质都是非常高的，因为大熊猫本身也很挑剔。有的大熊猫在外打工时，待遇说不上特别好，甚至吃不饱，让人特别心疼。现在看到灵囿这么重视大熊猫，找到的食物也符合大熊猫胃口，叫他心里松了口气。

那边，粽宝在黑旋风身后，也嗅到了竹子的清香，特别诱人。它从黑旋风身后绕过去，用手扒了一根竹子，眼睛发亮。

这个香味，好像在基地都没有闻到过啊！

黑旋风嫌弃地看了粽宝一样，总觉得吃的被抢了——以他的能力，完全可以把这整个蛋糕都吃掉好吗！

但是谁让园长就在一旁慈爱地看着他们，黑旋风不敢像在飞机上那样推粽宝，只能转过头不看粽宝。

粽宝一口咬了几片紫竹叶，顿时，从未享受过的美味在口中蔓延开，还有种奇妙的能量进入身体，让它舒服得要命。

两岁的熊生，从来没有这样奇妙的体验呀。

"唧……"粽宝顿时瘫在地上了，怀里抱着竹子，一口接一口啃着，别的什么也不想做，觉得自己已经是个废熊。

两只大熊猫，一只坐着啃竹子，一只躺着啃竹子，眼看蛋糕越来越小，这就是它们态度的最大证明了。

就这个镜头，记者完全可以扩充到两只大熊猫对东海市的居住环境非常满意，宾至如归。

段佳泽看得也很是满意，不愧是无名英雄帮忙后挑选出来的熊猫，粽宝比黑旋风要小上几号，脸盘子圆圆的，一举一动煞是可爱，而且属于熊猫里比较通人性的那种——这可不是在灵囿吃高级饲料吃出来的，是人家天生的，难怪以前粉那么多。

粽宝在段佳泽心目中的地位，瞬间愈发上升了。

欢迎仪式结束，该拍的都拍完了，段佳泽也就请大家各回各家，只留下饲养员，大家开了个会，也就吩咐一下让他们留神照顾。其实也没什么关系，有旋风老师在呢。

吃饱后的粽宝，更加幸福了，依偎着黑旋风大叔，躺在地上，来之前的忧虑一扫而光。

哎呀，以前为什么会觉得害怕呢，打工原来是这么快乐的事情，可以吃到这么好吃的竹子……嗝！

饲养员把室外活动场的门打开了，粽宝探头探脑看了一会儿，想出去探索一下。但是回头一看，黑旋风大叔躺在地上，跷着脚，一点儿也没有要动的意思。

粽宝忍不住拱了拱黑旋风，被黑旋风搡开了。黑旋风侧躺着，背对粽宝，骂骂咧咧地道："你娃唧个那么烦。"

眼看黑旋风大叔只想休息，粽宝只好自己往外爬，它好想玩呢。外面有水池，有木头搭建的攀爬台，有摇摇车……

这个时候，段佳泽再次进来，身边还跟着孙颖。这是走后门想提前进来看看熊猫的。

黑旋风一扫到段佳泽，心里一凉，哪里还敢继续躺着，嗖嗖嗖冲到了摇摇车旁边，把刚爬到这里的粽宝一屁股扛飞，然后自己坐上了摇摇车。

黑旋风肥大的屁屁都嘟出来了，还坚持不懈地抱着车头晃，摇摇车在前后摇动间，发出了不堪重负的嘎吱声。

粽宝坐在地上，呆呆地看着黑旋风大叔，不明白刚才发生了什么事。

外头的孙颖看到这一幕，直接喷了："还抢摇摇车坐呢？真的好可爱啊。"

段佳泽也醉了，他是吩咐过黑旋风一定要喜欢摇摇车，但是旋风老师能够以几百岁高龄，把两岁的大熊猫挤开自己坐摇摇车……也真是非常敬业啊！

好在粽宝对黑旋风还处于盲目崇拜中，并不觉得哪里不对。黑旋风在飞机上的英姿给当时脆弱的它留下太深的印象了。

粽宝把摇摇车让给大叔坐，自己爬到旁边的木头架子上。这里还有个木头滑梯，粽宝很能自娱自乐，从上面滑了下来，不过一个没刹好车，翻了个跟斗，趴在柔软的草地上。

粽宝听到有人类的笑声，抬头看去，这才发现了外面段佳泽和孙颖的身影，是段佳泽在笑。

粽宝歪着脑袋看这个人类，尚未意识到，这将是它在打工地点最大的倚靠。

东海论坛

主题：刚从大熊猫馆回来，差点儿被挤怀孕了。

内容：这辈子第一次看熊猫，兴奋啊，扛着单反就去了，麻蛋，被挤得都怀疑人生，拍到好多人头，幸好后来机智，提前跑到活动场外去，占据了一个好位置，蹲等熊猫出来。

收获还是很大的，放一下今天拍的图。

1L：怒舔楼主的图！我今天也去了，但是没相机，手机拍了几张渣图。粽宝真的可爱疯了啊啊，我是不怎么爱逛动物园的，以前去灵圃都是为了吃佳佳，今天我果断办了个年卡。

2L：楼主拍得真好啊，我也想去呜呜呜，但是今天要补课，疯狂吸熊猫！

3L：今天灵圃真的是人山人海……我去的时候都限制进入了，等了半个小时，毕竟第一天开馆，希望以后会好一点儿。

4L：收图。话说看到真熊猫的我，已经彻底跪了。

LZ：继续来说一下吧！今天拍得真的很开心，好遗憾没有录像。两只大熊猫叫黑旋风和粽宝，这个相信没去过的人也都知道了吧？

想说真的被这两个宝贝萌死了！黑旋风同志比粽宝大好多，但是超级幼稚，居然喜欢玩摇摇车。一直疯狂赖在摇摇车上，粽宝特别想上去，但是不敢和黑旋风争，就坐在旁边羡慕地看了超久。怜爱粽宝，想帮它申请多买一辆摇摇车啦！

黑旋风这个大胖子，肉都溢出来了，我怀疑摇摇车迟早有一天要报废……

18L：哈哈，楼主的描述好有画面感。这两只好像感情真的很好哦，今天我去看的时候，黑旋风在睡午觉，粽宝就往它身上爬，然后被甩下去。后来黑旋风烦了，不理粽宝，粽宝就靠着黑旋风睡，然后还啃黑旋风的爪爪，啃得全是口水。

19L：吃手手真的笑死我了，粽宝怎么喜欢含爪子啊，还是含黑旋风的。黑旋风不乐意，抽出来的时候，粽宝整个身体都跟着螺旋转了半圈。后来还想去啃黑旋风的脚爪爪……

20L：喷了，啃脚爪爪不会有味道吗？

21L：没啃到，黑旋风超无奈，但是它对粽宝其实挺好的啊，虽然不给粽宝玩摇摇车，可是都没有用力欺负过粽宝。

22L：是啊，黑旋风体型特别大，比我在川蜀那边看过的好多熊猫都大，力量肯定也不差，但是对粽宝可以说很温柔啦。有没有老粉来说一下，它们以前在基地关系就这么好吗？

23L：咦，好像都不是一个基地的呀。

24L：这难道就是传说中的……铁汉柔情？

最后路人放了一张图：

木头平台上，黑旋风和粽宝并排坐着的背影，像一大一小两只黑白糯米团子（在粽宝心里是山峰）。

……

35L：大团子带小团子，我的血槽已经空了……

黑旋风和粽宝的到来，让灵囿最近每天都是人满为患，热情的东海市民恨不得住在灵囿不走了。

因为这两只的确是非常可爱，段佳泽在熊猫馆溜达一圈，所到之处，每个游客看着它们都不自觉露出微笑，眼睛放光。

同时，黑旋风和粽宝的互动，也在官博上掀起了热烈讨论。

据说，这两只以前没有什么交集，年龄还差这么大，这个搭配其实挺一般的，不像别的动物园，但是没想到碰撞出了新的火花。

黑旋风看上去高大强壮，对熊仔居然还挺温柔。

粽宝也不明缘由地特别喜欢黏着黑旋风，基本上黑旋风去哪儿它就跟到哪儿，一会儿不见了黑旋风就开始找。有时候黑旋风躲在坡后睡觉，粽宝就会满园找，直到看到黑旋风。

"这对CP我磕了还不行吗？？"小苏挠着桌子号。

段佳泽："你冷静一点儿小苏，粽宝还是个孩子……"

这时候人形的黑旋风，也就是潘旋风老师敲了敲门，伸了个脑袋进来："园长。"

小苏看到潘旋风，立刻收敛了神情。

潘旋风看了小苏一眼："园长，我能和你单独聊聊吗？"

"那我出去吧。"小苏立刻站起来，拿着手机，上面还有黑旋风的动图，她一边往外走一边念叨："啊，黑旋风真的是太可爱了……"

潘旋风："……"

段佳泽和蔼地拍了拍沙发："潘老师，什么事啊？"

潘旋风进来坐下，不好意思地道："园长，我想申请，能不能让粽宝不要再吃我爪爪了。"

段佳泽："嗯？"

潘旋风呆了一下："哦，我是说爪子，唉，被那些游客影响了……就是它老含着我爪子，我都不敢挠它的，舔得我都要脱皮了！"

潘旋风把手伸出来给段佳泽看，还真的泛红。

因为段佳泽的警告，现在又几乎无时无刻不处在人们眼皮子底下，潘旋风别说不敢欺负粽宝，就是稍微用力推它都不敢了，生怕被段佳泽说虐待大熊猫。粽宝就更来劲儿了，特别黏他。

"哎哟，还真是。"段佳泽端详了一下，认真地道："好，特准你帮助粽宝改掉吃手这个坏习惯，可以适当地教育它一下，但是你要知道尺度。"

潘旋风感激地连连点头："谢谢园长，我明白了！"

潘旋风获得批准，兴高采烈地出去。

恰好黄芪过来，看着潘旋风几乎蹦着离开，好奇地说："潘老师那么开心的？聊什么呢？"

段佳泽："咳，说了下大熊猫福利……"

"哦……"黄芪了然，潘老师是大熊猫馆的，看来还真是特别喜爱大熊猫，因为争取到福利就这么兴奋："对了，园长，海角公园想找我们一起办个狂欢活动啊。"

段佳泽都没多问，直接道："提供场地可以，不借动物。"

黄芪笑了几声："知道，因为面向年轻男女，他们能有'鹊桥'就好了。"

段佳泽："那可以。"

大家都是邻居，合作办个活动什么的，再合理不过了。不过一般找上动物园，多半会要求动物园把动物提供出来，参与一些互动。但是海角公园知道灵囿不玩动物表演，也就没有强求这一点儿。

活动面向广大年轻男女，海角公园策划了一系列游戏活动，灵囿只要配合延长闭园时间就好了。

活动当天早晨，段佳泽从被子里钻出来，打了个喷嚏："哎，好像降温了。"

他打开窗子确定了一下，果然是降温了。

体感比较冷，今天起码得穿件毛衣吧……

一想到毛衣，段佳泽就想起陆压那件红线毛衣。

之前陆压老催他穿毛衣，他都说天气太热了，这时候心中有些忐忑，降温了，会不会被逼着穿呢？那要不自己穿上得了，还省得麻烦，好歹陆压织了那么久……

段佳泽揉了下脸，虽然谁也看不到，但他还是因为这个想法有点儿囧了。

对了，陆压对人间的温度大概不敏感吧，反正对他来说都是低温，今天这么明显降温，也没有让青鸟来传信呢。

段佳泽看了一下空空如也的窗外，有那么一点儿点失落，回身默默走到衣柜前，打开衣柜。

段佳泽："我衣服呢？？"

整个衣柜里，除了裤子、围巾什么的，只剩下一件红色毛衣，其他所有上衣都不见了。

段佳泽疯狂翻了一下，确定真的一件都没给他剩下。

行行好，谁来管管陆压啊，半夜又上园长屋了吧，把衣服全偷走了！

难怪今天没见到水青送信。

段佳泽都给气笑了，坐了半天，把睡衣脱了，把红线毛衣给穿上……别说，这毛衣真的是温暖舒适，一下子暖和得段佳泽气都顺了好多。

再穿了条厚一点儿的长裤，一看也没有外套，段佳泽在镜子面前照了一下，只觉得自己红得要命，嘴角忍不住抽了抽。

实在没办法，段佳泽也只能这样出去了。心想普通员工倒还没什么，派遣动物们的目光可能会有点儿难挨，据小青说他们基本都知道段佳泽有这么件毛衣了，连南柯蚁都不例外……

段佳泽去食堂的路上就遇上了不少员工，他们纷纷和段佳泽打招呼：

"哇，园长你本命年吗？"

"园长，你好红啊！"

段佳泽："……"

还有女员工来摸段佳泽袖子："园长，这毛衣哪儿买的？什么毛，好舒服啊，颜色也特别漂亮，红得这么正……哎哟，织法也好看！"

"是呀，衬得气色也好。"

女孩子们比较在意这个，一说大家就都围过来了，询问段佳泽衣服从哪儿买的。

这能不好吗？月老的红线是原料，三足金乌织的，人家鸟类连鸟巢都能筑得妥妥当当，虽然陆压可能没筑过巢，但动手能力还用说吗，这属于本能。

段佳泽一想到陆压这个混蛋，居然把他衣服全都弄到不知道哪去了……又很气，虽然他思考了要不要穿这件，但是只剩这件能一样吗？

面对女孩子们的问题，段佳泽一个冲动，愤愤道："你们问陆压去吧，这是他织的。"

众人："？！！！"

108

在很多人眼里，突然崛起的灵囿动物园显得有几分神秘色彩，而在灵囿员工眼中，陆压陆哥才是最神秘的。

有关于这位高冷的大帅哥和园长的关系，私底下流传了很多八卦，不过有一点儿可以统一，那就是陆哥不但自己白吃园长的，还带着亲戚一起，自己屁事不干，可以说是抱大腿的极致了。

以前还只是八卦一下，没有真凭实据，园长这句话，可真是证实了好多传闻啊。

看来，陆哥也不是什么事都不干的嘛……

看上去冷峻帅气，没想到背地里那么贤惠？

园长发狗粮啦……

员工们心中闪过无数念头，表情全都诡异了起来。

段佳泽："我走了，再见。"

在众人的迷之目光中，段佳泽差点儿同手同脚地走开了。

陆压迈步踏进食堂，一眼就看到了格外鲜艳的段佳泽，得意扬扬地看了半天，却发现大家都盯着自己看。

陆压走到哪都是很引人瞩目的，但是在灵囿这么久了，也不至于这么多人还一起死盯着他啊，陆压忍不住扫了回去。但是往常不敢和他对视的员工们，今天却是胆大包天，全都不退缩地回看。

黄芪忍不住开口调侃："陆哥，园长毛衣挺漂亮的啊。"

灵囿离市区远，员工们平时娱乐也没那么多，就园长毛衣的八卦，不到半小时就能传遍全园，到这时候，连黄芪都知道了。他算是比较早来灵囿的，早就（自己觉得）对两人关系心里有数，地位也比较高，换了别人可能不敢开这个玩笑。

陆压莫名其妙："谢谢……"

黄芪："……"

段佳泽："……"

段佳泽差点儿吐血，只见那些听到陆压回答的人果然全都一脸暧昧的笑意。

众员工一看陆压居然一点儿儿隐瞒的意思都没有，加上园长还坦白这是陆哥织的，心中大呼，这是要公开的节奏吗？

灵囿的员工大多数是年轻人，接受能力比较高，而且段佳泽是他们大boss，因此现场没什么响应的声音，却有一片祝福的目光。

段佳泽还没法说你们别这么看着我，扶着额头默默把血咽回去。

陆压坐到段佳泽对面，这里本来坐的是有苏，陆压站在旁边说了句："走开。"

当时，段佳泽就看到有苏一脸要辩解的样子，看了看他身上的毛衣，又抱着饭碗乖乖挪开了。

段佳泽就很无语，这什么意思？

陆压坐下来，看着自己的杰作，眼角眉梢都透出得意两个字。

段佳泽嘴角抽了一下，小声道："你把我衣服都弄哪儿去了！"

陆压："我不知道你在说什么。"

段佳泽："……"

段佳泽："还他妈装呢，哥，你能不能实在一点儿？我要曝光你了！"

实际上段佳泽已经曝光陆压一次了，但是没用啊，这家伙不要脸的，没看还对黄芪说谢谢吗，而且人家怎么看他都能脑补成自己心里的效果。

陆压"哼"了一声："谁让你老是不穿。"

"这也要看气温的好吗？二十多度穿毛衣，我是奔着中暑去啊。"段佳泽抱怨道："谁，谁说我不穿了……"

他心中嘀咕，今天早上还犹豫要不要穿呢。

不过他就是要穿，大概也会穿个薄外套压一压，这颜色真的太鲜艳了，红得耀眼，虽然温暖柔软，单穿一件也够了。

陆压竟然还学会了顺杆爬："那你拿出诚意来，先穿五天，说不定衣服就回来了。"

段佳泽："你在上边儿也五天不换衣服吗？你们那儿都这么不讲究？"

因为旁边都坐了人，所以段佳泽即使说话声音放低，也注意了一下措辞。

本来装作没事人一样的有苏把脑袋伸过来，说道："园长，这我就得解释一下了。我们和麻瓜不一样，不换也没事的。"

段佳泽："……"

陆压别扭地道："你要是每天穿，可以每天洗了，我给你烘干。"

那有什么用？他要真每天都穿那件毛衣，员工该被闪瞎了。段佳泽小声道："别说了，全给我还回来再说。"

陆压低着头。

段佳泽灵光乍现，有点儿不好意思地道："不许偷留几件……"

陆压的脸顿时爆红了，恼羞成怒地道："放肆，本尊会做那种事吗？！"

段佳泽干笑不语，对一个半夜总是幽幽坐在自己床头，差点儿把他吓出心脏病的人，他还能说什么呢。

路过的小苏听到陆压最后那句话，心中想，陆哥的中二病还没有好啊，又是挑染又是本尊的，园长真是不容易！

今天灵囿和海角公园一起办活动，选在周末，虽然非年非节，但是因为宣传做得好，从上午起就陆续有情侣入场。先去佳佳抢一下今天专门为活动推出的洛迦系列特价套餐，再玩玩游戏，看看鹊桥。

这里风景好，本来小情侣们周末也要出去约会，既然这里有活动，为什么不来呢，说不定还能抢到特价套餐。

段佳泽在园里一走，只见到处都是情侣，充满了恋爱的酸臭味。

吉光今天没什么工作，本来会骑马的都是年轻人，对小孩来说太刺激了。但是这天都是些结伴来的情侣，又不能同时骑，所以吉光生意大大减少。

看到段佳泽的身影后，吉光就凑了上来，用马头蹭了蹭段佳泽，踢踢踏踏几下。

段佳泽摸了摸吉光的脖子："想活动一下啊？"

吉光想走动走动，段佳泽一看反正也没什么生意，索性牵着吉光一起在园里溜达巡视。平时他在园里走，老有人以为是员工或者游客，今天牵着马，回头率倒是高了一些。

他们一人一马走在那么多情侣中，段佳泽不由得产生一点儿异样的情绪，摸了摸自己的卷毛。

唉，好好工作也要吃狗粮啊，还真有点儿孤单……

段佳泽不禁产生了一个念头，要是陆压在的话？

然后他也被自己这个念头吓到了，搂着吉光道："完了完了，真的中降头了。"

陆压那混蛋是不是给毛衣上下了什么咒啊！

这时候，只听游客们一阵喧哗，段佳泽抬头一看，一只熟悉的大鸟低空飞过人们头顶，最后一个急停，从天而降，准确地落在段佳泽肩上。

段佳泽一呆：还真翘班出来了？

陆压在段佳泽肩上梳理了一下羽毛，其实他倒不知道今天有什么活动，单纯是想来看下段佳泽穿着红色毛衣享受众人艳羡目光的样子。

段佳泽有点儿不好意思。

过了五分钟，段佳泽就想明白了，陆压在有屁用啊，在群众眼里他就是从一个"牵着马的单身狗"变成了"牵着马遛着鸟的单身狗"。

小苏举着自拍杆，拍了一圈："没错，今天园里都是情侣，我们和隔壁的海角公园一起办活动，欢迎年轻男女过来参加游戏。其实不是情侣也行，因为还有那种相亲结缘活动，可以通过游戏认识一下彼此。有本地的小伙伴感兴趣的话，可以来参加哦！"

弹幕全都是一片"猝不及防，来看动物园只能也能被塞狗粮。"

小苏笑了几声，坏坏地道："那接下来我们再去看看一些情比金坚的动物吧。"

小苏现在知识储备也很丰富了，而且其实早做过准备，她把大家带去看了看鸟："只羡鸳鸯不羡仙大家都听过吧，不过其实鸳鸯并非总是成双成对，而且也会更换配偶，不是从一而终。"

"建议大家看看那边的信天翁和天鹅，它们才是情比金坚。信天翁雄鸟对雌鸟非常好，会帮助雌鸟一起孵蛋，轮流分担，还会一起养鱼。比起一些交配后就不管了的雄鸟要负责多了，而且通常不会离婚，一旦在一起，关系可能会持续到有一方去世。"

"天鹅也是终身伴侣，一夫一妻，甚至往年的后代还会帮它们一起照顾后来的孩子，家庭是不是很美满呀。"

随着小苏的讲解，信天翁还互相梳理羽毛，一副恩爱情深的样子；天鹅们更是脖子弯起来相对挨着，脖子之间形成了心形。

"没想到你是这样的信天翁！"

"天鹅我知道，没想到信天翁感情也这么好。"

"_(:з」∠)_ 什么，连动物也发狗粮？"

也不知道是怎么回事，是巧合，还是动物们都知道今天办活动，小苏也觉得自己走到哪里都有动物情侣秀恩爱。

水禽湖中，喜鹊们组成鹊桥的时间都比往常要久。

天鹅们成双成对在水面休憩，而且几乎都用脖子比心；火烈鸟的脖子也交缠在一起，惹得情侣纷纷合影。

再看其他馆，企鹅双双对对，挤在一起带小企鹅玩；母猴子甜甜蜜蜜地给猴王捉虫子；连大熊猫都在秀恩爱，粽宝都四脚朝天躺在黑旋风肚皮上好久了！

小苏本来还挺乐呵，看久了也不禁悲从中来："小编我也是单身啊！"

说着，她忽然看到前面有个熟悉的身影。

网友们也发现了。

"咦，前面有个卷毛出没！"

"好孤寂的背影啊，那是园长吗？怎么在一群情侣中间走马遛鸟，看起来好孤单。"

"古道西风壮马，夕阳西下，单身狗在天涯"

"想抱抱园长安慰他！心疼！"

"咦，我们园长不是有个好基友吗？难道分手了？"

虽然平时很多人都带园长和陆压鸟的节奏，但是不可能真觉得人和鸟能有什么，还有那个出现过一次的大帅哥好基友，也是开玩笑居多，所以这时候大家还调侃起了园长的单身。

小苏看了弹幕，心说你们就别可怜了，不知道园长还穿着爱心毛衣吧。

她刚想扯开话题，就看前边园长突然歪头对着陆压鸟也不知道说了些什么，陆压鸟一歪脑袋，居然亲了上去，鸟嘴斜着贴在园长嘴上，还停留了好久，然后园长才红着脸把鸟抓下来。

"人类秀恩爱，动物秀恩爱，连人兽也秀？不活了！"

事实证明，人和鸟不管到底能不能有些什么，反正发起狗粮来不逊于别的搭档，并不需要广大网友怜爱。

"呸，呸……"段佳泽往外吐羽毛，说孤寂没有大家想的那么孤寂，但说甜蜜也不是那么甜蜜。陆压那尖嘴毛脸往他脸上一怼，情绪还特别激动，当时段佳泽就揿掉了它几根绒毛……

把嘴里糊的绒毛吐干净了，段佳泽仍是哭笑不得。

陆压盯着他，心里就非常气，怎么就把它抓下来，然后吐毛了呢。

段佳泽把陆压母鸡似的揣着："得了得了，JJ 都没有还惦记要流氓呢。"

陆压："……"

虽说陆压的道体和人族是一般无二的，但是鸟形的时候，构造自然不同，除了鸵鸟之类的特例，大多数鸟类是没有 JJ 的，只有泄殖腔。这也是为什么企鹅交配的时候，会用那种奇怪姿势。

陆压这么闹腾一通，段佳泽自然没有什么别的情绪了，他还接到了之前乐乐去相亲那个动物园的电话。

乐乐在动物园相亲成功，已经回来了，在那边停留的一个月期间，据说和三头母狮都那啥了。公狮和母狮要交配多次才能成功受孕，一天能几十次，回来后他们还给乐乐好好补了补。

然后呢，三头母狮都受孕了，三个月左右的孕期也到了，近日陆续生产。母狮每次能生两到四只小狮子，这三只母狮有两只已经生产了，一共六只，剩下一只也快生了。

按照当初的约定，有一半独立后要送到灵囿来。

母狮生产完，段佳泽就看过他们发过来的小视频，两家动物园还在官博上互动庆祝了一番。

现在接到他们的电话，段佳泽一时没想到是小狮子的问题，还问是不是孔雀的问题呢。上次金尾和翠翠也去那边"打工"了嘛。

"没有，小孔雀非常健康、漂亮！"那边赶紧说道："这次是要问一下您那边，有没有经验比较丰富的狮子饲养人员，我们三只母狮中的小妹妹也生产了，生了两只小狮子。但是，它是第一次做母亲，对小狮子非常的……排斥！"

段佳泽一听也急了："怎么会这样呢？吃上奶了吗？"

无论在动物园还是在野外，都会有这样的情况出现，很多动物母亲因为种种原因，遗弃孩子，包括但不限于孩子体弱。像他说的，因为第一次做母亲而选择遗弃，也是有的。

"我们取了其他母狮的奶喂给小狮子，它妈一直不愿意喂奶。"那边的人苦笑道："段园长，不瞒你说，我们内部有点儿人事变动，技术总工带人跳槽了，时间太巧，出现了断层……这个喂养方案还是几个小年轻制定出来的，心里比较忐忑。所以，向您寻求一下帮助。"

因为双方合作，这狮子又有一半属于灵囿，他们就近向灵囿询问了。

如果放在别的动物园，可能就是让这边的技术人员给定个方案，远程帮助一下。但是段佳泽毫不犹豫地道："既然母狮已经遗弃了，你干脆送到我这边来吧！"

段佳泽他们这边的员工不说经验有多么丰富，但是段佳泽有外挂啊。现在距离希望工程停止供给饲料还有一段时间，绝对能撑到小狮子断奶。

毕竟希望工程的饲料发放全都是根据动物情况来的，自动安排变化，不只是口味符合，段佳泽就是根据这个学习了好多知识，不同动物不同情况该怎么喂。只要小狮子过来，入了灵囿的籍，那希望工程立马也就安排怎么喂它了。

加上段佳泽还有医疗术法和兽心通，不怕喂不好小狮子。

那动物园没想到，段佳泽居然直接提出要接走幼狮，顿时呆住了："这合适吗？它还小……"

"路程反正也不远，我会亲自去接的。"段佳泽再次强调："母狮已经遗弃了，你们也有人员问题，反正以后都是要分的，我现在接走，就当提前分了。"

在段佳泽的强烈要求下，对方动物园商量了一下，觉得他要责任自负的话，那也只能随他了。这只小狮子对他们来说，暂时还真有点儿棘手。要是这时候不随了段佳泽，以后万一出个意外，多不好。

段佳泽也不是第一次做奶爸了，之前有喂大奇迹的经验，这次虽然是不同的动物，但也为他带来一定信心。

段佳泽亲自跑到对方动物园，把两只幼狮接上，用婴儿箱装着，带到了灵囿。

其他两只母狮本来也要喂自己的小狮子，乐乐的基因太好了，小狮子们身体强壮，吃的奶就多。所以能够取到的奶水也不多，饲养人员自己调配了奶粉喂小狮子。

刚出生没多久的两只小狮子，和其他两只母狮的孩子俨然有了差距，显得要瘦弱一些，毕竟不是母亲喂养的。

段佳泽把它们带回来后，园里的饲养员都冲过来围观了，还有人自告奋勇要养小狮子，自称在别的动物园有过照顾小狮子的经验。

但是这种经验并非完全代替母狮照顾小狮子，所以段佳泽选了两个人之余，也告诉他们自己会参与人工饲养。

"园长还真是……多面手！"员工感慨："怎么啥都能养一养。"

帝企鹅能孵化，平时老帮领导给鱼啊鸟啊治个病，现在连狮子也能喂了哈。

段佳泽还带乐乐去看了一下它的两个宝宝，乐乐辨认出了这应该是自己的孩子，但是它也是个新手爸爸，毫无帮助，只能冲着段佳泽嗷呜叫，请园长多多帮忙。

因为两只幼狮有爹，又是被母亲遗弃，还有两个饲养员照顾，段佳泽只是参与，陆压这次倒是没酸段佳泽什么。

陆压过来看段佳泽喂小狮子的时候，段佳泽警告他："你不要告诉奇迹。"

陆压现在能懂事，奇迹就不一定了，这小胖子脾气坏得很，被宠上天了。

陆压无所谓地撇了撇嘴："你自己多去看它就行了，最近要开始教奇迹筑基了，苦得很呢。对了，这两个小崽子叫什么名字？"

段佳泽拿着两只奶瓶，刚刚喂饱了两只小狮子，它们正打着奶嗝，肚子也鼓了起来。两只都是公狮，吃了几顿好的后，身体迅速就强壮起来了，动物就是这样，一顿饱饿都很明显。

它们身上淡黄色的绒毛短短的，因为脸小小的，显得耳朵比较大，脸是比较圆润的倒三角形，眼睛圆圆大大，乌溜溜的。

"名字要向外征集，现在为了区别叫它们大宝和小宝，左边的是大宝。"段佳泽疼爱地点了点小狮子湿润的鼻头，小狮子立刻两只爪子抱着他的手指，张嘴吮起来。狮子的犬齿要九个月才开始发育，现在一点儿痛感也没有，软软的。

大宝就着抱着段佳泽手指的动作，站起来走了好几步，还挺稳的，憨态可掬。

段佳泽不禁夸道："看我们大宝，还真是虎头虎脑。"

陆压："……"

段佳泽："呃，狮头狮脑。"

虽然有三个人一起喂小狮子，但是因为段佳泽有兽心通，所以大宝和小宝都比较亲近他一些，有时候晚上睡醒了，就从婴儿箱往外爬，想要找段佳泽到他怀里撒娇，让段佳泽想起奇迹小时候。

奇迹现在已经是大胖子了，一下子扑过来段佳泽都扛不住。大宝和小宝过几年，也会是庞然大物了，有了奇迹的经验，段佳泽更知道要珍惜现在了！

陆压现在因为自诩"管理层"，所以也时常帮段佳泽一起喂个奶什么的，段佳泽还夸了他。

到了两只小狮子满月的时候，灵圈的直播也第一次让它们露面了，而且要正式开始征集两只小狮子的大名了。

段佳泽穿着防护服，一手抱着一只小狮子，展示给大家看。大宝和小宝乖巧羞涩地趴在段佳泽怀里。

"哦哦哦，奶爸卷！"

"哇，小狮子巨可爱！不如一个叫瑞星一个叫卡卡吧？"

"好怀念的，当初也是这么喂奇迹的……"

"提议两只小狮子叫小乐和小小乐"

段佳泽一看时间到了，把大宝抓起来："到排泄时间了哦，接下来给大家表演狮子拉屎。"

这个年纪的小狮子还不会自己排泄，段佳泽揉着大宝的肚子，帮助它拉粑粑。

本来一直安安静静的大宝，在用力拉粑粑的时候，就从嗓子里挤出了些许叫声："JJ……唧……"

"小狮子叫声好可爱哦！"

"可爱是可爱，怎么和我在动物园听到过的好像有点儿不一样？"

"呃，小狮子叫起来不是嗷呜吗……"

大宝还在叫："JJ……"

段佳泽越听越耳熟，然后他也猛然反应过来了，虽然非常生硬，但是大宝用这狮子嗓子喊出来的腔调，分明和陆压那家伙有几分相似！

109

"你们觉不觉得，这小狮子叫起来有点儿像鸡啊"

"反正一点儿都不像乐乐，该不会是邻居帮了忙吧？"

"我靠前面一语惊醒梦中人，可不是像鸡吗！"

"不不，比鸡还是要豪迈一些的！"

"我想到了，与其说像鸡，不如说像陆压！"

"卧槽老母鸡陆压哈哈哈哈哈哈，我有个大胆的猜想，园长你是不是带着陆压一起养狮子了？"

"破案了破案了！"

段佳泽看着弹幕，一脸黑线，继他之后，真相竟是被众位网友勘破了。

段佳泽都觉得匪夷所思，他去照看大宝和小宝的时间不算特别多，反正不像当初养奇迹时一样。而陆压跟着他一起去的时间还要少一些，他想来想去，也不知道陆压是趁什么时候教大宝和小宝叫的。

幼狮在这个年龄段，可以说正是塑造三观的时候，幼师离开母狮，负责饲养的工作人员可不只要照顾小狮子吃喝拉撒，还得教它做狮子啊。

就像奇迹当初学游泳，也是段佳泽教的——说起来这个也是陆压那家伙影响的。

而小狮子们的吼声，按理说饲养员会播放一些狮子吼叫的音频，让它们学习正确的叫声才对，不然确实很可能被其他动物影响。

大宝JJ叫着，已经拉完粑粑了，卷着舌头舔自己的鼻子，冲着段佳泽又低哑地叫了几声。

之前它们在段佳泽面前叫也是这样，从喉咙里发出来的奶声奶气的哼哼声，刚才第一次放开嗓门叫出来，就成了鸡叫……不，鸟叫。

乐乐……我愧对你啊！！

段佳泽把大宝放下来，打了个电话给幼师饲养员。

广大网友们就见园长放下小狮子，跑到一边去背过身子打电话，大宝在桌上打了个滚，小宝则冲着园长叫了几声，赫然也是带着鸟叫的腔。

网友们可以隐隐听到园长对着电话那头压低声音说："……放了狮子叫声给它们没啊？……什么，放了？是不是放得不够多……"

"哈哈哈哈哈笑死我了，园长是在给其他奶爸打电话吗？还是不是放得不够多！"

"园长超萌哒……"

段佳泽打完电话，一脸汗地走回来，他刚刚证实过了，饲养员们不敢懈怠小狮子的教育工作，确实好好给它们放音频了。对于段佳泽所说的情况，他们也一脸懵逼呢。

有个饲养员甚至弱弱地问："园长您看是不是因为陆压鸟……"

潜台词就是，明明是园长你的鸟教坏小狮子的吧。

段佳泽还能说什么呢，回来后默默给大宝擦了擦屁股，又抱起小宝揉肚子，听到小宝也发出了鸟叫声，悲从中来。

不行，一定要纠正，以后动物园展出狮子，它俩顶着威武的鬃毛开口就是鸟叫，那像话吗？

乐乐看到了，还能认出来自己的儿子吗？

这让段佳泽想到了那些在华夏长大的外邦人，学习外语时一口一个"英语太特么难了"，不能放任小狮子这么发展，以后定型了再纠正就难了，搞不好也要说，狮吼太特么难学了。

"嗷呜，嗷呜？"段佳泽一边搓小宝的肚子，一边引诱它学自己的叫声。

段佳泽好歹在动物园待了这么久，模仿个狮吼声还是不在话下的。

"哈哈哈哈我要笑成傻子了！"

"你卷思考再三开始教授外语了，有没有专家来说下叫得标不标准？"

"园长心碎地纠正小狮子中！"

"想摸摸园长毛啦，哈哈哈哈！"

小宝看着段佳泽，一张嘴："唧？"

不是很懂园长奶爸在叫什么呢……

段佳泽："……"

段佳泽："来，跟我学，嗷——呜——"

大宝和小宝："唧——呜——"

"越来越怪了！现在单听声音，没人猜得出是什么动物！"

"别说了，刚刚我妈听到我外放的声音，问我是不是在看玄幻剧。"

"有生之年我居然看人直播教狮子叫。"

本来是直播取名字的，最后成了几十万网友看着段佳泽教狮子怎么叫。

而且太有魔性了，最后好多网友承认自己也在手机前跟着叫。

"忍不住跟着你卷一起学，刚刚我男朋友回来听到我嗷呜，冲过来摸我，被我扇了一个耳光，委屈地问我难道不是要玩不一样的 paly 吗？"

"我爸问我最近工作压力是不是太大了……"

连网友都要学会了，大宝和小宝终于也掌握了一点儿。

这时候一只大家都很熟悉的鸟从窗户飞了进来，大摇大摆地落在桌上，正是陆压道君。

大宝和小宝一看到陆压，就兴奋地往它那边爬过去。

陆压心情极好地一伸爪踩在大宝身上，按着它用鸟嘴梳了梳大宝头上的毛，叫了两声，和这小崽子打招呼。

按理说，平时若是看到鸟和狮子相处得这么融洽，大家应该是惊讶一番，但是鉴于这里是灵囿动物园，一切皆有可能，而且他们的关注点现在在另外一个地方。

大宝和小宝的叫声，真的是跟陆压鸟学的吗？

段佳泽想阻拦没拦住，眼睁睁看着大宝开口："唧——"

段佳泽："……"

众网友："哈哈哈哈哈哈哈！！"

……这是洗脑吧？

"出去，出去！"段佳泽黑着脸把陆压赶出去了，还关上窗户。陆压就站在窗台上往里面看，茫然地不知道自己做错了什么。

段佳泽对网友承认错误："我不该带鸟见狮子，它们正是学习的阶段，以后再也不让陆压去见狮子了。"

大宝和小宝还不知道发生了什么，看到陆压出去了，就对着窗外喊。不过因为年纪小，它们也很容易分心，段佳泽把它们给拨回去，又赶紧拿了个的小玩偶来，它们就被吸引了。

大宝抱着玩偶，本能地啃咬着，小宝想插进去无果，又瞄目在大宝的尾巴上了，轻咬着哥哥的尾巴。

"叫声之后纠正，现在回到正题吧，征集两只小狮子的名字。"段佳泽说道。

给意见的网友还真多，小苏在旁把呼声比较高的都记录下来，在微博实时发布了一个投票，征集时间是七天，七天后参考得票率来起名。

当然不是完全根据得票最高的来起名，有些网友只是为了好玩，像什么瑞星卡卡之类的。

最后，根据投票情况，为乳名大宝小宝的两只幼狮起名为：乐小翔和乐小天。

这是和乐乐姓，名字则是向陆压致敬，毕竟它们史无前例地成为学鸟叫的狮子。在段佳泽这里呢，还是比较习惯叫它们的乳名。

大宝小宝满月后，就不像以前那样只能住在婴儿箱里了，可以在外活动，灵圃专门准备了场地。在它们被教育改正叫声之余，这些小狮子竟是和园里的五只田园犬成了好朋友。

这在动物园里不是什么奇怪的情况，狮子和熊亲如一家的都有，毕竟它们还小，这里也不是残酷的野外。

四大天王是跟着段佳泽进去的，它们对这对小狮子很好奇。一开始段佳泽也有些犹豫，幸好小狮子没有再次吸收狗叫的精髓，看来只是陆压太有感染力了。

四大天王五兄弟甚至会帮段佳泽照顾两只小狮子，把它们从头舔到脚。

这个工作一般是由母狮负责的，但是大宝和小宝没有母亲，一般是饲养员给它们梳理毛发。但到底比不上温暖的舌头更让它们天生喜爱，五只田园犬的关爱，倒是给两只小狮子填补了温暖。

虽然可以出去溜达，但是灵囿暂时还没有开放参观，要等到两到三个月后，才可能开放一段时间，让游客见识一下萌萌的幼狮。

大宝和小宝不是在灵囿出生的，却是灵囿第一对幼狮，还是具有一定意义的。

潜心做奶爸的段佳泽除了两只小狮子要帮忙照顾，还要关心亲鹅子奇迹。

陆压最近在教奇迹修仙入门，也就是从筑基开始。

段佳泽也跟着去陪了几次，但是他又不懂这些，一般就坐在一旁玩手机或者工作。后来发现，奇迹学习好像有一定困难。

奇迹趴在地面上，号啕大哭。

本来正在玩手机的段佳泽过去抱着大胖儿子安慰："这是怎么了，很辛苦吗？没事，咱慢慢学。"

奇迹埋头在段佳泽怀里，哭得快要抽过去了，声音非常吵，但是段佳泽也只能忍了。

陆压一脸无辜："这还难吗？"

奇迹哭着表示，学不会啊。

段佳泽一直没上心，他觉得修炼交给陆压负责就好了，他只是过来压一下阵。看到奇迹这么苦，心中不禁道，看来干什么都不容易，修炼也是要吃苦头的，比人间考试要难多了。

陆压也无奈了："那不然弄点儿速成的丹药来吧，不过现在没法回上面，得自己炼。"

"等等，先试一试，实在不行再走速成的路子吧。"段佳泽不太赞同一上来就走捷径。

仔细询问之后，段佳泽发现不是那么回事。

学不会，不是奇迹没有毅力，它胖归胖，但是有一颗想要飞翔的心，所以对修炼也很积极。

虽说人间末法时代，灵气不充裕，但是陆压布置了法阵，将大量灵气引到这里，帮助奇迹修炼，所以也不是灵气的问题。

而且奇迹从在蛋里就受陆压熏陶，智商也没有问题。

问题出在哪里呢？在于陆压的教育方式，非常死板！

段佳泽本以为以陆压的修为，教修仙入门还不是随随便便，搞不好我们奇迹就进展飞快，三年会飞，五年化形。

但是，万万没想到陆压的教育方式相当死板，上来就给奇迹讲道，讲得特别大。

段佳泽质疑道："你就不能讲点儿基础的吗？这么教谁能学会啊。"

"这就是最基础的，所以我说筑基很难啊，"陆压说道："当年我为了攒功德，或是了结因果，也会给一些洪荒动物讲道。就这么讲个几百年，有慧根的自然开窍了。我现在已经简化很多了，谁知道它还是听不懂。"

段佳泽差点儿喷了："你等等，我听着有点儿不对，我不懂这个，我问一下别人。"

段佳泽想说自己看的小说里，好像不是这样，然后又想起自己也没修炼过，哪知道人家修炼入门到底是浅显还是高深，小说编的怎么可信。

所以，他也不敢笃定。而所谓的问一下别人，自然就是有苏了。

有苏听了段佳泽的询问，呵呵笑了一下："园长，您听着当然不对了，道君教的根本就不是基础啊。哦，对他来说可能是基础，他们三足金乌，一降世便有大罗金仙的修为。那些能在几百年内听懂他讲道的动物，比起今时今日的动物，也是天赋绝顶了。"

有苏顿了顿，又干笑道："道君怕是也没有自觉吧，毕竟在他眼里，奇迹和我都属于弱小。"

段佳泽："……"

难怪，陆压看奇迹和有苏都差不多，当然意识不到自己的教育方法有问题。

洪荒时代的人物和末法时代的根本不一样，更何况陆压在洪荒时代就属于根脚、天赋绝佳的了。

没听有苏说，陆压压根没筑基过，一出生就有大罗金仙的修为，和他爹一样。据说他爹和他叔叔从太阳星中化形，也是有大罗金仙的修为，后来更是达到了准圣的地步，是三界间排前列的高手了。

他们所谓的入门，对陆压来说就是呼吸一样自然的事情，说不定根本不知道怎么讲。

段佳泽："那还学什么……我是说，不能让陆压来教入门了。"

按照有苏这个道理，段佳泽琢磨了一下，决定邀请白素贞来教奇迹。

白素贞修行的时候距离他们这个时代算是近的了，她的根脚很普通，是从一条小白蛇修炼起来。但是她基础又很扎实，绝不会误人子弟。

陆压知道后还很震惊："不让我来教？凭什么？"

陆压活了这么久，还没人跟他说过，不让他来教修炼。况且这还是他儿子，居然不让他教，反而让那条白蛇来教。这要是传出去，人家会怎么想。

"哥你别激动，"段佳泽无奈地道："因为你讲的对奇迹来说实在太高深了，不太适合它。现在人间是个什么水平你真的一点儿数没有吗？临水观的小道士分分钟就被你点化了。"

陆压愣愣的，他没收过徒弟，偶然讲过一些道，也没人会提意见。

看到陆压大受打击的样子，段佳泽只好安慰他，讲讲育鹅经："其实，你做干爹的不教奇迹也是对的，要是需要教育，还怕你下不去手呢。"

陆压好不容易才回过神来："我还是很……"

虽然没说完，但是陆压大概是有些难过，他想亲自教奇迹，把自己的拿手绝招传给奇迹，多好啊。

难得见到陆压这么示弱的样子，段佳泽有些不忍心，弱弱地伸出手放到陆压脑袋上。

陆压好像有点儿吃惊地看着段佳泽。

段佳泽和他鸟形时全身都接触过，但是人形时，还真没摸过他头，头这个地方还特别不一样。

段佳泽略有不好意思，胡噜几下陆压的头："咳咳……没事啦，等打完基础，你还是可以教奇迹的。"

陆压那头挑染了金红色的头发被段佳泽摸得都乱了，而且他感觉陆压头发也是自动散发温度的，摸着还挺舒服……

再看陆压，他竟是不知不觉闭上了凤目，神情安定，似乎非常享受被段佳泽摸头，素日的高傲随着眼睛闭上而不见，因为微微仰头的姿势，反而透出一点儿脆弱。

脆弱这个词看似和陆压沾不上边，但是留给段佳泽的印象就是这个。

段佳泽也一时有些发呆，手搁在陆压脑门上看着他半晌没动。

陆压忽然睁开眼，看着段佳泽得意地道："哼哼，看呆了吧，本尊准你再多摸几下。"

段佳泽："……"

段佳泽面无表情地薅了一把陆压的头发。

对于段佳泽的邀请，白素贞欣然接受，成为奇迹的入门老师。

虽然知道奇迹有个修为很高的干爹，但是白素贞态度非常稳，也不会因为有时候陆压旁观而忐忑不安。

陆压看了几次，也没找到什么毛病，甚至犯嘀咕，原来普通动物开始修炼，还有这样那样的方法和小窍门？

在白素贞的仗义相助下，奇迹果然不再号着学不会了，还被白老师数次夸奖。

白素贞说道："不过，园长，可能奇迹之后无法同我修行水行的术法，虽然按理说帝企鹅也属水行，但是他体内皆是火行真灵。"

白素贞是水行的，她这么说也不出段佳泽意料，他叹了口气道："知道，小胖子以后可能就要到处喷火了……唉，没有办法来个什么水火双修吗？"

段佳泽怎么想，都觉得一只帝企鹅跟喷火龙似的，违和感太强了。

白素贞掩唇笑道："您说笑了，水火不容，怎能双双修炼呢。便是有道侣修的一水一火，还容易犯冲突呢。"

"……好吧。"段佳泽也不是不懂水火不容的道理，但是他被一些电视剧、小说误导了，就不禁 YY 一下，白素贞这么一说也反应过来。

奇迹现在既能待在极地馆，又能待在太阳底下，已经很可以了，再要求它既能喷水又能喷火，那也太过分了。

陆压摩拳擦掌："待它入门了，我便叫他练出太阳真火……这个可能有点儿难，但是三昧真火必须学会，总不能比那牛犊子还差吧！"

牛犊子说的是善财，人家也是天生火行的体质。

段佳泽问道："入门得多少年？"

这就相当于上小学，也不知道多久毕业。

白素贞掐指一算："若以修成道体来算……我当年化形用了千年之久，奇迹却是有道君相助，怕是只要五十年。"

五十年还"只要"呢？不过和千年比起来，的确很短了。

段佳泽："……那还行，我还能享受得到天伦之乐。"

大宝和小宝已经两个月大，每天在外面活动的时候，都围了许多游客。有的时候四大天王也会被放进去陪它们一起活动，在这方面，它们甚至能教给大宝和小宝一些实用的战斗技巧呢。

比如说，在园长进来帮忙喂奶的时候，撅着屁股凶狠地从后面一下扑上去！

然后，从小腿上滑落，抱住段佳泽的套鞋，凶残地狂啃鞋头，留下斑斑牙印，嗷呜嗷呜地叫着——是的，现在已经极少发出鸟叫声了。

这时候就会被段佳泽一手一只拎起来，通常这时候游客的兴致会高涨一些，他们就爱看人玩儿狮子团子。

这么大的小狮子已经不需用奶瓶喂奶了，段佳泽把热好的奶放在盆里，让它们舔着喝，两只小狮子能舔得满脸奶渍。

在很多动物园，被母亲遗弃的小狮子只能去喝母狗等动物的奶。之前它们母亲所在的动物园，极为艰难地取了两次奶，度过了危急时刻，后来也不敢再老是骚扰母狮了，难度毕竟很高，后面直到抵达灵囿之前，也是用狗奶代替的。

现在大宝和小宝喝的奶，是凌霄希望工程提供的，饲养员们问起来，段佳泽都含糊地应付过去，他也不知道这是什么的动物的奶。但是段佳泽猜，可能是什么不得了的灵兽，没看大宝和小宝长得一天比一天强壮。

段佳泽坐在石头上看小狮子舔奶，看到别的饲养员在里面招手，于是走了过去，轻松地道："什么事？"

饲养员："大事不好了，园长！"

段佳泽说道："你别整得跟西游记一样，什么大事，人的还是动物的？"

饲养员："动物的！"

段佳泽松了口气："那还行，你说，什么事。"

他都不怕动物出什么事，只要不是什么游客出幺蛾子就行。

饲养员看了看手机，说都："咱园里的白狮和白鹭好像不伦恋了！"

段佳泽脸上的微笑僵住了："嗯？谁？你再说一遍？"

110

虽然园里有几百只白鹭，但是饲养员一提白狮和白鹭不伦恋，段佳泽第一个想到的就是唐小白。毕竟谛听要是和普通白鹭谈恋爱，那也太荒谬了，虽然唐小白似乎现在都没能化成人形。

　　饲养员眼看着园长备受打击的样子，弱弱地道："最近散养区的同事发现，那只白鹭老是在大家按照路线飞行的时候，单独跑去找大白（谛听的昵称）。而且，那白鹭求偶期都没有找雌性白鹭，它是之前交配季唯一一只没有找对象的成年雄性白鹭，我是说，连追求行为都没有……"

　　直到发现它和白狮关系亲密异常，大家这才有种洞悉的感觉。因为唐小白是白鹭群的头鸟，所以饲养员对它也比较注意。

　　段佳泽听他们形容唐小白和谛听相处如何亲密，头皮都要炸了。

　　动物园里不同的动物相处再融洽，那也是从小培养的感情，或者彼此挨得上边，这两个是一点儿关系没有，怎么能让饲养员们不怀疑。

　　谛听啊谛听，你这么做地藏王菩萨知道吗？

　　段佳泽无心再陪小狮子，把后续工作交给饲养员，匆匆赶去散养区。

　　段佳泽开着饲养员专用的双人车进了散养区，从观光车旁边经过，游客还以为他是去给狮子喂肉的，兴奋地要求停下来看看。

　　狮子的领域内，谛听趴在草地上懒懒地打盹，尾巴扫来扫去，却不见唐小白的踪影，和员工宣称的唐小白就在这里不一致。段佳泽还以为唐小白跑掉了，定睛一看，原来唐小白挨着谛听的腹部在睡觉，因为两个都是白色的，而且被谛听的腿挡住了不太显眼。

　　居然一起睡觉！

　　段佳泽盯着他们看，心中想，小青也就罢了，人家不是佛修；你谛听虽然没有正经出家，却是菩萨的爱宠，每天受佛法熏陶你居然玩儿这个……

　　后面逗留的游客竟是也发现了这一点儿，指着那边道："天啊，那狮子是不是扑了一只鸟？"

　　他们还以为唐小白是死的，被谛听扑杀。

　　这时，谛听晃晃脑袋抬起头来，准确地对上了段佳泽的眼睛。

　　谛听："？"

　　他不是很明白段佳泽为什么这样看着他，虽然能听到人们的心声，技能却对段佳泽免疫。

　　谛听一动，唐小白也醒了，发现段佳泽出现，有点儿心虚，它这时候可不该出现在这里。于是，唐小白一振翅，飞了起来。

　　"哇……是活的！"

"竟然不是死鸟吗……"

游客们有点儿儿兴奋，难道说他们见证了一只白鹭和一只白狮和谐友好地相处？这动物园可太有意思了，外边小狮子和田园犬亲如兄弟就很可乐了，狮子和鸟的搭配就更是有点儿突破他们的想象力，不知道这是怎么能凑到一起的。

因为游客在，段佳泽也不好说什么，坐在那儿等游客们离开。

但是等着等着他发现这些游客怎么还不走，看了老半天了，谛听也没做什么特别事情啊。狮子嘛，每天都是懒懒的。

谁知那些游客还在疑惑地看着他："小哥，你还喂不喂狮子？等你好久了。"

段佳泽："……"

观光车的司机也愕然："这不是饲养员啊，这是我们园长……"

游客们也无语，他们看这年轻人开着这车，还以为是饲养员呢，觉得太巧了，没想到在这儿浪费了半天时间。

司机其实一开始也以为段佳泽是饲养员，他没注意看，段佳泽后来回头才认出来，这时候也有点儿黑线。

"呃……要不我就喂喂吧。"段佳泽觉得游客们大热天也不容易，刚好车上确实有饲料桶，于是从里面拿了一块肉。

这要是在笼养区，完全可以用棍子戳着肉伸进去喂，但这里是散养区，隔了壕沟，段佳泽只好将肉用力一甩。

他的动作非常随意，也没有那么好的准头，肉块飞过去，眼看就是落在地上。

这时，只见原本懒懒散散趴在地上的白狮突然动起来，在零点几秒之内，就如同闪电一样起身，猛冲几步跃起来，准确叼中了那块肉。

"啪啪啪啪啪！"游客们的掌声响起来，他们本以为肉块会掉在地上，狮子再懒懒走过去咬起来吃，没想到看到狮子如此威武的一面。

段佳泽也觉得谛听当起狮子来还挺像模像样，以后完全可以把大宝和小宝送到他这里来上课啊。当然，要是大宝和小宝愿意跟着亲爹乐乐也没问题，只是乐乐从小在笼子里长大，也没什么伙伴，没得心理疾病已经算不错了，估计也没什么技巧能教给孩子。

而大宝和小宝这对兄弟，段佳泽是希望以后放在散养区的。他一琢磨，嘿，那不如让乐乐和大小宝一起上课呢，乐乐也正当壮年。

段佳泽又给白狮喂了几块肉，游客们看得过瘾了，还觉得这个动物园园长挺亲民的，高高兴兴地走了，心里觉得很值，又是园长喂肉又是白狮白鹭睡一起什么的。

游客们走了之后，段佳泽才蹲在壕沟旁和谛听沟通："谛听啊，听说你最近和唐小白走得……很近。"

谛听大大方方承认了："是啊。"

看，真的，这些仙界的动物提到跨物种恋爱，比人间界的土著要自然多了……哦对，谛听是地府的。

段佳泽为难地道："按理说我无权管你的私人生活，但是一则不知回去后如何与地藏菩萨交代，二则你们也太明目张胆，已经被我们园中的好多员工发现了，影响好像不太好……"

谛听是狮子的形态，歪了歪脑袋，看着还挺可爱："为什么影响不太好？"

好多动物园搞同性恋的企鹅都会被强制分开的，因为影响繁育啊。他前脚拒绝微博上询问谛听是否相亲的众多动物园，后脚放纵白狮和白鹭谈恋爱，真不太好。

但是如果谛听非要谈恋爱，就跟小青似的，他也管不了，只能让谛听注意一些不要被发现了。只希望谛听不要也来问他要红线了……

段佳泽委婉地给谛听解释了一下。

谛听听了后，轻笑了一下，冰蓝色的眼睛里满是笑意："可是，园长，我和唐小白不是那种关系啊，我只是挺欣赏这只小妖怪，觉得它很有趣，平日待在这里无聊，便做个小友往来。"

段佳泽懵了："不是啊？"

谛听："园长，其他人族不知道我的真身，误解了也就罢了，可能我们的动作在他们看来有些奇怪，但为何园长也误解了呢？"

段佳泽："……"

谛听叹气道："不是每个人都愿意和鸟做道侣，也不是每个人都男女不忌的。"

段佳泽："……"

他想直接跳到壕沟里把自己埋了。

"别再给我说白狮和白鹭有不正当关系了，人家就是纯洁的友谊。"段佳泽对又来找他的员工们强调："你们思想怎么这样呢，白鹭就不能是今年不想谈恋爱吗？"

员工们："……"

"这个问题就不要再说了。"段佳泽说道："以后宣传方面也注意修饰一下，是纯洁的友谊。"

员工们都猜测，园长是不是想炒作一下鸟狮啊，又能上电视了。不然一个不求偶，天天腻在一起，怎么看都是特殊关系啊。

这跨物种恋爱，动物园也是有的，比如狮子和老虎还会生下狮虎兽，只是这两只差距确实有点儿大。

越想他们越觉得有可能，要是说炒CP还可能出现负面评论，要是友谊，就安全多了，还不耽误以后找对象。官博还没有宣传此事，但是已经有少数游客发现了白狮和白鹭的关系很亲密，看势头还是不错的。

大家自以为猜到了园长的想法，便不对此事发声了。

段佳泽因为这件事，好几天不敢面对谛听。这谛听听不到他心声，讲话怎么还那么扎心呢。

不过工作一多，也就没那么在意了。

段佳泽刚被市里找过去聊了一下，竟然是想找他投资。段佳泽都慌了，说我穷得很，哪来的钱投资啊。

人家根本不信，段佳泽要是没钱，那些高端场馆怎么建起来的？这动物园可不是凭空发展到这么大的。但是，段佳泽一口咬定没钱，他们也不能逼段佳泽。

段佳泽一听这计划，原来是想把同心村打造成一个乡村旅游的地方，同心村一直都比较穷，恰好灵囿崛起，旅游业又在发展，有关部门就动了心思。

这灵囿又是开餐厅又是办酒店的，地越租越多，明显要搞产业一条龙。同心村近水楼台，山好水好，要是打造一下旅游产业，还有脱贫致富的奔头。本来同心村和灵囿也是合作颇多，他们就想着拉赞助的时候，带灵囿一把。

但是段佳泽真没那么些多余资金啊。同心村那边，他们还计划着把村民的房子都翻新一遍，村里本来也有一些上百年的老屋，再把现代破房子改建成很多景区那种复古造型的房屋，把环境给改造了，和灵囿一样，也奔着休闲度假的定位搞，只是比灵囿要土一些。

房子要翻新，修路，绿化，挖个湖修个桥什么的，哪样不是钱，只能说段佳泽是有心无力了。

不过段佳泽也知道，这周边发展起来对灵囿也好，所以他是大力支持的。这工程还得要段时间，他答应下来，手头宽裕了就投点儿钱。

政府这边也会投资，还会去拉其他企业投资，看样子是很有决心做起来的。

段佳泽算是答应了一般，市里和他聊起未来的计划时，还拼命怂恿他多打造周边产业。那能制造多少就业岗位和税收啊，他们特别乐意看到段佳泽这样的本地青年为家乡创收。东海是个三线城市，到底大企业不多。

去了市里一趟，眼看着账上的钱要少那么一些了，但是段佳泽通过这几年历练，也知道花钱不一定是坏事，并不是特别心疼。

回来之后，段佳泽还张罗着举办第一届灵囿野生动物园摄影比赛。

此前曾有一位摄影记者在灵囿抓拍到一张照片，还得了个国际摄影奖，现在这照片就挂了一张在灵囿的展馆内。

段佳泽看到游客们观赏那张照片时，突然有了个想法，举办一个摄影比赛，面向所有市民。不管是不是专业人士，都可以拿起拍摄工具来灵囿拍下这里的动物并参赛。

他和黄芪一起细化了一下方案，让宣传部拟了活动通知，将比赛分作两组，一组是相机摄影，主要面向那些摄影爱好者，评选标准也会比较专业。

另一组则是移动设备摄影，手机，平板电脑等设备拍的照片都可以参与，对技术要求不高，主要是有趣。

两组都会评选出前三名及参与奖，奖励包括现金和灵囿的周边。赛后还可以在园内办一个小小的摄影展。

本来灵囿的游客们就很喜欢记录在这里的所见，发到网络上，这个比赛通知一发出来，反响很不错，大部分都表示会参与，而且普通游客用手机拍摄也能参与，没什么门槛。

有的人还在遗憾，自己以前看到过怎样怎样的画面，可惜了没拍到，否则肯定能拿奖。其实比赛对拍摄时间也没有强制要求，以前拍的照片也可以投过来的，但是没拍到就没办法了。

搞笑的是还有人说："那个拿了奖的《太极》，当时我也在现场，还用手机拍了，角度都差不多。我要是把那张发过去能拿奖吗？"

这么说起来，竟然出现了好几个在现场的人，把自己的照片贴出来，角度不同，内容都是一样的。这种摄影比赛，有拍一样场景的肯定不少，要是真在头几名之列，那就要看构图、角度之类的了。

官博表示：我们园长也在现场拍了呢，投稿可以，但是不保证不评选园长那张……

比赛开始之后，灵囿官博就收到了很多投稿。

游客们在动物园拍到了自己觉得有趣的照片，顺手用邮箱或者微博投稿，东海市的摄影家协会更是组织去灵囿采了一波风。

因为可以用微博投稿，还真出现了不少热转的照片。

段佳泽就看到了谛听和唐小白和谐共处的照片，还挺多人拍他们的，灵囿官博是在有游客传上网，才顺势说出"它们的故事"，宣称这是一对有着跨物种友谊的好朋友。

除了谛听唐小白，四大天王和大宝小宝也是差不多情况，在官博编辑富有感情的文笔描绘之下，网友们看它们的照片，都不禁多脑补了几分。

"好温馨啊，现代动物园的一个特有想象，食物链不同位置的动物也能友爱相处"

"看它们感情真的很好，隔着照片都感受到了爱！"

投稿作品质量是越来越高，除了这些新近很有人气的狮鸟组合与狮狗组合之外，也涌现了其他大量优秀动物写真，尤其是动物园老牌人气动物。

白鹭成群从环形河穿过、火烈鸟起舞、天鹅比心、鹊桥等等自然不必说，这些都是群像。

有苏的忠实粉丝们，就拍了很多她的日常生活。

有苏平时动作也不大，不以卖萌为生，她的粉丝就以技术取胜，好多扛着单反、三脚架过来，对着有苏一顿猛拍。

奇迹也很受欢迎，段佳泽还看到奇迹在水底捕鱼，身后跟着几只小企鹅跟班的照片，乐得他还去求了个原图。

黑旋风有点儿被拍怕了，他本来不觉得自己的举动有什么不妥的，即使小苏她们老是嫌弃地看着他，但他还是潇洒做熊。但是比赛开始后，巨多人来蹲守黑旋风和粽宝。

粽宝还好，它那么可爱，被拍到的都是一些趴在黑旋风肚子上、啃竹子、打滚、坐摇摇车的照片。

黑旋风那天看到小苏打印了好多照片，凑上去一看，全都是他在抠脚、露出一口牙表情狰狞、翘起屁股等不雅照。

小苏还在笑："哈哈哈哈哈你们看这张，黑旋风睡觉时还翻白眼。"

当时旋风老师都震惊了："这，这太不雅吧！"

他睡觉时是这样的吗？为什么都给他曝光了？？

小苏看了他一眼，因为是熊猫忠实粉丝，听到黑旋风这么说她就不开心了，呵呵直言："潘老师，熊猫翻白眼怎么不雅了？它可没有吃饭时扣肚脐。"

黑旋风："……"

其他人也围过来看照片，然后对黑旋风的屁股指指点点。

黑旋风捂着胸口，有点儿受不了这个刺激。他就是再大大咧咧，率真做熊，也受不了这个啊。虽说知道会有摄影比赛，他就没在意过，现在后悔也来不及了。

段佳泽还拍着黑旋风肩膀安慰他："没事，被曝光什么的，大家是觉得你可爱。反正，他们也不知道那是你。"

说着，段佳泽还把黑旋风和粽宝的照片设成了手机壁纸。

"哦……"黑旋风下意识点头，然后迅速反应过来，人族不知道有毛用啊，妖怪们还不是知道！

东海市的冬天其实不算太冷，但是本地人没那么耐寒，好不容易有个大太阳，气温回升一些，段佳泽索性打开窗坐在窗台边办公。

这时却是听到一点儿机器的声音，抬头一看，是个航拍机。

段佳泽往下面看了一下，但是有树荫遮挡，没看到是谁在操控机器。

因为在办摄影比赛，有人拿航拍机来也不奇怪，上次还有人的航拍机差点儿在散养区被老虎抓下来，被工作人员提醒了好几次，让大家不要再进行这么危险的拍摄。否则航拍机坏了，又没得奖岂不是划不来。

在这里拍倒是无所谓，段佳泽看了机器一眼，还挥挥手打了个招呼。

那机器盘旋不去，段佳泽正好奇之时，陆压抓着手机飞过来了。段佳泽顿时有点儿明白了，到了直播的点了啊，这搞不好是个忠实的灵圄粉丝在操作，专等这个点，就想看陆压。

果然，那机器又飞近了一些，对准他们。

段佳泽趴在窗台上，把手机拎起来，也去拍那航拍机："哈哈，各位网友好，看到了吗？最近我们举办摄影比赛，这个好像是我们的参赛选手？"

"暗中偷拍你卷和你压？"

段佳泽笑眯眯地把陆压抱起来，又对航拍机招了招手，满足这位的愿望。

陆压被段佳泽抱过去还挺得意，今天段佳泽穿的又是红线毛衣，和他的毛色很搭，连网友都在夸。

现在不愧是信息时代，航拍机在外面飞了一会儿下去了，大概过了十分钟，微博就收到这位游客的投稿了。这边有WI-FI，人直接就用连着航拍机的平板电脑传上微博，发了个九宫格。

看到弹幕里有人提醒刚刚的照片出来了，段佳泽也好奇地去看了一下。

那航拍机的主人显然是专业级水准，选了一张陆压飞翔的照片，其他的都是段佳泽和陆压的互动。段佳泽看到照片上，他抱着陆压时还带着笑，连他自己都不知道他刚才笑了。

照片拍得颜色很鲜艳饱满，一人一鸟看上去格外温馨，完全把当时的氛围体现出来了，技术确实不错。而且这些自窗外拍摄的照片，窗户在画面正中央，窗户中间站着一人一鸟，有种对称美。

"咋怎么好看呢，感觉恋爱了。"

"恋爱了恋爱了，这就是我男朋友。"

"那个博主拍得真的很好，想拿来做屏保了。"

"陆压那张单鸟照拍的也好，英姿勃发！"

"帮博主起个标题：一个玩鸟的男人！"

……

陆压看了，低头用嘴巴去拨动段佳泽的手机。

"干什么？"段佳泽把手机拿起来，手机刚刚被陆压踩了一下，屏幕亮起来，就显示出上面的黑旋风和粽宝。

陆压又拿脑袋去拱段佳泽，网友们还以为陆压在撒娇。

段佳泽被陆压纠缠不清，半晌才弄懂他的意思，默默把屏幕设置换成了陆压。

"666666，这智商，怕有六岁小孩那么高了吧？"

111

园长家的鸟吃醋啦，不准园长把手机壁纸设成熊猫，非要设成自己，这个智商，必须有六岁小孩那么高啊。

段佳泽看着弹幕都要笑出来了，陆压那个心理年龄，可能还真的只有六岁。

陆压看到壁纸成了自己，甚是满意，也不知受到什么启发，趁段佳泽不注意，就往他毛衣里面拱。他本来是站在窗台上的，跳到段佳泽腿上，然后用两只脚迈步走近，脑袋探进去。

"来人啊，要流氓啦！"

"夭寿，这鸟真的六岁吧！"

"我去。"段佳泽手忙脚乱把手机一放，伸手去抓陆压。

陆压动作多迅捷啊，段佳泽都来不及抓到他脚，他刺溜一下就钻进去了，而且迅速抓着毛衣往上爬了两下，脑袋从段佳泽毛衣领口弹出来。

段佳泽隔着毛衣按住陆压，只觉得怀里毛茸茸的，非常无奈。

网友们纷纷起哄。

"园长里头怕是什么也没穿，陆压干得漂亮！"

"看起来怎么那么舒服呢，我平时把我家鹦鹉放在胸口它都逃。"

"小心在里面拉屎！"

"这种流氓行为绝对不能姑息，园长，把它抓出来玩弄！"

这养聪明鸟的就是不一样，大家只见园长对着鸟说："你给我自己出来啊，别让我把你拽出来，回头把衣服都拽烂了。"

陆压在里面，脚是抓着毛衣的，园长要拽，陆压不放的话，可能真就把衣服拽烂了。

别说，陆压还真的"灰溜溜"从领口爬了出来，听话得不得了。

"园长驯鸟还是一绝，让出来就出来了。"

"佩服佩服，轻描淡写之间，根本不关系这鸟捣乱，只在意自己毛衣会不会挂烂，就把鸟给收拾了。"

"我刚刚截了个图，现在有个大胆的想法，不知道能不能投稿啊？"

段佳泽不是很有底气地笑了一下，这死流氓还不是被毛衣给威胁了，不然真不一定出来，那画面，想想都难看。

"这个……截图如果分辨率不够，是不能参加的哈，而且你投个陆压钻衣服有什么意思？"段佳泽解释道："我要是你们啊，我就蹲熊猫馆不走了。"

段佳泽说话间就透出点儿骄傲，恨不得身上挂个牌子"老子有熊猫"。

粽宝那么可爱，随便拍一拍就是壁纸。

陆压听了，脚下不知故意还是无意一抓，就在坚硬的窗台上留下三条深深的抓痕。

"什么声音？有点儿刺耳"

段佳泽："没什么，刚刚我用笔刮了一下。"

这还能在窗台直播吗，刚才是没拍到，回头镜头扫到大家就该问那几条道道咋出来的了。直播间那么多万网友呢，什么细节发现不了啊。

段佳泽心想，看看，暴露了吧，还管理层有自己的矜持，一遇到什么比赛就现原形……

"不过呢，大家要是不喜欢那种风格，喜欢比较霸气一点儿的，还是可以选择来拍陆压。"段佳泽把镜头对准陆压拍了个特写。

"就怕拍到陆压在园长怀里霸气地撒娇哟！"

一场摄影比赛截止，这次比赛建立了动物园与游客之间的互动，加强了彼此之间的联系，就能够目测到的效果来看，是很不错的。

只是，段佳泽并没有参与评审工作，他本来打算参加终审的，但是好巧不巧，华夏动物园协会的年会要举行了，段佳泽带了两个技术人员，去参会了。

华夏动物园协会是住建部主管的，华夏的动物园管理其实不是特别清楚，林业部门因为管理野生动物，在这方面比较有权威，但是住建部也要对城市动物园负责。

反正因为这个协会不归林业局主管，灵囿这边是乖乖在合作动物园的引荐下，走报名申请的路子进去的，花了几个月时间，这是通过后第一次参加集体活动。

动协的成员有全国各地的动物园、具有动物展区的公园，以及其他动物保护工作的相关研究所、组织等，也有个人会员，都是一些专家大拿。

要进去，得要其他动协会员单位推荐，而且人家也会考察你的实力，不是随随便便进去就能蹭好处。

段佳泽就找了一起合作繁育狮子的动物园，还有青鸟动物园推荐，青鸟动物园还是理事单位呢。

说到动协的好处，既然人家对会员有一定要求，还要交会费，肯定是有好处的。

段佳泽以前遇到什么问题，大多都是通过林业局的关系，咨询一下。入会后，会里就有各种活动，不但能咨询动物饲养上的问题，还能咨询发展管理、动物交换之类的业务。如此一来，就不用自己去联系了。

也亏之前灵囿做出来的那些成绩，尤其是帝企鹅繁育，让他申请后的资格考察十分顺利。

这次要去参加的这个年会，可不是像什么公司年会，大家一起吃吃喝喝抽奖。过去之后会有专家讲座，很有学习价值。所以，段佳泽特意带了两位技术人员一起过去。

一个是目前担任技术总工的杨策，一个也是技术方面的中坚力量周开锡，他们两个都是灵囿有钱之后，从别处跳槽过来的。业务水平就段佳泽观察，属于中等，但在他们动物园也够了。

年会在洛城举行，要办上四五天。以前就是个十八线小动物园，作为园长，工作也一般就到城区，偶尔去别的动物园，段佳泽还是第一次出差这么久。

段佳泽收拾行礼的时候，有苏就十分不舍地抓着段佳泽的手："园长，你可一定要早点儿回来啊，就不能不去吗……"

"没事的，有苏，我就去几天。"段佳泽忽然有点儿不对："哎，你这个是不是有点儿奸妃味儿啊，我是去工作的，怎么能不去。"

有苏："……"

段佳泽："姐，你自己悠着点儿就行了，我不在，你别把自己玩脱了，回头脸又黑了。"

"……"有苏讪讪笑了两声："你不在，我肯定不敢招惹道君。"

"那还行。"段佳泽把东西都收拾好了："应该差不多了吧。"

有苏又殷勤关切道："再仔细看看，有没有什么落下的，不然出去不方便怎么办。"

"呵呵……"段佳泽心想，不方便就让陆压给我捎过来，那家伙晚上还能不跟着飞过去？上次他怎么说的，散个步就从扶桑到若木。

"还有啊，最好带些防身的东西。"有苏又叮嘱道。

希望机场早点修好。段佳泽在洛城机场出来后，在心里想。他从东海过来，先是坐高铁到省城，又坐飞机来洛城，中间差点儿没赶上飞机，统共花了大半天时间，还是不太方便。

按理说参加这次会议的动协成员，洛城野生动物园会派人来机场接，但就在段佳泽三人出去之时，就听到了一个声音。

"段园长！"

段佳泽回头一看，一秒认出来："吴园长，太巧了。"

他上前和青鸟动物园的吴副园长握手，又和吴园长身旁的人也握手，同行一人也是上次一起来他们东海考察的专家。

青鸟动物园的专家笑呵呵地问道："贵园的潘老师没有来吗？"

"潘老师要主管熊猫馆的工作。"段佳泽矜持地道，语气中却透露出淡淡的喜悦。

"对了，还没当面恭喜，段园长也有熊猫了。"吴园长忍俊不禁。

不但有熊猫了，我还有青鸟了呢。段佳泽心想。

段佳泽是第一次参会，吴园长却是轻车熟路了，在他的带路下，顺利和接机工作人员会和，然后前往洛城野生动物园安排的酒店下榻。

这次年会，足足有几百名会员单位的代表来参加，光是酒店就分了几家，这些单位里甚至还包括了华夏大熊猫保护中心，至于各个全国闻名的大动物园、海洋馆就更不用说了。

也幸亏有吴园长引荐，段佳泽跟着他认识了好多人。

但是让段佳泽有点儿惊讶的是，好些大动物园的参会代表，对他态度特别好，聊起灵囿来也是颇为熟稔的样子，不像是客气一下。

虽说以前段佳泽也和其他动物园建立了一些往来，但是其中不包括这样国内顶尖的大动物园，更别提他们态度还这么好了。

不过想一想，这个网络时代，好歹灵囿也是个网红动物园，他们有些了解也不奇怪。态度那么好，大概也是觉得灵囿的技术很不错吧。

段佳泽也十分虚心，他站在会场，年轻得好多人几乎以为他是主办方来打杂的，其他单位无论是专家还是管理人员，都没这么年轻的。

段佳泽非但年龄年轻，作为会员来说，也很年轻，还是第一次参加行业盛会。

好些动物园，甚至上来就问起给园里动物相亲的事情。

段佳泽："……"

人家都坦白了，觉得你们家动物很优秀哦，生下来的一定基因也很好，尤其是一米五的帝企鹅，还有白狮、孔雀……好有兴趣哦！

段佳泽汗了一下，逐一和人家交换联系方式，约定以后商量交换动物以及相亲的事情。

之前在微博上有些动物园凑热闹问白狮相不相亲，但是和现在的状况能比得吗，一个个现实里跑来问他动物相亲的事情。

看来，这条路确实有得赚！回头就可以规划一下，让大家出台创收了！

段佳泽心中 YY 了一下，还挺爽。

和洛城野生动物园的园长接触时，对方也是态度十分好地用力握了握段佳泽的手："段园长，久闻大名啊！"

段佳泽今天听了很多遍这句话，但还是谦虚地道："不敢当，我才是久闻大名了，洛城专家的大象丰容报告，我和我们技术总工都认真读过很多次。"

以前灵囿就是个草台班子，段佳泽自己既是园长，要做管理，又得钻研技术。他一个学环工的，时常拿着动物专业论文研究，所以这句话还真不是客套。

洛城的大象丰容的确做得好，还拿过这方面的奖，这句话夸得很到位。洛城野生动物园的园长刘培远握着段佳泽的手不放："那咱们算是神交已久，我虽然没有去过灵囿，但是从网上，还有老吴口中，都听过你们的帝企鹅繁育技术。我们洛城连续几年，人工孵化帝企鹅蛋都失败了，有空一定要和你讨教一下！"

那种纬度，都能养出来一米五高的帝企鹅，运气和实力缺一不可啊！

段佳泽忙道："青鸟动物园有这方面的专家，我们也从那边引进了五对帝企鹅。有空大家一起学习，我们给青鸟的专家查个漏补个缺还是可以的。"

刘培远的笑容更深了，觉得这个年轻人确实谦虚，表情很诚恳，虽然大家都知道，今年灵囿五对帝企鹅夫妇，孵化成功率是百分之百！

看上去数量很少，数据不是很有参考价值。但是，青鸟动物园当年只有几对帝企鹅时，孵化率就没这么高，甚至很多动物园，养的企鹅几年如一日，压根不生孩子。

大会有很多主题报告，但一开始，当然是领导做报告。

协会的副会长进行了年度工作报告，灵囿的人坐在不前不后的地方，正听着呢，竟是听到副会长点了灵囿的名字。

"……我们也吸纳了一批以灵囿动物园为首的优秀新会员，今年，住建部多次呼吁动物园减少、停止动物表演，在这方面，灵囿动物园做得十分出色。

自开园以来，做到了几乎完全杜绝动物表演，以单纯的动物行为展示获得了难得的成功，是我们学习的榜样……"

一瞬间好多眼神投向段佳泽这边，没错，灵囿动物园还真是个怪胎，不搞动物表演的动物园不是没有，但是没有一家像灵囿这么火。

这些眼神里，有的是好奇，有的是羡慕。唉，动物表演谁想做啊，最近两年社会上越来与重视这个，他们都要被骂死了。

好想知道这灵囿到底是怎么做到的啊！

被突然一夸，段佳泽有点儿蒙，可没人告诉他会有这么一段，随即又挂上受宠若惊的笑容，对着台上素未谋面的副会长致意。

杨策和周开锡坐在段佳泽旁边，心情也有些激动。

他俩以前一个在东海市一家商场的动物展区，一个在省城某野生动物园工作，不算行业精英。搁在其他动物园，大概都没法来参会。

灵囿的步子迈得太大了，又是在小城市，导致他俩对灵囿在业界的地位都有些迷惑。

这次来参会，先是看到那么多代表对园长态度友好，现在副会长还点名夸奖，瞬间就对灵囿在业界处于什么位置，有了一个认知。

看来，我们动物园其实很牛啊！二人心想。

因为是第一次参会，灵囿也没有准备什么论文和报告，光是听人家做报告了。杨策和周开锡经过会上的待遇，一下子激起万丈雄心，特认真。

灵囿的饲养、繁育，包括动物福利、景观设置等，都是一流的水平，但是在丰容上比较一般。这也是因为前者都有系统或者派遣动物帮忙，后者就单靠他们技术人员。

杨、周二人学习了会上几个专家博士做的动物丰容方法报告，还准备会后去请教。

段佳泽乐得看到他们这么认真，虽然灵囿现在发展得不错，但是真正高水平的专家，还是更愿意待在大城市的大单位，所以他们还是要培养自己的人才。

段佳泽也学习了一些报告，到了晚上，准备出去逛逛街，买点儿洛城的特产。

不巧吴园长来叫他，说是刘培远刘院长约着一起出去逛逛，逛完再吃个消夜。

刘培远是承办方的领导，他能把自己叫上，也是有点儿出乎段佳泽意料的，他赶紧收拾了一下，晚上风大，准备换件厚点儿的外套。

打开箱子时，段佳泽就看到了一个水瓶。这是有苏给他塞进来的，里头就是之前她炼出来的药水。

出来之前有苏说带点儿防身的东西，段佳泽想了半天，要不带南柯蚁呗？

有苏直接让他把药水带上了，笑嘻嘻地说："要有人敢攻击你，哗一下泼到对方脸上，只要沾到口唇，药效立马发作。这都爱上你了，还忍心伤害你吗？"

段佳泽："……"

这药水都放在他房间老久了，还记得当初刚收到时陆压喝了一点儿，但是根本无效，让段佳泽有点儿怀疑效果。不过据说那是因为陆压修为太高了，所以失效。

段佳泽也是无所谓，带这个就带这个呗，别说，这玩意儿尘封那么久，他还真有点儿想知道是个什么效果，又没法在朋友、陌生人身上试验，要真来个倒霉蛋还行。

想了想，段佳泽顺手就把水瓶揣身上了，既然带出来了，那就随身带着呗，万一真有用呢。

因为明天还有会议，刘培远把大家叫出来，也没喝酒，聊得比较多反而是动物园的管理问题。

他们就住在动物园附近的酒店，刘培远索性把大家带进去，一边看一边讲。

晚上动物园也有员工上夜班，到处都有灯，而且洛城野生动物园向来以景观优美出名，逛个动物园跟逛园林似的，否则刘培远也不会把他们带到这里来。

段佳泽年纪最小，趁机提了好些工作中遇到的问题，这些老大哥都热情地给他解答了。

"小段啊，其实我看过你们的直播，"刘培远揽着段佳泽，比在会上随意多了："我有点儿很想不通，你们动物福利做那么好，这收支能平衡吗？"

就灵囿喂的那些吃的，刘培隔着电视机屏幕看都知道是好食材，他可是个老饕。灵囿又不做动物表演，居然这么舍得。

"可以啊，其实我们周边卖得很不错，还有园里的餐厅生意也很好，最近还有度假酒店也要开业了。"段佳泽笑着说道。

其实了解灵圃的就会知道，当初周边、餐厅都没有，也是这么喂动物的，换了一般动物园，肯定没有这个魄力，怕亏死。

大家听了，还以为他是逐步提高动物福利的，但就这样也很夸张了，用那么好的食材。

正聊着呢，段佳泽年轻视力好，忽然看到不远处一个影子在向这边靠近，借着光一看，是条大白狗，笑呵呵地道："刘园长，你们动物园还养了萨摩耶啊。"

其他园长啊专家的抬头看去，仔细一瞧，差点儿吓破胆，什么萨摩耶啊："那是狼啊！北极狼！"

段佳泽："……"

这时，那只白色的北极狼也发出了一声狼嚎，证实了他们的话，这确实不是萨摩耶……

它距离这边也就几十米，冲着人群狼嚎后，摆出一个威胁的姿态，**蠢蠢欲动**。

一瞬间所有人汗如雨下，不敢动弹。在场的都是动物园的管理层或者专家，对野生动物的了解可以说非常深刻了。但正因为了解深，就更加恐惧了。

那些被野生动物伤害的饲养员，对它们了解深不深？还不是死的死，伤的伤！

连段佳泽也倒吸冷气，他遇到过这种动物逃脱的场景，但那是在灵圃，对方是有灵性的。现在身处外地动物园，他就算会兽心通，也没法沟通啊。

而且说到饲养员，这些人都在心中疯狂骂着。洛城的北极狼饲养员是疯了吗？为什么会把北极狼给放出来！而且就在动协开年会的时候，居然发生这种重大事故！

刘培远想得更多，他对自己单位了解，他们的保护措施很好，饲养员也都按照安全条例管理，绝对不可能随意让狼出来，了不得就是进入安全区了，怎么可能会出现在场馆外面？！

但是现在想什么都没用，这条北极狼已经喘着气，越逼越近了，一群中年男人加一个年轻人，也一点儿点后退。

工作人员的电话已经拨通了，但是现在已经与狼共舞，短时间内，只有神仙救得了他们了。带着麻醉枪的工作人员，不可能那么快赶到的。

虽说现在气温已经下降，但对于北极狼来说，仍然不是它的适宜温度，所以它也有些焦躁，不断发出威胁的声音。

这时，一名其他动物园的代表腿一软，直接坐在了地上。

这就像个打破僵局的信号，北极狼低吼一声，瞬间提速，冲着他们冲过来。

其他人惨叫一声，乱成一锅粥，转身拼命向后跑，反而绊倒了好几个自己人。

那坐在地上的人已经腿软胆寒，爬都爬不起来，他就在最前方面对着北极狼，绝望地望着北极狼。

段佳泽没动，他想着自己给这位代表挡一挡，应该会有派遣动物出手，不能让他伤着。这时他灵光一闪，从兜里把那个水瓶摸了出来。

有苏好像说过，对非人类有没有用。

……反正不会有事，试试呗。眼看北极狼冲到近前，段佳泽毫不犹豫地拧开瓶盖，往那只北极狼身上洒去。

坐在地上的代表只觉身后有人将一捧水泼到了冲至面前的北极狼头上，那北极狼眼睛都给糊了，停下来甩了甩头。

到这时，北极狼距离他们只有一米多的距离了！

代表心中猛然生出一股勇气，原本软掉的腿哆嗦着动起来，爬起来转身就跟跄着跑。

他起身还瞥见灵囿那位小段，手里拿着个快空了的矿泉水瓶子站在一旁，显然刚才是他帮自己争取了一会儿工夫。他心中闪过感激，却不敢停留。

此时，距离北极狼最近的是段佳泽，最远的是不过跑到几十米开外的刘培远数人，中间还散着一些，此刻脚还在跑，却是忍不住回头看。

只见那名代表不知何时，跑得比小段要远了点儿。

北极狼顿了一下，便猛地扑向小段！

北极狼的皮毛厚实又温暖，它整个用力扑在小段身上，把小段都扑得坐倒了，然后张开血盆大口，露出利齿——用舌头用力舔小段的脸。

一下又一下，殷勤地舔着人家头脸脖子，还一个劲儿往小段怀里钻，舌头一直吐在外面。

所有人都不禁停下了脚步，怀疑自己所学的动物知识。等等，难道有万分之一的几率是他们这些专家看错了，这其实是狗吧？

112

洛城野生动物园的兽医朱诚现在满头都是汗，他一边有点儿哆嗦着地把麻醉枪递出去，一边问道："除了刘园长，还有哪些人在现场？"

"青野的吴园长，首都水族馆的设计总监，川动植的副园长……"

听到这一大串人员职位，朱诚顿时脸都是麻的了，眉头紧锁。在争分夺秒赶往现场的同时，朱诚脑海中也在迅速思索，在动协年会期间，洛野发生这么严重的事故，这个笑话可闹得太大了……

这些人里，无论哪一个伤亡了，接下来都不会消停啊。北极狼居然逃出场馆，如此危险，社会上会充斥对洛野的不信任，往后他们经营堪忧。

这可不是什么游客自己作死，动物园封闭时间出现问题，肯定是他们管理上有疏漏，虽然现在暂时不知道为什么会出现这个问题。首要的任务，还是先把北极狼给制服了。

洛城野生动物园的工作人员，带着麻醉枪、灭火器、鞭炮等东西，开着车赶往电话中所说的现场。而其他场馆的人也已经收到通知，迅速关闭通道，以免北极狼已经逃窜离开现场。

远远的，朱诚就看到一行人，他扶了扶眼镜，借着路灯的光线，毫不费力地就看到了刘园长的身影，他和一干人正挤在一起，看着一个方向。

而他们所看的地方，有一个人正坐在地上挣扎，一头只灰白色的北极狼则趴在他身上疯狂撕咬，而且是冲着头脸方向……

"太凶残了！"朱诚目眦欲裂，充满了对个不知身份，但绝对是园长级别的领导或专家的同情，还有这只北极狼，在朱诚看来，下场也很有可能是处死。

一时间，车上气氛低沉，人人心头都笼罩了一层阴云。

"朱老师，不太对啊，怎么刘园长他们还不走？"

"咦，地上好像没有血？"

随着车开近，却是有不同声音出现了。

朱诚也呆了，他们的车停了下来。刘园长回头看到他们，满脸是汗，表情除了几分惊恐之外，更多的竟然是疑惑。

在这个距离，朱诚也能看清楚那几十米开外发生的事情了，甚至能听到一些声音。

那个被扑在地上的人用手挡着自己的脸，拼命喊道："别舔了，别舔了！

哎呀我靠，你别咬我衣服！"

一瞬间，朱诚都不知道该不该下车了，倒是刘园长他们，都赶紧上了车后，互相看看，有点儿想庆幸劫后余生，但看着一点儿儿凶相也没有的北极狼，又觉得没什么好庆幸的。这他妈还能是北极狼吗？怕是被萨摩耶附体了吧？

他们洛城野生动物园的北极狼，虽然从小生活在低温环境的场馆内，但是保留了野性，和自己的饲养员都没有这么亲。

有时候他们会做一些喂食表演，那些北极狼的表现也很符合它们的兽性。

朱诚还以为过来后会看到非常血腥的一幕，万万没想到，是如此的魔幻。

那人和北极狼缠在一起，麻醉枪肯定是不能用了，鞭炮可能也会崩到人……

在场的都是专业人士，他们几乎都想到了这个问题，青鸟动物园的吴园长迅速道："灭火器呢？"

他们迅速拿出灭火器，把车开近："小段，你快捂好脸！"

然后就用灭火器朝着北极狼喷，然而那北极狼嗥叫一声，背对着他们小幅度躲闪，就是不离开，甚至用牙齿去叼段佳泽的领子，似乎想要把他也拖走。

段佳泽狼狈地在地上翻了个身："别喷了，等等，别喷了。"

工作人员迟疑地看了一眼刘培远，刘培远眼睛动了动："等等，别喷。"

灭火器停了下来，段佳泽咳嗽几声："您看，这还怎么赶走啊，直接弄个笼子来吧，我把它赶进去……不是，刘园长，您这什么狼啊，真不是狗吗？"

众人："……"

段佳泽抢先反问，刘培远一时哑口无言，不知道怎么回答。

他们这一圈专业人士，谁也解答不了这只北极狼为什么如此反常啊！

不过，现在这种诡异的情况，好像正如段佳泽所说，没必要驱赶、麻醉了，北极狼要想伤人，早就把段佳泽咬死了。还是直接上笼子吧，笼子他们是备好了的，拿下来就行。

但是，北极狼一看到人下车，就露出了凶相，冲着他们伏低身体嗥叫，让人一下又蹿回车上了，瑟瑟发抖。

段佳泽眼疾手快，怕北极狼跑出去，伸手揪住北极狼脖子上松软的皮毛。

这北极狼的嗥叫声顿时拐了弯，柔软起来，直接趴在了地上，温顺地看着段佳泽。

段佳泽："把笼子丢下来吧，我来。"

工作人员只好打开车门，把笼子放下去，又关上车门，看段佳泽表演。

段佳泽把笼子拖过来，北极狼就亦步亦趋地跟着他，他把笼子打开，拍了拍北极狼，让它进去。

北极狼在动物园长大，又比较聪明，知道笼子是什么概念，在段佳泽脚边打着转，不时还人立起来，把前爪搭在段佳泽身上，不肯进去。

几辆车上的人都紧张地盯着这一幕，兽性难测，谁知道这狼为什么像狗一样，会不会突然间又狂性大发呢。看到段佳泽犹豫了半天，和驯狗一样，把北极狼怼进笼子，都屏住了呼吸。

北极狼被段佳泽推着屁股，怼进笼子，立马又转身，把前半身探了出来。

段佳泽撸着北极狼的头，一边关笼子一边跟它说话："别闹，进去。"

最后北极狼还真被段佳泽关进了笼子里，隔着铁门，趴在里头发出委屈的呜咽声。

所有人长长舒了一口气，看到段园长也饱受惊吓地坐在地上，都是又想哭又想笑。

一干人下来把笼子抬起，要运送离开。然而北极狼一被抬起来远离段佳泽，就疯狂地在笼子里动弹，朝着段佳泽的方向嚎叫，就跟被法海带走的许仙似的。

段佳泽一身都是狼毛，脸上还沾着快风干了的狼口水，他看着北极狼发狂一般的样子，嘴角抽了一下。

没想到，有苏的药水真的这么管用……

北极狼看段佳泽无动于衷，似乎感受到了他的绝情以及无法挽回的现状，慢慢也不动了，趴在里面发出悲鸣声，简直闻者伤心。

吴园长过来拉着段佳泽的手，上下仔细打量他："真没受伤？"

"没有。"段佳泽展示给大家看，知道他们现在特别关心。

这时，朱诚也接了个电话，然后向刘培远汇报起来。

他本来想私下说，但是刘培远让他就在这里说出来，他看了一眼其他动物园的人，只好开口讲出自己接到的电话中透露的情况。

在之前的紧急通知之下，北极狼场馆作为事发之地，不用说，当然不但要通知，还查看了监控，确认还有没有跑出去其他北极狼。一看之下，却发现监控被蒙上了。

这时附近的警察也赶到了，前往场馆查看。小心翼翼进去后却发现，里头有个受伤昏迷的男人，还有几只晕倒的北极狼，点点数量，刚刚好。

那个受伤昏迷的男人大家都不认识，直接先送医院了，看伤口是被北极狼攻击了。

北极狼都被打了麻醉，也不知道剂量正不正确，要是过重可能会造成损伤。到这里，洛城的人差不多明白了，虽然那人身份不明，但是给北极狼打麻醉，蒙监控，显然是要进行偷盗。

国内这些野生动物走私贩子真的丧心病狂，他们有时候不但捕猎、杀害野生动物，在野外找不到的情况下，还会对动物园出手。只是洛城作为一个大动物园，安保做得一向不错，这还是第一次发生这种情况。

偷盗肯定是团伙，这人大概只是受伤被丢弃，警察目前在迅速查看其他地方的监控，寻找疑似团伙。

刘培远听完后气极了："真是无法无天！"他在原地转了几个圈子，才平息下来，对其他人道："有只北极狼前段时间因为生病，一直隔离，这两天才重新合笼。犯罪团伙大概是不知道，还以为已经击倒所有北极狼，结果在肆无忌惮进去的时候，被攻击了。"

他猜得还是很有逻辑的，这些野生动物场馆里面，有各种丰容设计，还有模拟野外的遮挡处，动物不想面对游客时可以躲藏起来，有一个安全空间。而在发生偷盗行为时，大概也为它们提供了藏身之所，然后在偷盗者进来时，直接攻击上去……

此后，应该就是偷盗者权衡后直接选择了放弃，毕竟他们要想制服一只猛兽不容易不说，还可能引来人。北极狼不知是追击还是自己溜达出来，反正后来就遇到了段佳泽他们。

大家高高兴兴过来开会，出了这样的事情，刘培远的心情是最糟糕的。他向大家再三道歉，派人把他们送回宾馆，至于他自己呢，今夜大概是无眠了。

都是同行，其他人虽然受到惊吓，但是对刘培远还是很同情的。何况能够一起出来，关系还是可以，也没人说些不中听的话，反而安慰了刘培远一番。

不过众人安慰最多的，还是段佳泽，毕竟他是公认的，今天受到最大惊吓的人之一。那个算是被段佳泽给救了的人对他更是千恩万谢，大家都看到那狼唯独对段佳泽态度好，那要不是段佳泽，他可能就惨了。

"呵呵……还好这狼是狗脾气，"段佳泽还开了个小玩笑："今天也这么晚了，各位老哥都回去休息吧，明天还得开会。"

"这么刺激，我大概一时半会儿睡不着了……"大家感慨："不过确实得回去躺下来。"

出了电梯，段佳泽和大家挥挥手，他们在不同的楼层。

看着这些老大哥的表情，段佳泽就知道他们回去还得八卦一番，但是他自己，是真累了，也不太关心。他在这个行业时间还不太长，对其中关节不清楚，就算八卦起来也不是很有参与感。

段佳泽觉得脸上黏黏的，还有一股……狼味儿，只想回去洗个澡睡一觉。

他进门把房卡插上，灯光一亮，就照出来床上一个躺着的人。

经过长期半夜醒来见到陆压的惊吓，段佳泽现在已经一点儿表情也没有了，不就是陆压跑到洛城的宾馆来，躺在他床上等他回来吗。

陆压跷脚躺在床上，看到段佳泽开灯便坐了起来，刚要对他说些什么这么晚去哪儿了之类的话，忽然抽了抽鼻子。

段佳泽："……"

唉，不是吧，鸟的嗅觉也这么好？

段佳泽看到陆压走过来，一步步逼近，忍不住往后退了两步，就抵着墙了。陆压则满脸狐疑，探头在段佳泽脸颊边上嗅了嗅。

段佳泽强装镇定地道："别闻了，和其他代表一起去参观洛野了，近距离接触的动物。"

陆压不可思议地看着段佳泽："你竟然撒谎，骗我，这个味道，分明是被求偶的狼舔了！"

段佳泽："……"

我靠，这也能闻出来？

段佳泽本来不想多生事端，但是陆压都闻出来了，他只好把刚才发生的事情细说了一遍，否则陆压那个表情，放佛他做了什么罪大恶极、毁三观的事情一样。

知道真相后陆压虽未发狂也快了："都是这死狐狸不消停，回头便把她爪子剁了。死狗，死狗在哪儿？洛城野生动物园里头？"

陆压提刀要砍人，被段佳泽给拽住了："不要冲动啊，是我没考虑好，就想着试试玩，有苏和狗……不对，北极狼是无辜的！"

陆压咆哮道："我不管！它舔你了！它舔你了！！"

段佳泽死抱着陆压的手："……真，真别，我的错，都是我的错好吧？大哥，要不然你就祸害我一个人吧，别搞人家狐狸和狼了。"

陆压手扶着墙，恨恨道："那我今晚要睡这床上！"

段佳泽："……"

要不是段佳泽知道这是自己的主意引发的后果，都要以为陆压是不是早就在这儿等着了。

陆压含怨带恨的目光投射过来。

段佳泽："睡、睡吧……"

他突然觉得，陆压也挺那啥的，这之前半夜偷窥多少回了啊，愣是没动手动脚。

所以说，其实睡一张床也没什么，段佳泽都不相信陆压能干出什么来。

"那还行。"陆压把刀收了回去。

虽是这么说，但还是有点儿不愉快，陆压碎碎念段佳泽，都跟到浴室里还在说他，虽然原谅了这次，但那狼还是要解决，不能让它再觊觎下去了，强调道："本尊都差点儿变青鸟了。"

段佳泽愣了三秒才反应过来："……"

别提，那青鸟原形也是三只脚……

陆压继续教育："还有，作为道君的饲养员，要知道和别的动物保持正常距离、接触。以及，那种药水，怎么能随便乱玩，对人不可以，对动物就更不可以了……"

"我知道了，哥，你出去行吗？我洗澡了。"段佳泽无奈地道。

陆压这才红着脸退出去了。

"……唉。"段佳泽洗着澡突然觉得还挺搞笑的，陆压刚刚都要气成河豚了，还有点儿可爱。

把口水都洗干净了，段佳泽才出去，宾馆的吹风机风力比较小，他索性只用毛巾擦了擦头发。出去后看到陆压正趴在床上打游戏，就也趴到他旁边，把手机拿出来，顺便指了指自己的头。

陆压头也没转，察觉到段佳泽的动作，一口热气吐出去，就把段佳泽的头发吹干了，还揉了揉鼻子："哼，洗得还算干净……"

段佳泽瞬间清爽，拿着手机玩了两分钟，就躺平了，本来今天也累了："我睡了，你自己关灯啊……"

陆压瞪着一秒入睡的段佳泽，不是很满意，但是段佳泽都睡得不省人事了，他只好悻悻躺下来。纠结半天，侧身小心翼翼地把段佳泽的手抱到自己怀里，还挺不好意思的，幸好段佳泽不知道，他满足地入睡了。

段佳泽是被杨策和周开锡叫门的声音吵醒的，他们来叫他去吃早餐，他迷糊道："稍等，我刚醒。"

段佳泽想拿自己的手机看看，却发现右手被陆压抱着，只得换了只手。一看自己居然把闹钟都睡过去了，这也睡得太沉了吧，难怪他们都来叫门了。

"陆压？"段佳泽推了好几下，都没把陆压推醒，黑线地道："再装我揪头发了，你压根不用睡觉，这都几点了，你也该准备回去上班了。"

陆压不情不愿地"醒来"，并不认自己的行为："本尊偶然也会入睡养神。"

段佳泽忽然想到了什么："我的闹钟是不是你给关了的？"

陆压扭头："不是。"

段佳泽："道君，你这是在向有苏靠拢啊你知道吗？想什么呢，从此君王不早朝啊？"

陆压："……"

段佳泽换好衣服，出门之前吩咐陆压，回去之后记得和有苏讲一下，弄个解药过来，不然以后影响人家洛城北极狼繁育。还有，不可以揍有苏，不可以揍有苏，不可以揍有苏。

"不好意思，我睡过头了。"段佳泽出去之后，对杨策和周开锡笑了笑。

他是 boss，杨、周二人怎么会说什么呢，大家一起去酒店的餐厅吃早餐，不免又讨论一下，这餐厅不如咱们灵囿的餐厅啊。

用餐期间，不断有人过来和段佳泽聊天。

也是这时候，杨策和周开锡才知道段佳泽昨晚经历了什么。

一夜之间，这件事情几乎都知道了参会人员。这么严重的事故，又有这么多人在场，不可能瞒下来，刘培远都不指望。

同时都知道的当然还有段佳泽那惊人的遭遇，堪称传奇。

杨策和周开锡是灵囿员工，但他们也是最惊讶的人。那些园长、专家都在猜北极狼怎么了，他们可是知道段佳泽还曾把跳出来的老虎吼回去过，没想到，到了别的地方也管用，简直神了啊！

段佳泽看看他们，满口附和，推在北极狼身上，一副也不知道为什么的样子。杨、周二人都蒙了，一时也搞不清究竟什么原因了。

到开会的时候，就更让段佳泽黑线了……

刘培远没出现，派了他们一个副园长参会，据说他还在处理昨晚的后续事宜。听说犯罪团伙已经被锁定了，有记者闻讯而来，刘培远得做舆情公关。

一群专家教授，竟然直接修改了会议程序，临时添加一个议题：探讨为何北极狼见到段佳泽非但不攻击，反而如此亲近。

就在身边，刚刚发生的案例，他们太有兴趣探讨一下了，早餐时间还没聊够呢！

于是，昨晚目睹事件经过的其他人，包括段佳泽本人，就给在场专家详细说了一些昨晚的细节。

专家一听，哎呀，这行为有求偶的嫌疑啊，对了，据说这只北极狼昨晚到现在都没怎么吃东西，这是在思念吧？

段佳泽干巴巴地重复了一下那北极狼是怎么舔自己的，偶然有人问起水，他不用说，也有人证明，不就是小瓶矿泉水吗？情急之下，身上只有矿泉水，就泼出去呗。

这个小细节在意的人不多，只是略提了两句，最后大家问起来，都是灵圈有没有养狼。

段佳泽想了想："养了，但是不是北极狼啊，我们引进了北美灰狼。"

"北极狼是灰狼的亚种，这不是阻碍。"一位专家扶了扶眼镜，认真地道："那只北极狼有明显的求偶动作，且北极狼嫉妒心强，会阻止其他异性靠近自己的伴侣。有没有可能是你与母狼接触后，身上的味道改变，迷惑了那只北极狼。"

段佳泽："……"

周开锡一拍大腿："是哦，我们动物园的灰狼特别喜欢园长，看到他就要黏着。"

杨策想说咱们那儿有动物不喜欢园长吗？不过想想还是咽回去了。

这位专家的思路还是有点儿逻辑的，接下来大家又探讨了一下，按理说小段离开灵圃一段时间，即使那母狼在他身上尿了，味道也该减弱了吧。北极狼为何会"一见钟情"呢？难道说，发生改变后的味道，反而是更能吸引那只北极狼？

又或者，这头北极狼在成长过程中，确定没有被扭曲取向吗？

要知道，有些动物和人类相处久了，确实会对自己的饲养员产生不一样的感情，可能误解大家是同类了。尤其是那些智商高的动物，格外容易有跨种族爱恋。

什么企鹅、猴子、海狮……类似新闻屡见不鲜。

只不过，这一见钟情，还真是头一遭！

"哎，要不这狼你给引进到你们动物园得了。"青鸟的吴园长和段佳泽认识相对比较久，还开玩笑呢："反正它那么不舍得离开你，昨晚走的时候都快哭了，还食欲减退，为伊消得狼憔悴。"

"对对，要是喜欢的是你们那母狼的味道，也能再促成一对啊。"

"你们是没看到，那狼，照着小段头脸一顿狂舔啊，极其火辣……"

段佳泽："……"

怕是疯了，才会把北极狼带回去，那还不被陆压疯狂动物园霸凌？

本来正经的讨论一下有点儿变了，会场充满欢声笑语。

这时候吴园长"嘿"了一声，指了指自己的手机，说道："哎哟，刚老刘告诉我，昨晚那只北极狼好像不知道怎么的，刨了个坑把自己脑袋埋进去了，差点儿儿被憋死。哪位教授知道，这是什么行为？"

段佳泽："……"

道君啊道君，多大一神仙，这么不讲信用不讲理，说好了不砍，还是悄悄过去把人家埋了一顿……他傻了才会猜不到是陆压干的吧？

113

反正动物园就在旁边，一干专家学者听到这个消息，便提出干脆去场馆看一看。

洛野的副园长一看这个阵容，也推辞不了，打了个电话给那边，知道已经取证完毕，就带人过去了。

洛野没有海洋馆，有个单纯的极地馆，副园长领着大家到极地馆，只见里头有十只左右的北极狼，多数是很无精打采的。

它们昨天被注射了药剂，昏迷了很久，到现在还没完全恢复过来。

唯独那只失恋的北极狼没有中药，但是它正沉浸在求偶对象不见了，以及被殴打一顿的悲痛中。因此，一眼望过去这些北极狼都趴着，仿佛空气中也飘着哀伤。

一行人走到玻璃幕墙前，那只北极狼似有所查，抬头一看，便于人群中看到了段佳泽的身影，当即"嗷呜"一声，从地上直接蹿起来。

它跑到幕墙前段佳泽那个位置，前爪搭在幕墙上，伸着脖子长叫了好几声，然后把脸也凑过去，一副想要穿过玻璃过去扑段佳泽的样子。

一瞬间，段佳泽身边就空出来一些，大家全都让开一点儿，也好方便看段佳泽的神情。

段佳泽："……"

有个穿着洛城野生动物园制服的工作人员弱弱地道："这只北极狼叫北斗，今年两岁半，虽然已经性成熟，但是还未进行过交配。"

其实他只是很正常地说一下情况，一般北极狼要三四岁才会开始交配，但是现在这么一说，配上北斗的动作，就显得有点儿怪异了。

段佳泽脸上的笑容也有点儿僵硬，往旁边挪了几步："是吗，叫北斗啊……"

他一动，那北斗也跟着往旁边动。它本是前肢搭在玻璃幕墙上，所以只有后肢动了几下，看起来跟马戏表演似的，眼睛也一直盯着段佳泽的方向。

段佳泽："……"

北极狼北斗，还处于青涩和成熟之间的阶段呢。

头上还有一点儿土屑的北斗，好像一点儿也没有意识到自己之前被揍的那一顿是为什么，也有可能它知道了，但是根本不管，爱情的力量太伟大了。

大概想到自己出不去，段佳泽也不进来，北斗放下前肢，趴在幕墙后，露出可怜的神情。

一干专业人士纷纷仔细观察，然后探讨这属于什么样的行为，还问有没有它刚才埋头的视频。

"埋头这个……有先例吗？还是在动物园发展出来的啊？"

"如果小段一直不回应，这只北极狼会有什么样的举动呢？"

"其他北极狼对小段的兴趣好像不大。"

"小段，能进去看看吗？"

他们中大多数人也没亲眼看到北斗怎么亲近段佳泽的，这会儿有些好奇。

段佳泽哪能答应，那还不迅速被陆压发现，他已经和陆压说了去取解药，到时候把药一喂，这狼就能好了。至于这里头还有什么科学原理，就留给专家们继续探讨去吧！

段佳泽严肃拒绝了和北斗近距离接触，他就站在外面，不过挪到哪儿，北斗就跟到哪儿。偶尔后退几步，北斗还要刨地，一副恨不得跟出来的样子。

"不进去，站近一点儿可以吗？"有个教授问。

段佳泽犹豫一下，走到玻璃幕墙边上。

北斗黏糊糊地叫了两声，把尾巴翘向一边，露出了某个部位，还左右转动身体，就像在展示自己一般。过了一会儿，看段佳泽毫无回应，还侧躺下来，往旁边一番，露出了几秒肚子。

一位不知道是哪个单位的专家摸着下巴道："狼在圈养中，繁殖行为失常，由雄狼主动选择了人类作为求偶对象。同时，邀配动作也发生了一些改变，露出自己的腹部。一般来说，邀配是雌狼主动提起，目前还不知道该圈养雄狼是否受到过无意中的暗示，又或者是更严重程度的行为失常……"

段佳泽很想摆手，但是还真是他先给人家泼药水的。

"还有那个埋头的行为，很像是排遗掩埋的变体啊，但是不埋粪便埋脑袋是为什么？这个我就真的想不明白了。"又有一个专家说道："圈养狼在长期圈养中，已经发生了相当程度的变化啊。"

后面这句话指的不只是北斗，而是普遍情况，即使生活在环境较为优越的野生动物园，也难以避免。游客的参观，更是会改变它们的社会行为。

不过由于北极狼属于濒危物种，很多动物园的饲养属于保护物种，也说不上它们到底是在野外更好还是在动物园更好。

北斗使出浑身解数，想要吸引段佳泽的注意力，它爬起来后，又转了几下，跑到了一个地方，挖起土来。

有人一惊："又要埋头了吗？"

这种新的行为，他们都还在琢磨为什么诞生，有什么作用呢。

这时，北斗刨了坑，却是从里头叼出鸡骨头，跑到幕墙前，眼巴巴地看着段佳泽。

"这是它藏的食吧？想要送给小段。"大家若有所思地点头："难道之前埋了自己也是不小心的？但是小段不在，它把食物拿出来做什么？"

段佳泽："各位老师，能不能别老提我了？"

"哈哈哈哈，小段不好意思了？"

段佳泽心说我倒不全是因为这个，就是怕家里那只鸟知道了，牵连你们。你说北极狼被埋一顿还能行，各位老师一把年纪了……

吴园长说道："哎，小段，你要放得开一点儿嘛。咱们开动物园的，什么情况不得面对？这北极狼对你进行求偶算什么，听说国外的学者，面对珍稀鸟类的求偶都没法拒绝，还得配合取精液以便繁殖呢，你要抱着正确的态度来面对啊！"

段佳泽脸上闪过一丝惊恐："……"

我靠，吴园长说的这个例子太有代入感了吧——还有比陆压更珍稀的鸟类吗？！

大家看到段佳泽脸上的神情，还以为是这小年轻没经过什么事，动物园发展快，底蕴少，难免有点儿慌张，纷纷安慰他。

"小段啊，没事，大家都这么过来的。当年我刚进动物园时，也不管我学什么，就让我去喂海豚，那海豚把我一顿摩擦啊……"

"可能你们开园时间短，还没有经过太多事，没太多动物，尤其是珍稀动物。但是，一定要做好这种心理准备呀。"

"没事，没事，都是慢慢成长的，对自己有点儿信心。"

段佳泽："谢谢大家。"

从洛野的极地馆回去后，又是继续开会。

本来说灵囿没有准备什么报告，但是段佳泽还是被请上去说了几句。主要是今年动协准备将劝停动物表演作为一个重要工作。

由于管理等方面的种种原因，住建部虽然提倡停止动物表演，但是成效并不是特别大，所以开会时还表扬了灵囿，当作正面典型。

有部分动物园、海洋馆也正式承诺，会停止动物表演。但是还有很多要靠这个挣钱，当然不会随便停止。

段佳泽也是参加了这种行业盛会，才听到一些内幕八卦，比如有些动物园进行动物表演也就罢了，那种野外救护的动物也拿来训练，十分残忍。

段佳泽从自己的角度讲了一下，他们灵囿的经验，如何提高动物福利，创造更好的观光环境，然后再从营销入手，吸引游客前来。

那种动物娱乐项目，一开始灵囿也有类似的，虽然在他们自身的角度知道是对动物毫无危害，但仍然在初期阶段之后逐步取缔了。后来设置的，都是合理范围内，对动物无害甚至有利的。

灵囿能够有现在的客流量，有相当一部分原因是动物灵智提高以及那些派遣动物，但是段佳泽可以感受到，自媒体时代的营销策略也起到了决定性因素。

在座的，谁不比他更了解动物园存在正确的用途，他也没必要灌什么鸡汤，单从如何提高盈利方面说起好了。

因为没什么准备，想到哪里说到哪里，好在最后大家也给予了这个年轻人热烈的掌声。

开了四天的会，段佳泽结识了不少同行，大家互相交换一下各种信息，还是非常有用的。解药早就捎过来了，但是段佳泽一直到离开的时候，才要求再去看一下北斗。

刘培远这几天都在处理这件事的后续，焦头烂额，想都没想，立刻答应了。

说句实话，刘培远都想把那只北极狼送给段佳泽了！

犯罪团伙被抓获后，已经供出来，是和动物园一个临时工串通进来搞事情。那临时工也不清楚北极狼合笼的事情，因为和园里某员工有关系才进来的，还害得那人也丢了饭碗。安保方面，更是下了处分。

在刘培远的公关下，这件事情没有在舆论上掀起很大的风波，业内传得倒是火热，网上却没什么热度。之所以能这么压下去，归根结底，都是因为没有伤亡啊！

这次，但凡有人受了伤——歹徒当然不算——都没法就这么平息了。就因为没有伤亡，才能在公关时宣称及时妥当地处理，没有造成任何不良后果。

这还不都是因为小段园长，要不是那北极狼恰好对他"一见钟情"，搞不好就血溅当场了。

要知道，那些被抓获的歹徒，多少身上都带了伤，有个重伤的现在还在医院，可见那只北极狼的战斗力。舆论方面少数的热度，都是大家在骂偷盗团伙活该，偷动物自个儿被咬。

只不过现在事情还没完全结束，刘培远没什么工夫，但是段佳泽，还有那天受了惊吓的其他人，走的时候都接到了红包，以后大家往来，也得多卖几分面子。

尤其段佳泽，刘培远都想额外感谢。他们动物园是一个旅游投资集团办的，刘培远想，如果这次对他没有什么处罚，他一定要想辙再感谢段园长一番。

段佳泽哪知道刘培远想了那么多，他拿着药水去了极地馆。到了极地馆，他要求饲养员把北斗放到安全区域，和其他北极狼隔离开，他好进去看北斗。

饲养员被打了招呼，当然照做，只是心里难免嘀咕。

段佳泽一进去，北斗就冲上来，各种扭屁股，爬跨，极其热情。

看得饲养员在外咋舌，不是他说啊，这狼就算爱上人了，怎么爱得不是他这个饲养员呢？你说他对这狼，从小喂到大，多好啊，愣是喜欢上别的动物园的园长，让他有点儿点心酸呢。就这个热情程度，几年加起来他都没感受到过。

"行了，北斗，坐下！"段佳泽低喝一声。

北斗愣了一下，还真听懂了，毕竟在人类世界长大。它蹲坐下来，身体还是忍不住动弹，盯着段佳泽看。

段佳泽怕它又冲过来舔自己，十分谨慎。

北斗一身灰白色的毛，干干净净，头顶上两只耳朵竖起来，确实有点儿像狗。段佳泽这个半路出家的园长，第一眼就把它认错了。这会儿北斗两只斜挑的眼睛充满热情地看着段佳泽，舌头也吐了出来，更像狗了。

段佳泽侧头看了看，外面的饲养员顿时有点儿尴尬，走开了，暗自摸摸鼻子。他这不是不放心，在旁边看看吗，怎么段园长搞得跟什么似的。

段佳泽把解药掏出来，也是药水的形式，然后倒在北斗头上，自己则迅速回身按开门出去。

药水滴在头上，北斗就愣在当地了，段佳泽出去后回身，正好看到它开始用舌头舔脸上滴下来的水。药水入口之后，北斗甩了甩脑袋，似乎有点儿迷茫的样子。

这时候北斗再看向段佳泽，还愣了一下。它作为一只普通北极狼，这会儿有点儿发愣，因为它只是喝了解药，而不是失忆，它还记得自己之前对段佳泽特别热情。

现在那种情绪突然消失了，北斗迷茫为何会产生人与狼之间的感情之余，对段佳泽也没法起恶意，反而歪着脑袋看了看段佳泽。看来这么一中药一解药，还是有一点儿点改变的。

洛城野生动物园的安全系统和灵囿大同小异，段佳泽按开安全区域另一道门。

北斗脸冲着段佳泽，退后几步，深深看了一眼，仰头嗥叫几声，就猛然回头，跑回自己的族群中了。它的同伴也下意识抬起头，以长叫回应。

这只年轻的北极狼，结束了最短的爱恋，已经回到了正确的狼生轨迹上，重新成为一匹单身狼。

这时候饲养员也走了过来，看到段佳泽已经出来了："段园长，您就看望完了啊？"

"是的，我还要去赶飞机，再见。"段佳泽礼貌地说道。

饲养员点头："好走，唉，您一走，北斗又要失恋了。"

"呵呵，它已经失恋了。"段佳泽挥挥手离开了。

段佳泽在飞机上，在厕所里匆匆换了衣服，下飞机后，又在机场的化妆品专柜蹭了点香水，惹得杨策和周开锡投来怪异的目光。

什么鬼，园长为什么特意拐到专柜去喷香水？看起来不太对劲啊！

段佳泽就是怕身上还残余了狼味儿，那不是给了陆压借口……那什么，侍寝吗？

灵囿的司机开着车来接出差回来的三人了，段佳泽上去后就瘫着。

司机一直从后视镜里看段佳泽，在长期被陆压偷瞄的锻炼下，很快段佳泽就发现了："干什么？干吗老看我？是不是动物园又出什么事情了？谁和谁又谈恋爱了？"

司机："……不是啊，园长，就是这几天有些什么艺术家到东海采风，也来了咱们动物园，然后就不肯走了，老赖着要买东西。"

"吓死我了。"段佳泽平复了一下心情："买吃的吗？"

佳佳餐厅多好吃的，来的人谁不想打包，好多人耍赖都想打包点儿竹笋回去。

司机用力摇摇头："不是啊，是朱烽哥的瓶子。"

段佳泽还反应了好一会儿呢："朱烽哥的瓶子？等等，我好像想起来了，对……"

可不是吗，朱烽那次说要弄点儿有格调的装饰品，他不肯拨经费给朱烽买古董，朱烽就要找精卫和善财一起烧。

最近酒店也整得差不多了，朱烽那边他虽然没问成败，但是朱烽一直没说什么的，大概率是成功了，而且看这时间也该弄完一批了吧。

"还有人想买他们的瓶瓶罐罐？"段佳泽来兴致了，坐直了些问："长什么样子，出多少钱？"

"出多少钱不清楚，好像还在一直加……朱烽哥不答应，说是要搁在酒店装饰的。"司机弱弱道，他还真拍了照片，把手机掏出来给段佳泽看。

段佳泽一看照片，登时也抽了口气。

确实漂亮！

第一张照片是个长颈的花瓶，整个线条流畅，颜色是带着莹润光泽感的蓝绿色，就是纯色的，没有花纹，显得特别高级。

后面还有其他颜色，但是全都让人有种想屏住呼吸欣赏的感觉，也不知怎么烧出这样的釉色的。

后头还有带花纹的，还是一整幅图，乍看是古代图画，仕女、士兵什么的，仔细看那些人物都是动物头，有狐狸、狮子、猴子等等，只是绘画风格十分古典。

这十分符合动物园的特色，把人物都弄成了兽首，但是又和装潢、陈设整个风格契合。

要不是这兽首，跟段佳泽说这些是古董他都信的。不过，即使是现代作品，也绝对能够卖个高价。

之前段佳泽不是很在意，现在单是看了图片，都有些理解朱烽为什么宁愿自己研究，也不要上市场去买了。

古代中国的瓷器具有相当高的世界知名度，现代瓷器则大多是批量生产的，虽然与那些人工制造的古董相比，没有什么瑕疵，但是审美可跟不上。

现代也有大师，水平不提，价格即使不比古董，那也不是段佳泽舍得买上一批回来做装饰的。

再仔细想想朱烽、精卫、善财这三个人的组合，朱烽具有极高的审美，且能掌握作品之间的和谐程度，知道什么最搭他的建筑；精卫地质学得很不错，什么泥巴、石头她没见过啊；善财又擅长控制温度。

这三个人对力量的控制也比人类精妙，他们一携手，烧出来这个从古代秒杀到现代的作品，好像也不奇怪。

段佳泽又瘫回去了，心中唏嘘，开动物园不如做房地产，开动物园不如开餐厅……开动物园还不如卖瓷器啊！那么多一本万利的工作！

周开锡也探头看到了那作品，惊讶地道："园长，这些真放在酒店啊？那还不每天都有小偷？"

段佳泽："……"

段佳泽也想到这一点儿了，刚才光顾着感慨朱烽他们烧出了好东西，这在保存上还真是问题。首先不能不摆，这本来就是朱烽的审美要求。

其次，朱烽想从大堂到房间都摆上瓶瓶罐罐，但是这么漂亮，一眼看上去就连他们这些什么都不懂的人也觉得高大上，略值钱，那到时候游客来来往往，怎么保证安全？

虽说朱烽他们烧这些不要什么成本，但是也不能见天儿下班后就去烧窑吧。

这是个问题，必须解决一下。

段佳泽正在思考着，车辆不知不觉间也抵达了灵囿，直接一路开到员工区域，待段佳泽三人下车了，司机自去停车。

"园长！"

段佳泽听到一声呼喊，回头一看，原来是有苏，她从宿舍楼那边直接冲了过来，脚步轻盈，奔跑到跟前来，一头扎进了段佳泽怀里。

可爱的小孩谁不喜欢啊，有苏在灵囿员工中可是很受欢迎的，糖都接不过来——虽然她是陆哥的妹妹，拖家带口人群之一。

周开锡二人都笑呵呵地打趣："园长走了好几天，小小苏妹妹都想死你了。"

他们心中都想，虽说有苏是陆哥的妹妹，但是向来更亲园长，大概是因为长兄如父，又较为严格吧。

以有苏的高度，抱着段佳泽的腰，脸便埋在他胸腹之间的位置，腻了好一会儿，一副十分想念他的模样。

段佳泽也没想到有苏这么夸张，几天时间对她来说，应该就跟一眨眼差不多吧，但还是摸了摸有苏的脑袋："真的吗？是不是被人欺负了？"

有苏把脸抬起来，摇了摇头："没，没有，我挺好的，就是想园长了……"

段佳泽刚才那么说就是想有苏是不是被陆压欺负了，这会儿一看，还真不是，有苏脸蛋仍是白白净净，刚才跑起来也很快，不像被霸凌过的样子。

段佳泽正松了口气，忽听周开锡道："园长你肚子上……"

"什么？"段佳泽低头一看，他今天穿了件黑色的卫衣，只见刚刚被有苏埋过的地方，出现了白色脸状的痕迹，跟印了个头骨似的。

段佳泽迟疑地伸手，在有苏脸上稍用力摸了一下，然后蹭掉了一层粉，隐隐露出下面的焦黑色。

段佳泽："……"

114

一张白净的小脸，五官精致可爱，此时泫然欲泣，脸颊边也有一抹黑色。

杨策和周开锡都惊呆了，他们看得还没段佳泽那么细致："脸上这是怎么了？是瘀痕吗？"

这满动物园，谁敢打有苏啊，而且有苏还遮住，难道是陆哥发脾气，打妹妹了吗？

太凶残了，这么可爱的女孩子也舍得打！

这是段佳泽没把有苏的脸全擦干净，不然他们就能看到整张脸都是"瘀痕"。

段佳泽说："来，有苏，你跟我进去。"

他牵着有苏进楼，杨策和周开锡对视一眼，都是又想看热闹又不敢，最后只能按捺住八卦的心情。

段佳泽把有苏带到了休息室，进了室内之后，有苏就变成了原形，身上雪白，脸那块儿却是漆黑的，毛都枯焦了。

"这……这跟暹罗猫似的了！"段佳泽忍不住感慨了一句。

有苏眨眨眼睛，委屈地低头，眼里都要滴下泪水了。

段佳泽干咳一声，赶紧用治疗术法。他把今天的次数都用光了，有苏脸上的黑痕才褪得差不多，但还留着一点儿点痕迹。

有苏用前爪捧着自己的脸摸了摸，然后细声细气地道："谢谢园长。"

这时，青鸟从窗户飞进来，脚上还抓着一个卷起来的纸条，看了有苏一眼，鸟嘴里发出人声："哇，园长新买的暹罗猫？颜色有点儿儿浅啊，没墨了？"

有苏对着水青，从喉咙里发出恐吓的声音。

水青立刻跳开一点儿儿："开个玩笑啦，九尾狐，陆压道君你也敢挑衅。"

不过，在他们眼中，这只九尾狐一向是很胆大包天的。这种妖，要么一步登天，要么吃大亏。

段佳泽没有从水青爪下接过那张纸条，而是自己写了个条子给水青："你把这个给陆压。"

"哇。"水青拿着纸条，觉得特别神奇，这还是园长第一次回信给陆压道君呢。看来果真是小别胜新婚，这几日园长出差，道君没有遣他送信，回来后关系反而更加好了。

水青乐滋滋地带着纸条回去给陆压了。

"什么？"陆压拿着纸条展开看后，满脸震惊："岂有此理！"

水青原是站在桌上，此刻变成人形，蹲在桌上好奇地看着陆压。虽然作为一个信使，她有自己的专业素质不能偷看信件，打听人家隐私，但是，表达自己内心的情绪还是可以的。

她觉得很奇怪，园长好不容易回次信，为什么道君反而是这种神情呢？这和她想象中不一样！

陆压下意识退了一步，怕水青看到信的内容一般："……可以了，本尊暂时不再写信了，你可以走了。"

水青遗憾地走到窗边，再看了一眼不愿意八卦的陆压，从窗口跳下去，瞬间变作一只青色的小鸟飞走了。

陆压看着水青飞走，这才捏着纸条满脸凝重。

怎么办呢……

段佳泽好像发现了他偷偷烧了九尾狐，怎么会发现呢，明明天衣无缝啊。

现在该如何是好，难道真的要听这纸条上写的吗？可是不照做，段佳泽说就要孤立他啊！怎么这样，太幼稚了吧？

其他人倒是无所谓，陆压就没放在眼里，但是被饲养员孤立的话……

陆压回身，沉重地看着纸条上的关键字句："一千字手写检讨"。

要是被三界中人知道，他陆压因为烧了一只狐狸埋了一头狼而已，就毫无尊严地给人手写一千字检讨，他的脸还往哪儿搁？！

"这个是什么字啊，写错了吗？"段佳泽拿着一篇毛笔手书的检讨书，趴在办公桌上看，才看到第一行就有不认识的字，他指着其中一个字，有点儿疑惑。

陆压鄙视地看他一眼："这是繁体字。"

段佳泽："……"

对哦，简体字发明没多久，陆压大概没了解。

段佳泽通篇看了下来，最后还有个鸟爪印，相当于签名。他把检讨书折好，放在抽屉里："写得还可以，比较诚恳，而且没有上网摘抄的痕迹，应该是自己写的。"

陆压听到上网摘抄，眼睛都瞪大了一点儿，然后急道："你塞进去干什么，看完就烧了吧！"

"这怎么能烧？"段佳泽严肃地道："以后你要是再犯错，也不用再写检讨了。但也不是我一个人看检讨，就把这份拿出来贴公布栏。"

陆压："……"

这对陆压来说，就是公开处刑啊，一下子把他给镇住了。不知道人间还有这种玩法。

段佳泽顺手把抽屉给上锁了，虽然知道这对陆压根本没什么用。

陆压恨恨道："九尾狐……"

早知道从前应该直接烧死，现在却是没那个机会了。

段佳泽表面非常淡定，暗中则在观察陆压的神情，看他最后也没发飙，心中舒了口气：nice！驯鸟成功！

陆压现在脾气是收敛很多了，至少对他是这样。像他的头发，都直得差不多了，因为陆压都好久没烫他了呀。多好。

以前对陆压，要软着来；现在呢，可以软硬兼施了。

段佳泽也适时地安慰道："你老没事和她计较什么，大家互不招惹不好吗？走，我要去市里拿东西，你陪我出去一趟，算你外勤。"

一般来说，段佳泽出去办事可不会带他们，尤其是这种世俗事务，要是和修行界的人见面，带上还差不多。通常都是休息时间，带他们出去玩玩还差不多。

一听段佳泽还要让自己陪着去办事，陆压的注意力果然转移了，矜持地点头："既然你都要求了。"

度假酒店现在已经进入筹备阶段，申请了各种执照。下边的人都忙得团团转，采购、人事、营销各方面都在火热进行中。

到了这个阶段，反而是段佳泽本人比较闲了。

消防、卫生方面的各种执照已经办理下来，走了市里的路子，没什么麻烦，就差去领一下。

之前佳佳餐厅也办了，但是酒店还是要再办一张的，不能共用。段佳泽准备自己去拿一下，反正他也要去买点儿东西。

老待在动物园，远离城区，好多东西都是网购的，但是买衣服、鞋子总得本人去试试了。

段佳泽自己开车，带着陆压去城区。

停车，开门，下车……段佳泽深深觉得，带着陆压回头率就是不一样。他把核查表翻出来，去政务中心得排队，先去食药监局的窗口。

陆压还想直接插队，被段佳泽给拦住了。

长得帅也不能插队啊！

好在今天人也不多，一会儿就轮到他们，段佳泽把表交过去，窗口工作人员看了一下，把证找出来，顺口问了一句："这是本人来领取的吗？"

段佳泽愣了愣："是啊，怎么不是呢？"

工作人员指着证上的照片说道："长得好像不一样啊，你看这头发是卷的。"

段佳泽："那是烫的，我又拉直了。"

他都没说，怕人尴尬，这怕是个脸盲吧，认人靠发型的啊？

工作人员不好意思地呵呵笑了两声，又仔细对比一下："好像是哦，建议你还是烫头比较好看。"

段佳泽嘴角抽了两下："谢谢建议啊。"

陆压站在一旁，莫名得意地看着段佳泽。

要不是旁边有人，段佳泽都想问了，你他妈有什么好得意的啊，那之前烫我头时未必是想做好事的吧？

可气的是，段佳泽领完这个，去领别的执照时，窗口的人都像是商量好一样，用不同的语气、内容，描述了同一件事情：有点儿认不出你 chu……咦，是同一个人吗？还是卷发辨识度高呀，呵呵。

后来出去之后，陆压就对段佳泽说："不如我把你头发再弄卷吧。"

段佳泽："……不要。"

完事后段佳泽又去商场买衣服，因为陆压在旁边，导购员就狂劝："这件穿着好看，那位帅哥穿着肯定也好看，要不要也试试？好朋友可以买一样的衣服啊。"

陆压还真挺感兴趣，伸手去接。

被段佳泽拦住了："又不是小女生，穿什么一样的啊。"

段佳泽才不想买呢，买了也是浪费。想当年他好心给陆压买了衣服，陆压还不要，一回头就自己变了件一模一样的。他根本用不着买，要真喜欢，自己变。

导购员笑呵呵地说："不是啊，很多男生也会穿一样的，好哥们儿嘛。"

陆压说道："那不用了，我们不是。"

导购员有点蒙

段佳泽；"……"

趁导购员还没反应过来不是好哥们儿那是什么，还一起来逛商场，段佳泽赶紧道："就这件了，开单子吧。"

最后买的也都是休闲装，段佳泽日常穿着都很随意，即使有时候去林业局开会也一样。也就前几天的动物园协会年会，他把以前毕业前后为了面试买的西装翻了出来。

陆压陪段佳泽逛了一圈，最后总结："全都不如我那件毛衣，以后我回去就多……弄点儿红线来，还可以染色。"

段佳泽："……"

不是，月老一个老人家，你就不能放过人家，也放过自己吗？见天织毛衣不比写检讨没威严？

"这样，我再试试……"段佳泽抱着一个花瓶的底座，拼命扒拉，整个身体都快坠下去了，花瓶仍然严丝合缝地沾在柜子上。

"呼，这样应该可以了！"段佳泽说道："我一个成年男人拼命都弄不下来。"

他们正在测试，如何将朱烽那些装饰的艺术品摆放在一处，又不被人拿走。

最后的结论是，让人拿不起来就好了。

所以，段佳泽把邵无星叫来，请他帮忙给这些花瓶下咒。这是非常简单的道家术法，让花瓶和摆放的家具黏在一起。

邵无星有点儿汗颜，他一看就觉得这些花瓶价值都非常高，不明白段园长为什么非要摆放在客房。完了又不舍得，让他来"加固"，怕被偷掉，还真是一个矛盾的举动啊。

你要是怕损失，直接不要摆不就好了？有钱人的思维真是猜不透。

"好了，谢谢邵主任。"段佳泽还送了邵无星一个多出来的小摆件，是朱烽他们无聊顺手烧出来的，说到时候可以送给贵宾当礼物。

邵无星在临水观乃至整个道修界的地位虽然愈来愈高，但是他深知东海市蛰伏着一个可怕的大 boss，所以对待段佳泽的时候仍然是客客气气的。

段佳泽一说要送，邵无星还推辞了半天。

段佳泽送邵无星回来后上电梯，准备去找黄芪问一下筹备方面的进度，在电梯里看到一个陌生面孔的女孩，对方礼貌地点了点头，段佳泽也点头致意。

女孩看起来二十四五岁的样子，穿着套裙，神情有些紧张，手里还拿着一份简历。电梯到了后，两人却是在同一个楼层。

段佳泽是来找黄芪，他看那女孩大概是来面试的，两人各自进了一个办公室。

黄芪在和 HR 一起做面试官，段佳泽知道后，也没兴趣进去一起面试。他准备等黄芪这场面试结束再进去，反正也不是什么急事。

段佳泽晃了一下，去上了个厕所，出来的时候又遇到电梯里那个女孩了，她在用风干机吹自己打湿的裙摆。

看到段佳泽出来，女孩不好意思地让开一点儿。

"没事。"段佳泽抽了纸擦手，看她十分焦躁、拘谨又难堪的样子，想到自己以前到处找工作，安慰了一句："是不小心弄湿了吗？来不及吹干也不要太在意，影响了面试的质量，面试官不一定会在意的。"

在这个时候被安慰了一下，虽然对段佳泽来说无关紧要，但是女孩面露感激："谢谢你……"

她又用纸巾印了几下，懊恼地道："一不小心，就泼在自己身上了。今天本来状态就不好，竞争又激烈，我都觉得有可能面不上了。"

段佳泽好奇地道："竞争很激烈吗？"

招聘的事他没管，加上所处的角度不一样，还真不知道有这回事。

女孩说道："我来这边应聘财务，反正这个职位真的很多人来面试，笔试时简直人山人海。东海市又不大，这边薪资待遇都不错，规模也大。"

说起来还真是，不知不觉中，灵囿已经是东海市知名景点，招聘时来的人比以前多，在市民心中更加靠谱，也是情理之中的事情。

段佳泽忍不住笑道："学财务的呀？加油，灵囿的宣传主管就是从财务岗位转过去的。"

被段佳泽这么一说，顿时也没有那么紧张了，伸手道："谢谢，我叫孟琦，你在这里工作吗？"

"是啊，"段佳泽说："我是动物园园长。"

孟琦："哈哈哈哈哈哈哈哈！"

段佳泽："……"

孟琦："你这个人真的很逗，什么财务转过去的，又什么你是园长。我说，你知道灵囿园长什么样吗？"

段佳泽郁闷地道："真的啊，她财务转宣传，我还环工转饲养呢。我照片网上应该就有吧，难道在市民口中还有其他形象？"

孟琦指了指段佳泽的头发，笑嘻嘻说道："灵囿的园长是天然卷啦！我虽然只看了文字资料，没看什么视频，但这点很多都是知道的。"

这真是个天大的误会，段佳泽汗颜道："没有，我头发是烫的，最近没烫，就直回来了。"

孟琦还是一脸你在开玩笑的样子。

这时候，一个帅气的男人走过来，下巴上挂着一个口罩，匆匆问了句好："园长。"

孟琦的眼睛瞬间瞪得老大，看看段佳泽。"你你……"她又指着已经走进男厕那人的方向："他他他……"好不容易，她才憋出来一句话："你是园长，他是肖荣啊！！"

是肖荣啊，居然是销声匿迹好几个月的隐退红星肖荣！

孟琦不知道，肖荣这段时间都在灵囿，还没正式工作，给他们当美术设计师，也不用"抛头露面"，所以即便内部人员知道了，暂时也没引起外界反响。

本来孟琦心里还真有点儿忐忑这人这么开玩笑，到底怎么回事，难道消息有误。这时肖荣轻描淡写地经过，还顺便点出来段佳泽的身份，差点儿让她话都说不清楚了。

肖荣隐退的风波虽然已经平息，但是过去不久，人们还没那么容易忘记他。孟琦虽然不是肖荣的粉丝，但是身边有很多肖荣的粉丝，听了不少他的事迹，也看过很多作品。

而刚刚，肖荣就这么从她身边走过去上厕所了，有种很不现实的感觉……

再看看旁边这位小哥，他还真的是园长，又有种回到现实的惊恐……

段佳泽看孟琦都蒙了："孟小姐，你没事吧？"

孟琦恍惚地道："你不是天然卷，肖荣还会上厕所？"

段佳泽："……"

完了，好好一个妹子，给刺激成这样了。

接连刺激之下，孟琦在面试之前，回过神来，不但没有彻底晕掉，反而意外地振作精神，状态奇好，与几位面试官你来我往，最后被当场拍板定下来。

听着 HR 告诉自己，回头还会有个正式通知，以及一些注意事项，孟琦特别忐忑。

她面试之前，前一场面试结束之后，那个非天然卷的园长和主面试官聊了半天，她还看到他们看了看自己，搞得她压力真的很大。

虽然园长对她应该没有什么恶意，但是面试时弄错领导，真的很尴尬……

不过能够面试成功，就算再尴尬，孟琦觉得自己也想留下来。不说别的，就算要到肖荣的签名也好啊。

出了面试室的时候，孟琦惊讶地发现，园长还没有离开，他就在外面，而且更神奇的是，之前看着还是直的头发，现在已经卷了。

段佳泽还对她笑了笑："怎么样，现在是天然卷了吧？"

孟琦脸微红地道："不好意思，我真不知道……您难道刚刚又烫卷了？"

算一算这段时间，好像也够用卷发棒烫了，但是她总觉得不可思议，园长还真去又烫成卷发了。

"我要不弄卷，我看以后都不好混了。"段佳泽开玩笑道。

黄芪早就见识过园长一会儿卷一会儿直的本事，他笑呵呵地道："这么快，不会又是假发吧？"

段佳泽摸了摸头发："你不知道，我有特殊的烫头方式。"

应聘上灵囿动物园的财务后，孟琦回去和家人、男朋友庆祝了一番，她还忍不住和家人说："我面试时，遇到一个大明星！"

孟琦还没摸清楚情况，没敢和朋友说，对男朋友也没提，但是实在忍不住，就和家人分享了一下自己的神奇遭遇。

孟父孟母问道："哪位大明星？"

"肖荣！"孟琦说完后，只见父母一脸茫然，顿时有种情理之中的沮丧。肖荣在中老年中的认知度还是没有在年轻人里那么高，这要换了她同学朋友，肯定尖叫着让她分享经历了。

"好吧……对了，我还遇到园长，都没认出他来。"孟琦转而说起另一个也挺值得一提的经历："巨尴尬，我还说园长天然卷，你们说肯定不是。"

孟父和孟母"哇"了一声："是那个段园长吗？竟然不是？我在朋友圈看过他的视频，我还说这个娃是自然卷啊。"

"他本人好不好相处？年纪轻轻就做老板，应该挺厉害的吧。"

"我听人说，这个段园长还未婚，真的吗"

孟琦有点儿黑线，看来在他父母心里，段园长才是大明星啊，也是，段园长在本地因为灵围的关系还是知名的。

孟琦已经接到了正式通知，知道什么时候去报道，入职。她这个岗位，倒也不用和保安、前厅之类一样进行统一培训，熟悉环境。

这是孟琦的第二份工作了，前一份工作在一个小公司，虽然有经验，但环境不同，还是较为紧张。而且，这份工作需要她打包行李，住到灵围去。

到了报道当日，孟琦就带上行李去灵围了，过几天，度假酒店就要开业了。

在HR的带领下，孟琦办好了入职手续，又在员工宿舍安顿好，她自己打扫了卫生，铺好床，又和同事们相互认识了一下。到这个时候，已经是天色渐晚，动物园闭园，食堂也开饭了。

刚认识的舍友带孟琦去食堂，孟琦心里还在有点儿紧张，心想会不会遇到肖荣呢？要是问他要签名，不知道他会不会同意。

她又忍不住回味了一下自己那天的惊鸿一瞥，哇，肖荣真的长得很帅，比电视上还要帅一些，就是不知道为什么退圈……

正想着，孟琦跟着舍友踏进食堂。

一瞬间，孟琦就被闪瞎了。

进门那一桌，坐满了各色俊男美女，几乎每一个都不逊于肖荣，或者是她在电视上看过的各种美人。

他们年纪有大有小，从萝莉到大叔，风格各异，共同点就是好看，即使个别胖叔叔五官那也是端正的。

不过是一个单位食堂一角而已，却有种星光熠熠，闪瞎人眼的感觉！

孟琦说不出话来了："……"

同事看了孟琦一眼，手里拿着饭盒，非常淡定地拉她往里走，说道："习惯就好，这就是动物园的夜晚。"

115

"我们是住在城区的酒店，第二天早上赶过去，晚上赶回来，还是直接住这个灵囿新开的度假酒店好呢？"王茂雪拿着手机，上面显示了酒店预订页面，问丈夫和儿子。

他们是从邻省来东海市旅游的一家人，行程中安排了灵囿一站，据网上很多评论说，这是到东海来旅游，除了九湾河之外，必去的一处。能够在动物园里游览，还可以在隔壁的海角山，曾经的海岸线俯瞰整个东海市。

王茂雪的丈夫王骏想都不想道："当然不要搞那么麻烦，直接住在灵囿好了。我们第一天抵达后直接去灵囿，休息休息，第二天刚好早起去海角山看日出。下来后在动物园玩玩，完了再住一晚或者直接去海边另找酒店都可以。"

儿子王晟也捧着脸说道："我要在动物园住两个晚上。"

"可是这个酒店今天才刚开业，没有任何评价，也不知道好不好。"王茂雪一脸纠结，她是一名审计师，长期处于高强度压力之下，本身性格又有点儿容易焦虑，导致人没老，头发先大把大把地掉了。

平时有什么行程，王茂雪都喜欢规划清楚，这个除了一些通稿文案，找不到游客评价的酒店，太让王茂雪担忧了。

王骏忍不住道："老婆啊，好不容易休假，就不要想那么多了，定了要是不满意，我们再想解决办法。"

"怎么解决，赶回城区吗？从城区较好的酒店到灵囿，需要多少车程你知道吗？那个地方好不好打车你知道吗？"王茂雪叹了口气："不行，我再找找评论。"

王茂雪在网站上没能找到评论，只好登录微博搜索，输入灵囿酒店的字样。

结果还真出来了一些，但仍然不是王茂雪想要的，因为这些微博几乎都提起了另外一个关键词：肖荣！

退隐娱乐圈的偶像男星肖荣现身东海市灵囿度假酒店开业仪式?

这位退圈后一直神隐的前红星终于在大众面前现身,更惊人的是,他竟然是在一个酒店的开业仪式上担任司仪,惊掉了围观群众的下巴。

好多女孩子还想冲上去抓肖荣,但是因为酒店属于市里重视的项目,开业仪式有不少领导参加,现场可是安排了不少武警保卫,所有粉丝都被拦了下来。

不过,依然导致现场气氛极为热烈,所有人都拿出手机猛拍台上。

王茂雪点开视频后,就盯着背景里的酒店外观看,视频里有人在喊肖荣,但王茂雪在意的是后边古典风格的酒店。

这个酒店的装修将传统与古典结合得极好,取二者所长,广告墙上是一格格的古典画卷,周围丛丛紫竹,连工作人员的制服都融合了传统元素,很有特色,但一点儿廉价、粗糙或不搭调的感觉也没有,极为和谐。

这时,视频里的肖荣还在解释:"谢谢大家,我现在是一名普通员工,偶然客串一下司仪。"

至于是哪里的员工,是否是灵囿酒店,又担任什么职务,他就没说了。

王晟听到动静爬过来:"咦,这是酒店请去站台的吗?我们班女孩子特喜欢他,不过他不是退圈了吗,又复出了?"

王茂雪不怎么在意地道:"不知道,我们就订这家吧,从外观和员工面貌来看,应该还可以。"

虽然只是片面而已,但王茂雪也莫名获得了一点儿信心。

过了两天,一家人带着行李,坐了几个小时的高铁,抵达东洲省东海市。

下车之前,王茂雪对着随身携带的小镜子补妆,她用阴影粉把发际线扫了扫,又把后面的头发小心梳好,盖住隐隐透出的头皮,又在眼下补了补妆,看上去果然没那么秃,黑眼圈也不明显了。

王骏凑过来说:"老婆,你一路都没睡啊,真不困吗?"

昨晚王茂雪照例又失眠多梦了,只睡了四五个小时而已。她一直在吃中药,但好像用处不是很大:"嗯"了一声道:"睡不着,到酒店再睡吧。"

在车上王茂雪是很难睡着的,在自己房间都难,何况是更没安全感的车厢里。

王骏担忧地看着王茂雪,小声说:"我怕再这样下去你要变成裘千仞了……"

王茂雪揉了王骏一下，心里其实也有点儿担忧，头发，最近用的生发洗发水好像有点儿用处，但是老焦虑失眠这一点儿，真是让她很困扰。而且这可是会导致脱发的，生发速度都赶不上了。

一家人上了出租车，对司机道："去灵囿酒店，谢谢。"

"就是灵囿动物园是吧？好像是听说他们开了个酒店。"司机看了他们一眼，说道："你们是来旅游的吗？跟你们说，一定要去佳佳吃一顿，绝对不虚此行！"

"是说佳佳餐厅吗？"王茂雪查过攻略，所以知道："看来在本地也很知名啊。"

司机不无得意地道："当然了，不是我说，好多人都是因为要去佳佳所以进动物园，还办年票。不过，动物园本身也不错，听说还加入了什么动物园协会，设施不比一线城市的大动物园差。"

王茂雪不置可否。她在网上看过一些资料，但是，她一向信奉眼见为实，尤其食物这种事很难说，众口难调，也许大多数人都喜欢，就不合你的胃口呢。

从高铁站到灵囿，也就半个小时车程，王茂雪一家下车后，就发现这里人还不少。

现在东海市外地游客挺多，这里气候温暖，冬天来也不会特别冷。王茂雪他们在家里还要穿羽绒服，一下车就脱了外套。

老早就有游客觉得灵囿附近有住宿就好了，之前也没人想来搞什么配套设施，现在灵囿自己搞了，倒是让大家很满意。

在灵囿酒店住下，早晨在海角山看日出，晚上看夜景，白日游览动物园，都是很方便的。

灵囿度假酒店紧邻灵囿动物园散养区，充满浓郁的中式风情，又略带野趣。拥有室外游泳池、健身室、电游室等娱乐设施，也有少量商铺，商家已经入住，能让游客满足日常所需。

餐厅也以中式为主，暂时没有开西餐厅，菜色与佳佳餐厅同出一源，但是经过了更为专业的设计。

王茂雪一家办理了手续后，就去他们定在六楼的家庭套房。

一路走过来，门上都有墨字，如"光裕""善居""鼎钟"等等。可以说是遵循了古代建制，在门楣写上各种寓意的门额，也可以单纯理解为主题房间的名字。

王晟仰着脑袋看这些名称，问道："妈妈，这是什么意思啊？"

他指的是"光裕"，王茂雪不太了解，一下卡住了。

王骏是老师，扶了扶自己的眼镜说道："就是光前裕后，广大前人伟业，遗惠后代子孙。哈哈，放在古代，你要是考中了进士，这里就能写进士第。或者你喜欢弹琴，这里写个挥弦也行。"

王晟一下子理解了，说道："爸爸，那我喜欢打王者荣耀，我家门楣能写荣耀黄金吗？"

王茂雪："……"

王骏认真地道："儿子，还是打到王者再写上门楣吧！"

王晟："好的爸爸！"

王茂雪正想说一下儿子，却见一边房间门口站着一个老头，头仰着一动不动。

王晟好心地过去问道："爷爷，你是不是落枕了啊？"

老头如梦初醒："没有，爷爷在看这个字啊……小朋友你看，这个字写得多好啊！真是好，真的是好，你说那女娃年纪轻轻，到底怎么写出来这么好的字呢？"

王家三口也抬头看了一下，没错，门楣上的字是墨色毛笔字，但是他们三个对书法一窍不通，只看得出挺好看的，还以为是电脑自带的字体雕印上去的呢。听这老头的意思，还是有人专门题的字？

老头又感慨道："不同的门楣内容，还变换风格，这女娃的功底，当代无人能出其右，简直百年难得一遇啊！"

这就吹得有点儿过了……

王茂雪看了老头一眼，也不知道这大叔什么来头。她是有点儿怀疑的，一个刚刚发展起来的旅游城市，前十八线小城市，里面的酒店，还能有他说的这个级别的牛人给门楣题字？怎么听着有点儿不靠谱呢。

老头还在痴痴地赏字，他们远道而来，已经辛苦了，继续去找自己的房。

一打开门，王晟就"哇"了一声。

在预订房间的时候，王茂雪选择了传统主题房间。这家酒店装潢古典，内里大部分房间都是古典风格，少部分是现代装潢。

时下很多景区酒店都是传统风格，但是就跟电视剧道具一样，透着一股现代工艺的气息。

而这家酒店，则绝对是下了本钱，格外精致。暗红色的木床上有麒麟浮雕，以及金色的"石麟衍庆"四个字。

柜上放着一个葫芦形的花瓶，乍一看王茂雪还没注意，是王晟把窗帘打开，光线瞬间将屋内照得更为亮堂之后，她才觉得眼前一亮。

一般酒店房间放的花瓶，也就是市场上买来的批量制造货物。这瓶子又大又花，王茂雪没看清楚时也以为是极为艳俗的，但是光照过来，细看了才觉出漂亮。

这葫芦瓶线条柔和雅致，花卉纹饰从上蔓延至下，就像从葫芦口中漏出来的一般。颜色淡雅清新，笔法细腻，一看就知道绝不是什么批量生产的便宜货色。

这酒店真下血本啦，这么好看的瓶子也舍得放在这儿装饰，打破了怎么办。还是说其实物美价廉，那还真让人也想买一套了。

看到这个以后，王茂雪突然想到刚才在外面遇到的那个老人家说的话，说不定是真的，就像这个花瓶一样，人家老板就是愿意，就是舍得。

王茂雪忍不住想端起瓶子来仔细看，捧着瓶子一提才发觉怎么也提不起来，这瓶子就跟长在了柜子上一样。用手一摸下沿，也是严丝合缝，她都想是不是用强力胶水粘起来了。

王茂雪又蹲下来，还想叫丈夫一起来细看，这时却听儿子大喊："妈妈，快来看啊！是长颈鹿！"

"嗯？"王茂雪起身，也走到了房间的小阳台上，往外一看——

连绵起伏的山脉在侧，俱是矮小的南方风格，唯独一座海角山耸立。放眼望去，就是一片极大的动物园散养区域，大多是灌木、牧草，树木较少，视线没有什么遮挡，里面散布着各种动物。

而距离他们较近的，一眼就能看清楚的，就是几只长颈鹿，它们正在优哉游哉地吃着树叶。

再远处一些的地方，还能看到湖面上大量游憩的水鸟。

正下方是一丛丛的竹子，青翠欲滴。

"有种亲近自然的感觉啊。"王骏把儿子给抱起来，让他看得更远："这里还真不错，空气也清新。"

王茂雪不自觉点了点头。无论是周遭环境，还是房间内部，都让王茂雪有种极为舒适的感觉。对她来说，这可是极少有的。

在外住宿的时候，即使是五星级大酒店，也会让王茂雪有一点儿不安，不是设施不够完美带来的，而是心理上没有安全感。但是这间酒店，却头一次让王茂雪有了一种居住适宜的轻松感，前所未有的放松！

是周遭自然的环境，新鲜、湿润的空气，还是内部优雅的装潢带来的呢？

王茂雪不知道，但是她喜欢这种感觉，长期紧绷的精神放松下来，终于有种度假的感觉了。

在房间内休息了一会儿之后，就到了晚餐时间，他们下到一楼，发现自助餐厅的人不多，反而是中餐厅人满为患。

仔细看了一下，王茂雪发现，自助餐厅较为实惠，一百多人一位，而中餐厅则是自己点餐，菜色全都是几百一道起步。

王茂雪想到，据说这个酒店的餐厅和动物园的佳佳餐厅同出一源，而佳佳餐厅也分了不同的菜系，有的实惠有的贵，而一般最推荐的都是贵的！无论哪个攻略，全都建议省下钱也要点贵价菜系试一试，实在太穷了，倒是可以选择实惠一些的。

看来，酒店是将两类分开了。王茂雪当然是选择去中餐厅，幸好他们下来得还算早，虽说里面很满，却不需要等位。

因为房间带来的满意度，让王茂雪心情愉快，光是她自己，就点了香煎藕饼、泥鳅小麦汤、竹笋三丝几个菜。米饭也没点白米饭，点了三碗网上热推的神农五谷饭。

虽然价格不那么亲民，但是菜名都很接地气，没有起什么花里胡哨的名字，可能是考虑到另一头还有个佳佳餐厅，改了就不太对应了。

服务员首先端上来的是香煎藕饼，轻声慢语提醒了一句"三位趁热吃"。

素白的盘子里装着六个藕饼，煎得微微泛黄，散发着油炸过的藕香味，特别开胃，当时王茂雪就觉得自己口水分泌变多了。

六个藕饼刚好一人两个，王茂雪忍着口水给儿子夹了一个，才迫不及待地夹起藕饼，吹了两下，咬上一口。

这藕绝对是用脆藕做的，炸得恰到好处，外面微微焦酥，有点儿咸，还有些鸡蛋的味道，应该是加了蛋糊。

酥皮咬开之后，莲藕的香味更加浓郁了，一点儿点油汁流入口中，咀嚼起来，每一口都带着浓烈的藕香，口感极好，味道咸香不腻。

"太好吃了……"王晟含糊不清地说着，不怕烫地大口咬着藕饼。

再看王骏，他连话都说不出来了。

王骏是比较喜欢游山玩水的，去过很多地方，当然也吃过很多地方的美食。但是在他人生中，可以确定还没有在哪个地方吃到过这么好吃的藕饼。如果可以，六个他一个人都能吃光。

而这种"还没在哪个地方吃过这么好吃的××"的句式，在此后也重复了 N 遍，每上来一道菜，都要刷新王骏的认知。

他们点了六道菜，愣是全都吃得一干二净了。

最后三个人瘫在椅子上，王茂雪都有点儿失神了："小、小晟吃得太多了，待会儿要吃点消食药。"

王骏："给我也来一片儿吧……"

像这样的游客，每天都会出现，这些初来乍到的游客，都会被美味的菜色迷住。即便是老顾客，也是极为享受每一餐的。

这也导致了餐厅虽然人多，却并不怎么喧闹。

吃完饭后，他们慢慢溜达回房间，今天要早点儿睡，明天才有精神去爬山。回去的途中，王茂雪还听到有个游客在前台问："为什么不卖？你们那花瓶在哪儿进的，渠道能告诉我吗？"

工作人员："不好意思，先生，那些都是我们老板找一位朋友定制的，数量有限，不对外销售，他那位朋友本人也是不接单的。"

游客失望地说："那我房间里的花瓶能卖给我吗？要多少钱？"

听到他们的对话，王茂雪有点儿失望，因为她其实和那个游客一样，也对花瓶很感兴趣。

回房间之后，王茂雪忍不住又半蹲在花瓶前看了看，王骏说："你老蹲着干什么，不能拿床上去看？"

"拿不动。"王茂雪道。

王骏跑过来想把花瓶拿起来，结果这花瓶纹丝不动，他也惊了："我靠，这是钉上了还是怎么着，提不动啊。"

难怪王茂雪想看只能半蹲在这儿看，怪费劲的。

"嘿，这样也不错，偷不走。"王骏笑着说，倒是猜对了段佳泽设计这个的初衷："好了，老婆，早点儿睡吧，明天早起。"

平时别说这个点，就是凌晨一两点，王茂雪也在翻来覆去地失眠。但是今天，她还真有点儿想睡觉的意思，怕这丝困意又消失了，王茂雪赶紧去洗漱，然后躺在床上。

老公在儿子房间一起打游戏，音效隐隐传过来，平时要求绝对安静睡眠环境的王茂雪，今天却是在音效的伴奏下，不知不觉就睡着了。在睡梦中，她的眉头舒展，嘴角甚至轻轻上扬……

第二天，闹钟声响，王茂雪渐渐醒来，只觉得神采奕奕。一看时间，现在虽然是凌晨四点，但是由于昨晚睡得早，已经睡满了八个小时。

这对王茂雪来说可是非常罕见的，更别提，昨晚……她坐在床上有点儿发愣。

王骏爬了起来，王晟也从自己房间跑过来，爬上他们的床，把闹钟给关了。

三个人或趴或躺一会儿后，突然异口同声地道："我昨晚做了个好梦！"

随即，他们惊讶地看着彼此，忍不住笑了起来："什么啊，我们做的不会是同一个梦吧？"

"我先说，我昨天晚上做梦，梦到我上王者了！"王晟迫不及待地说，在昨晚那个梦里，他成了一个把把 carry 全场的高手，一扫所有郁气，简直不要太爽。

王骏也说道："嗯，我做梦拿了全国教学比武第一名……"

在丈夫和儿子的注视下，王茂雪揉了揉脑袋道："我，我就梦到自己在睡觉，好像是第三者视角看的，各种姿势，睡得特舒服，还有那种在羽毛枕头堆里，那种舒适感，我现在几乎都还能感觉到一样……而且，我睡了八个小时，中间一次也没醒！"

所有焦虑、烦闷，一扫而空，睡眠质量极好！

王骏和王晟也赞同地点头，梦里那种愉快，他们也觉得很真实，导致现在嘴角还是上扬的，精神又特别好，现在感觉经历非常充沛，做什么都有劲儿。

王骏感慨道："看来咱们还是要多到这样的城市来度假，还没有过度开发，绿水青山，亲近自然，连睡觉都睡得好一些。"

每个人晚上都会做梦，但是早上起来不一定记得，而且也不一定都是美梦。大概在极好的睡眠环境之下，他们做的梦也格外美好了，因为这家酒店确实到处散发着一种适宜居住的气息。

可以想象，设计师绝对是花了很多心思的，老板也真的舍得花钱……这个房钱，真的是值啊！

灵囿老板正在……喂蚂蚁。

段佳泽蹲在一棵树下，脚边聚了很多南柯蚁，他正掰着全麦面包喂它们，口中念念有词："开张几天就好评如潮，续住率也很高，真是辛苦各位了……来来，多吃点儿。"

有两个市里的领导还来捧场住了，第二天就来问段佳泽有没有会议厅。设计的时候还真设计了几个多功能厅，也有能用来开会的。虽然人家没说下去，但那意思分明就是可能以后会指定这里做会议场所啊。

而且开业时肖荣那一露面，也瞬间引发了极多关注，毕竟他退圈的事是今年娱乐圈的大事件。现在曝光还真跑去打工了——虽然似乎真不是在道观——能不被热议吗。

但是这些人在灵囿找不出肖荣，因为肖荣并不需要"抛头露面"，还有个小青罩着，他要不想露面，外人根本看不到。所以只能是无功而返，外加给灵囿增加客流量数据。

眼看势头大好，没有亏本的危险，段佳泽自然感谢起诸位员工、派遣动物。他细心地把面包揉成小块，喂给南柯蚁们。

这时，背后响起黄芪的声音："园长，又玩蚂蚁啊？"

段佳泽回头："……"

唉，感觉在黄芪心里他是不是不时就会犯弱智啊，上次还被看到和办公桌上的蚂蚁讲话。

116

"黑旋风会不会太胖了？"

"小旋风这个是壮好吗？哪里胖了！"

"哪有胖，我叔叔在灵囿工作，他告诉我灵囿动物的发病率巨低，因为制定的喂养方案超科学详细"

"就是，哪里胖，你是看它和粽宝在一起就觉得胖吧，这俩年纪都不一样大"

"吓死我了，脑残粉怎么这么多，稍微说一句也不得了，这熊猫就是体型过大，太胖了啊。其他动物喂养再精细，大熊猫能一样吗？山南森林动物园够不够有实力，还不是养死了三头熊猫"

"真的，我仔细看过，黑旋风一直一直在吃，光是白天的进食量，就已经达到一头成年大熊猫一整天应有的进食量了，我们还看不到它晚上吃了多少。"

"卧槽，第一次见到熊猫粉撕动物园，不让熊猫吃太多的，以前都是撕滚滚吃得不够好，吃不饱……"

小苏把弹幕激烈讨论的问题反映给了段佳泽，因为她虽然是熊猫粉，但也不是专家。那个挑刺的弹幕举的例子也是对的，事实上很多养大熊猫的动物园兽医技术都一般，不是说取得了饲养资格证就都是高手了。

而且，给动物治病，尤其是大型动物治病，也不是说出了诊断方案就一定能治好。像那个网友说的山南森林动物园，他们的兽医也不是庸医，但是动物并不一定能配合治疗。要是需要每天输液，那还不得每天先把动物给麻醉倒了？

段佳泽一听，顿时头疼。唉，自从开启了直播频道后，网络粉丝是越来越多，但是提问的也越来越多了，不回答还不行，要不人家觉得你真有问题。

此前直播是分时段的，由于黑旋风和粽宝异军突起，赶鸟超狐，毕竟国民度更高，自带人气。

本来就紧张的直播时间更得压缩了，不过这时候直播平台也联系了灵圃，说可以给他们后台操作一下，一个直播账号直接弄出一个频道，下面再分几个子频道，能同时进行不同动物的直播，观众在菜单里切换就行了。

于是，段佳泽也去买了摄像头，一个频道专门白天播熊猫，其他几个频道也分配给各种动物。

网友们切换起来方便，倒是没之前想的那么麻烦，而且他们彼此之间还会互相通知，不时跑到隔壁刷弹幕："快来三台啊，千年一遇粽宝反攻黑旋风了！""紧急通知，紧急通知，一台持续高能中，陆压撒娇了！"

当然，关注增多，时长变多，有疑问的人也就多了。以前不是每时每刻都对着动物啊，现在还有人问："怎么没看到大仙拉粑粑，难道是之前躲在后面拉的吗？"

这次大家还关心起黑旋风的问题来，没错，黑旋风的体型是比一般大熊猫大，这个还不算问题，但加上它也比一般动物要胖，就让网友们很疑虑了。

而且，黑旋风进食方面也是连段佳泽都没办法。它是妖怪啊，和别的动物不一样，它食谱上不但有希望工程分配的食物，还能吃紫竹。

大家在直播里看到的，都是他吃分配的食物。那个食物是按照它动物形态大小，按科学计算的。但实际上黑旋风还能吃，下班后他的确会继续吃。

不是饲养员喂不喂的问题，饲养员以为他一天就吃了喂的那么多，其实下班后还自己开小灶了，往动物园溜达一圈，哪哪儿不是吃的啊！

所以才造成了这难得的一幕，熊猫粉们质疑，向来挑食的大熊猫，在灵囿会不会吃得太多了一点儿？？

"没事，旋风是很健康的，它体型稍微大一些，计算标准也不同。"段佳泽好歹也经历了一些风风雨雨，镇定地从兽医那边把监测数据要来。

对于大熊猫，灵囿的兽医是要每天观察各种数据，监测健康情况的。

黑旋风是胖，但是他身体绝对健康，都成精了，普通疾病是困扰不了他的。

在之前和熊猫中心签的合同中，也标注了，必须每天观察，建立病历，这个做不了假。灵囿把数据公布出去，请大家尽管放心。

网友们一看，也是惊讶了。

"服气了服气了，这么胖，身体还能这么健康……看来人家并不是虚胖啊！"

"挑毛病的可以闭嘴了吧，我们黑旋风想吃多少就吃多少。"

"笑哭，其他动物园都学学好吗？看看人家这个喂养，壮到网友怀疑需要减肥！"

"惊了，黑旋风这是天赋异禀啊。"

"我们黑旋风居然吃这么多，我要多刷点儿竹子，给黑旋风买吃的。"

——这里的竹子指的就是礼物了，灵囿的直播间里，礼物都自命名为各种动物爱吃的东西。

解决了这个小问题，段佳泽又开始了今天的例行溜达。

他都已经养成习惯了，每天走上一圈，也算是让自己不要久坐办公室，以免身体太僵硬。虽然从一开始的迅速转完，到现在光步行就能把时间全浪费掉。

而且现在还多了酒店，因为刚开业，段佳泽不时也在溜达到散养区时，到那边看看。

段佳泽到酒店下面时，就看到休息娱乐区域坐着好几个老头，当时就想转身。

那几个老头都冲段佳泽喊："段园长！"

没想到老先生们视力还挺好，段佳泽只能无奈地走过去："各位大师好啊，玩儿呢？"

他们面前那石桌上摆着笔墨纸砚，宣纸一沓沓的。

这几个老头都是市里书法协会的，也有非书法协会但是爱好收藏的，家里背景都挺好，要么有钱，要么自己还是退休老领导。

之前灵囿的周边伞，就是白素贞题字画的那个，在网上还闹出了点儿热度，东海市里肯定也有很多人看到了实物。

但是他们这些老人家不上网，也不知道设计师本人就在灵囿啊，还是这次酒店开业，在网上和现实都有不错的反响。

很多外地游客住完了，大赞屋内陈设，在网上晒了很多图，门楣上的字和屋内的瓷器，都引发了一阵惊叹。还有人专门拿着相机，挨个屋子拍照，然后发到网上去，网友全都表示这酒店住得真值了，太风雅了吧。

有位本地的书法爱好者看了，也是惊为天人，回去就汇报了。然后一群老艺术家就杀了过来，有想买瓷器的，有想探讨书法的……

可惜，瓶瓶罐罐是不卖的，倒是有个住成了最高级的会员后，能赠送小装饰品的规矩，先到先得，送完即止。

书法，白素贞也没那么多时间跟他们探讨，总说自己有事，每次三两句就打发了。

段佳泽怕得罪人，赶紧声称白素贞只是兼职设计师，人家另有本职工作，不过这也没能阻止大家要拉着他说话，毕竟他是负责人。

而且这些老先生，还就住在酒店不走了，一个是把装饰品拿到再说，另一个就是他们在这儿确实住得舒服，还能一起探讨一些问题，临摹、研究白素贞的书画。

白小姐据说白天在别处上班，晚上回来。他们就每天等啊等，等到白小姐下班好"骚扰"一下，请教她问题。

为首一个老头拉着段佳泽道："段园长，白小姐到底在哪儿上班啊？我还找了市里的人帮我查，愣是没查到她在哪个单位。"

段佳泽大汗，这还有人找关系去查，白素贞到底在哪个单位呢。能查出来就有鬼了，段佳泽在心底说："咳……这个，肯定查不出来，白姐是……对了，临时工。"

大家你看我，我看你，突然爆发出一阵讨论。

"怎么能做临时工呢？不如这样，进市文联吧，专门筹备一下书法协会、画家协会的工作，也算是对口。"

"或者到我儿子公司来啊，当艺术顾问，每天创作就行了。"

"其实我儿子还没娶媳妇儿……"

最后一个老先生的话被大家抨击了一番："你儿子都快四十了，你心里没点数吗？好意思啊你？"

段佳泽擦汗道："白姐有对象了，各位，你们跟我说也没用啊。白姐是我朋友的亲戚，那都是给我朋友面子，我不能逼她吧。"

老先生们面面相觑，郁闷地道："不是我们说啊，虽然闻道有早晚，白小姐年纪轻轻就成了大家。但是，她还真是太不……尊老爱幼了。"

他们这么多老头，又这么恳切，就算是后学吧，但白小姐都很不给面子，总是推说自己有事。

段佳泽："……"

说到尊老爱幼嘛……白姐今年两千多少岁来着？

其实白素贞不是那种特别高冷的人，只是她白天要上班，这是雷打不动的。下班之后有限的时间，白素贞都用来研究医术了。

没错，医术。之前白素贞知道现代中医式微之后，就很不爽，她晚上回来都在了解西医，毕竟知己知彼，百战不殆，也想知道到底输在哪儿。

而且对于书画，白素贞真没什么太大的热爱，也就没心情浪费时间和他们探讨了。

段佳泽想了想，说道："其实白姐最近有别的爱好，所以可能就不太想和人聊书画。"

"这是天才吗？"一老头感慨："年纪轻轻书法造诣这么高，便转而去学习其他的，我们实在是没得比啊。"

"也不知道是研究什么……"另外一个老头说道："不过还挺好学，不像我孙子。"

别说，当天晚上他们就知道白小姐在研究什么了。

说话的这位姓孙的老先生，晚上就心脏病发了。

灵囿度假酒店以其极其适宜居住的环境，以及令书法爱好者沉迷的大师作品，引得他们这些老头在这里住了半个月。

但是，再适宜居住也挡不住这些天灾人祸。

一群老头吃完晚饭，就在大堂商量着，去找白小姐再磨一磨，就算她不肯讨论，说不定再给几张作品参详呢。像上次，白小姐就给了一张原稿，虽然上面的是动物园的什么闭馆通知。

这时，孙老接到了孙子的电话，其他人也没在意，说话之际，就见孙老越说越生气，然后捂着胸口倒在沙发上了。

大家老朋友这么久，都知道老孙有病，赶紧在他身上找药，有的给他喂药，有的拨打 120。

因为就在大堂，又是刚吃完饭的时候，很多人都看到了。酒店方面也是赶紧把医务室的人喊来，孙老那边被喂了药，医务室的人看他昏迷，又赶紧做人工呼吸，好歹没失去心跳。但是接下来，还是要送去医院。

"这救护车过来得要一段时间呢吧。"不少人犯起了嘀咕。

这些老头在这里住得舒爽，还真没想到医疗方面的问题，这附近没有医院啊。但是一般来说，老孙不会无缘无故犯病犯得这么厉害。

一开始提议大家住下来的，是书法协会的老唐，他也是一个退休的老干部，这会儿有些懊恼地道："当时就不该让老孙也住下来，他这个病一犯起来太可怕，这里离医院太远了！"

大家都安慰他。当时，大家住进来，还都觉得比家里都舒服呢。老孙平日里定期体检，按时服药，稍微不舒服，吃了药很快也好了，这次真是不知道被哪个兔崽子刺激到了。

就在众人焦急等待救护车抵达之际，老先生们看到两个熟悉的身影，正是段佳泽和白小姐匆匆赶来。

段佳泽听到有人犯病时，整个人都蹦起来了，即使不从一个经营者的角度，他也很难不担心这位聊过几次天的老先生出什么事。

不过段佳泽还没彻底慌掉，赶紧拉上了白素贞。

白素贞还以为他要让自己去教老头们书法呢，说道："等下，我这本书还没看完……"

"别看啦，姐，人命关天。"段佳泽直接把白素贞拉到了酒店。

这些老先生看到白素贞，心情颇为复杂，他们刚才还商量着去磨白小姐呢，这会儿白小姐就自己过来了。但是老孙犯病，他们也没心情多说什么，点头与白素贞打招呼。

白素贞看到病人平躺着，理都没理那些人打招呼，过去跪坐在地上，拿出一包银针。

为了给病人留出空间，其他人都站得比较开，不明情况的群众看到白素贞穿着一身套裙，还以为她是酒店管理方呢。没想到，这人直接冲过去，拿出了一包针灸用的针来。

"我靠……这是中医大夫？"

"心脏病怎么救？"

"酒店就随她这么扎？"

"我靠，这不会也是酒店的医生吧。这酒店太复古了，装修复古，医生也找中医？"

"长这么漂亮，不会是花瓶吧……"

酒店的人面面相觑，白姐跟老板一起来的啊，而且明显是老板授意的，他们当然不能阻止。虽然他们完全不知道，白姐居然还会中医。

酒店方面的工作人员入职没多久，对白素贞一点儿也不熟悉。当然，即使是老员工，也没见过白素贞施展医术。

那些老先生更是糊涂了，他们印象中的白素贞就是书画大师啊，难道最近研究的东西就是中医？上这儿实践来了？

有人拉着段佳泽，问他这么靠谱吗。

"绝对靠谱，我白姐老中医了，这个才是本职呢！你看那书法画技，都是她平时写药方、画穴位图练习出来的。"段佳泽一顿胡吹，把老头们都吹晕了。

开什么玩笑！你说白小姐的书法功底是写药方锻炼出来的？天才也不是这么个天才法吧！

还老中医？老个毛啊！

白素贞这段时间都在研究西医，一边抽针确认穴位，一边在心中嘀咕，西医不行啊，还是我施针快一些。

围观群众都举起手机拍摄了，说真的，他们在场几乎所有人，活了这么多年，第一次看到急救现场中医出手的。虽然大家都了解这个传统医术的存在，但是大部分人都没亲眼看过针灸。

还有就是，一般人印象里的好中医都是老头，这么一个年轻貌美的职业女性突然开始施针，简直太有违和感了，不会出什么事吧？

屏息凝视之间，这位美貌女子已经在犯病的老先生身上扎了好几根针，针刺穴位之后，又开始用手在老先生手臂上的穴位掐揉起来。

三四分钟后，就见原本昏迷不醒的老先生缓缓苏醒过来，还挣扎着想要坐起来。

白素贞一手就将他按住了，轻声道："稍等我取针。"

孙老迷茫间只记得自己好像胸口剧痛，大概是犯病了，在医院或者房间醒来都有可能的，但是他没想到醒来后会看到白素贞，反应了好一会儿，这是那个书法很厉害的白小姐啊！

孙老难以置信地道："白小姐这是？"

"叫白大夫也可以。"白素贞淡淡回答，将银针都取了下来，又在孙老胸口拍打几下。

动作看似粗鲁，孙老却是咳嗽几下后，觉得胸口到喉咙的位置都更加松快了，刚才他还需要用嘴配合呼吸，现在完全不用了。

白素贞轻松将孙老扶了起来，在旁边的沙发坐下："都不要围过来，打电话让救护车别来了，他静坐一会儿就好了。"

对哦，现在大家才想起救护车的存在。

围观群众更是议论声加大："牛逼，真的牛逼！"

"美女中医施针急救，三分钟从鬼门关救回心脏病患者……这个标题够不够吸睛？我准备投稿了！"

"卧槽，你这标题党，我刚发了朋友圈，第一次遇到美女中医……"

"美女刚才扎针的样子太帅了吧，而且超级淡定，这老先生之前好像心跳都停了，搞了人工呼吸。"

"虽然之前也吃了药吧，但还是好厉害，一扎就醒来了。"

对于老孙的老伙伴们来说，还是有些不放心，他们觉得还是要抬到医院去看看。

这真没法按照白素贞说的静坐一下就成了，这样不好吧？

白素贞听他们不想叫停救护车，一挑眉："你们这不是浪费医疗资源吗？就算把他带到医院去，也检查不出还有什么后患的。"

"呃……"他们迟疑地看着白素贞，谁都不敢冒这个风险。

"算了，让老先生们安个心。"段佳泽劝了一句，他知道在大家心里白素贞就不是个医生，虽然把人救回来了，但这个"医嘱"还是让他们不太敢遵从。

在他们心里，肯定还是要用现代仪器检测出个明白来，才敢放心的。

毕竟今时不同往日啊。白素贞转念想通这一点儿，轻哼一声，倒不是生他们的气，是有些无可奈何。再看那些一副新奇模样的围观群众，这种感觉就更甚了。

"园长。"白素贞忽然拉着段佳泽到一边："你说，我要是写本医书，你给我印出来，传播出去怎么样？不是有那个什么打印机吗？"

"那可能不太行，"段佳泽弱弱地道："没书号，那属于非法印刷……"

白素贞："……"

段佳泽："不过那几位老先生就是文联的，他们应该能联系上出版社吧，我问下买个书号要花多少钱。那什么，白姐，你要干大事了啊？"

"干什么大事，反正我也就待这么些日子，平日要上班，没事写点儿资料惠及百姓吧。"白素贞看了那边一眼，略带忧虑地说道："只是，我如今什么名气也没有，你说他们会愿意学我的医术吗？"

"怎么没名气啊，"段佳泽指着围观群众说："没看刚才那么多人拍视频吗，回头我再给你雇个水军，炒一炒就红了哈。实在不行，就在咱们酒店开个义诊岗，您治好他百十来个绝症，这还能没人学？"

白素贞："……"

段佳泽真的去找黄芪商量帮白素贞炒一下的事情了，这个突发事件本来就很有爆点，最近几年也有一些关于重视中医药的呼声，顺着撩一下。

不过在这之前，段佳泽先接到了孙爱平的一个电话。

孙爱平在电话那头气急败坏地道："佳泽啊，这回你一定要给出口气！"

段佳泽还以为自己接错电话了："出，出什么气？"

这语气，怎么跟让他一起去群殴似的啊，林业局还能惹上什么？

孙爱平说道："这不，居民举报，我们查获了一个在小区里养殖珍稀鹦鹉的，那鹦鹉都是从国内外偷猎、走私来的，自个儿跟家孵化，然后倒卖出去。这人被抓了之后，还敢叫嚣，说我们林业部门废物，救了鸟也养不活，那几十个鸟蛋也肯定会孵化失败，他说……"

林业部门在这方面是不太给力，但是孙爱平就看不得罪犯这么嚣张，他们不行，难道下属单位也不行吗？还能被你一个犯罪分子牛逼上天啊！

后面的话段佳泽听不进去了，他打断孙爱平，问道："您说多少个蛋？"

孙爱平："几十个啊！好像有五十个吧，全都必须在四十八小时内继续孵化，不然就死了！"

段佳泽："……"

117

鹦鹉的人工孵化，并不是很难，孵化率也挺高。但是，前提是种蛋质量不错，而且技术人员的手艺也好，才能达到较高的人工孵化率，以及成活率——幼鸟饲养难度更高。

说是不难，那也是和帝企鹅之类的相比而言。孵化者也必须严格操控温度、湿度，几乎是二十四小时待在种蛋旁边。

还是那句话，很多兽医因为各种原因，技术不是特别好。孙爱平为什么打这个电话，因为在东海市这种情况更甚。

虽然动物园的兽医都是正规院校毕业的，比如市动物园就有四个专业兽医，但是哪个也不是天天孵蛋，在这方面的经验还真不如那些犯罪分子。

他们也懂鹦鹉的人工孵化，但是孵化率绝对没那么高。

那些犯罪分子都是奔着把蛋孵出来卖钱的，虽然目前还不知道几十颗蛋分别是什么种类，但是根据他那里已经出生的鸟类来判断，全都是单只能卖出上万乃至十几万的珍稀鹦鹉！

像他们这种老手，非常有经验地挑选好种蛋以后，对鹦鹉的孵化率能够达到可怕的百分之九十以上。

种蛋是不能离开孵化环境太久的，运到外地找专家根本来不及，必须立刻进行孵化。

所以，在发现已经落网后，反正没希望脱罪，那人还破罐子破摔地骂起了执法人员。要是在一般经验不足的地区，被骂得还真没法反驳，他们找人来孵化，还真就可能只能孵化出一半，然后在饲养中又死一批。

可是孙爱平转瞬就想到他大侄子小段了啊，灵囿可是连帝企鹅也能孵化出来，还老听小段说想弄个繁育中心。

于是，孙爱平毫不犹豫地联系了段佳泽，让他搭救一下这些鹦鹉蛋，顺便也让犯罪分子知道，不是只有他们算能人的。

这种事情，段佳泽虽然囧囧的，毕竟几十个蛋一拉回来，道君又要怀疑人生了……但是他当然义不容辞。

五十个鹦鹉蛋，连同在犯罪分子处搜出来的十九只珍稀鹦鹉，全都送到了灵囿动物园。

那十九只已孵化出来的鹦鹉都是幼鸟，大部分都是两个月到三个月大，一般三个月以上就可以和买家交易了，它们中很多都已经被"预订"了，现在是半道被救出来。

被人类孵育出来的鸟类，没有野鸟警惕心那么强，它们长大以后，也无法回到野外生存。

目前灵囿动物园已经有五个兽医，其中也有对鸟类较为擅长的，但是段佳泽不敢把鹦鹉交给他，一则这人的擅长也是相对其他科来说，孵化率绝对达不到段佳泽心目中的百分之百；二则他对员工比较了解，这一个年纪不大，还谈了女朋友，可能没办法做到孵化期间和种蛋几乎不分开，专心致志。

段佳泽心中觉得，把那十九只幼鸟给兽医照顾还差不多，蛋是不太敢的。

所谓一回生二回熟，在不想冒险的情况下，段佳泽在幼鸟和种蛋还没运到之前，就去找陆压了。

陆压本来是坐着玩游戏的，一看段佳泽的表情，就知道有求于自己，立刻换了一个大爷一点儿的姿势，对他抬了抬下巴，意思是：什么事？

段佳泽："……"

陆压是真不太好对付，时精时傻的。

这孵一个奇迹，下场都这样了，要是再孵五十只鹦鹉，得成什么样啊。段佳泽顿时有些打退堂鼓了。

段佳泽想了想，说道："道君，是这样了，林业局那边查获了偷猎、走私的鹦鹉幼鸟和种蛋，幼鸟有十九只，种蛋五十个……"

陆压一下子变了颜色："又要孵蛋？"

眼看陆压下一刻就要说出一些胡话，段佳泽赶紧说道："这虽然是拯救濒危鸟类的事情，但是，我觉得不能这么麻烦道君。五十个蛋，那搞得道君多忙啊，反正我是不好意思让道君来干。"

陆压脸色顿时古怪起来："算你体贴了……"

段佳泽："嗯嗯，那道君你传授一下经验吧，我想这件事可以拜托陵光神君，直接给他批个假。"

除了陆压之外，陵光大概是动物园里玩火最厉害的了，个性也稳重。当初善财提议要和段佳泽一起孵蛋，段佳泽还觉得他比较跳脱，一起孵自己必须在场，虽然后来也没成功吧。

换作陵光呢，他非但控火厉害，性格沉稳，本身就是百鸟之王凤凰一族的，段佳泽觉得是他的话，压根不用担心。

陆压却是大怒，掀床头柜而起："你什么意思？当初你明明说建立繁育中心后，孵化的事情都拜托我的，找朱雀是什么意思？！"

段佳泽冤枉地道："我没什么意思啊，这回真的没什么意思，那你当初还不太乐意呢。我就是怕你太累了，还特意先报备，可以找陵光……"

他又没打算和陵光一起孵蛋，谁知道陆压还是爆炸了。这个心思真的难猜，看那表情不知道的还以为受了什么奇耻大辱。

"岂有此理，非但要找他人，还质疑本尊的能力？"陆压怒气冲冲地道。

段佳泽："……你知道你这样说有歧义的吧？"

陆压阴着脸道："休要转移话题，你直说吧，这蛋给谁来孵？"

段佳泽："…………"

段佳泽都要怀疑人生了，那道君的意思是……

"给你孵？"

陆压哼了一声："我怎么听你口气不情不愿的？"

"我是怕你不情不愿啊，"段佳泽有点儿蒙道："其实我一开始就想找你，后来怕你不乐意，蛋太多了，我要知道你这么喜欢抱窝，我就直接跟你说了啊。"

陆压听到本来第一选择就是自己，脸色才好看了一点儿，都不去追究抱窝的字眼了。"这还差不多。"他又若无其事地道："嗯，对了，那这个孵蛋期间，你是不是也要搬到我房间里来？上次孵奇迹的时候，你就过来了。"

段佳泽："……"

他就说什么来着？不是……这二者之间有关系吗？

段佳泽把果肉泥喂进一只蓝紫金刚鹦鹉的嘴里，这只蓝紫鹦鹉才两个月左右大，身上的羽毛都还没长齐，无法独立生活。

十九只幼鸟，其中一部分在禽鸟馆找到了养母，但是，段佳泽也不敢利用园长的身份，让那些找不到的也有个养母，这样毕竟太引人怀疑了。不可能那鸟明显不会收养，没那条件，也去做养母了。

金刚鹦鹉是世界上最大的鹦鹉，这种蓝紫金刚鹦鹉更是金刚鹦鹉里最大的，它们主要生活在巴西，族群已经只剩几千只了。长大后，它们的体长能达到一米左右，寿命也有六十年之长。

这种鹦鹉人工繁殖率还好，但是在野外繁殖率很低，一般一窝两个蛋，只有一个会被父母抚育，其间还很容易死于各种意外。在市场上，能卖到十几万以上的价格。

眼前这一只蓝紫鹦鹉，一孵化就被预订出去了，犯罪分子订金都收了，只等三个月大时，就把它送到买家手里。不过，中途发生意外，现在它来到了灵囿动物园。

它就是没有养母的鹦鹉之一，由兽医们轮流照顾，段佳泽也会来帮帮忙。

鹦鹉们五颜六色，兽医们都是大男人，通常就用编号来称呼，一对一喂的时候也是一通乱喊，什么小蓝小紫的。

然而你在灵囿喊声小蓝，起码十几只鸟能应一句。

不过这也不妨碍段佳泽管这只蓝紫鹦鹉叫"小蓝"："来，小蓝，再吃一口就饱啦。"

蓝紫鹦鹉歪着脑袋把那口果肉吃下去，又用大大的钩嘴在段佳泽手指上蹭了一下。两个月大的幼鸟，很快就能熟悉起来，何况段佳泽还喂它吃那么好吃的食物。

据陆压说，那五十只蛋里边，还有一只蓝紫金刚鹦鹉，到时候出来，说不定刚好配一对呢。

段佳泽想去给其他幼鸟喂食，这兽医室里其他几名兽医也都在做着相同的工作，那只蓝紫鹦鹉却是用小爪子抓住了段佳泽的手指。

段佳泽在幼鸟脑袋上摸了两下，小蓝舒服地直顶他。他干脆一手捧着小蓝，一手去喂另一只幼鸟。

"园长，那些鹦鹉孵化得怎么样啦？是不是就快孵化了？"周敏就在旁边，这会儿一边擦着鸟粪，一边问道。

她是省农大送来的实习生，一直跟着徐新工作，现在也算能独当一面了。

周开锡琢磨了一下，说道："那蛋送来的时候也就孵了十天左右吧，鹦鹉的孵化期要二三十天，应该还得半个来月。"

徐新也道："半个来月还好，已经比帝企鹅孵化快多了。"当初，从青鸟引进的五对帝企鹅夫妇，生下来五个蛋，就是徐新领头观测研究的，后来还进行了人工协助孵育，那个要的时间才久呢。

周敏担忧地道："那孵化率高吗？到时候几十只幼鸟，上哪里找那么多适龄养母，咱喂得过来吗？"

"放心，我找了外援，孵化率高，而且肯定喂得过来。"段佳泽有些黑线地道，大家是没看到陆压那个积极证明能力的样儿，还能照顾不过来？

"那太好了。咱们园里鹦鹉也不算多，这回一来就是几十只，以后都可以单辟一地儿了。你说到时候全都教会说话，那多壮观啊。"周敏脑海里想的是一群鹦鹉一起喊"灵囿欢迎您"。

段佳泽却打了个寒战，他想的是鹦鹉都冲陆压和自己喊爸爸。手上一痒，低头一看，却是两只小鹦鹉在蹭他的手指头。在幼鸟心中，他们这些兽医就相当于父母的角色了，所以动作还挺依恋的。这么一想，段佳泽就更加觉得古怪了……

段佳泽从兽医室出来，收到市文联打来的电话："喂，段园长，那个，那个真的不好意思……您拿过来的原稿，丢失了两张，只有拷贝本了。"

这里说的原稿，就是白素贞说的那本医术的稿子。白姐多有效率啊，三下五除二就把书给弄出来了，全都是毛笔手写的。

因为那几位老先生的关系，得以拜托文联帮忙整理、编辑稿件，还有从中找出版社的事情。段佳泽还说他们那么积极，可能是因为帮助了孙老。结果这个电话打过来，段佳泽就无语了。

还丢失原稿，怕不是被人拿去临摹了……

"那算了吧，既然你们还有拷贝版，不影响录入就行。"段佳泽干笑两声，这一听就有问题，没事你先把它拷贝一份，是早就料到可能会丢吗？

文联的人赶紧说不好意思，然后道："出版社我们也联系好了，书号需要八千块。"

"行，谢谢，我到时候让财务把钱打过去。"段佳泽又寒暄几句，把电话挂了。

白素贞施针救人的视频在网络上引起了轩然大波，其中不乏黄芪找的水军推波助澜，但是到后来就是大家主动关注了。

因为白素贞要走到台前来，段佳泽还特意找邵无星又给办了套假证。

搞得邵无星心里都想了，到底是有多少位前辈需要办证，干脆一次说清楚算了……

但是做起事来邵无星还是很靠谱的，因为白素贞在自学西医，国内的学校又容易被人校友打听出来不对，邵无星那边竟然弄到了一个国外医科大学的毕业证，以后白素贞就能自称中西双修了。

其他的相关证件更是一个不缺，能想到的都给办齐了，包括计算机一级证，天知道白素贞根本不用电脑。

那天晚上，当时就有人把相关视频传到网上去了，当时的关注度还没有特别高，评论好多都还是质疑的，以为是演戏。

主要是白素贞长得太漂亮了，就跟大明星似的，怎么看怎么让人有种拍电影的感觉。

而且她还很有辨识度，有人依稀想起来是不是以前在微博看到过的模特，再看事件发生地是灵囿度假酒店，就想起来这不是灵囿动物园的周边设计师兼模特吗？这，这还会中医的啊？

几针下去，本来吃了药都昏迷着的病人，就醒来了，脸也恢复了血色，这见效得比西药还快。

没多久，水军到位，推广之下，热度就嗖嗖往上涨了。

其中虽然不免还是有质疑的人，但是当时在场那么多人，全都是天南地北的游客，很多还从各个角度拍了视频。是不是作假，媒体一探寻就知道了。

而且因为曝光率高，有很多业内人士纷纷参与了进来。

首先可以判定，这应该不是演出来的戏，一些中医专家在微博、论坛上都点评了，这位女士绝对是专业的。虽然视频不算太清楚，但是内行看门道，不知道病情具体如何，专业没得质疑。

西医专家也有发声的，或是不认同这种做法，觉得怎么怎么做才稳妥，或是回忆自己遇到过的中医是如何处理的，对其中的原理表达自己的理解或者疑惑。

再扩散开，就是中西医之争了。这个急救可以说颠覆了很多人的看法，所以到底中医的应用范围还能扩大吗？甚至对一些人来说，是想质疑它真的有用吗？

对于很多看热闹的网友来说，就简单许多了，除了发现自己心目中对中医药的看法与经历之外，就是感慨一声："这女中医太漂亮了吧！"

灵囿动物园出来发声明，表示这位女士是他们的兼职设计师，同时也是一位"老中医"，从小和长辈学习中医，但是大学也学习过西医，从海外留学归来。

这个经历更加引爆舆论了，为什么从小学医，还去了解了西医，考取了相关文凭证件后却没有从事医药行业，反而去做了设计？

既没做西医，也没做中医，跑去干设计，是因为看到现状失望了吗？毕竟，完全可以想象到这位从小学中医的美女去学西医，可能是抱着取长补短、学习进步之类的目的。

"以前以为她是模特，我跪下了，好看得我们大多数人都比不上。然后知道她是设计师，我又跪下了，因为不但好看，书法和画艺也那么厉害，我们大多数人都比不上。现在你告诉我，她其实还是个医生，我，我的膝盖已经跪穿了……"

"我要是长这么漂亮，我也不去做医生，太累了。"

"设计师也很累啊，唉，我要是长这样，我每天就在家顾影自怜，别的啥都不想做。"

"我是不大爱看中医的哈，但是要是有这样的医生，我恨不得每天去报道。"

"就想问一句：有男朋友吗？"

"请问现在去动物园偶遇小姐姐还来得及吗？"

虽然有点儿无奈，但是挂上了美女的名头，的确让这个新闻传播更快，热度更高了，很多人都在呼吁，让这位美女医生自己出来说句话。

灵囿作为单位，代替这位化名为"白素"的大夫发了个病案，把当日病人的疾病表现、诊疗情况，以及从中医的角度为何选择这样医治，要点在哪里，整个医治思路都写出来了。

虽然除此之外，没有对网上中西医的争论发表意见，但也可以说是最好的意见。因为她的思路可以体现出她对于自己技能的强大自信。

这些都是用毛笔写的，然后扫描发上来，那字又特别好看，简直不要太迷人。

如果说字如其人，单看这一笔字，就让人很想相信她了。

实际上，中医业界也都在猜测纷纷。之前看视频还不太细致的话，病案一出来，他们这些内行就服气了，这绝对是高人手笔。

他们就好奇了，这位女士家学渊源，虽未细说，但的确符合她年纪轻轻就医术不凡，很可能有高人指点的形象。

但是他们回忆了一圈，愣是想不起来有哪位姓白的大师，再打听一圈，也不知道哪位大师家出了这么个年轻翘楚。

难不成，这还是位隐世高手的后人？

到这时候，这些业内人士还只是私下八卦，网上发表一下言论，也没人想去找到白素贞。毕竟她只是露了一小手，目前热度很高而已。能想着去找白素贞的，无非是一些想利用她的形象赚钱的人。

段佳泽却知道，能给业内带来震动的东西很快就会出现。白素贞写的那本书他粗略看了一下，除了一些他看不懂的医学内容，里头还收录了一些药方。

段佳泽问了一下，居然都是白素贞所知道的，到如今已经失传的古代秘方单方。在她行医的过程中，也得到过验证。

文联那边已经和出版社领导联系过了，打了招呼到时候快点儿审。他们经常编些内部资料、本地史志之类的书籍，经验丰富，编校、设计、印刷起来很快，再加上书号下来的时间，如无意外大概一个多月后就能面世了。

而在此期间，灵囿这边会维持热度，虽然书刚出来后，有的人会质疑炒作行为，但是只要看到书的内容，懂的人自然会懂。

"为什么最近我爹都不来了？"奇迹瘫坐在地上，周围几只小企鹅围着它玩，不知道的还以为奇迹才是它们爸爸。

面对奇迹圆圆的眼珠子中的疑惑与内心的疑问，段佳泽只能摸着它的毛道："他吧……有点儿事，最近游客多……"

他在心中庆幸，幸好海洋极地馆是相对独立的，不存在被奇迹撞破的可能。小胖子连有其他企鹅都要号半天，这能接受陆压去孵别的鸟吗？

奇迹已经不是当年那个傻乎乎的小企鹅了，修炼过后头脑更是越来越清明："我不信，他是不是被人欺负了，呜呜呜……"

段佳泽狂汗，说道："想什么呢，谁能欺负你干爹啊。"

他也是无语了，鹅子是不是傻，陆压不欺负别的动物就算大家上辈子烧高香了，谁还能欺负到陆压身上啊。

"你啊，"奇迹在心底道："就你能欺负他……"

段佳泽："……"

某个角度来说，奇迹还真说对了，看来胖鹅子还真不傻。

这时候，饲养员进来喂企鹅了，那些小企鹅全都从奇迹身边离开，凑到饲养员面前。

饲养员和段佳泽打了个招呼，手下一边喂企鹅，一边好奇地打听："园长，那个，我听说，咱们从林业局接收的五十个鸟蛋，是陆哥在做孵化工作？！"

段佳泽跟兽医们说找了外援嘛，这种事也没法瞒下去，他不可能专门拉个人来做替身吧，就直说是陆压呗。

大家都惊了，没想到陆哥还有这个技能，看来他和园长在一起也是兴趣爱好相同使然。

消息传到员耳中，这饲养员就忍不住想确认一下。

毕竟他们好多没亲眼见到的人还真不敢相信，平日里娇气得很，菜色稍微不合心意都要和园长拧半天的陆哥，居然能担任起这么繁重的孵化工作。听说，好些天都没出门了呢。

他这一问，段佳泽却是呆住了，猝不及防就暴露了啊！

饲养员在喂企鹅，问完这个问题后，没听到园长说话，只听一声高亢的鹅叫，好奇地一抬头，就看园长被肉山一般的肥硕小太子压在身下，脸都绿了，顿时大惊失色："天啊，来人啊！快救园长！"

就这只帝企鹅，他一个人可拉不动！

118

几个极地馆的饲养员加讲解员一起，七手八脚把胖企鹅给搬到一旁，一脸骇然。

这只帝企鹅的力量竟然如此可怕，它在众人搬抬过程中仍在用力挣扎。那力道之大，几乎让他们有无法掌控的感觉，还真是对得起它的体型啊！

另有两人将段佳泽给搀起来，只见园长扶着自己的腰，还不忘了喊："等等，别注射麻醉剂。"

大家也不知道为什么平时霸道却十分孝顺的小太子为什么突然暴起伤人，但是它这个体型没人敢轻视，只好准备给它注射药物，防止它发狂。

段佳泽平时虽然平易近人，但园长威严还是有的，大家都顿住看过来，满脸疑惑。

"一点儿小意外，我身上有海豹的味道。"段佳泽随便诌了一个理由："把它放下来吧，没事，不会再伤人的。"

众人犹豫地撒手，却见奇迹虽然刚才一直在挣扎，还真的没有要再次冲过来的意思。

被放开后的奇迹坐在地上，挣扎着爬起来，幽怨地看了段佳泽一眼，竟是掉转方向，向场馆另一边走去。方才一时激动肉山压顶，然后又被人掀翻摁住，一点儿力都使不出来，让奇迹倍加委屈了。

这委屈到了极点，奇迹连殴打老父（？）的想法都没有了，只想找个角落蹲下来静静伤心一会儿。

奇迹觉得自己遭受了莫大的背叛与欺骗！孵了几十个二胎，居然瞒着它，直到别人说漏嘴它才知道！这简直就是晴天霹雳，他们一定是不爱它了！

白老师平时也会教些常识，以便奇迹日后在人间生存，加上生活在动物园中，奇迹当然知道鹦鹉是什么。虽然没见过，但听说那是一种体型小巧（相对它来说），能飞还能说话的鸟类。

平时也老有人说奇迹胖，奇迹都没当回事，然而现在却扎心了！它还在修炼，白老师说，至少几十年后才能开始学习怎么飞，鹦鹉现在就能飞！

果然，是嫌弃它了吧。

饲养员们远远看着园长走近奇迹，有些唏嘘。

换了他们，刚刚被动物压过，肯定没有这个勇气再去接触，要不怎么说园长牛呢。

段佳泽走到角落里，伸手想把奇迹拉起来。当然，他是拉不动的。

奇迹看到段佳泽过来，就把脖子一弯，脑袋埋到了胸口。

"奇……咳咳！"段佳泽刚要说话，就咳嗽了两声。奇迹太敦实了，刚才那一压可把他压得够呛。

　　奇迹听到咳嗽声，脑袋立刻就下意识抬起来一点儿，黑豆一样的眼睛看着段佳泽，但是见他也看着自己，立刻又缩回去了。

　　段佳泽哭笑不得，抓着奇迹两个扁长的翅膀尖尖揉了揉："乖儿子，跟你道歉可以吗？我们不该瞒着你。主要是怕你一时不能接受，当时情况比较紧急，是这个样子的……"

　　段佳泽把其中的原因解释了一遍，尤其强调了出于保护鸟类，不让犯罪分子得逞，所以才接下这个任务。陆压也挣扎了一番，并且于孵化过程中十分挂念奇迹，委派他多加探望。

　　"其实它们也是很可怜的，没有父母，差点儿出生后就被卖去做宠物，每天都会关在笼子里。"段佳泽试探着摸了摸奇迹的脑袋："我们肯定还是最爱你的，你长大了，也很懂事，不要求你和鹦鹉们相亲相爱，但是能不能体谅爸爸呢？"

　　奇迹脑袋上下动了动，竟是点头答应了！多么善解人意、乖巧可爱的鹅子啊！

　　段佳泽也用出了今天最后一次兽心通。

　　只听奇迹在心中道：怎么才能溜到孵化室里，一屁股把蛋都坐碎呢？

　　段佳泽："……"

　　兽心通这个东西，还真是让某些心思无所遁形。段佳泽看奇迹点头时还觉得有些神奇，奇迹这么好说话了。现在看来，这才是它的真实想法啊！

　　奇迹真的是长大了，而且越来越像它干爹了！

　　段佳泽揪着奇迹的嘴巴，把它的脑袋抬起来："你这个小坏蛋，你还能溜得出去？"

　　奇迹把身体往段佳泽怀里挤，和之前把段佳泽给压倒不一样，它挤进去一部分就被抱了个满怀，段佳泽靠着墙抱着小胖子："好了，这么胖了，还撒娇。"

　　奇迹："……"

　　段佳泽："最近好好修炼了吗？要努力练习知道嘛，争取以后喷火给爸爸取暖。"

　　奇迹张着嘴叫了几声，这会儿段佳泽最后一次兽心通的时限也过了，就

149

不知道奇迹什么意思了，应该是答应段佳泽的话。

"好了，我要去工作了。"段佳泽准备爬起来，奇迹却不肯放开，被推开之后在地上打滚。

"行了，回头我叫陆压过来一趟，叫他抽个空。"一会儿的时间陆压还是抽得出的，段佳泽再次拍了拍奇迹，爬起来出去了。

转头段佳泽果然去找了陆压，告诉他奇迹已经意外知道了他们养二胎的事情。

现在的情况是奇迹在他晓之以理动之以情之下，貌似接受了这件事，但内心还是非常抗拒的。比如它但凡有机会，就想一屁股坐碎那些蛋。

陆压理所当然地道："帝企鹅都是独生，奇迹也向来是单个的，都没怎么和同龄鸟玩儿。像我那时候一窝十兄弟，就不会这么霸道。"

段佳泽："……"

还敢一本正经地胡说八道，这真是全天下最好笑的伪科学了……

段佳泽真诚地问道："道君，所以你觉得奇迹还想把鹦鹉蛋坐碎的想法，这是像谁呢？"

反正不像他，要是也不像陆压的话，这是要推锅给奇迹那不知在何方的亲生父母吗？

陆压愣了一下，若无其事地道："回头我抽点儿时间，也去和奇迹聊一聊。"

段佳泽黑线，这么就过去了？完全忽视那个问题了？

五十个鹦鹉种蛋在犯罪分子那里已经孵化了十多天，在灵囿又孵化了十多天之后，第一只鹦鹉就出壳了。

巧得很，这第一个出壳的，正是蓝紫金刚鹦鹉。

刚刚出生的鹦鹉非常丑，身上一根毛也没有，体型又小，就像个丁点儿大的小肉团，比起奇迹出壳那会儿小多了，看起来也格外脆弱。

为了模拟母鸟的喂养方式，段佳泽要等到一两个小时后才会开始给小鹦鹉喂食。他用一个茶盅那么大的容器把雏鸟装起来，还给小鸟拍了照。

陆压呢，居然跑去把奇迹带来了。

前段时间他抽空去看了奇迹，也不知道父子俩聊了些什么，反正后来奇迹的情绪也没那么激动了。

段佳泽用兽心通时，也没听它再说要坐碎鹦鹉蛋，只是有点儿幽怨地计算它爸来看它的时间有没有减少，从而推断自己还是不是他们最疼爱的鹅子。

陆压把奇迹给抱了过来——也就他能一只手把奇迹抱起来了，介绍道："看看，你五十个弟弟。"

大宝和小宝还是段佳泽和别的兽医一起喂的，这五十只和奇迹可是一路，都是陆压全程孵化，说是弟弟也没错。

段佳泽还汗了一下，就算对于鸟来说，一次性五十个弟弟还是有点儿丰富了吧。

奇迹盯着那丁点儿大的蓝紫金刚鹦鹉看，眼睛好似都睁大了一点儿。

段佳泽这时用了次兽心通，就听到奇迹的心声："……这么丑，赢了！"

段佳泽："……"

陆压把奇迹放开，奇迹就扇着翅膀走过去，抵着桌子好奇地看这些蛋和那只雏鸟。

陆压满意地道："看看，奇迹对弟弟妹妹们还很关心。"

段佳泽一时间都不知道说什么才好："……嗯。"

小孩子的心变得还真是快啊，一看弟弟们这么丑，奇迹的态度就好了很多。会飞，能说话，有什么用呢？能有它可爱吗？

接下来几天，其他鹦鹉也陆续破壳，孵化率达到了对其他人来说非常难得的百分之百！

这时，陆压又接奇迹过来了一次，说是认认脸。大家以后都在不同的场馆，见面可能也不多，可不得把脸先认上，免得见面不相识。

可是段佳泽强烈怀疑，刚出生的小鹦鹉一根毛都没有，能认出个什么啊。

好在奇迹也不会捣乱，它身上干干净净，不可能携带什么病菌，来了就把脑袋靠在一旁，看段佳泽和陆压用注射器喂鸟。

这个场景还挺壮观的，五十只肉团排成排，眼睛还没睁开就知道嘴巴朝天，张得老大要吃东西。它们每个几个小时就要喂一次，时常是此起彼伏地叫起来。

目前五十只鸟都没名字，奇迹按照它们破壳的顺序来称呼，不时还叫一声提醒，意思就是"四十八弟又饿了"或者"十七弟拉粑粑了"。

奇迹看它们总也吃不饱一般的样子，心有余悸，难道它当年也是这样的吗？

段佳泽把以前奇迹小时候的照片和视频翻出来给奇迹看，可不就是这样，奇迹当年吃得更多一些，更难伺候呢。也可能是那时候他们第一次养雏鸟，作为新手心理上压力更大。不像这次，态度就轻松得多。

不过，奇迹看了视频后，脑海中想的都是自己刚生下来就比二到五十一弟要可爱多了，毛茸茸的……

后来鸟长大一点儿，更加忙了，就没老让奇迹待在旁边了。

段佳泽把成功孵化的消息报告给孙爱平，孙爱平特高兴，不过因为雏鸟头几个月夭折率也高，所以孙爱平想等过段时间，发稿表扬一下。

灵囿的其他人，尤其是懂行的兽医、饲养员们也惊了。孙爱平倒是不知道，他们却知道这是找的陆哥做外援——虽然也不知道算不算"外"援。

没想到，结果出来，陆哥还真有几把刷子，比他们预料中的更厉害，内行人更加知道其中的难度，陆哥竟然能够做到孵化率百分之百，这绝对不可能单凭运气！

白素贞的医书有个非常朴素也非常大的名字，叫《古今医案》。

她借古人之名，将自己当年行医的经验写进去，人家看了只会以为她是总结自家先祖的经验，大方共享出来。

这里面大部分是医案，从一些病症的治疗、辩证，到详细病例验证，再到治某某病症的经验体会，还包括某些成方的比较，几乎囊括了全科。

最后面呢，又附上了一些早已失传的独门单方。一本书，可以说是干货满满，毫无保留地把自己的经验传授出来。该附图的地方，也毫不含糊，自己画了插图。

这书做出来后，当然要宣传。但是灵囿这边的官博毕竟是动物园的，不可能每天给白素贞发这些，好在辗转联系了出版社，出版社方面可以代为发布。

马上到上市的日子，出版社官博就在发一些转发送书的活动。有苏特别贼，在印书的时候，就撺掇白素贞去拍了套写真，然后又让段佳泽去和印刷厂磨，叫他们顺便免费帮印些明信片，送签名写真。

这段时间因为灵囿有心维持热度，一直讨论就不断，这会儿白素贞突然出书，原本偏正面的评论一下被另一种声音压下去了：这炒作是为了卖书吗？

虽说之前已经印证了，那件事就是突发的。但是这出书的时间太巧了，让人有点儿怀疑即使不是专门为了出书炒作，也是在蹭热度好赚一笔吧。

能出专业书籍的，一般都是比较有名望、有实力的，白素贞年纪轻轻，都没行业就职经历，确实让人怀疑。何况，买书居然抽写真……这不是开玩笑吗，未必你真想出道了？

有苏的意思是，反正只要出了肯定会被嘲，不如添把火。

这买书的人，包括三种：好奇白素贞水平，买书一看的内行人士；喜欢白素贞长相的路人；喜欢白素贞书法的书法爱好者。

书印的也不多，就印了八千本，白素贞都想送出去的。这么一炒，反而卖得还不错了，单是网上销售，就卖了三千多本。

好一段时间，都有人在猜测白素贞是不是真想出道，还有出这书的目的，打算看到书后好好找找茬。然而，在大家想嘲还没嘲起来的时候，一批专业人士已经发声了。

一位经常在微博分享一些常用的中医治病小技巧的大夫说："之前关注了白大夫的病案，觉得很有启发，这次和同事一起买了白大夫的书。随手一翻后就放不下，彻夜苦读，尚未看完，但是深觉受益匪浅，也对白大夫很是钦佩。且不提前面医案，后方竟有数十个宝贵的单方，据说是白大夫先祖所收集，白大夫逐一印证过。这是何等心胸……"

还有首都中医院的一位名医的弟子也在微博表示："昨日将《古今医案》给老师看，老师看书时脸色越来越郑重，详细问了我这本书的来历，并且让我代为在微博上对白大夫表示感谢，多谢白大夫将这本书整理、撰写出来，无偿为我们提供了宝贵经验和珍贵的药方！不知如何联系上白大夫@灵囿野生动物园 @东洲文艺出版社千言万语，唯有感谢。"

也有人的感慨方向有点儿不一样："一直有人问我，这位美女中医的水平究竟如何。我说看那一个病例无法判断，现在《古今医案》出世，我可以回答了：杏林高手！这本书除了先人宝贵思想，还有白大夫自己的辩证、验证，甚至联系了西医进行分析。在吃透了所有古人知识之余，自己也有与年龄不相符的造诣，堪称天才。能够将这些分享出来，其心胸更是宽广，我心服口服。"

还有一种是对白素贞的身世表示疑惑："这到底是哪位大牛的后代？震惊了，这本书起码够我钻研十年吧……早就打听过白大夫来历，却半点消息也没有。白大夫的先祖这么牛，不可能默默无闻吧！"

类似的言论层出不穷，围观群众都有点儿呆。

所以说……白美女还真的是一位很牛逼的中医？

她没有去工作，就是自己在默默进行验证药方经验，书籍编撰，为了将这些知识无偿分享给所有人？

有了这个认知后，再去看一个多月前白素贞的作为，就显得更加传奇了。

一个默默无闻的高手，独自从事设计工作，业余时间在完善一本医书，在遇到游客出意外时，毫不犹豫地出手相助，施针急救，力挽狂澜——这也太传奇了。

一开始大家就觉得白素贞长得太漂亮像拍戏，这个设定出来以后，更是没话说了，怎么有人可以活得跟传说一样呢？

还有人挖出来，这本书其实属于自费出书，印刷都是灵圃找的，顿时脑补了更多跌宕起伏的故事。都从白大夫祖上一直脑补到她了。

其实吧，白素贞从有这个念头，到把书卖出去，也就三个月不到，而且顺利得不得了……

要说这些，好多都是网络上、其他地区、中医群体之间的热烈讨论。对灵圃来说，没什么直接影响，但是有无形中的影响。

以前有的游客可能会担心，这个度假酒店比较偏，医疗条件不好，生病了就医比较麻烦。

现在莫名就有了信心……这不是有个急救能力和医学水平都经过广大业内人士认证，甚至连西医知识都懂的美女中医吗？

"来来，拍照了。"小苏举着相机，给一整个房间的鸟以及园长、陆哥拍照。

她的身后还有一群围观的，这是五十只雏鸟第一次暴露在众人眼前。

现在的画面是，桌上有五十只还不会飞的雏鸟，全都是鹦鹉，品种各式各样，一个多月大的它们身上已经不再光溜溜的，因为吃得好喝得好灵气充足，一部分彩色羽毛都长好了，少部分地方是新生的羽毛甚至羽管。

最早出壳的蓝紫金刚鹦鹉，两只翅膀和大半个背部都已经长好了漂亮的蓝色羽毛，初见风采。

它们还没开始学习飞行，都乖乖待在桌上，虽说一起叫起来声音有些大，但是这么小的雏鸟，声音清脆悦耳，并不烦人。

为了拍照，特意准备了矮边的容器，幼鸟们一溜排开，脑袋还好奇地冲着镜头的方向，格外整齐，毕竟一家人最重要的就是整整齐齐。

而在旁边悬挂的栖木架及段佳泽和陆压手上、肩膀上，还站着十九只更大一些的鹦鹉，它们的羽毛基本上都长好了，也已经学会飞行。

这些大部分都是金刚鹦鹉，羽毛色彩鲜艳，体型还较大，这么多在一块儿，有的还落在人身上，还真有些壮观。

这照片拍了是要给林业局的，他们准备发稿子，需要配图。

别说，这张照片拍得还真是有说服力，一只只幼鸟都健康强壮，画面颜色丰富，一看就生机勃勃。那两个人类呢，颜值也高，看着赏心悦目极了。

小苏在心里想，嚯，这以后取名有得头疼了。

陆压拍个照片而已，不知道为什么，情绪高涨，莫名骄傲，可能是抱窝抱得很成功吧。完了还冲小苏要照片，让她洗个大尺寸的给自己。

小苏汗了一下，准备离开的时候，又被陆压叫住，让她把相机留下来，自己要用。

本来还想围观一下可爱的小鹦鹉们的其他人，也被赶走了，有人纳闷地想，陆哥想自拍还不好意思当着他们的面吗？

陆压说："我去把奇迹也叫来，一起拍个……照。"

段佳泽："……"

他有点儿怀疑道君想说全家福来着，不过拍就拍吧，之前他们孵了奇迹后，也老拍。就是这第二胎数量真的太多了，必须用三脚架然后给相机定时，不然自拍都拍不全这么多鸟。

陆压去把奇迹给偷偷带了出来，告诉它："想不想小鹦鹉们？带你去看，我们一起合影。"

奇迹也很开心，哇，可以，不知道丑弟弟们现在怎么样了。

二到五十一弟，我来啦！

一到房间里，奇迹就呆掉了。

这些都是什么？

陆压尚不知奇迹发呆，顺手把要往边上爬的一只红绿金刚鹦鹉推进去，说道："还记得你四十三弟吧。"

"四十三弟"的头颈胸部是鲜艳的红色羽毛，往下一圈则是绿色和蓝色的羽毛，尾巴还挺长，羽毛看起来很是丰满，算是长得比较快的一只。

不过一个多月大的鹦鹉还不太懂事，歪着脑袋看奇迹，仿佛在回忆它是谁。

再往旁边看呢，其他的鹦鹉羽毛也都长得七七八八了，有的是蓝紫色，有的蓝黄色，有的纯白色，有的粉红色……

最过分的是还有一只是五彩的，特别苏！

奇迹低头看了看自己黑白加一点儿黄的羽毛，当时就一下子坐在地上，发出了惊天动地的鹅叫声。

走到楼下的员工们心想：卧槽，谁看企鹅纪录片还开音响？

119

成年帝企鹅的叫声，那多恐怖啊！

整个房间里充斥着奇迹伤心之下发出来的鹅叫声，极其嘈杂，把所有鹦鹉的声音都压下去了。

想当年奇迹刚破壳时叫起来也是细声细气的，如果那些离开的员工有经验的话，他们一定知道，这不是在看什么企鹅纪录片。

每只帝企鹅的叫声都是独一无二的，这就是奇迹的声音，中气十足，响彻大楼。

一个多月到几个月大的鹦鹉们，被吓得惊慌失措，会飞的到处乱飞，摆出了警戒的姿态，还不会飞的小鹦鹉，胆子小一点儿的便便都出来了。

段佳泽是照顾奇迹的自尊心才没有捂耳朵，他用力推了陆压一下。

陆压连忙上前，把奇迹给抱起来，捏住它的嘴巴。奇迹的声音瞬间低到几乎没有，因为嘴巴被捏紧，只发出一点儿闷闷的声音。

"好了，有话好好说，你嚷嚷什么。我撒手了？"陆压看奇迹不再用力了，试探着把捏着奇迹的手放开。

这下奇迹是不叫了，但是它一下又坐回去了，而且往后一倒，整个瘫在地上，两眼发直地看着天花板。黑豆子一般的眼睛，透露出内心的颓丧。

非常完美诠释了四个字：生无可恋。

段佳泽怕给小鹦鹉留下什么心理创伤，但是也担心突然颓起来的奇迹看到这一幕更加受刺激，便对陆压使了个眼色，叫他去照顾幼鸟，自己蹲了下来，低头看奇迹。

"宝贝啊，又怎么了？"段佳泽也不懂，之前奇迹还好好的，一起来看弟弟，现在又发脾气，难道是看到他们和小鹦鹉相处，又不开心了。

奇迹扭了下身体，但是胖胖的身体没能侧翻过去，只是脑袋拧过去，不看着段佳泽。帝企鹅的脖子特别灵活，一转段佳泽就什么也看不到了。

段佳泽试着拉了拉，奇迹不愿意起来，他也拉不动。

段佳泽在奇迹肚子上摸啊摸，顺着毛，哭笑不得地道："还赖着不起来，你弟弟妹妹可都在看着。"

奇迹脑袋往后，段佳泽就连它眼睛也看不到了，只看得到脖子，它心想：看着就看着吧，反正一家五十三口，我最丑。

恰好用了兽心通的段佳泽："……"

段佳泽看了看五颜六色的鹦鹉们，又看了看奇迹，一下子明白了奇迹在别扭什么，更加黑线了。

大家都是鸟，但是奇迹生活在极地，身上的毛色渐渐进化到现在这样。鹦鹉们生活在热带雨林，又是另一种需求了。

可这种道理说出来，它们是没法理解的。尤其奇迹的身体已经性成熟，心智上可没有，它才活了多少年，理解的事情没那么多。

"我的傻鹅子啊，谁说颜色多就是漂亮了？你看你干爹，全身都是红色……算了，不拿你爹打比方，"段佳泽改口，因为他想起来陆压并不是靠外表获得高人气的，他想了想，把手机拿出来："给你介绍两个哥哥，黑旋风和粽宝，咱们动物园人气最高的动物之一，大熊猫。"

"你看看它们有几种颜色？说起来巧了，和你挺像，黑色和白色，但是你还多了一点儿点黄色。再看看它们的体型，也巧了，和你一样……圆圆的，多可爱。"

"但是你知道大家觉得它们长得多可爱吗？或者说，你知道大家觉得你多可爱吗？去看你的游客，可比去看……其他鸟的游客多多了。"

奇迹原本生无可恋地瘫在地上，这会儿虽然还是仰着脑袋，但是心情已经发生变化，然后，不知不觉就把脑袋转回来了，楚楚可怜地看着段佳泽。

段佳泽捏了捏奇迹的两颊："来吧，起来了。"

奇迹羞涩地把两只翅膀放到段佳泽手里，它得到了非常大的安慰，不再觉得很自卑了。虽然心里还是有些嫉妒那些鸟的羽毛，但是也舒服了许多，爸爸还就喜欢它这样呢。

段佳泽眉毛拧了起来，抓着奇迹的两只翅膀，却不觉得自己能把奇迹拉起来。

不是他体弱，奇迹这个胚子，换了哪个正常男性也拉不起来，上回把他压得可够呛。

"陆压……"段佳泽还没喊完，陆压已经过来了，两手放在段佳泽手上，连带握着奇迹的翅膀，把奇迹给拉到半坐。奇迹又自己一顶，站了起来。

段佳泽："……"

奇迹站起来后段佳泽才发现，它刚才躺的地方有了一片椭圆形的水渍，不禁汗了一下。

再看小鹦鹉们，纵然已经被陆压安慰过一番，此时看到胖企鹅起来，仍是瑟瑟发抖。

对于奇迹这个大哥，它们此时心中已经留下了阴影。

段佳泽犹豫了一下，还要不要拍照，毕竟刚刚奇迹发飙才把小鹦鹉屎都吓出来几坨。陆压兴致却很高，已经张罗起来了，反正他刚才还把几只小鹦鹉的屁股擦了一遍。

没办法，段佳泽把相机设置了一下，然后站回去。

陆压和段佳泽站在奇迹两边，手扶着它，旁边是心有余悸的小鹦鹉们，大家留下了一张中规中矩的全家福。再亲密就不可能了，奇迹会把小鹦鹉们又吓死的。

段佳泽都觉得稀罕，一般动物都是看到陆压瑟瑟发抖，这些鹦鹉毕竟是自家孵的，倒是不怕陆压了，但是看着胖鹅子吓得不行。

奇迹冲着鹦鹉们叫了几声，其实它现在是非常和善地在和弟弟妹妹打招呼，但是小鹦鹉们都害怕地退到了角落。奇迹的体型对它们来说也是个庞然大物，生怕它用尖嘴啄过来，或者是一屁股压下来。

段佳泽一边摸着它们的毛一边介绍，试图唤醒它们的记忆——以前可是见过几面的，那时候还算得上温馨呢。

"没事，以后懂事就慢慢熟了。"陆压十分娴熟地把一只鸟拎起来："要开始量体重了。"

这些鸟的数据每天都要记录，幼鸟每天的变化都是很大的。陆压用一个精准的电子秤给每只鸟称体重。他两根手指抓着幼鸟放到秤上，幼鸟基本都一动不动，等陆压称完，完全不用费力。

倒不是它们太乖巧，主要是奇迹就在一旁"虎视眈眈"，这位大哥太凶了！

奇迹好奇地看着陆压的动作，总觉得动作有点儿熟悉，又有点儿陌生。

段佳泽摸着奇迹脑袋顶上的毛，心想当然熟悉，奇迹平时也要称体重，但是它用的是那种专供大型动物的秤，饲养员们得把它连同筐一起抬上去，每次都费特别大劲儿。

等幼鸟们都称重完毕，奇迹出来也够久了，被陆压带了回去。

奇迹一离开，鹦鹉们都不知不觉松了口气。

有只淡蓝色的小鹦鹉甚至挂在容器边缘睡了起来——它早就困了，但是因为奇迹在发飙，吓得它不敢放松，一直可怜兮兮地盯着奇迹。直到奇迹离开，身边只有一个段佳泽，小鹦鹉才不知不觉靠着边缘睡起来，脑袋抵在边上。

段佳泽在小鹦鹉脑袋上摸了两下，它也毫无知觉。段佳泽笑了笑，没有打扰它的睡梦，慢慢把手拿开了。

这些在人工饲养环境下出生的鹦鹉，天生警惕性就没有在野外长大的高。

野外的鸟儿们要随时警惕可能出现的危险，睡觉时都是站着，缩起一只脚，别着脑袋，绝不会像它这样，往旁边一靠，半躺着就睡着了，甚至被人摸都没醒来。

这时，段佳泽手机响了一下，小鹦鹉在睡梦中动弹了一下，眼皮睁了睁，被段佳泽摸摸毛，又闭上继续睡了。

段佳泽拿出手机一看，原来是久违的APP通知，一个派遣动物已经在途中了。

转过头陆压也回来了，他捧着小鹦鹉，看它们还嫩嫩的钩嘴："这金刚鹦鹉多大能说话啊。"

"几个月就可以学舌了吧，我听人说他们养鸟教说话花了三四个月时间，你来教可能快点儿。别想那么多，教说话前先教飞。"段佳泽不在意地道，这些都是飞鸟，要学生活习惯，陆压就能教，不像奇迹那时候。

"对了，这里说来了个新的派遣动物，也不知道是谁。"段佳泽嘟囔了一句，现在他对不时下来的动物都习惯了，也没什么特别大的期待或者好奇，除非跟南柯蚁、七夕鹊它们那次似的。

陆压就更是不在意了，对他来说，鹦鹉什么时候喊人更重要。

"对了，你别到时候教得……"段佳泽忽然想到了什么，说道："一只只，一开口声音全和你一样。"

本来鹦鹉的学习能力就很好，要是都学陆压的叫声，那惊悚程度简直了。到时候不只是他，动物园其他动物都得吓一跳。

陆压不悦地道："叫声像我怎么了，你觉得我的叫声不好听吗？"

段佳泽："……没有。"

这人自己心里还没点儿数了，猛禽的叫声能跟百灵鸟一样宛转吗？

极地展区自开放后，仍在引进新的极地动物。早就说过，一般的引进工作段佳泽已经不会亲自负责了，看方案签字批钱就行。

最近极地展区又引进了一批动物，如阿德利企鹅、驯鹿、海狗和北极狼。

等动物们入住了，还在隔离休息期，段佳泽就问了一下情况。

那边负责人告诉段佳泽，大多数都适应得比较好，不过北极狼那边有点儿小问题。一共六只北极狼，三公三母，公母是分别从两个动物园引进的。因为人家种群也不大，所以才分开引进，关在相邻的笼舍，有待日后合笼。

六只北极狼都是一岁到两岁大的年轻狼，但是它们彼此间好像没有饲养员想象的那么和谐，总是待在远离彼此笼舍连接处的另一头，有时候还会互相挑衅。

其中公狼中最强壮的一只，更是有些焦躁，要么就是一直刨坑，要么就是冲着母狼威胁地叫，带头惹事。

一说北极狼段佳泽就想起自己在洛城野生动物园遇到的那只叫北斗的北极狼，他看了看今天也没什么事，便道："我过去看一下吧。"

他准备用兽心通观察一下，看这种行为是不是正常的。

到了那儿才发现，周开锡也在，是为了北极狼疑似合笼有阻碍过来的，在外头两人打了个招呼。

段佳泽看他已经观察过了，便问道："看了是怎么回事吗？"

"哦，园长，合笼应该没什么问题，还要再适应一段时间。"周开锡说道："倒是巧了，哈哈，洛城送来的北极狼，有一只就是之前跟您挺'有缘'的那头啊。"

段佳泽呆了一下才反应过来："北斗啊？"

这次有几种动物是打洛城野生动物园引进的，当时就有人汇报给段佳泽，说洛野那边态度特好，甚至要给他们打折，他都怀疑是不是动物病了不太敢要。

灵囿也和不少动物园、繁育中心合作过了，虽说他们算是消费者，人家态度都不错，但是打折也太夸张了吧。这都是几十上百万的引进项目，那边一个折打下来，还有得赚吗？

段佳泽转念一想，就给他们园长打了个电话，那头表示没问题。

当初他在洛野的时候，算是帮了那边一个大忙，他们是旅游集团投资的，也不属于事业单位，上下一合计，就给他们打了个折，算是还个人情。

后来的具体事情，段佳泽就没太上心了，知道洛野的人不会坑自己，加上不只从洛野引进动物，所以还真没想到，洛野把北斗给送过来了！

不确定他们是不是想到北斗和段佳泽那段短暂的"感情"，才特意把北斗给送过来。毕竟在段佳泽离开之后，北斗很快恢复了正常。

段佳泽觉得还挺难得的，本以为和北斗再也不会见面的，没想到辗转几个月，它竟然被送到了灵围。

再一听，北斗就是那只有些焦虑的头狼。

段佳泽当即决定，过去看一看。

"也不知道它还记不记得园长。"周开锡笑着说："按理说是能记得的，北极狼的嗅觉比普通灰狼还要灵敏，记忆力也很好。"

段佳泽走到了玻璃幕墙外，里面几只狼散开趴在各自的区域。虽然北极狼是群居动物，但日常还是会保持一定的距离。

北斗似乎有所察觉一般，原本闷闷地趴在地上，忽然抬头往这边看了一眼，站了起来。

它的动作有些迟疑，在原处徘徊了一下，嗥叫数声，最后还是没有靠近玻璃幕墙，只是远远看了段佳泽几眼。

它认出段佳泽来了，但是在失去了药水的效果之后，北斗不会像以前那样，主动跑到墓墙边上向段佳泽示好。按照它们的本性，只会在远离人类的地方。

当然，这也是因为它们刚来灵围，还没有开始工作。它们现在保持的是在以前动物园很没安全感时留下的习惯。灵围的土著动物，因为灵智提高，根本不会害怕。

"这算是认出来了吗？"周开锡也无法确认北斗的动作。

段佳泽则是松了口气，因为用兽心通确定了北斗焦躁只是因为它在老动物园埋了些心爱的食物和玩具，到了新地方特别想念……

至于对段佳泽，北斗内心仍然是那种带着点儿困惑的好感。

段佳泽也不好说出来，但是确定没事就行了，过段时间就能恢复了，灵围还能比不上洛野吗？他隔着玻璃冲北斗挥了挥手，算是打招呼了。

周开锡见段佳泽没打算和北斗亲密接触，还有点儿失望，他还和同事们讲了一下，这只北极狼就是上次园长神奇遭遇的主角之一呢。

其他人知道之后也特别期待，他们也想亲眼看一下啊。

"看我干什么？"段佳泽一看他们瞪大眼睛盯着自己，就知道在想什么了，没好气地道："你们不知道吗？我离开之后没多久，北斗已经恢复正常了。狼忠贞，也不是对着暗恋对象忠贞啊。"

大家听到他那句暗恋对象，都笑了起来。

"园长真是德鲁伊转世，和狼都能……嘿嘿嘿。"

"在咱们动物园也就罢了，厉害的是到外面动物园也行！"

"咦，话说，这狼可算和陆压在一个地方了，只可惜它现在性取向变正常了，不然想看看陆压什么反应啊。"

段佳泽听到陆压的名字，虽然知道他们指的是鸟，也不禁恶寒一下，更加不想多待了。

"……走了走了。"段佳泽匆匆出去。

段佳泽是从侧门出去的，没打游客满满而且比较远的正门走，一出去就听到了陆压幽幽的声音。

"没想到它还敢来东海……"

这声音在风中飘荡，也不知道从哪儿传来的，把段佳泽给吓了一跳。

"哪儿呢？哪儿呢？"段佳泽左右猛张望，没看到陆压在哪儿，半天反应过来，走出去往上一看，却见陆压坐在屋檐上，一脚屈起，一脚还晃荡着。

段佳泽："……"

陆压面色冷峻，微风将他的额发卷起来，他并不看段佳泽，迎着风冷冷地道："放心，我不会再动手了，前提是你日后也要记得，别蹭上狗味儿……"

段佳泽："下来！！"

陆压猝不及防，差点儿没摔倒。

段佳泽看看旁边，压低声音道："挂上边儿给谁看呢，怕人不知道你是鸟吗？给我下来！"

陆压瞪着段佳泽半晌，最后心不甘情不愿地一翻身跳了下来，整了整衣襟，重整气势道："方才你……"

段佳泽打断他："你在这儿挂多久了？小鹦鹉是不是在学飞了，你出来它们摔伤怎么办？你让人看着了吗？"

陆压恼怒道："本尊和你说正事呢！"

段佳泽："管这叫正事啊？"

陆压瞪着他。

段佳泽没憋住乐了，园长气势也消失无踪，无奈地看着陆压，又有点儿不好意思，转头一手拉着陆压的手腕："走了，去看小鹦鹉们。"

陆压看了看段佳泽的手，哼了一声也没提北斗的事情了。

走在路上他们俩还遇到了小苏，段佳泽吓得赶紧撒手。

不过看小苏笑起来的样子，应该是什么也没看到。她手里拿着两个纸袋，看到两人便一喜："园长，陆哥，刚好我想把照片给你们呢。上次拍的照片我洗了两份给你们。"

段佳泽不解地道："洗了两份？"

他没事要两份干什么啊。

小苏说道："那天我看到陆哥拿了张照片啊，上面有你们和小鹦鹉，还有奇迹。"

段佳泽："……"

他转头看着陆压，想问一下向来靠谱的道君怎么能把那照片让小苏看到，而且看到后，就这么算了。靠，小苏发现了吗……

陆压露出了无辜的神情，似乎想解释，但是看看小苏又憋住了。

小苏若无所察，把照片掏出来："……所以我特意把其他照片也都 P 了个奇迹上去，另外洗了一套。园长，你以后 P 图就找我啊，我现在技术练得还不错了，你看，不比你那张差吧。哈哈，你们也是不容易，孵育的鸟生活环境不一样，确实难得合影。"

她手中一套图，都是之前她给段佳泽二人和鸟拍的，要活泼得多，此时上面全都多了一只胖企鹅，还身姿各异，果然毫无 PS 痕迹。

段佳泽："……谢、谢谢啊。"

小苏把两份照片都交给段佳泽，说道："这有什么可谢的，对了，陆哥，大尺寸的也洗好了，但是还没买到合适的相框，你再等等哈。"

陆压满意地点了点头。

小苏愉快地离开了，段佳泽看看她的背影再看看手上的两套照片，一摸额头："这都什么事儿啊……"

"嗯嗯，又来了人啊，好的，给招呼一下，我马上下去。"段佳泽接了个电话，知道又来派遣动物了，手上仍是不紧不慢，把邮件给写好发出去，这才从容起身下楼。

在动物园入职过陆压、妲己、白素贞、鲲鹏……神仙妖怪之后，段佳泽表示，已经宠辱不惊了。

他甚至拿了一份动物园安全手册，准备待会儿给这位新同事看看。这虽然是给游客准备的，但是派遣动物看了也有作用。禁止游客擅自喂食动物，就等于让你别吃游客给的东西。

段佳泽推开会客室的门，刚想按照惯例说句欢迎词，便看到个一头毛刺一般翘起的棕发男人背对自己而坐，穿着白色衬衫，背影精瘦。

不过没坐一会儿，这人就浑身不自在一般跳了起来，蹲在沙发上，挠了挠自己的耳朵。

蹲了没一会儿，又转而躺下来，消失在段佳泽眼前。

片刻后，一只突然间变得毛茸茸的脚搭在了沙发靠背上头，一颠一颠。

这毛，这动作，这气质……

段佳泽没法淡定了，颤抖着声音喊："猴、猴哥？"

120

段佳泽一说话，那只脚又缩回去了，人也从沙发上坐了起来，不过再起来的时候，已经又变成了人形。金棕色的头发看起来又粗又硬，虽然是单眼皮，但是眼睛很大，皮肤比段佳泽想象中白一些，更衬出鼻头有点儿红。

他身上穿着衬衫，要不是一头飞起来的不羁短发，以及清亮双眼不时露出的锐利之色，都要让人以为这是一个斯文型的年轻人了。

他转过身手撑着沙发靠背，打量了段佳泽几眼，神色变幻莫测，最后短促地笑了两声："怎么就称兄道弟了？"

段佳泽又激动又不好意思，他也觉得自己有点儿唐突了，虽然他很崇拜猴哥，但是对猴哥来说，他还是陌生人嘛，难怪有点儿不乐意的样子。

"对不起，那个……"段佳泽一下子有些局促了："我是段佳泽，灵囿的园长。不是……我仰慕大圣很久，所以有些激动了。"

"哦。"此人又看了段佳泽几眼，摸了摸下巴说道："什么大圣？吾乃四废星君袁洪，别见着猴子就以为是孙悟空。"

段佳泽："……"

这破 APP 还能不能行？下次可不可以直接注明谁来了？

每回都这样，他都猜错多少回了，太丢人了吧，还动物园园长呢！

别说他不做功课，他把中华神话故事都看了一遍啊，但是不提前说，一见着猴子，可不是得以为这是最有名的那位猴哥吗。虽说现在一想，以猴哥现在的身份，好像是不太可能随便下来。

也正因为做过功课，段佳泽还记起来这位是谁了。他内心沮丧，十分不好意思地道："对不住啊，原来是袁星君……我认错了，我，那个，我看您毛色不是白色，就没想到是您。"

这混世四猴中，除却猴哥是灵明石猴，另有六耳猕猴、赤尻马猴和通背猿猴，其中通背猿猴通体白色，得道之后化名袁洪，在封神之战中死于姜子牙手下。死后，便入职天庭，成了四废星君。

袁洪："白毛显脏！"

段佳泽："……"

这还有几分歪理。

段佳泽本来满腹激动，一下子都给憋回去了，兴致难免有些低，不似以往那么热情。虽然袁洪和那位有那么多共同之处，他毕竟不是段佳泽崇拜的那只猴子。

"袁星君，我领您和几位同僚见一下吧。"段佳泽招呼袁洪去见同事，他知道这是袁洪后，就不打算在这里跟他说动物园的事情了。他知道袁洪本事也极大，而且不是什么好说话的人，当然是带到靠山面前再说。

袁洪哪知道下面发生了什么，还说去打个招呼也行。

段佳泽把人招齐了，带袁洪去休息室里等。

人一个个进来，段佳泽就一个个给他们介绍："这位是四废星君，袁洪，你们有之前认识的吗？"

大家同是天庭同事，陵光、朱烽等人都和袁洪算是点头之交，但是连段佳泽都看得出来，一点儿都不熟。毕竟袁洪不是二十四星宿里头的，而且他根脚和他们有别，大家平时聊不到一起去。

这时谛听进来了，正好和袁洪打了个照面。

段佳泽重复介绍语："谛听来啦，你和袁洪星君认识吗？和你应该就不用多说了吧。"

谛听跟除了他以外的人聊天，基本上都只听得到谛听说话。

谛听却是一愣："啊？"

袁洪一把拉着谛听的手："谛听，见过的。"

谛听微微冒汗："对，袁星君，多年不见了，差点儿认不出来了。"

"你还靠脸认人呢？"段佳泽随口调侃了一句，看谛听很热的样子，又把空调调低了一点儿。

谛听："……"

一旁，善财在和小青说："没有，我没见过他，但是我爹认识他，我爹说通背猿猴练的是八九玄功，不过这些年不怎么爱出去！不然要我说，不一定比孙悟空差吧？"

袁洪练的八九玄功，也通晓七十二般变化的，当初杨戬都拿不下，还是借了圣人的法宝。

小青："这你也敢议论！"

善财捂了捂嘴，对众人道："我，我背后说说，我相信大家不会说的！"他还特意冲袁洪友好地龇牙一笑，毕竟他可是捧袁洪呢。

袁洪好似没看到，专心掏了掏耳朵。

谛听埋头，心情不佳的样子。

段佳泽拍了拍谛听："怎么了，是不是有奇葩游客？"

谛听正要说话，陆压推门进来，有苏和他前后脚，一手抵着快要关上的门也溜进来了，笑眯眯地道："我听说四废星君下来度假了。"

段佳泽："是啊。"

段佳泽给有苏和袁洪做了个介绍，两人当初同朝，一个做奸妃，一个做将军，也算拉得上关系，不咸不淡打了个招呼。

陆压一进来，就跷脚窝在沙发里半眯着眼，一副不理世事的样子。

袁洪看了陆压几眼，却是露出有些忌惮的神情："这位难道就是……陆压道君。"

段佳泽茫然地道："什么，你不认识他？封神战里你不是被他的武器送上榜的吗？"

袁洪："……"

陆压哈哈大笑："傻，我那时又不在边上！"

段佳泽恍然："对对，没记住细节。"

这袁洪是被杨戬拿下之后，姜子牙动手砍的，姜子牙使用的武器，正是陆压借给他的刀。段佳泽光记得是陆压的武器了，就以为两人认识，现在看来竟是没见过的，只是有那么点儿尴尬的渊源。

袁洪擦了擦汗："呵呵，是啊。"

陆压："哎，你那棒子呢？"

袁洪："……"

段佳泽："对哦，星君的武器好像也是棍棒？"

袁洪："嗯……对啊。"

他果真将一金属棍棒变出来，置于手上。

"可以吗？"段佳泽得到许可后，从袁洪手里把棍子拿了起来，只觉得特别轻，就跟木头做的似的，于是又不感兴趣地还了回去。

段佳泽看了袁洪一眼，总觉得四废星君好像也没他一开始想的那么凶残，甚至还有点儿呆似的，老是在走神。

袁洪忽然道："对了，有闲着的空地荒土吗？我弄了点儿蟠桃核下来，种点桃儿吃吧。"

段佳泽正在喝水，差点儿一口水喷出来："咳咳咳……"

卧槽又看走眼了，老实人能偷桃吗！

"来得正好，我们这里还有杨枝甘露呢。"熊思谦搓着手道："包你饭后就能吃上水果。"

段佳泽崩溃地道："蟠、蟠桃也能随便种吗？"

"能，但是这催生的蟠桃效用便没那么好了，蟠桃要年份到了才行，一时半刻长出来的，吃了也得不了道。"有苏解释了一番。这杨枝甘露虽然神奇，还曾救起过人参果，那也只是起死回生，人家本来就长了那么久。要是这么催生的蟠桃也能有效，那王母和观音合伙种树岂不美滋滋。

段佳泽听了心中吐槽，还年份，这王母蟠桃会上的神仙品桃时，是不是吃一口桃还来一句：这是公元前八千二百年的桃……

"金丝猴，有缅甸金丝猴、怒江金丝猴、川金丝猴、滇金丝猴等六种，毛色为金黄色，成年雄性平均体长为……"段佳泽念资料给袁洪听。

袁洪已经知晓这里的规矩了，他有点儿惊讶，但是当时眼睛一转也没说什么，段佳泽就美滋滋地让他变金丝猴了。

金丝猴可是国家一级保护动物，段佳泽还得专门弄个场馆呢。

袁洪拔了根头发一吹，那头发就变作了一只体长一米不到的雄性黔金丝猴，站在地上左顾右盼，跑过去抱着袁洪的腿直叫唤。

"我靠，你也会这招？我偶像也会，"段佳泽先惊叹了一下，又想起来什么："哎等等，怎么用毛变呢，我们只有下班时间才用替身的。"

"这个不是替身，这个是化身。"袁洪却道："他们那替身和我这个能一样吗？你都分不清我和它的区别，绝对灵活。我若是不告诉你，自己在外面，别说你发现不了，除了谛听，只要不动手谁也发现不了。"

段佳泽："……"

袁洪这么坦白，让段佳泽不知道说什么才好了。可不是吗，他连普通火烈鸟和陵光都分不清，何况是袁洪和他的化身。

段佳泽："……我要是看到你翘班不管，会被陆压烧死的。"

袁洪不知道段佳泽和陆压的关系，惊道："陆压道君如此敬业？我竟不知他是这样的人，好！"他答应不叫段佳泽为难，自己也变作一只金丝猴，和那只化身站在一起，果然是真假难分。

过了片刻，那化身又变作人形，和之前颠倒了一下："那没有规定，化身不能在外头吧？"

段佳泽蒙道："是没有……"

袁洪："那就行了！"

段佳泽狂汗，行了什么啊，那他们也不可能看得出来到底哪个是化身哪个是本体吧，袁洪自个儿在外头，非要说自己的化身不也一样美滋滋的。

这些变化之术修炼得好的家伙真是太可怕了，一个人能当好几个使，自个儿就能三班倒了。段佳泽一想幸好陆压不擅长这个，不然一想到有好几个陆压出现在眼前的画面，他就有点儿心悸。

"对了，你养几只猴啊？"袁洪凑过来看了一下段佳泽手机上的资料，看到上面有一行写着群居的金丝猴猴群最多能有三百只，便说道："给你多变三百只要吗？"

段佳泽惊恐地道："大哥，国内人工养殖最大的一群也就三十多只啊，我就打算养两只……"

这里一只，再从别的动物园引进一只，当然，也不是说引进就能引进到的，要是引进不到，养一只也可以。或者，也和大熊猫一样采取借展的方式。

袁洪诧异地道："你修那么大地方就养两只啊？"

袁洪对段佳泽要给猴子提供这么奢华的待遇有点儿不解，毕竟在他们那个年代，猴子漫山遍野，别管是不是金丝猴吧，也不提自由不自由，顶天了抓到皇帝的园林里，那也没有这种条件啊。

现代人类的想法袁洪不是很懂。

段佳泽弱弱地道："能养两只已经很了不起了，这是一级保护动物，很贵的。"

袁洪游说道："再多养几只呗，看起来多热闹，我变出来的又不用花钱。"

"不是花钱不花钱的问题，我们养动物还要办手续的，就是要由官府许可，登记，自己养是违法的。"段佳泽解释了一番："而且这种珍稀动物，来源都限定得很死。"

袁洪想了想，摇头，还是不懂人族的思想。

段佳泽要改建一个金丝猴馆，室内面积四百平方米，室外面积三百平方米那种，在室外还特意弄了假山，栖架也设置了很多，以便满足金丝猴的运动需求。即便袁洪不需要，日后有可能到来的其他金丝猴也会需要。

虽说袁洪带了蟠桃核下来，嚷着要吃这个，不过金丝猴的食物，其实主要是嫩芽、花苞、竹笋、树叶之类的。

另外就是熊思谦兑现了自己的诺言，他把蟠桃种在灵囿承包的地里，围着竹林种了一片，当天晚饭的时候，就摆上来做饭后水果了。为了掩饰一下，还特意买了一批桃子，分给动物园其他员工。

这也算是"人工蟠桃"，单用肉眼看，和普通桃子没有很大的区别，就连个头也没有格外大，甚至还小一点儿。因为现代的桃子都是经过各种优化培育的。

在古代，可能蟠桃算得上是巨型，在现代就算不上什么了——导致动物园其他员工远远看着，都觉得园长实在是好领导，把好东西分给下属，自己留着最小的桃子，这可是大误会。

但是蟠桃除却外形，其他的方面就太惊人了。段佳泽一坐下，就闻到了桃子的香甜味道，而且甜而不腻，带着一股让人头脑清醒的清新之气。

桃子顶部的红晕最为深浓，一戳就会破开流出汁液一般。段佳泽拿起一个蟠桃，在这最熟嫩的地方咬了一口，果肉有种入口即化的软嫩口感，桃汁淌进口里，清甜四溢，滑入喉中，更是让人通体舒泰，就像久旱逢甘霖一般。

而且，这蟠桃竟是特别有饱腹感。段佳泽一般饭吃七分饱，他是饭后吃的桃子，多吃几口后，还没把这桃子吃掉一半，就觉得很饱了。

本来这桃子种的不多，因为没什么空地，现在又发现它特别饱腹，段佳泽就更加肯定，这玩意儿不能拿到外面去卖了。

这桃子，游客吃几口就饱了，傻子才不知道有问题。

紫竹、莲花本身不是什么灵根，都是因为被观音道场感染了；蟠桃就不同了，即便被催生出来，长在人间界的贫瘠土地上，也能有这个效用。

这还剩下大半个桃呢，段佳泽不知道吃几口就会饱，这对于其他派遣动物来说却不算什么。蟠桃三千年份、六千年份、九千年份的果实对人族来说有着得道成仙、长生不老、与天同寿等作用，对仙妖自然不一样，尤其实力高的，也就吃个鲜美。

段佳泽吃的这个，都不是什么多少年份的，它大概就是个三小时份的。饶是如此，段佳泽也觉得丢了太浪费，他拿个保鲜膜把桃子裹一裹，准备放到冰箱里。

有苏正啃着桃子，看段佳泽拿保鲜膜裹桃子，就说道："园长你吃不下了啊，我帮你解决吧……"

段佳泽愣了一下："哎？这不好吧。"

他和有苏的关系很好，也算是忘年交（？），有苏平时都是未成年小女孩模样，但是毕竟男女有别，段佳泽不太好意思把自己吃剩的东西给有苏。

"算了，你们人族规矩就是多。"有苏埋头继续啃自己那颗桃子了。

段佳泽："……"

段佳泽把保鲜膜又解开了："那我用刀削后面的给你吃吧。"

有苏又开心起来："好啊好啊。"

袁洪坐在他们对面，听到方才的话，心说人族的规矩不管过了多久还是那么多，好多年前，他还是小猴子的时候，为了学人族的规矩吃了不少苦头。

袁洪正在感慨之际，就见段佳泽削了一片桃子，用刀尖戳着递到有苏那边。

有苏张嘴正要吃，陆压恰好从后面路过，顺手把有苏的脑袋摁桌面上了。

袁洪："……"

有苏："……"

段佳泽："……"

陆压握着段佳泽的手腕，抬起来自己把桃子叼走了，又嫌弃地道："一个桃子都吃不完……"

陆压又顺手把桃子拿走了。

段佳泽："……"

……妈的，分桃。

有苏把脑袋抬出来，她刚刚把桌子磕得陷下去一个浅坑，趁没人注意到，赶紧把桌子抚平了。

陆压转到段佳泽另一边坐下来，把桃子吃完后，桃核放到一个饭碗里，这是回收了熊思谦还要栽树用的。

段佳泽想说什么，看到对面的袁洪一脸纯真地看着自己，虽然知道袁洪肯定没有多想什么，因为他的思想大概和有苏是一样的……但段佳泽还是有点儿不好意思。

段佳泽把脸侧过去，一手挡在脸边，遮住袁洪的视线道："你下次出手可以轻一点儿吗？已经有很多员工向我反映过了，你这种家庭暴力行为。"

刚才那一下对陆压和有苏来说，都算不上动手，但是放在别人眼里不是这样的啊。那就是陆压殴打小学生妹妹，还是日常性的。

"谁跟她是一家了，当初你就不该说她是我妹妹。"陆压还挺委屈，隔着段佳泽又剜了有苏一眼。

有苏脑袋一缩，躲在段佳泽身后说道："道君，人族规矩多，你知道在别人眼里，你这种行为有多不做好吗？对妹妹都这么差，对妻子还能好？"

陆压一低头："挺好的啊……"

袁洪一脸的疑惑。

段佳泽："……"

这么不要脸，那我就没办法了。有苏拿上自己还没吃完的桃子，溜了。

段佳泽尴尬地对袁洪一笑，假装什么也没发生："吃桃，吃桃。"

段佳泽一直很好奇，到底是谁在国家林业局那里给他弄了个那么大的实惠，导致他一下成了拥有两只熊猫的男人。

直到这天，谢七情来访。他自称是师门有事，要和临水观协商，于是顺道来了灵囿一趟，和段佳泽打个招呼。

谢七情问及段佳泽这里的大熊猫如何，段佳泽才猛然发觉，是不是谢七情干的啊，不然他怎么会问到大熊猫。普通人看新闻知道他这里有大熊猫也就罢了，谢七情一个方外之人，理会那么多干什么。

但是段佳泽不太明白，为什么谢七情要这么做。

谢七情也无意隐瞒，直说自己经过一场变故之后，突然心有所感，觉得和段佳泽之间有场因果。他倒不是想到自己这一得一失和段佳泽有直接关系，但觉得一开始是和段佳泽有关，怎么说也该弥补一下。

那时候谢七情就想，段佳泽也不缺钱，灵囿开了那么大，还会缺什么呢？看来看去，不就是缺大熊猫吗，他游走在高官富商之间多年，现在能力既然回来了，自然毫不费力托人将事办成，直接将熊猫"送"到灵囿了。

这可算是无心插柳柳成荫，段佳泽连连感谢了谢七情。看他如今神色比之上次见到，更加自然放松，甚至好像年轻了几岁一般，看来心境果然提升了，状态都好多了。

变化之后的谢七情，段佳泽还是愿意往来的，要请他留下来吃顿饭。

谢七情应下了，又说自己去动物园里转悠一圈，不麻烦段佳泽陪，让他去忙。

谢七情一身道袍，人家看了还以为是临水观的道士。本地人看了都不觉得出奇，外地人倒是会多看几眼，觉得这老道士怪仙风道骨的，也不知是神棍还是真高人。

谢七情独自在动物园内转悠，走得有些累了，便找了处树荫坐下休息。坐下后却见旁边躺着一个惫懒的年轻人，跷着脚，衬衫上沾满了草屑，斜着眼睛看自己，一头短发染成金棕色，到处乱翘。

这一路上不断有人这么看谢七情，他早习惯了，也不在意。但是这年轻人看了一眼不够，还一直盯着他。

谢七情微笑转头，准备开个小玩笑，说道："先生，我看你印堂发黑，可要买个平安符？"

年轻人笑了一声："你这道士，怪有意思。我就是看你模样有些像我一个故人，多看你几眼，何必诓我。"

通常谢七情说那句话，人家都要当他是骗子立刻走开了，他听这年轻人这么说，也大笑了几声："对不住，对不住，玩笑几句。"

谢七情看那年轻人，颇有一种怪异之感，一眼看得见底，却太过通透，反显得有趣。他如今随心所欲，当即从怀中拿出一个折起来的符。想想却是先顿住，问道："你可是无神论者？"

年轻人摇摇头。

谢七情："你信的是佛教？"

年轻人沉默了片刻，不屑地道："我什么也不信！"

谢七情失笑："小朋友，话还是不要说那么死。看你与我也算有缘，赠你一符吧！若是日后有难，此物可保你性命一次！"

年轻人睨着他，就像看白痴一样。

121

没想到最终缘分还是不太够。

谢七情惋惜地看着年轻人离去的背影，这位小朋友死活也不肯要他的符，看来笃定他是个骗子了，还说了句"看你年纪不与你计较了"。

这让谢七情多少有点儿觉得可笑，他虽然已是古稀之年，但道法精深，对付个把普通人还是不在话下。

命运难以捉摸，世人缘深缘浅，一念之间变化万千。此人和高人面对面，只差那么分毫，最终自己放弃了，但也不能说他日后一定会后悔。说不定，他一生顺遂，永远遇不上危险呢。

谢七情也没有强求，他只是看好这年轻人，心念一动要送东西，现在看来缘分不够也就作罢。

拍拍身上的草屑，谢七情迈步继续向前走去。

活了这么多年，谢七情还真没去过动物园，他幼年就上山修道，那时候也没那么多动物园。后来道法有成，再后来辗转社会上，一把年纪也没心情去动物园了。

这虽是头一遭，谢七情方才转了半个动物园，却觉得也挺有趣。

再往前走，就见人还挺多，原来是个新开的场馆，金丝猴馆，据说内有国家一级保护动物金丝猴一只。

时代真是在变化啊，现在动物们住得都这么好了。

谢七情有些感慨地走进去，就见室外活动场旁围着许多人，凑过去一看，原来是金丝猴到户外运动了。

偌大的地盘内，有假山、绳梯、秋千、树木，甚至还有一个飞溅的小瀑布。

因为天气渐热，方才一路走来谢七情看到不少场馆内还放了冰块。

这里则是直接装了一个小瀑布，也是配合了假山的建造，下面一个浅池，不知是否循环流动，或是活水。

这小瀑布的水流并不是十分湍急，只见一只毛色鲜亮的金丝猴坐在假山顶处，颇有一些霸气的一脚支起来，不时掬水拨弄。

这只黔金丝猴的脸是浅蓝色的，身上的毛发则是金黄、灰黄、银灰等色渐变，猴毛看起来细密极了，又富有光泽，在阳光下几乎能反光。尾巴耷拉下来，轻轻摆动。

谢七情还听到围观的游客发出嬉笑声："动物园还弄了个瀑布，这不是水帘洞吗？"

"哈哈，还真是，水帘洞，那这就是美猴王咯？"

金丝猴挠挠耳朵，转过脸来，仿佛知道他们在议论自己一般。

它忽然站起来，从假山上跳了下来，游客们的惊呼声还在喉咙里时，就看到它一伸手抓住了树干上垂下来的绳索，以悠荡的方式荡出去一段距离，最后稳稳落在木头搭出来的平台上。

再往旁边几步，坐木滑梯滑下去，落在了分隔开室内外的活动门门口，整个动作一气呵成。

它落在门口不出三秒，门被打开了，饲养员端着一盆食物出现在门口，即使戴着口罩都能看出来吓了一跳，没想到金丝猴就蹲在门口。

"神了，这不会是知道有吃的了，特意过去的吧？"

"太聪明了，是知道固定时间，还是听到动静了？"

谢七情也不禁倾身细看，别说，这猴子还真有几分灵性。

饲养员出来，把食物放在了木台上。金丝猴就亦步亦趋地跟着，也不急躁，等饲养员放下食物走开后，它才坐上去，把饭盆往自己这边拉了拉，看里头的东西。

游客们也是这时才看清，金丝猴的饭盆好像还是专属的，干干净净，旁边画着 Q 版的小猴子。

接着，金丝猴左手拿出一根竹笋，右手拿出一个桃子吃起来。它的主食是粗纤维植物，但是偶尔也能吃一些桃子这样的糖分高的水果。

说到糖分高，这只金丝猴吃的桃子糖分也太高了吧……

日头渐高，游客们看着它一口咬了一块桃子，嘴巴和桃子分开时，带着水声的撕咬声仿佛在耳边响起一般，甚至能看到空气里飞溅的几滴桃子汁。饱满多汁、鲜红熟透了的桃肉也随着那个开口，显露在他们眼中。

金丝猴咀嚼着桃子，看起来惬意极了，嘴角都沾了一些果汁。

谢七情就清晰地听到旁边的游客咽了口口水，然后嘟哝着，灌了一口矿泉水。

"灵囿动物福利是好啊……太好了吧……"他们眼巴巴地盯着金丝猴进食，总觉得灵囿的动物吃东西香得就像他们在佳佳餐厅吃东西时的样子。

谢七情也有点儿看不下去了，舔舔嘴唇出去，这一出门，又看到了之前遇到的那个年轻人，他那头金棕色的头发还挺显眼的，这会儿正靠着路灯杆子，听俩手上有红袖章的义工聊天。

谢七情无意偷听，但是他经过的时候，还是听到了那两个义工偶尔冒出来的词语，仿佛是佛家用语。

两人错身而过的时候，又对视了一眼。

年轻人漠然转过脸去。

谢七情则心想，看来他还是信佛教的吧，难怪之前果断拒绝了，就是不知道为什么说自己什么也不信。

谢七情也没多想，他走到了下一个场馆，这里是大熊猫馆。

一进去谢七情就惊了，他也是抱着看国宝的心情进来的，这熊猫还是他帮忙弄过来的呢。但是谁能告诉他，为什么那只在游客充满宠爱的目光下，挠着肚皮的壮实大熊猫，浑身散发着妖气？！

作为一个道士，见到妖怪一点儿也不奇怪，但是这妖怪在东海市出现就让谢七情有点儿想不明白了。

谢七情甚至差点儿条件反射要摆出架势降妖伏魔了，但是想到临水观不可能随意容忍妖怪在东海市，尤其灵囿和临水观关系匪浅，他又憋回去了。

一憋回去，就看那稍大一些的熊猫爬起来，对着他这个方向，微微张嘴，把舌头吐出来了。

"啊啊啊啊好萌好萌！"

"可爱炸啦，黑旋风吐舌头！"

谢七情耳边响起游客们激动的声音，他自己却是冒了几滴汗。

怎么总觉得，那头熊妖是在嘲讽他啊？

谢七情无心再参观下去，当然，他如果继续参观，还能发现好几个惊喜。他脚步有点儿凌乱地跑去找段佳泽了，结果一进段佳泽办公室，就看到那个金棕色头发的年轻人也坐在里面，而且姿势非常不羁，他是蹲在沙发上的。

谢七情有点儿纳闷，这年轻人怎么还有点儿无处不在的意思啊。

段佳泽看到谢七情，站起来道："刚好下班了，谢道长饿了吗？"

谢七情看了看那年轻人，还是觉得熊猫成精比较可怕，他急切地想知道段佳泽到底什么想法："能借一步聊聊吗？"

"可以啊。"段佳泽大概知道谢七情要说什么，对袁洪说道："那个，袁洪啊，希望你考虑一下我说的事情。"

袁洪懒懒散散地背着手出去了，段佳泽也没说什么，他对袁洪就是对普通派遣员工的态度。

而且段佳泽有点儿心累，他刚刚和袁洪谈完，希望袁洪能够注意一点儿。

因为大家也分不清他这到底是真身还是化身，没法细究，但是你能不能不要到处拉仇恨，还盯着园里的和尚义工冷笑……

段佳泽知道袁洪是天庭的人，但是对佛教有没有必要这么嘲讽？现在不是各族各教合作紧密吗？人家人间界的和尚修为低，也没什么好嘲笑的吧？

正纳闷呢，谢七情这时说道："段园长应该知道熊猫馆的大熊猫之一成精了吧？难道它在蜀地时，就是妖了？"

他想不明白这一点儿，以大熊猫基地的制度，怎么会出现妖怪呢。当初段佳泽解决黑旋风的事情，是找的临水观，谢七情还真不知道黑旋风是经过一番运作才过来的。

"谢道长冷静一点儿，这大熊猫是临水观委托在我园照顾的。"段佳泽淡定地道："它已经弃恶从善了，所以临水观给它一个机会，让它在这里做义工。"

谢七情脸上出现了一丝迟疑："义工？"

段佳泽："对啊，义工。它每日都吃斋卖萌，从未杀生过。"

他们修行界，面对这种所谓弃恶从善的妖怪，也是要关起来以观后效的。但是更多的妖怪，或者说走到作恶那一步的妖怪，是不会轻易回头的。

这时候就要用更为残酷的方式，比如这次谢七情来东海市，就是因为他们几个师兄弟合力降服了一个有七百年修为的大妖，但也只是制住，便押送到临水观来。临水观是他们这一派道统所在，有世代相传的法器，借此将其困死。

谢七情恍惚道："可你们不囚禁它……"

刚说完，谢七情就闭嘴了。

"囚了啊，那不是关在笼子里么了吗？"段佳泽笑眯眯地道。

谢七情哑口无言，但是这是临水观的地盘，他也没法多说什么了。虽然他一眼看过去，只是一些人类的笼舍，但说不定临水观有什么暗中的布置，也未可知。

"来，谢道长，我们去吃饭吧。"段佳泽引谢七情出去。

谢七情忽然想起来那个被他称为"袁洪"的年轻人，顺口问了一句："那叫袁洪的小伙子与你关系可好？我方才想赠他一道符，还被拒绝了呢。"

他半开玩笑地说出来这件事，这袁洪就算和段佳泽关系不错，知道世上有修行之人存在，也没法漠视他送的符吧。当今修行界，他的符阵可是独树一帜，颇有声名的。

段佳泽顿了一下，一脸怪异地道："谢道长想赠他符？"

段佳泽这个重音落在了"他"上。

谢七情乐道："是啊，怎么，难道他有临水观送的法器，所以才不稀罕？"他现在心态好多了，说这句话的时候也没什么不开心的情绪。

段佳泽："……"

谢道长到底是有多倒霉啊，怎么老干这种事……

段佳泽深深看他一眼，说道："差不多吧，他也是个关系户。"

不幸中的万幸，四废星君比较宅，管得也没陵光那么宽。

谢七情略带些茫然地点头，以为段佳泽说的"也"指的是他自己，心中还是有点儿遗憾，顽皮地想：唉，看不到袁洪那小伙子后悔的表情了啊！

在段佳泽的热情挽留之下，加上谢七情也有些好奇这里的酒店生意怎么那么好，他留下来在灵囿度假酒店住了一晚。

谢七情这些年跟着在高官富商之处供职，天南海北都走过，也去过不少繁华之地，住过很多豪华酒店。他还挺好奇的，这个开在小城的景区酒店，是怎么做到让每个游客都面带安逸微笑。

一天下来，谢七情算是有点儿数了。他强烈怀疑周心棠给临水观布置了什么风水阵，饭菜好吃可能是厨师找得好，但是冥冥中让人舒适的气场到底怎么来的啊？

但是要真说布置了风水阵，谢七情又觉得这未免太不露痕迹，且效果绝佳了吧，周心棠的修为已经达到这个程度了吗？

谢七情不知道，他也没和周心棠较量过，他只知道邵无星倒是意外地修为长了好大一截，在上次道教论坛就看出来了。

第二天清晨谢七情就告辞了，他起得向来比较早，四点多起来练功，五点多就退房告辞了。

昨晚他就和段佳泽提前告辞过了，他是因为师门任务过来的，虽然已经在微信上告知师兄办好事了，但他自身还有别的事情，得离开东海，在这里住了一晚已是耽搁。

谢七情仍是一身淡青色道袍，出去时竟是又见到袁洪了。大清早外头空无一人，只有他躺在吊床上闭目养神，吊床还在随着惯性一荡一荡的。

谢七情心念一动，过去和他打了个招呼："小袁啊，我要走了。"

袁洪睁开眼睛，一只脚放下来，停住了晃动的吊床，懒洋洋地道："你走便走，还来同我说一声做什么，难道我们很熟？"

谢七情笑呵呵地道："你不是说我长得像你一位故人吗？那我们到底还是有些缘分吧，我和你打个招呼。"

袁洪翻了个白眼："世上白胡子老头长得都是差不多的，我昨日仔细一看，就觉得你除了眉毛胡子也没什么像的。"

谢七情哑然失笑。

谢七情刚要说话，目光忽然一凛，看向东方，脸色十分难看，顾不上和袁洪多说，向外疾跑。

袁洪也望了一眼东方，眨了眨眼，然后他也往外走去了，看着动作不大，但是速度很快。

谢七情跑到了外头，这个点，路上只有一个出去送菜的农民，周遭更是荒芜。他本来是疾跑的，忽然不动了，面色一变："朝这边来了……"

"什么东西？"袁洪的声音在后头响起。

"你快回去。"谢七情看他竟跟出来了，有些紧张，看他茫然的样子，说道："通知段园长，他那里兴许有什么自保之物。"

谢七情已经熟悉了他们抓来那大妖的妖气，加上他自己也给那妖怪加了一层符阵束缚，方才瞬间察觉到对方不知为何，竟然脱困。他本想赶往临水观助力，没想到那妖怪直接奔着这个方向来了。

谢七情念头一转就明白，这是因为妖怪极其记仇，要先对付他，且他孤身一人，不比在临水观被群殴来得安全？

不远处，送菜的农民望着天，疑惑地道："那是什么玩意儿？谁在烧垃圾？"

一道黑色的气流顺着风极快地飘过来，围着农民转了一圈，那个农民没来得及多说一句，就倒在地上人事不知了。

黑色的气流也旋身变作人形，看着倒是人模人样，身上甚至还穿着名牌西服，就是有些残破了。他盯着谢七情的样子也比一般妖怪要凶狠。

谢七情早就顾不上袁洪跑还在旁边，他倒抽一口凉气，充满了无力感。七百年修为果然不一般，他们还是小看这个妖怪了，对付这样的大妖，怎么能掉以轻心。

到底是何处出错了，才酿成如此大祸呢，谢七情心乱如麻。

现在临水观的人不知是否发现妖怪逃出来了，他一个人在这里，是万万不敌此妖的，只能拼了，希望它不会再伤及无辜……

谢七情用微微颤抖的手把符纸摸了出来。

穿着破西装的妖怪嘲讽一笑，周遭就刮起怪风，把他的衣角吹动，威势大增。它伸手抓起旁边的农民，妖异一笑，每个字都让谢七情的心更加凉："吃颗心补补，再教训你这小……"

话还未说完，只见一个穿着白衬衫的金棕发年轻人掏了掏耳朵，手中一物从小变大，一棒挥过去，铁棒旋转着抽在妖怪身上。

顷刻间，妖怪化为飞灰，话还没说完，名头也未来得及报出来，就落了个魂飞魄散的下场。

谢七情的手停在半空中，表情也凝固了，说不出话来，只有眼珠子在动。

他看着袁洪走过去，用脚一钩棒子，手一捞握住棒子，低头时眼中金光流转，口中嘟哝道："我说什么东西呢，野狗啊……"

连点儿参观价值也没有，打死算完。

"不客气，不客气，不是我们的员工，锦旗就不用送了，呵呵。"段佳泽和附近村的农民大叔客气了一番，把激动的大叔送了出去。

送走人后段佳泽还有点儿稀奇，嘿，没想到袁洪还这么有爱心。听说这大叔今天早上在外头中暑，被袁洪搬到医务室，大叔非常感谢，醒来后嚷着要送锦旗。但段佳泽说不是员工，他也只好作罢，再三让段佳泽有机会帮自己传达谢意。

段佳泽去休息室时，看到袁洪也在里头，还顺口问了一句，他大清早怎么出去溜达了。

袁洪平静地道："我遇到那小道士，送了他一程就遇到了。"

"哦，谢道长啊，你竟然还送了他？"段佳泽好笑地道："他说你觉得他像你一个故人，是看在这个分儿上吗？他像谁呀？"

袁洪顿了一下，才道："白胡子老头长得都差不多，他长得像好多人，什么太上老君、太白金星、姜子牙……"

段佳泽："好吧，对了，我早上也没醒，打个电话给谢道长吧。"

在段佳泽拨电话之前，倒是先接到了街道干事打来的电话："喂，张姐，怎么啦？"

那头街道干事说道："哎哟小段啊，你知道吗，宝塔山今天凌晨起火了，幸好后来扑灭，没有人员伤亡，就是临水观有点儿损失。领导又在强调森林防火了，咱们灵囿也靠山，我和你说下这方面的问题……"

段佳泽和街道干事聊了半天，这才挂了。

一挂完，又看到周心棠发了微信消息过来，点开一看，是个一束鲜花中间两个七彩的大字"谢谢"的表情，汗了一下，回了个"？"。

周心棠那边输入了好一会儿：今晨妖物纵火逃脱，往海角山去后不见踪影，想是哪位居士相助，贫道感激不尽，顿首再拜。

段佳泽差点儿喷了，哪个妖物啊，傻吧，往哪儿跑不好往这边跑，这不是一进园就等着被陆压布置的太阳真火烧死吗。不过，原来森林防火是这么连锁反应过来的啊，段佳泽随手回了一个"不客气"的肥鸟表情。

到这时，段佳泽才有空打给谢七情："道长现在在高铁上了吗？一路顺风啊。"

谢七情："我、我我，不敢，谢、谢谢……"

段佳泽疑惑地看了一眼手机，迟疑地道："道长，是高铁信号不好吗，怎么还结巴了啊……"

谢七情："我、我、我有点儿冷，高铁上冷气足……"

"那您小心啊，问乘务员借个毯子。"段佳泽一想谢道长也一把年纪了，于是关心一番才挂了电话，完了又觉得这谢道长真是给冻得怪怪的。他邀请谢道长下次再来，谢道长话都说不清了。

再一看，袁洪刚才还是瘫着，现在已经整个躺在沙发上了，口中说道："园长，你开个水族馆不就行了么吗，为何还养那么多陆上的动物。"

段佳泽觉得袁洪这话说得有点儿怪，他道："这不是意外吗。而且，东海边开水族馆，也不养别的动物，这不是找赔本啊，我要是能去内陆开也就罢了。"

袁洪嘿嘿笑了两声，不说话了。

"走了，我让人搞森林防火宣传去。"段佳泽想到街道干事的话，赶紧起来出门。

一出门就和陆压撞了个满怀。

段佳泽看到陆压的脸，脑海中还闪过要不要和他确认一下临水观那件事，却见陆压站都站稳了，又往旁边一歪，把段佳泽挤在墙上，整个重量也压上来了。

段佳泽："……"

这只鸟也是，耍流氓没个完了。

在陆压说话之前，段佳泽手撑在陆压胸口，鼓起勇气道："你知道你这是在玩火吗？"

陆压不明所以。

段佳泽推开陆压撒腿就跑。

陆压："……"

第六卷

园长"夫妻"

你知道园长夫妻是谁吗?

122

段佳泽作为动物园的园长，曝光率说高不高，说低不低。

红红火火的还是动物们，但是他一个园长，上新闻出镜也老得跟着。大家也挺喜闻乐道他和陆压之间的关系，作为一个年轻的动物园园长，网友、游客们还是挺喜欢拿他玩梗的。

最近，段佳泽的出镜率有些高，同样是因为他身边的动物。

此前就有报道了，灵囿野生动物园配合东海市林业局，抚养解救出来的珍稀鹦鹉，并孵化鹦鹉种蛋。那些鹦鹉没有在野外生存的能力，所以现在都住在灵囿。

因为鹦鹉瞬间这么多了，灵囿专门开辟了一个鹦鹉专区，但目前唯有那十九只被解救出来的鹦鹉及它们的养父母——灵囿原有的鹦鹉住在里面。另外五十只在灵囿出生的鹦鹉，则还跟着"亲鸟"生活，学习生活技能。

比如蓝紫金刚鹦鹉，它们通常半年到一年后才能离开父母亲，独立生活。毕竟鹦鹉的寿命那么长，这个年纪独立生活已经很不错了。

最近，刚学会飞的鹦鹉们在陆压不在的时候，就时常跟在段佳泽身后。这导致段佳泽出现的时候，经常是一片色彩斑斓。

五十只鹦鹉起码包括了三十个鹦鹉种类，有大有小，五颜六色，不乏一些特别华丽的品种，导致段佳泽这些天都不太好出去逛了，不然游客全都盯着他。

但是关于他和他的鹦鹉们的话题，已经引发了一些关注，让人感慨，不愧是当地的驯鸟能手。

这些鹦鹉有自己的房间，但是因为灵囿并不关着它们，大清早它们就会蹲在段佳泽或者陆压房门口。等段佳泽一开口，这些鹦鹉就争相抢后地占领他肩膀、头顶的位置。

段佳泽睡眼惺忪，觉得头顶、肩上一重，手里拿着自己的手机叮嘱："昨天谁在我肩膀上拉屎了，今天不许蹲。"

作为五十只种蛋里最先破壳的一只蓝紫金刚鹦鹉，老二小紫——与十九只里那只叫小蓝的蓝紫金刚鹦鹉对应——当即将段佳泽左肩上一只灰绿金刚鹦鹉，也是它的十一妹拍开，自己挤了上去。

十一发出不甘心的叫声，见小紫无动于衷，顿了片刻后张嘴开始"嗷呜嗷呜"地叫。

段佳泽差点儿一个趔趄，鹦鹉的模仿能力太强了，十一学起老虎叫，除了声音没那么大，还真挺像的。

但是小紫也毫不逊色，它知道那是十一叫出来的，蹲在段佳泽肩上就冲十一学起了陆压的叫声……

段佳泽："……"

十一一个激灵，还真被吓到了。

段佳泽无奈地道："你别老学陆压，回头让他听到了。"

小紫得意地叫了几声，也不知道听进去没有。

这些鹦鹉才三个月多大，刚学会飞没多久，模仿能力也是乍现，正是最调皮的时候。段佳泽去食堂吃饭，刚打开饭盒，就有一只体型在兄弟姐妹中较为娇小的小蓝金刚鹦鹉飞到了饭盒里，蹲在里头，还无辜地抬头和段佳泽对视。

"去，去。"段佳泽把饭盒翻过来，小蓝金刚鹦鹉就一振翅膀飞到了饭桌上。

"哦哦——"饭桌上正在用餐的员工试图伸手去摸摸小鹦鹉，却被其在手上啄了一下，然后再次飞开。

员工们失望地看着它们漂亮的身影在食堂上空盘旋，这些鹦鹉好像只对孵育自己的人类亲密，这也是正确的，但是它们频频和园长秀亲密，就让大家很失望了。

这些鸟都是陆压带的，哪能那么容易摸呢。段佳泽在心中想。

小苏盯着段佳泽，他往窗口走，身后就跟着一串小尾巴。刚刚段佳泽不让它们在房间里飞来飞去了，怕它们的羽毛或者身上蹭到的灰尘掉到别人的饭菜里面，于是，这些鹦鹉就一个个在地上走动。

小苏撑着下巴，出神地道："老天啊，赐我和园长一样的能力吧，我也想养一大群听话的鹦鹉。"

旁边的人道："那你要不自己会孵蛋，要不有个和陆哥一样会孵蛋的……"

这人说到这里就噤声了，反正后面的内容大家都懂。

一桌的员工都暗暗笑起来。

小苏举起手机："我还是多拍几个动图吧，最近网友们都特别想看园长和他的鹦鹉们。"

小苏如果不多放些动态，他们都要自己埋伏起来拍了。

这些鹦鹉还没有加入直播范围，大家想看到这个场景，只能依靠官博不时放图，以及陆压的直播时刻。

"我也觉得，我对鸟太好了……"段佳泽正在用勺子喂陆压吃水果，口中吐槽："但这不是你们要求的吗？现在又觉得太溺爱了？"

他按照惯例参与陆压的直播时刻，刚写完工作笔记之后，准备吃个苹果，弹幕就莫名其妙带起了节奏，要他给陆压也吃点儿。

段佳泽就找了把勺子，舀果肉喂陆压。

陆压刚开始在网友们面前还比较有威严，站在桌上，不知不觉就瘫了，靠在布质的抽纸盒上张嘴等喂苹果。

段佳泽想象了一下他如果是人形的姿势，都觉得有点儿不堪入目了。

小鹦鹉们这个点，应该是在房间里做陆压布置的训练，但是今天提前完成了，所以段佳泽有一下没一下喂鸟、和网友聊天时，因为陆压进来而半开的窗户，就再次飞进来一只蓝紫色的鹦鹉。

这只是一个开始，网友们看到一只蓝紫金刚鹦鹉飞进来时，都欢呼了起来。只稍微迟了五秒左右，第二只鹦鹉也飞了进来。

"计数君上线！"

"2"

"3、4"

"50！计数完毕！"

半分钟左右，本来还显得有些空的办公室内，就停满了鹦鹉。它们或在茶几上，或在书架上，还有的胆大包天，当着陆压的面停在段佳泽头顶，被陆压瞪了一眼，立刻飞走了。

整个办公室也瞬间热闹起来，此起彼伏地响起不明意义的鸟叫声。

自从它们出现，段佳泽就明显感觉到自己的兽心通次数不够用了，个位数的单体释放技能，实在扛不住五十只鹦鹉。所以，段佳泽也学着读它们的语言——不包括在这种齐鸣的状况下。

小紫站在扶手上，探着脑袋去咬段佳泽手上的苹果。

陆压仰头叫了一声，顿时鹦鹉们就安静了下来。

"哈哈哈哈哈你爸爸还是你爸爸！"

"噗，猛禽还是猛禽，鹦鹉们都不敢叫了，各种左顾右盼！"

"被陆压一叫，好心虚的样子啊！"

"陆压怕是没少帮园长管小孩吧……真熟练！"

但鹦鹉是一种非常调皮的鸟，安分不了多久，何况这些全是幼鸟。小紫本来在陆压警告后，待在扶手上，才过了一分钟，就晃动着脑袋，往旁边一栽，躺在了段佳泽腿上，两只脚朝天。

段佳泽低头捏了捏小紫的钩嘴："干什么，装死呀？"

小紫把嘴巴张开："啊——"

这个啊字的发音，真是圆润，像极了人类。

但是段佳泽毫不留情："不能吃额外的食物。"

幼鸟必须严格控制饮食，陆压也教过，陌生人的东西不能随便乱吃，它们只能找段佳泽讨要，可惜，段佳泽不会给它们每日食谱以外的东西。

段佳泽这么说着，一口苹果塞在陆压嘴里。

小紫："……"

"园长！有小鸟会说话了吗？"

"昨天有只红色的鹦鹉模仿了喵叫，笑死我了，是不是见到薛定谔了啊？"

"中文应该难一些吧，可能没那么快学会，而且园长好像也没刻意教这方面。"

"嗯……如果自己开窍的话，是没这么快说话。"

"嗯，现在还没有会说话的。"段佳泽瞟了一眼弹幕回答道："就会模仿一些别的动物叫声，毕竟住在动物园。"

但是段佳泽刚说完，小紫就张嘴说话了，而且说的是人话："各位游客，请勿乱丢果皮纸屑……"

段佳泽差点儿没反应过来是谁在说话，惊愕地一侧头。

接着，一只红绿金刚鹦鹉看小紫说话，也不甘示弱一般展示了起来："欢迎光临！欢迎光临！"

"卧槽哈哈哈，对对，毕竟住在动物园！"

"毕竟住在动物园，这么叫没毛病！"

"我爸是园长，我爸是园长！"

"……咳咳！"段佳泽差点儿被自己的口水呛死，把一只嚷着"我爸是园长"的鹦鹉捞过来，哭笑不得地道："谁教你说的这句？"

再一看，弹幕也已经笑疯了。

"肯定是哪个饲养员……"段佳泽讪讪道，揪肯定是揪不出来了，不知道谁那么无聊教鹦鹉说这句话。更黑线的是，可能那人都没想到吧，鹦鹉的学习能力这么强，还真学会了。

"嘎……佳佳！"这只被段佳泽抓着的鹦鹉，一张嘴又叫起了他的小名。

"你爸是园长你还直呼其名啊？"段佳泽好笑地道，这么点大的鹦鹉，再聪明也不知道自己模仿话语的具体意思。

"噗，真笑死了！"

"话说回来陆压对着鹦鹉们都好乖啊，我记得以前都不乐意园长抱别的鸟。"

"一群熊孩子……"

段佳泽起身想打个热水，但是没水了，他打了个电话让人送水，又道："稍等，我去隔壁打个水。"

段佳泽是对网友们说的，小鹦鹉们现在也不太懂人话，只看到段佳泽一起身，它们就哗啦啦飞起来，跟了出去。

网友们眼睁睁看着段佳泽身后又跟着一群鸟离开，出去后声音还传进来："我就打个热水也跟着啊！"

这样来去如风，办公室瞬间就只剩陆压一只鸟，他十分淡定地叼着手机，换了个方向摆好。

"陆压是真的乖……"

"真的乖，这么懂事！"

段佳泽回来的时候就莫名其妙看到弹幕全变成夸陆压乖了，他怎么也想不通陆压哪个地方可以称之为"乖"，不是说陆压不听话，而是他的态度绝对和乖这个有点儿可爱的词沾不上边吧。

段佳泽走了下神，但是有时候陆压害羞起来还是很有意思的，那种害羞不是他性格里的羞怯之类，只是陆压在人际交往方面真的非常空白，更像是一种不知所措。

弹幕很快转到了别的方向，问及动物园下一步要引进什么动物，扩展什么展馆。

"下一步啊，因为我们的酒店开业没多久，所以暂时不会有太大的动作，除了常规的完善种群工作，可能是全心筹备繁育中心的工作吧。"段佳泽认真回答："要招聘专家，搭建场地……对，是企鹅孵育中心，以后可能也会涉及别的珍稀鸟类。"

早期灵囿因为没钱，引进动物都单个或者一对一对引进，对于有些成群生活的动物来说，还是比较孤单。所以中后期开始，引进动物时也会注意填补以前的空缺，做些重复的物种引进。

尤其是散养区，如果只有孤零零的动物，就算动物不觉得寂寞，看上去也很单调。

在今天的直播时间到点之前，小鹦鹉们的训练时间先到了，段佳泽把这些来凑热闹的鹦鹉赶了回去。在网友们的强烈要求下，他也是举着手机赶的。

"回去了，都回去。"段佳泽把书卷起来，戳那些鹦鹉。

被戳到的鹦鹉在屋内盘旋一下，就飞了出去。

段佳泽探身出窗，用手机拍摄。只见这些鹦鹉一只接一只飞出窗口，排着队飞到了另一栋建筑，从某个打开的窗口进去。

"还会自己回屋，真的棒呆了！"

"还是园长驯鸟有方啊！"

"园长快看到我，你快回答这个问题啊，到底为什么陆压和这些鹦鹉相处和谐？它最多就动动嘴，都没有叨它们诶！"

段佳泽看到这个问题，无奈地笑了笑道："不要说得陆压好像恶霸一样啊，他对小鸟一直挺好的。"

"又来了，闭眼吹！"

"是不是恶霸你还能不知道吗……"

迄今为止，灵囿已经参与过宠物广告、真人秀、走×科学等拍摄，他们的动物也走出去拍摄过电影。在越来越有名的现在，已经完全不用像以前那样，让黄芪主动去拉剧组，反而会有人主动找上他们。

不只一次有广告厂商，想租用灵囿的动物拍广告，不过那都是人类的广告，也不是什么有口碑的大牌。有的甚至就像借天鹅、马之类的，蹭下以前节目的光。段佳泽没法验证真伪，加上暂时不缺钱，就没接。

这一次呢，却是有个电视剧组找上门来。剧组制片人以前和黄芪认识，托他商量一下。

这个电视剧的女主角设定是动物园的鸟类兽医，本身也有宣传鸟类保护的理念在里头，剧组想找个动物园合作，前期得让出演女主角的演员到动物园实践培训一下，之后一些相关的镜头也希望在这里取景，并借用鸟类出镜。

他们选泽灵囿，不只是这里的动物演员曾经表现出色，也是因为东海市风景优美，如果段佳泽答应了，那他们的一些外景也能在这里拍摄了。

段佳泽考虑过后答应了下来，女主角的戏分大部分在兽医室，没有很多会影响游客观光的戏，剧组也得到了相关动物保护组织的支持、赞助，何况还有黄芪的面子在呢。

于是，灵囿和剧组签订了协议，没过多久，他们就把女主角的演员丢来培训了，时间是半个月。

女主角的演员叫蒙绮绮，是一个出道不到两年的女子组合成员，演戏唱歌都涉猎，目前来说小有名气。她的经纪公司是投资方之一，把她给弄进来当女主角了，另外几个组员也饰演了配角，只是不用来培训。

蒙绮绮吃住都在灵囿的酒店，刚开始她还因为自己的明星身份有点儿小娇气，不时犯点儿公主病。培训的时候总问有什么有趣的内容，好让她以后拍完戏做宣传时上节目做谈资，想得也是非常远。

不过对于灵囿的员工来说，招待她就是给自己多弄点儿奖金，顶多背地里吐下槽。

又不是特别火，但是蒙绮绮出门，从酒店到兽医室的路都要戴墨镜。

那天出门的时候，蒙绮绮就被一个特别壮的外国游客撞倒了，当时摔在地上腿疼得很，就起不来了，墨镜也掉了。

蒙绮绮捂着脸，怕被人认出来，低着头察觉到有人扶了把自己，抬起头来却发现好多都在拍照，顿时心中暗自开心。

"你坐一下，医生马上就来。"扶她的人说了一句话，是个有点儿熟悉的男声。

蒙绮绮一抬头就呆了，这不是肖荣吗？

肖荣最红的时候，她才刚入行，肖荣退圈时，她才刚做配角。别说此前她比不上，就是现在……那些拍照的人明显也是在拍肖荣。

蒙绮绮想到传言说肖荣在灵囿工作，那是因为肖荣主持了这里的开业典礼，曝光了，但是后来传言更多，也一直没有发现肖荣再出镜。甚至蒙绮绮过来三四天，也没见到过肖荣，她还以为是假的呢！

现在，居然真的看到肖荣了，蒙绮绮张口结舌："肖、肖前辈……"

"前辈？"肖荣明显愣了一下。

蒙绮绮顿时明白，他连自己是谁也不认识，脸一下子红了。

好在这时候医务室来人了，肖荣趁机脱身，在游客们的围堵中逃离。蒙绮绮这边呢，除了工作人员也就没人理了。

然后，知道肖荣真的是这里的员工，现在不时还会去食堂吃饭，只是游客、媒体轻易捕捉不到之后，蒙绮绮就再没敢把自己当特殊人员了。

她就是再红，也不及肖荣的一半啊，那天肖荣认都不认识她，也让她受到不少打击，哪好意思再把自己当明星。尤其是在肖荣现在的同事面前，人家都和肖荣一起工作了，还犯得着追捧她吗？

蒙绮绮瞬间态度变好，还让工作人员们有点儿奇怪呢，不过她都不装逼了，大家也就没了恶感。

工作人员倒是不讨厌蒙绮绮了，动物们却反了过来。

蒙绮绮来之前，她的经纪人就吩咐她，最好在这里多整点儿素材，回头她好出通稿，也给蒙绮绮参加节目增加些谈资，所以蒙绮绮才一直问饲养员有没有什么有趣的工作内容。

要么宣扬自己吃了大苦头，要么说点儿趣事嘛。蒙绮绮比较喜欢后一种，也符合她的荧屏定位。

再说了，在动物园能吃什么苦头啊？

虽然实在没有，他们也可以编新闻，但经纪人说了，最好有至少部分真实性，更加生动。

经纪人还举了例子，就是当初那档真人秀，肖荣他们在这里拍的那期，那位女嘉宾拜狐仙，以及后来骑马逆袭的事情。

蒙绮绮铭记于心，她扮演的女主角是主要照顾鸟类的兽医，所以蒙绮绮就对鸟类方面比较上心，自然而然，打上了段佳泽的主意。

没什么其他的意思，她就是特想知道段佳泽怎么能够和鸟那么亲，其他饲养员固然和鸟类熟悉，但是远远不如段佳泽。她也看到了一群鹦鹉跟着段佳泽跑，还上网看到陆压以前在段佳泽指挥下的各种"特技"。

蒙绮绮就想：我靠，这要都是我，我能让经纪人给我买半个月头条。

蒙绮绮找段佳泽讨教，但是她失望地发现，这可能是天赋，反正她学不来。但是她知道陆压特别聪明，于是问段佳泽："段园长，那能把陆压借给我们拍戏吗？"

剧组拟借的鸟里，可没有陆压。蒙绮绮那个角色自己也养了鸟，是只鹦鹉，会在剧情里发挥不小的作用。但是蒙绮绮越想越觉得，要是能把陆压借过来，甚至把鹦鹉换成陆压，那剧情不是更加拉风，更加吸粉吗？

段佳泽汗道："不好意思啊，蒙小姐，我们陆压脾气有点儿坏，可能没法配合拍摄。"

"但它很听园长你的话啊，"蒙绮绮天真地说："能不能试一试，也许可以呢？"

蒙绮绮还是抱着一点儿期望的，毕竟段佳泽那个难度太高，但她这几天和禽鸟馆的鸟接触下来，倒也不错，鸟们都对她挺好的。

而且，陆压真的比鹦鹉帅太多了啊！

可惜，段园长仍然严词拒绝了蒙绮绮。

蒙绮绮要待半个月呢，接下来的时间，她得空就找段佳泽套近乎，希望劝说段佳泽让陆压加入拍摄。最后都让步到，只要陆压拍几场戏就可以了。可以来出演一个被她救了后，英勇殴打坏人报答恩人的鸟。

类似这种蒙绮绮救鸟的情节在剧本里很多，加上蒙绮绮也探过导演的口风，知道他们本来也想借陆压，所以才大胆去磨段佳泽。

段佳泽总不能告诉蒙绮绮，陆压会说话，陆压本鸟就不同意吧，只好不断拒绝，对这个小姑娘的毅力也有点儿服了。说到后面，蒙绮绮都装傻说我就是和园长交个朋友，我们先不提鸟。

直到那天吃饭的时候，蒙绮绮第一百零一次凑过来，就看到园长那个长得特别帅、神出鬼没的朋友忽然咬牙切齿地道："是可忍，孰不可忍！"

这个人类，都当着他的面骚扰段佳泽很多次了！

蒙绮绮一片茫然。

当天下午，蒙绮绮再次进禽鸟馆练习的时候，鸟群忽然一阵哗然，百鸟齐飞，给蒙绮绮来了场鸟粪雨。

穿着雨衣都扛不住的蒙绮绮："呕！"

这也就罢了，从这天起，蒙绮绮发现自己好像被所有鸟类讨厌了！

饲养员们老让她注意是不是姿势错了，或者身上有什么刺激性的味道之类的，但是蒙绮绮发誓，她什么也没做。别说禽鸟馆的鸟了，就连外头的麻雀都抢她墨镜！

经纪人打了个电话给蒙绮绮："绮绮啊，最近怎么样？动物园有趣吗？我准备让人写稿子了。"

一只喜鹊飞过，蒙绮绮迅速熟练地用伞遮住了自己。

看到喜鹊飞走，蒙绮绮才松了口气，惨惨地道："嘤嘤，姐，我也不知道这个有没有趣……"

123

主题：蒙绮绮那个新剧《千里莺啼》是不是被诅咒了？

内容：今天看到新闻，还没开拍，就出事了。一部以拯救鸟类为主题的电视剧，女主角各种不招鸟类喜爱？这怎么拍，就算拍出来，大家也会有违和感吧。

1L：呃，我也看到那个新闻了，真的假的，好惨啊，被鹦鹉啄，淋鸟粪，被麻雀抢东西……没想到蒙绮绮还挺能吃苦的。

2L：想拍肯定能拍的，很多镜头可以靠剪辑。主要是资方不可能把蒙绮绮换掉，本来就是为了捧她拍的，蒙绮绮自己硬着头皮也要拍完吧。

3L：如果是炒作，我想不通为什么这么炒。如果不是，剧组疯了吧，找个超级不被鸟类待见的人去演个鸟类兽医。

4L：哈哈哈大部分观众又不 care，除非蒙绮绮爆红了吧，否则谁知道她现实里怎么样啊，娱乐新闻每天那么多。

5L：哎，等等，主楼凭什么说这剧被诅咒了啊，应该是蒙绮绮被诅咒了吧！

6L：楼上有道理，来讨论一下，蒙绮绮是不是被队友扎小人了？

7L：……队友奇冤。

8L：什么鬼，这蒙绮绮前世是猫或者蛇吗？

9L：只有我觉得很好笑吗？你们是不是都没看，浪浪娱乐放了独家视频，蒙绮绮在路边接受采访都能被麻雀怼，超委屈哈哈哈哈……

10L：爬去看了一下，爆笑！哈哈哈，为什么居然有点儿萌啊……

11L：要我说，不如改女主角人设吧哈哈哈哈哈哈……

即将开拍的《千里莺啼》忽然之间，被很多人熟知了，起因全都是被送去动物园培训的女主角扮演者被爆出竟然和鸟类极其不对付。

这个剧的主旨本来是保护鸟类，保护生态的，女主角更是一个非常喜爱鸟类的兽医。但是女主角都签了约，去培训了，才发现她竟然特别不讨鸟类喜爱，鸟类甚至会无缘无故攻击她。

一个采访视频，直接拍到了这样一幕。一只麻雀趁着蒙绮绮面对镜头，从后面偷袭，用翅膀拍蒙绮绮的头，还用爪子把她的头发抓乱了，然后逃之夭夭。

蒙绮绮还要勉强露出笑容，说自己一定会克服这个困难的。

网友们都无语了，这怎么克服？一只两只鸟可能还是无意中得罪，它们记仇，但是所有鸟都不待见，你前世怕真是鸟的天敌吧？

因为观众热情比较高，媒体也去采访了专家——其实就是动物园的饲养员，饲养员表示他们也不知道啊，动物缘这种事说不清的。有他们园长那种天生和动物容易亲近的，也有生来就猫嫌狗憎的。

当然，到蒙绮绮这一步也确实有点儿神奇。

蒙绮绮很委屈地表示，她也不是从小就这样的，请大家不要夸大其词，她相信里面一定有什么科学道理。

越说有科学道理，观众越是乱猜，有的鼓励蒙绮绮去找《走×科学》，有的笃定蒙绮绮被对头下蛊了，还有的认为就是蒙绮绮的体质问题……反正说什么的都有。

甚至有人信誓旦旦地说：蒙绮绮上辈子可能是干偷猎的，所以这辈子要还债，被鸟啄，还接了这么一部剧。等这部剧播完，起到很好的效果，说不定她还清了债，就好了。

还有人牵强附会，跑去挖蒙绮绮以前的节目、资料，把各种细节和蒙绮绮与鸟的故事挂上，活生生自发地把蒙绮绮塑造成了一个倒霉少女、鸟类天敌，好多人还把蒙绮绮编进段子里。

蒙绮绮的经纪人拿着数据高兴地说："太好了，不花一毛钱就有这么多关注。"

你管大家是围观乐子，还是怎么样，有人关注就是好的。干他们这一行的，就怕没人看。

蒙绮绮捧着脸发呆。

她是在经纪人的安排下接受采访的，后来的稿子，前期都是经纪人打点发出去的。然后，就是很多的新粉丝、新闻、讨论，蒙绮绮像自己想象中那样，上了头条，但是具体内容不太一样。

一般人要么因为特别苦，要么因为特别有趣被讨论，蒙绮绮是两样兼具了。

大量网友涌入她的博客、官网、微博，同情、围观她的遭遇，和她有关的微博转发很高，把她本人也顶上热搜待了好几天，真的爆红了……

"呜……"蒙绮绮伤感地说："可是大家看到我就想笑啊，我不是要做国民美少女吗？"

国民美少女大概是做不成了，更别说导演真听了观众呼声，在考虑改剧本、主角人设的事情。毕竟，蒙绮绮这个公众形象，似乎已经广为人知了……

屋顶、墙上的灯和装饰品上，落满了一只又一只的鹦鹉，色彩斑斓，颜色不一。

游客们不时抬起头来，倍觉有趣地盯着它们。

这里是动物园，出现鹦鹉一点儿也不稀奇，即便里面有金刚鹦鹉中最大的品种珍稀的蓝紫金刚鹦鹉。

问题是，这里是动物园没错，但这里是海洋极地馆的极地展区。

这些鹦鹉是跟在动物园园长后头来的，然后，园长进到低温的饲养区域。这些鹦鹉本来也钻进了安全间，园长就没立刻进去，等到这些鹦鹉被透出来的冷气冻得自己灰溜溜出去，才把外面的门关上，打开里面那扇门进去。

游客们差点儿没笑死："这些鹦鹉还想跟进去呢？"

它们是没机会在里头和大哥一聚了，但是也不想走，于是一个个在远离游客的地方蹲着，导致游客们看看玻璃幕墙里的帝企鹅，又看看上头的鹦鹉。

今天这里人很多，并非知道会有如此有趣的一幕，也不是知道园长会像现在这样，被一群帝企鹅围住，他们是听说今天小海豹要出来"见客"了。

灵囿的极地展区开放后，陆续引进了两对格陵兰海豹。

格陵兰海豹又叫竖琴海豹，幼崽皮毛柔软纯白，经常被捕猎，它们长相可爱，网上很多流传的可爱海豹图片、视频都是这种竖琴海豹幼崽。

成年海豹的皮毛转为灰色，追逐颜值的游客就不太热情，一知道有幼崽降生，瞬间就惹来了众多围观者。

段佳泽在这边喂企鹅的时候，就听到外头游客一声高过一声的呼喊："小海豹出来了吗？"

那两对格陵兰海豹来到灵囿后，成为继帝企鹅后，第二批生育幼崽的极地动物。其实它们刚到灵囿没多久就怀孕了，只是孕期长达十一个半月，最近才生育。

小海豹过了哺乳期后，饲养员就将其带出来了。

这个时候，也是小海豹最可爱的时候。

刚出生时的小海豹是黄色，这是被羊水染的，过些日子，才会变成白色，以后长大就成灰色了。

"我去隔壁看看。"段佳泽还没见几次小海豹，因为海豹母亲很强壮，也没出什么事故。这会儿起身，去隔壁看看。

饲养员刚刚给小海豹称重完，将其抱在怀里，看到段佳泽过来，傻乐了一下道："六十斤了……"

另一个饲养员怀里也抱了只稍小一些的海豹，两人都十分开心。

一方面是他们负责的海豹生了孩子，一方面也是小海豹实在太可爱了，听外面游客的声音就明白。

"我要晕过去了！啊啊我也好想抱啊！"

"想抱抱，看起来好软，好舒服……"

"我要去游客中心买个海豹抱枕。"

安静地待在饲养员怀中的两只小海豹有一米多长，整个身体圆圆滚滚，加上雪白的皮毛，一看就柔软无比，让人很想搓一搓揉一揉。一只闭着眼睛，另一只则睁着圆圆大大的黑眼睛，眉毛处是两个小黑点，格外可爱。

就像两坨巨大饱满柔软的冰雪糯米糍一样，好像随时都能化掉。

母海豹看到孩子，就摆动身体上前，抬头叫着自己的孩子。通常母海豹会因为养育小海豹而瘦不少，但它们在灵囿待遇优越，显然没有失去自己厚厚的脂肪。

小海豹也"啊嗷"地回应着，饲养员不舍地把它们放了下来。

母海豹和小海豹碰了碰鼻子，它们对这里还比较陌生，此前它们生活的区域都没有游客围观。海豹的视力和听力都很好，母海豹已经认出了段佳泽，它用脑袋推了推孩子。

另一只母海豹犹豫一下，也推了推小海豹。

小海豹们还以为母亲在和自己玩，顺势打了几个滚，顿时又引起玻璃幕墙外的尖叫声。

"我要豹豹！！！"

段佳泽甚至都能听到尖叫声清晰地传进来，随即被工作人员提醒了分贝……

母海豹拱了小海豹好几下，它们才隐约理解母亲的用意，鼻尖朝上，眼睛盯着段佳泽，羞怯地往园长的方向爬过去。

"啊！嗯啊啊！"

一只小海豹躺在地上，它太胖了，圆圆的身体让两只前爪看起来格外纤弱，当然，实际上它们并不纤弱。而且因为这个姿势，身上的肉有些"摊平"的趋势，让整个面积变大了不少，就像被压了一下的糯米糍。

幼年海豹的声音也显得那么稚嫩，就像是儿童一般。

"这，这……"段佳泽有些愣住了，难道是他想的那样吗？

小海豹看段佳泽没有反应，又上前了两步，这下它和段佳泽可离得太近了。

外头的游客已经快要不能呼吸了，他们就想撞开段佳泽替代他！

不认识段佳泽的人都认为，他也是饲养员之一，否则小海豹怎么会这样亲近他呢——看看，那个动作明显就是豹豹求抱抱好吗？

段佳泽颇有点儿受宠若惊地把一只小海豹抱在了怀里，六十多斤的重量让他呼了口气，但更重要的是这柔软的手感。

这时候段佳泽有些明白母海豹的用意了，嘿呀，这些动物真是太精了，这是在让幼崽用可爱攻势给园长留下一个好印象吗？

小海豹甚至在段佳泽怀里翻了个身，用自己的鼻子去寻找段佳泽的脸，它的胡须微微振动，这是它的探测器。

另一只小海豹压在了段佳泽的脚面上，用前爪拨他的小腿。

段佳泽双手卡着小海豹，把它举起来，那在趴着时不太明显的后爪在空中动了动，整个身体都明显拉长了。它还张开嘴，露出了红色的舌头。

"放开它！让我来！"一名女游客几乎要啃起自己的手指头了。

"哈哈，下来。"段佳泽刚想把这只小海豹放下来，就听到了一阵嘈杂的声音，是外头的鹦鹉在嘎嘎大叫。

五十只鹦鹉叫起来，声势可算十分浩大了，惊得本来在吸豹的游客都愕然向上看，不知道发生了什么事。

鹦鹉叫还不算完，鹦鹉叫声远传，隔壁的帝企鹅也开始叫了起来。

奇迹声嘶力竭地号叫声，几乎比鹦鹉们的声音还要大，一下把段佳泽冷汗都要给叫出来了。

两只小海豹更像是见了鬼一样，段佳泽还蹲着，那只在他手里的小海豹就扭动身体，弹到地上，然后迅速和自己的小伙伴一起爬向母亲，一头扎进母亲怀中。

母海豹也用前爪挡着小海豹，颇有些面对危险瑟瑟发抖的样子。

段佳泽："……"

服了服了，外头那些，和隔壁那只，真是和它们的爹一个德行。

段佳泽忍不住又戳了一下小海豹，软得简直可以，然后才走出去。

警报解除，鹦鹉们停止了嘎嘎叫。

随即，帝企鹅也不叫了。

原本有些骚动的游客们同样安静下来："我靠，吓死我了，还以为它们感应到什么自然灾害了呢。"

"我怕它们把屎拉在我头上……"

"你以为你是蒙绮绮哦？"

"唉刚才怎么了，我怎么听着像是鹦鹉和帝企鹅吵起来了？"

"……好像是的。"

事实上鹦鹉们和帝企鹅只是达成了一个合作，在段佳泽出来后，鹦鹉们就再次化身小尾巴，跟在他后头出去了。

"我觉得我这样子不能上大街，"段佳泽肩上还停着飞累了的鹦鹉，叹了口气："像一个鸟贩子。"

远远的，蒙绮绮就看到了段佳泽，她身子缩了一下，握紧了手里的伞："导演，段园长在那儿。"

他们剧组今天过来拍戏，正在前往一个特意整理出来的场馆。

蒙绮绮看到段佳泽并不怕，她怕的是段佳泽身后跟着的几十只鹦鹉。

导演早就和段佳泽通过电话，甚至在网络上看过视频，但他还是第一次见到段佳泽真人，尤其是跟在段佳泽身后的几十只色彩鲜艳的鸟，太震撼了。

即使跟着几十只麻雀都够惊人了，何况是引人注目的鹦鹉。

看看这位园长，再看看旁边的女主演……这就是差距啊。

段佳泽也看到一大群剧组的人，还有员工给他们带路，于是走过去打了个招呼。

鹦鹉们围着蒙绮绮飞了几圈，透着一股诡异劲儿，随时都要啄她的样子。幸好这个时候段佳泽一伸手，抓住一只蓝紫金刚鹦鹉，往旁边一丢。

它仿佛是其他鹦鹉的领袖，它一飞开，其他鹦鹉也跟，纷纷落到了旁边一棵树上，原本只有绿叶没有花朵的树顿时变得"花枝招展"了。

"哇，段园长厉害啊。"导演握着段佳泽的手摇了摇："可惜你没空亲自给我们指导，希望你有空能过来指点一二啊。"

其实导演最想要的，是让段佳泽帮忙讲个情，请肖荣过来客串一下……很可惜，没办法。

"没问题，祝你们拍摄顺利。"段佳泽说道，他看了蒙绮绮一眼，有点儿无奈。

蒙绮绮的事情呢，段佳泽也劝过陆压了。一开始他很庆幸，因为蒙绮绮好像没空来缠着他了，但是后来看到蒙绮绮随身带伞，就有点儿可怜她了。这小姑娘，只是太有毅力了一点儿。

然而陆压作为大恶霸，是不肯让步的，必须欺负这个人族直到他们拍摄结束。

导演看到段佳泽在瞟蒙绮绮，还以为他担心拍摄计划，笑着道："绝对能在规定时间内完成拍摄，多出一天来我可得多付你钱呢。我们编剧已经改动了一下人物设定，蒙绮绮之后要扮演的将是一个被家长逼着从事这个行业，虽然很了解鸟类，但是和鸟类相看两厌的女主角，然后在这个过程中逐渐改变。"

段佳泽差点儿喷了，他觉得导演还真是够见机行事的："这，这样也不错，显得人物很立体。"

"对啊，就是改变之后和鸟类相亲相爱的镜头不知道好不好拍，实在不行只能找替身了。"导演想想道。

到时候出镜的手和身体，就用替身，再把蒙绮绮的面部镜头剪辑进去，应该可以糊弄过去，反正他们拍电视剧也没有电影那么较真。

蒙绮绮人设改了的事情后来也传出去了，是剧组有意透出去的。

网友瞬间狂欢了，没想到导演还真的让改剧本，看来蒙绮绮真的太讨鸟厌了。还有人说，本来改动之前女主角看起来像个圣母，改动之后反而有趣多了，让他们对剧本身更感兴趣。

这个角色，要真演好了，很容易让电视剧的粉丝移情到蒙绮绮本人身上，毕竟是根据她本人的情况改的人物设定——这也是蒙绮绮公司同意导演这么修改剧本的原因之一。

段佳泽还去围观了拍摄，不得不说，陆压在某种程度上也算是帮了他们。蒙绮绮被导演夸奖了好多次，因为她现在基本上就是本色出演了。

蒙绮绮还给剧本提了不少建议，都是来自她的真实经历，导演欣然采纳。

原本设定为蒙绮绮好伙伴的鹦鹉，成了她父母养的鹦鹉，年纪比她还大，从小就和她不对付，干过一些抢她麦片、啄她屁股之类的事——有一定艺术夸张手法。

等到蒙绮绮长大后，这只聪明无比的贫嘴鹦鹉偶尔被带出去，还会把蒙绮绮的糗事讲出去。

当然，最后还是会展现出来，虽然时常作对，但是老鹦鹉和蒙绮绮毕竟是一家人，合力解决了不少事。

虽然是"老"鹦鹉，实际上，它是由之前林业局解救的十九只已出生鹦鹉中，那只叫小蓝的蓝紫金刚鹦鹉扮演的。

连小紫都学会说话了，更别提小蓝。它也是导演的重点表扬对象之一，教台词特别快，导演背地里还表示，这台词背得比男主角都快……

因为小蓝表现特别好，导演还把它的戏分提高了，看样子恨不得让它和蒙绮绮做双女主。

段佳泽过来围观的时候，导演还和段佳泽商量，宣传期能不能把小蓝带出去上几个节目，他们可以在节目上让小蓝和蒙绮绮表演一出人鸟斗嘴，肯定很有意思。

段佳泽："小蓝年纪还小啊，它不到一岁呢。不然我问问它吧。"

导演愣了一下："好啊，看小蓝怎么'说'。"

两人还真跑去问小蓝："你跟导演出去做宣传好不好？去打工？"

小蓝歪着脑袋看导演："导演，潜规则我！"

导演瞬间捂住小蓝的嘴，满头冷汗："别乱说啊，这从哪儿学的，我、我、我冤死了！"

他怀疑地看着剧组的人，怀疑这是不是有人要陷害他。

段佳泽也没想到小蓝蹦出这么一句话，他就是随便转移重点，小蓝这么大，又听不懂他讲话，还不是随便乱说。

"算了，"导演沉思道："不能带它，带出去我的名声就毁了。"

段佳泽笑道："您在这儿多拍些花絮呗。"

"这也是个办法。"导演擦汗道："那个，段园长，我真的没有……"他欲言又止地看着段佳泽。

这可真是跳进黄河也洗不清了，不知道的还以为他们剧组多乱呢。

"我知道的，小蓝可能是自己造句。"段佳泽看着导演怪紧张的样子，忍俊不禁。

导演松了口气，自己也笑了起来，觉得自己紧张过头了。后来接受采访的时候，还把这段给说漏嘴了："你们不知道，当时我汗就下来了……"

剧组在灵囿拍摄期间，盒饭是承包给灵囿食堂的。像导演这样好吃之人，时而也会去佳佳餐厅吃饭，他对此赞不绝口。

"以前就听来这里拍过真人秀的 staff 说过，饭菜特好吃，自己来了才更加有真实体验。"导演有时遇到段佳泽，因为对他印象很好，就找他一起吃饭聊天，说点儿和圈内人不好说的话。

"小段啊，话说你现在也是适婚年龄，就没想过找对象吗？"导演别有用意地问。他们剧组在这里驻扎了一段时间，跟着他的工作人员里，有年轻姑娘对这个小园长有意思，他就当仁不让地来打探了。

段佳泽愣了一下："呃……暂时没有想法，还早呢。"

导演说道："不早了，再说，现在恋爱、婚姻都自由，又不是像以前那样，动不动只有死亡能分开。你谈谈玩，也不错嘛，年轻人，要珍惜青春。"

段佳泽黑线："导演，这个……"

他听出来导演的弦外之音了，估计是给他要介绍女朋友的意思。毕竟，段佳泽毕业后办动物园几年，在别人眼中也是随时都可以成家的年纪。

"有些关系，是死亡也分不开的。"一人幽幽在身后嘀咕："别老把地府那么当回事……"

导演没喝酒，却忍不住揉揉自己的眼睛："哎，你？"

陆压把段佳泽给拉起来："我找他有事。"

导演还想问陆压有没有签经纪公司呢，就看他把段园长给拽走了。这个时候再回过神来联想他的话，顿时拍了拍脑门："哦，gay。"

段佳泽那头："什么事啊？"

陆压："没什么事啊。"

没什么事，那就是偷听他们说话了，听到导演想劝他谈恋爱就窜了出来。当然，也可能以陆压的情商没听出潜台词，就是单纯想到处出柜，跟他告诉每个人自己送了段佳泽红线似的。

陆压："对了，那人族脑子是坏的吧。谈那什么，"他仿佛不好意思地顿了一下："就是要认真。别说几千几万年了……难道一死就能分了吗？死也分不了的！"

段佳泽惊恐地看着他：知道你不是人，但这么讲话也太恐怖了吧？

124

蒙绮绮很不好意思，因为这两天有媒体爆料她和肖荣在谈恋爱。

这可绝对不是她或者她经纪人花钱找的人，而是别人单纯的捕风捉影乱联想。她也就见过肖荣两次而已，第一次是她摔倒了，第二次是开机之后，肖荣因为和编剧早就认识，过来打了个招呼。

也就是这次探班，有媒体知道了，就开始猜测肖荣是来看哪位女演员，最后猜到了蒙绮绮身上。他们搬出了上一次蒙绮绮摔倒，有人在酒店拍到的肖荣。那时候蒙绮绮知名度还很一般，没人特意拍她，但是她入镜了。

现在蒙绮绮热度上去了，这些人往回看才发现照片里还有蒙绮绮。于是，更加笃定了肖荣和蒙绮绮有什么秘不告人的关系。甚至把拍摄地点选在灵囿，也归功于他们俩的关系。

肖荣早就退圈了，微博都不更新了，当然也不会有公司帮他来澄清。而蒙绮绮这边，虽然不是她买的新闻，但蒙绮绮的经纪人说，传点儿绯闻也没什么不好的，何况是和肖荣。肖荣形象那么好，蒙绮绮这个年纪谈恋爱也很正常。

肖荣的粉丝自从他退圈后，有种"无家可归"的感觉，尤其是死忠粉。他们喜欢到处游荡，在肖荣的圈内好友微博下留言："苗姐，能不能发点儿肖荣的近照啊！你们是朋友总会出去聚会的吧！"

"不求别的，只求有点儿新图。爱豆退圈，我的心好痛！"

"不敢奢望回来，就想偶尔能看到照片也好……"

"帮我问一下肖荣，为什么要浪费自己的颜？？？"

这个新闻一出，还附带了肖荣探班的模糊照片，肖荣的死忠粉都捧着照片喜极而泣："又有新图了，同志们，接下来几个月就靠这个活了！"

以前要有女明星和肖荣闹绯闻，肖荣的粉丝恨不得手撕了她。这个时候却不一样，死忠粉纷纷表示，谈恋爱也没关系，和圈内女星谈恋爱，就是说会有更大的概率流传出新图，太好了！

而路人看到男帅女靓，也多是祝福，没什么负面影响。

也就是说，蒙绮绮的经纪人根本不让她澄清，不回应可以代表很多态度。

蒙绮绮自己却有点儿不好意思，她本来面对肖荣时就有点儿自卑，像这种炒作蹭人气的行为，更会让她觉得地位变低。

尤其是，在灵囿蒙绮绮迎来了第三次和肖荣见面。

他们要拍一场戏，是有人私自饲养的蟒蛇从家中溜出来，和女主角及她家的鹦鹉狭路相逢。蛇是鸟的天敌，对人类也能造成致命威胁，他们陷入了危机。

动物演员当然是从灵囿选取，这是早就谈好的。所有出镜的动物，只要是灵囿有的，都由他们提供，有个打包价。

这一场戏，为了凸显出蟒蛇的可怕，没有选取灵囿最为出名的暴风雪蟒，或者那条黄金蟒，而是选择了一条绿树蟒。

绿树蟒一身翠绿，看上去就带着一种阴冷的气息。它颜色鲜艳却无毒，但不要因此以为绿树蟒好相处。蒙绮绮的剧本台词里就体现出来了，树栖的蟒蛇一般脾气都很凶残，攻击性强，牙齿非常发达。

而且灵囿提供的这条绿树蟒，竟然超过了两米，远远高于普通绿树蟒的平均体长。

蒙绮绮看到被装在透明容器里运过来的绿树蟒后，就头皮发麻，虽然导演再三安慰，这条蟒蛇已经吃得很饱，而且平时在动物园和饲养员相处都较为温顺，不像它的同类脾气那么暴躁。但是，蒙绮绮在面对这种可怕的动物时，还是会心惊胆寒。

就在蒙绮绮努力给自己做心理建设的时候，肖荣出现了。

导演以为他又是来探班的呢，告诉他编剧正在临时修改剧本，现在在酒店，没来片场。

肖荣却表示，他不是来找编剧的，他是来看绿树蟒拍戏的。

众人一脸问号，什么叫来看绿树蟒拍戏。

饲养员在旁说："呵呵，肖哥和小青感情可好了，经常去看小青的，而且小青也很喜欢他，肖哥老是进到笼舍里头喂小青。他每次一来，我们就觉得轻松好多。"

还有一件事情饲养员没说出来，那就是他觉得肖哥一开始和绿树蟒感情也没那么好，那时候肖哥过来，虽然是自己要求进去，但总是非常僵硬，小青爬到他身上的时候，他看起来吓死了。后来才慢慢习惯，直到现在的从容自如。

饲养员也不知道肖荣为什么要自虐一样去熟悉蟒蛇，倒是小青好像一直都对肖荣很热情，平时它可不会主动爬到他们这些饲养员身上，看来长得帅就是不一样。

有的人喜欢养猫咪、狗狗，也有的人喜欢养蜘蛛、蛇，只是大家都没料到，形象那么阳光的肖荣也有这样的爱好，总觉得和他不搭呢。

还有人想起来，以前肖荣参加完节目后，还庆幸过自己没有分配到和蟒蛇一起相处的游戏任务。不代表害怕，但至少是不喜欢吧，现在怎么……变成这样了？

肖荣干笑表示，他也是最近才挖掘出这个喜好的。

其实肖荣心里很想哭，男朋友是条蛇，他也不想啊！

开拍之前，饲养员让蒙绮绮过来和绿树蟒熟悉一下气息，摸一摸它。

肖荣一直跟在绿树蟒旁边，在饲养员把绿树蟒托出来时，还一口一个"小心"，直接自己伸手捧着蟒蛇了。

直面肖荣，蒙绮绮很尴尬，她不知道肖荣有没有看到新闻，心里会不会觉得她很讨厌。

蒙绮绮在饲养员的指导下，伸手去摸绿树蟒的头。她一伸手，肖荣就立刻把自己的手缩了回去，否则他们俩的手虽然不会碰到，但离得也很近。

"……"蒙绮绮脸都要红了，她觉得这很明显了，肖荣肯定知道了，而且不愿意和她过多接触。这真是太尴尬了，蒙绮绮年纪毕竟不大，还没有修炼出她经纪人要求的那种厚脸皮。

好在旁边还有个饲养员，缓解了尴尬："哎，没想到蒙小姐和鸟不太对付，和蛇倒是很相处得来，小青好像很喜欢你的样子。"

蒙绮绮惊讶地看着这条叫小青的蟒蛇。她发现，还真是这样，小青在她的触碰之下，整条蛇好像都……温柔了不少。

也许用这个词形容冷血动物不太对，但是蒙绮绮的确感觉小青柔和了许多，没有想象中那种危险的、随时都可能暴起伤人的感觉，这也正是大多数蛇会带给人的感觉。它们猛然袭击生物的样子，实在容易给人留下阴影。

一瞬间，蒙绮绮也没有那么紧绷了，甚至笑了起来，手掌在小青头上轻柔地抚摸了好几下。

小青似乎十分享受，身体慢慢盘起来，只有脑袋抬高。

肖荣瞪着眼睛："……"

饲养员心中忍不住联想：哇，网上都说蒙绮绮上辈子是猎人之类的鸟的天敌，看她和蛇居然相处这么好，难道还真是……

肖荣两只手握着绿树蟒，往下一拽，就把绿树蟒竟然主动去蹭蒙绮绮手掌的头给拉下来了，嘴角勉强挤出一个生硬的笑容："小心一点儿吧，被绿树蟒咬很疼的。"

这时候，导演那边也一声令下，让他们准备开始拍摄了。

蒙绮绮愣了一下，心道果然。她看笑肖荣的脸色，虽然是在笑，但眼睛里可没有笑意。果然，肖荣还是讨厌她了吧。

化妆师把蒙绮绮拉过去，最后整理一下妆容。

副导演也和饲养员说起了机位，让他注意把绿树蟒放在哪个位置，又要如何引诱绿树蟒动作。

肖荣趁没人注意这边的时候，抓着小青前后晃了晃："她摸得你很舒服吗？很舒服吗？？"

小青："……"

肖荣暗自咬牙："别以为你现在是蛇形，就不用保持距离了，男女有别知道吗？"

小青吐了吐蛇信，慢慢游回了容器里。

既又要防男的，又要防女的，真是累啊！

　　蒙绮绮本来还有点儿不满意，她觉得蟒蛇的戏，完全可以做电脑特效。但是导演说，其他动物都是真的，蟒蛇用假的，怪怪的，而且显得很low——鉴于他们不可能找得起顶级的特效制作。

　　用真的动物，虽然会有些难度，但是出来的效果可不一样。

　　等到这段开拍之后，蒙绮绮的观念才被颠覆了。蟒蛇既不可怕，拍起来也不麻烦，在饲养员的引导之下，蟒蛇都像有"演技"一般，对她也没有半点威胁，反正比鸟可爱多了……

　　这段的剧情是女主角和鹦鹉互相拯救，鹦鹉向来完成得不错，绿树蟒因为脾气没同类那么暴躁，还吃饱了，也没有攻击鹦鹉。大家非常顺利地，就完成了和绿树蟒有关的戏分。

　　最后的镜头，是蒙绮绮和饲养员一起，把绿树蟒抱回动物园。

　　演这一场戏的时候，蒙绮绮就觉得肖荣一直在非常不满地看着这边，压力更大了。她想会不会媒体又发了更加过分的猜想，被肖荣看到了啊。

　　好想过去和肖荣说，我也不想啊，都是媒体乱猜，我经纪人还不让我澄清。

　　蒙绮绮一走神，就忍不住把绿树蟒抱得更紧了。说起来，以前很怕蛇，现在真抱到了，也没那么可怕，反而觉得很凉快，手感微妙的好……

　　肖荣眼睛瞪得更大了，对旁边的导演说："她抱那么紧干什么啊？"

　　导演茫然地问："有吗？"

　　肖荣："当然了！根据科学研究，人不应该和绿树蟒抱这么紧，对绿树蟒造成危险了！"

　　导演吓了一跳。"还有这个规矩？哎，还有三秒就完了——"导演举起喇叭："cut！"

　　拍摄结束，蒙绮绮犹抱着怀里的绿树蟒："我能不能和它合个影啊？"

　　饲养员点点头，旁边的助理也拿着手机过来了。

　　这时候肖荣迅速走了过来，一手拉着小青的尾巴："拍完了？我带小青回去吃东西了。"

　　蒙绮绮刚想说我还没拍照，就看到肖荣把手绕了几下，小青的身体就从蒙绮绮怀里滑出去，大半个身体都缠在肖荣手臂上了。

蒙绮绮："……"

肖荣最后再用点儿力，就把小青最后一部分也抽出来了，另一只手伸出去托着，对饲养员道："走了。"

饲养员其实觉得肖荣有点儿不够怜香惜玉了，但他知道肖荣和园长关系不错的，否则也不会退圈后来灵囿工作，还作为一个非饲养员能随意进出笼舍，这时也只能愣愣点头："哦。"

肖荣把蛇给抱走了，蒙绮绮有点儿尴尬地站在原地。

助理拍了拍蒙绮绮安慰她："绮绮，想开点儿。"

肖荣被捆绑炒作，不爽也是应该的，她还能怎么说呢，只好让蒙绮绮想开点儿。

蒙绮绮郁闷地道："我知道……"

就是没想到肖荣私底下脾气居然是这样，生起气来还会像小孩子一样，我的蛇不给你玩儿了……

饲养员和肖荣带着肖荣回到展馆，饲养员说："我去调一下温度，肖哥你帮忙把小青放进去哈。"

肖荣点了点头，把小青扛进去了。

进去的时候黄金蟒金子就趴在门口，肖荣心情正不好呢，随口道："走开。"

金子立刻动如脱兔，窜到角落里去了。

肖荣刚来的时候，别说对小青了，就是金子也怕得很。现在嘛，肉眼可见的今非昔比。

肖荣把小青挂回树上，口中还数落它："她抱你你怎么不躲开？是不是觉得特别暖和？好不容易有人不怕你的原形？"

"可是剧本就是这么写的呀。"小青委屈地说，拍完后是再抱了一会儿，但是他要是一拍完立刻溜走会显得奇怪吧。

肖荣揪了一下小青的尾巴出气，他也知道是因为剧本，但还是很生气。

白素贞爬到树上来，轻轻柔柔地教育道："小青，此事是你没有办好……"

"好了好了，我知道了！"小青气鼓鼓地道："下次看到她我就吓死她，好吗？"

肖荣这才舒服一点儿："倒也不是让你这样……"

小青看饲养员不在，哼唧一声，用尾巴把藏起来的手机卷了起来，口中还说着："早知道我就不去拍这劳什子戏了，让金子去。哎，他们为什么不要金子啊。"

角对落里装死的金子来说，今天也是夹缝中生存的一天。

肖荣解释道："他们觉得金子看起来太像宠物了，白姐也太显眼了……"

肖荣的话还没说完，忽然看到小青身体僵住了，疑惑地看着他。

小青尾巴卷着手机，举到肖荣面前："这是怎么回事？"

新闻标题：惊爆！蒙绮绮剧组会面肖荣，两人疑为热恋中！

附图是模糊的片场照，蒙绮绮和肖荣同框，虽然还有导演、编剧在，但他俩被特意圈了出来。

很久没看新闻的肖荣："……"

小青扑上去："我觉得我绿绿的！！"

白素贞慢慢滑下树，远离是非，心想：这叫什么话，小青你不是一直绿绿的吗？

虽然没有清晰合影，但是蒙绮绮的助理拍到了监视器里的片段，然后发到了微博上。

蒙绮绮：我好像知道自己为什么不讨鸟类喜欢了……

附图，监视器中，蒙绮绮怀抱一条大蟒蛇。

评论里的网友们都快笑疯了，知道蒙绮绮在自己玩梗，但还是很可乐。

所以说……你其实属蛇的？

"就是因为这个吧，"段佳泽在微博上看到了蒙绮绮发的图片，有人艾特了灵囿动物园："嗯，肖荣都好几天没出来吃饭了。"

都是这个小姑娘的功劳啊，她也是挺了不起的。

不知道该不该为她庆幸，幸好后面的剧情里没有需要用到蛇的地方了。

今天段佳泽要把鹦鹉们送到鹦鹉展区去，和它们的同伴生活在更加适宜的地方。现在天气越来越热，它们着实不应该再跟着他不时在外面跑了。

就像送小孩上幼儿园一样，五十只鹦鹉叽叽喳喳，发出了极为聒噪的声音。这一点儿和它们的大哥一样，小时候叫起来细声细气，长大后声音就嘈杂得不得了。

它们用鸟语表达着不舍，小蓝还讲起了人类语言："佳佳，佳佳啊！"

段佳泽汗了一下，这些鹦鹉讲话都是模仿的，如果对模仿对象熟悉，一下就能听出来，比如这句话，他觉得是在模仿有苏……

大部分时候有苏是叫段佳泽园长，但有的时候也会摆一下大姐的派头。

"行了，别太得意。"段佳泽把鹦鹉带到它们的专属区域，这里仿照了雨林，甚至有人工的室内小河，十分适宜鹦鹉居住。

出来以后，段佳泽身后总算没有小尾巴了。这么多天来，他都快成了灵囿一道"靓丽的风景线"，回头率极高，可不太符合他以往的低调。

不过这一次，段佳泽回来的时候回头率也比较高，因为他手里抱了一个超大号的海豹抱枕。

商品部门之前研究的海豹抱枕大多就是一条手臂那么长，但是随着小海豹每天长胖，游客们的要求也越来越多：希望生产，更大一点儿的抱枕。

这就是大型抱枕的样品，即便段佳泽这个成年人，一手也抱不过来。采用了顺滑的枕套和柔软的枕芯，又不会太轻，就像抱着真的小糯米糍一样。

路上遇到的员工，直接把这个塞给了园长感受一下。

园长扛着大抱枕回去，陆压竟然在他房间里。

陆压本来是坐在单人沙发上的，段佳泽进来后，两人对了下眼。

段佳泽怀里抱着一个巨大的幼年海豹抱枕，不容忽视。

陆压缓缓地抓起手边，灵囿早期周边，小臂那么长的陆压鸟形抱枕，无言地指着它。

段佳泽把抱枕放到一边，举起手来："不关我的事，是商品部研发的。"

陆压一伸手，那只超大号的抱枕就飞到了他手里。一摸就知道了，连面料和内芯都比他那个抱枕来得柔软。

段佳泽担忧地道："你不会做手撕抱枕那么无聊的事情吧……"

"哼，"陆压摆出"当然不会"的样子，甚至把抱枕放到身后垫着，说道："我也要个大号的。"

段佳泽："……"

这样更无聊吧？

谁要买个巨大的鸡……不，鸟回去啊？

段佳泽委婉地劝道："道君，这个是按照正常体型做的，竖琴海豹你也看过，幼崽都有好几十斤。"

如果再给段佳泽一个机会，他一定不会说这句话。因为就在他刚说完，陆压瞬间变回鸟形态，而且体型迅速"膨胀"，直到几乎占满整个房间的空间，把段佳泽都挤得紧贴着墙。

陆压把硕大的脑袋低下来，盯着段佳泽看："我不只这么大，你还要看吗？"

段佳泽往后缩了一下，陆压这头太大了，嘴巴一张好像都能把他的脑袋衔进去。

他想起来了，陆压是说过，他们这些活了很久的家伙，虽然真正的原形没有鲲鹏那么大，但随随便便也能压垮房子了。

不过那终归是个脑内概念，就像很多游客来海洋馆之前，也想象不出来鲲鹏化形的蝠鲼能有多大。现在看到几乎占满整个房间的陆压，段佳泽才有了真切的感受。

"不要了，不要了……"段佳泽整个身体几乎都和陆压的羽毛接触在一起，特别温暖，他惊魂未定地憋出一句话："我靠，你也太大了吧！"

一说完他就觉得哪里有点儿不对，捂住嘴。幸好，纯真的道君什么也没察觉到。

陆压挑衅地道："你不是要按'正常'体型做吗？"

段佳泽："……"

服了，人类所谓的大号，对陆压来说应该是超超超超……迷你号。

道君想要个人类大号抱枕，很过分吗？一点儿也不过分！

段佳泽："好，我让人设计……那个，麻烦你变小一点儿行吗？很挤。"

陆压哼了一声，慢慢缩小体型。本来几乎撑满整个房间的身体越来越小，原本被挤得有些移位的物品也终于能够"喘气"了，空中还飘着几根金红色的羽毛。

当他缩到一辆摩托车那么大时，段佳泽忽然喊道："停。"

陆压停住了。

段佳泽围着陆压转了两圈，打量他的体型，喜道："这样不错啊！"

一分钟后，陆压侧身趴在床头，占据了几乎三分之一的地盘，歪头看段佳泽："这样？"

段佳泽爬上去，把陆压的翅膀扒拉开，钻进去，陆压就成了一个天然的带毯子的大靠枕，舒适程度超越那个选了很久材质的海豹抱枕。

巨大，柔软，自发热，在空调房里靠着极其享受！

段佳泽扭了几下，找了个舒服的姿势，把两只手也伸出来，搭在陆压翅膀上，喜出望外地道："可以可以，你要是这个样子，我允许你每天都过来侍寝了。"

陆压："……"

125

"谢谢，我就在前面下。"鲲鹏坐在轿车后座，冷不丁说道。

段佳泽把车停到路边，回头看到鲲鹏把猫包给背上了。今天他到市里去开会，鲲鹏要去采购宠物用品，他就捎了鲲鹏一程。

"鲲鹏老师，回头我们还在这里见，你注意安全。"段佳泽说道。

小男孩已经下车了，手扶着车门，冷淡地瞥来一个疑惑的眼神。

段佳泽："我是说注意人族的安全……"

鲲鹏："哦。"

这么多派遣动物里，鲲鹏算是外表和内心反差最大的，更甚于有苏，虽然小女孩看起来可能更柔弱一些，但是鲲鹏更凶残呀。

虽然说，鲲鹏一直没有表露出来过，但是每当段佳泽表示鲲鹏在人间界好像很守规矩的时候，总会面对其他派遣动物的笑而不语。

到市里开了会，顺便落实了一下同心村投资建设的事情，赞助都拉到位了，很快就要动工了。

之前灵囿和宣传部合作，帮东海市拍过宣传片，所以也有相熟的人。他们一位姓马的主任找到段佳泽商量，一脸忐忑："段园长，我们马上要办个旅游晚会，想问问你，能不能和你借个演员啊？"

段佳泽为难地道："这不好吧，我们的动物是不进行表演的……"

大家合作拍过东西，他们是知道灵囿的动物有多听话的，就算没经过表演训练，也足够了。

马主任蒙了一下，连忙摇头："您误会了，我说的是熊老师啊！"

"熊思谦……"段佳泽尴尬地笑了一下："吓死我了，我以为要动物演员。"

"可不是表演马戏，"马主任也笑了起来："熊老师的水平，那可是省京剧院的大师都夸奖的，我们想请他来给晚会添添光彩。"

但是，那位熊老师不怎么卖别人面子的。本地多少这方面的爱好者邀请过，都没用，人家可是陪过副省长的。更何况他们的要求还比较……马主任也是问问段园长，看有没有机会。

刚刚那一番误会，倒是让马主任都没那么紧张了。

段佳泽犹豫了一下："我也不知道……"

马主任道："段园长！我们这个晚会是为了推广本市的旅游产品、文化，筹办人员用了很多心，请熊老师也不是单纯表演京剧……哎，不如这样，到我们办公室聊一下吧？"

马主任说得兴起，觉得一时半会儿解释不清，索性邀请段佳泽去详谈。

段佳泽不好意思拒绝，反正也在一栋大楼，他跟着马主任坐电梯，到他们办公室去了。

"阴灯映照千员将，一箱容下百万兵。说的是皮影戏，其实我们东海市本地也有皮影戏传承，就在回龙镇。"马主任用电脑打开一个视频，给段佳泽介绍道。

"回龙皮影戏起码有几百年了，是省级非物质文化遗产。据说，最开始演的都是和水龙有关的戏目——其中包含很多东海传统——祈福拜神，年节庆祝，后来各种宴会也会请戏班。

"唱念风格融合了各种本地民间曲调，后来也融合了一些京剧唱腔。但是这几十年来迅速衰败，到现在，我们能找到的最后一位传承者，就是回龙镇一位姓刘的老先生。

"这个是我们在刘老先生家拍的视频，他也很久没有表演过了，只是偶尔我们市里办一些文艺活动，会把他和他徒弟请过来。但是，没有锣鼓伴奏，老先生以前搭班子的老伙计老早就不干了，有的甚至不在了，他的嗓子也不行了，有时候只能放以前的录音。"

段佳泽看到，视频里出现了那位刘老先生介绍自己的皮影，全都好好放在箱子里，还有他手抄的一些剧本。经典曲目都是和本地传说有关的，大部分是东海水龙，也有哪吒、精卫等。

有一幕还能清晰看到，刘老先生干瘦的手抚摸着手抄本上的《龙王巡海》墨字。

这位刘老先生的儿子小时候也学了皮影戏的，但是长大后并没有从事这个接近死亡的行业，而刘老先生的徒弟也有自己的本职工作，只是出于爱好和他学习，并偶尔演出，一年可能就两次。

马主任说道："我们是希望把这个文化保存下来，老先生也很想继续表演，所以这次请他表演，希望吸引一下有关企业。另外就是找了一些本地戏班的演员、乐手，为剧目配音配乐。"

因为回龙皮影戏本来就融合了很多民间曲调，所以专业人士学起来毫不费力。

马主任说刘老先生早就在改编剧目，希望能符合新时代的喜好，这次更是专门写了一场，他们也让本地的音乐家改编了一下配乐编曲，要是熊思谦也能加入阵容，肯定会增色不少。

"我可以再看看视频吗？"段佳泽心中一动，问道。

"我这里还有以前的演出视频，您可以看看。"马主任又播放了一个视频："这个是《祈》，演的是以前我们东海人民祭祀龙王，祈求风调雨顺，为我们研究本地民俗提供了很好的参考，戏词被收录到本地史志中。"

视频播放，幕布上一个个皮影人物出现，演出古代人民祈求龙王保佑的种种盛况，有些内容比较拗口，是很久以前代代相传的。

段佳泽看着视频，突然心脏狂跳，按着桌子道："我同意了！马主任，回头我就让熊老师和你们联系，你们尽管把剧本发过来。"

段佳泽突然说话，吓了马主任一跳，抬头一看，发现段园长表情特别激动，心中直犯嘀咕：没想到段园长这么多愁善感，我也没怎么用力煽情啊，虽然刘老先生的事迹是挺打动人啦……

"好，这个剧本是刘老先生自己改编的，将以前的剧目精髓串联起来，好作为晚会节目。主要是展现东海的民俗及传说，整个演完将近二十分钟。"马主任介绍了一下。如果不进行截取改编，一出皮影戏要演完全部内容，最长能有四五十个小时。

"挺好的，太好了。"段佳泽点头，神情依然有点儿激动："如果演出效果好，我就邀请刘老先生师徒每周到我们的科普馆来表演！可以创作一个和动物有关的剧目！"

马主任没想到段佳泽会这么说，顿时又惊又喜。他们费这个劲，不就是为了让回龙皮影戏能够在晚会上吸引到旅游资源，被人看上。

能够赚钱，才会有人愿意学习，愿意从事啊，像刘老先生的徒弟和儿子，都是因为没法用这个糊口才会另找工作。而段佳泽这边，竟然直接表达了想请他们演出的意愿，这绝对是意外之喜了。

"这，这，我们会努力的！"马主任握着段佳泽的手晃了好儿下，代替人家做起了保证。

两人谈妥之后，段佳泽也准备回去了。马主任没想到他满口答应，连询问熊老师都没有，也是喜出望外，猜想他是被皮影戏传人的经历感动了，于是又夸他关心本地传统文化之类的。

段佳泽出了大楼后，心情才逐渐平复下来。

他自己也有点儿觉得不可思议，其实站在客观的角度来想，刘老先生并不是特别"惨"，单说民间文化，华夏还有更多境遇更糟糕的传承人，刘老先生好歹还有个徒弟呢！

"我靠，马主任不会给我下蛊了吧。"段佳泽自嘲了一句。

但是段佳泽也没后悔，很多动物园都需要通过增加游玩附加值来增加娱乐性，而科普馆其实特别需要趣味，让游客更加生动地理解动物知识。

游玩附加项目，像那些动物马戏表演就是最"经典"的，也有很多动物园会策划儿童剧目。但是采取皮影戏——如果真的采取了，那灵囿应该是第一个吧。

而且每周请来表演一次，成本并不高，对于任何一个动物园来说，都很简单。要是表演内容精彩，那就更是值得了。

段佳泽没想到那么多，驱车去接鲲鹏。

鲲鹏下车的地方旁边有草坪，一些小孩儿在那玩。段佳泽把车停到路边时，就看到鲲鹏背着包站在一根电线杆下面，包里空空如也。

再往上看，薛定谔居然上电线杆了，因为体型大，远远看过去很显眼。下面还有几个小孩、家长在围观，仰着头看薛定谔表演。

薛定谔一向可是很听鲲鹏的话，段佳泽喊了一声鲲鹏。

鲲鹏回头，指了指电线杆上面。

段佳泽不明所以，索性下车往那边走。

经过一张石凳时，段佳泽看到两个小男孩趴在那儿看一本杂志，上头有个动物，长得有点儿像老鼠，但是两只耳朵又竖起来像兔子，毛茸茸的，甚是可爱。

小男孩甲："我想养这个……"

小男孩乙："我也想养这个啊啊啊！"

"小朋友，这是什么呀？"段佳泽弯腰问了一声。

小男孩甲抬头看段佳泽，说道："这个是鼠兔！"

段佳泽："谢谢啊，"他顿了一下，补了一句："我也想养。"

小男孩乙嘲笑地道："叔叔，你以为想养就能养吗？这个是濒危动物！很珍稀的！"

段佳泽："是啊，我开动物园的。"

小男孩们："……"

太好了，不但可爱，还珍稀。段佳泽想。

他冲两个无语的小男孩招了招手，继续往鲲鹏那边走了。

走到了近前，段佳泽才知道薛定谔为什么会爬到那么危险的地方去，原来除了他之外，电线杆上还挂着一只巴掌大的小猫，正在瑟瑟发抖。

周围的人则在讨论："妈妈，大猫和小猫怎么还不下来？"

"宝贝，小猫害怕，大猫正在安慰它呢。"

"会不会下不来呀，好高的，摔了怎么办？"

段佳泽惊讶地道："这么小的猫，怎么上去的？"

鲲鹏："不知道，待会儿问一下。"

段佳泽："还要多久？"

鲲鹏沉默一下，抱着电线杆往上爬。

段佳泽吓死了，一伸手把鲲鹏拽住，看了下周围，对那几个围观的人勉强笑了一下："小鹏，不能爬哦，猫猫自己会下来的。"

鲲鹏听懂了段佳泽的暗示，抬头对着薛定谔吹了声口哨。

薛定谔听到鲲鹏的声音，不再犹豫，猛地一探头，叼住了小猫的后颈，小猫顿时发出几乎变了调的惨叫声，脚也在微微摆动，没有因为后颈被咬住而平静，可以看得出有多紧张。

"哇！它抓到小猫了！"让薛定谔不敢轻举妄动的原因，是这些围观的小孩都一副揪心的样子，盯着薛定谔看，想知道它如何下来。

薛定谔几乎是垂直地向下窜，在距离地面还有三分之一距离的时候，身体一翻摔了下来。

不过鲲鹏恰到好处地往前一步，伸出手来，准确地接住了薛定谔。

薛定谔躺在鲲鹏的两只手臂上，那只小猫则躺在薛定谔胸口，张着嘴巴，发出哼唧声。

小猫眼睛睁得老大，刚才摔下来的一瞬间，它都吓失声了，这会儿弱弱地叫了一声："咪。"

鲲鹏抬头对段佳泽道："它妈妈把它放上去，然后再也没有回来过。"

段佳泽的脸色僵了一下，抬头看了看周围的人，幸好他们全都当是小孩子想象，而且，这其实还挺有逻辑呢。

"好了，那我们把小猫带回去，然后给它找个家，好不好？"段佳泽用哄小孩子的语气道，主要是说给围观的人听的，然后拉着鲲鹏的手往回走。

其他小孩一直跟着他们到了车边，全都在盯着那只小猫看。对于这些小孩来说，刚才发生的事情太刺激了，足够他们说上好几回。

鲲鹏上了车，小猫已经被薛定谔放到他手里，他摸了摸小猫，但是小猫却好像更加紧张了，发出稚嫩的哈气声。

车辆行驶，薛定谔坐在鲲鹏旁边，一只脚踩在他腿上，探头去舔小猫的脑袋。小猫体弱，脑袋被舔得一晃一晃的，有些抗拒不属于陌生猫的抚慰。

鲲鹏忽然又道："……它饿了。"

段佳泽吓死了："不要吐在我车里！"

鲲鹏看着段佳泽，面无表情。

段佳泽从后视镜里看他，真怕鲲鹏不由分说，张嘴吐鱼喂小猫：赶紧说道"下午别人还要用车的，你在这里吐了没时间洗车！而且，这么小的猫，我们还是喂它羊奶吧！"

到时候人家一上车，一股鱼腥味……

鲲鹏皱了皱眉，但还是答应了："好吧。"

段佳泽说道："对了，你是要自己养，还是给别人收养？"虽然刚才段佳泽在外面，以家长的口吻说要把小猫送出去，实际上他还是要征询鲲鹏的意见。

薛定谔歪着脑袋看鲲鹏。

鲲鹏淡淡道："送出去吧。"

小猫还不知道自己的命运就这么被决定了，它在鲲鹏手里翻了个身，抱着他的手张嘴咬下去。看似细嫩的皮肉，可不是它那长出来没多久的牙能咬伤的。

这么点儿大的猫，人都咬不动，何况是鲲鹏。

段佳泽点头："嗯，那到时候你自己考察一下，把它送出去。"

鲲鹏可不是普通小孩，由鲲鹏来选择的领养人，段佳泽是非常放心的，绝对不可能出现什么虐猫狂魔，就算有，被虐的大概也是对方。

抵达灵囿后，鲲鹏在门口就下了，捧着猫严肃地说："我去找羊。"

"嗯。"段佳泽看着他离开。到了动物园，薛定谔也不需要待在猫包里了，亦步亦趋地跟在鲲鹏身边。

段佳泽把车停了，往办公室走，他准备去找熊思谦聊一下。熊思谦是很喜欢唱戏的，只是平时要上班才没法出去浪，所以劝他参与不是什么难事。他准备让熊思谦再评估一下，回龙皮影戏是否有较高的价值。

经过水禽湖的时候，段佳泽看到那边人比较多，走过去看了一眼。心中想，不会又有游客落水了吧。

就算管理再严格，也拦不住有人前赴后继地作死啊。

走过去段佳泽才发现，并非有人落水，而是小苏正在直播喂鱼，游客全都在围观。

游客们可郁闷了，他们平时往湖里丢什么食物，别说鸟了，鱼都不吃，被工作人员抓住了还要罚款教育。这个女孩呢，往湖里一丢吃的，一下就聚集起大量锦鲤、金鱼，身体都露出水面了，非常壮观。

平时是见不到这个场面的，这些鱼都躲在荷叶下，只能偶尔捕捉到它们优美的身姿。甚至谁也不知道，原来水禽湖的鱼竟然这么多。

"这喂的什么啊？"段佳泽纳闷，他不记得直播有这一项，挤过去想看一下小苏这是发明了什么新操作。

人太多了，段佳泽好不容易到近前，差点儿被挤得栽到湖里，幸好有人扶着他，不然就丢人了。

"谢谢……"段佳泽一边道谢一边抬头，然后就呆了一下。

那边，小苏的镜头也在刚才转了过来，同样拍到了这一幕，眼睛睁大了一点儿。

扶着段佳泽的，分明是陵光神君，应该是看到段佳泽差点儿落水，所以仗义相救。只是他的相貌和发型太出众了，导致围观群众目光瞬间聚焦。

"……咦，这个帅哥什么时候出现的，我怎么没记忆？"

"居然现在才看到，好帅啊！"

"发型也很帅，嗯嗯。"

"园长，没事吧？"小苏放下鱼饲料往这边走，同时大声道："请大家散开一点儿，不要拥挤，这样有安全隐患。"

"没事，幸好……"段佳泽往小苏手机屏幕上扫了一眼，差点儿没笑出来。

"这个操作可以，英雄救美。"

"激动，终于又看到陆压了！"

"哇，陆压还是那么帅啊！"

"哦哦，园长和基友还是那么恩爱啊！"

"……我怎么觉得有点儿不一样了？是我的错觉吗？"

这些网友，居然都脸盲地把陵光认成了陆压，部分清醒的人群众都迷糊了，质疑起自己的记忆力。

陵光也瞟了一眼，微微笑了一下，温和地道："我不是陆压哦，我是陵光。"

"不是陆压？！卧槽，我瞎了吗？"

"晕，居然不是陆压？"

"尴尬了，不是陆压……但是真的很像。"

"刚才我就想说了，哪里像啦！这个帅哥高冷程度低一些，头发也不一样，陆压是一缕缕挑染，他是发尾一撮一片的染色！"

"是不是帅哥都喜欢染红发，我也想去染了。"

"眼睛真的有些像，都是凤眼……但也不是完全相同，其他就差得更远了！"

"呃，所以这是园长另一个基友？"

"说另一个基友的别跑！"

"哈哈哈，所以园长就爱收集这一款吗？"

段佳泽汗了一下："不要胡说啊，这个是朋友。"

"所以默认陆压确实是基友吗？"

段佳泽招架不住，把手机转了个方向，冲着下面的鱼，对小苏道："你继续。"

小苏嘿嘿笑了一声："好。"

段佳泽不寒而栗，盯着围观群众的眼神，挤出了人群，再次对陵光道谢："刚刚谢谢神君了。"

"这是应该的，我就在附近。"陵光和气地笑道："那我回去了。"

晚上吃饭的时候，段佳泽看到陵光就黑线了。

本来头上有几撮红色的陵光，现在成了一头全黑的头发，面对段佳泽的眼神，还不好意思地笑了笑。

有苏小声告密："道君本来还想让陵光贴双眼皮……"

这样人设撞得至少没那么多了，道君也是忍了好久呀。

段佳泽感慨，恶霸，真的是恶霸啊！

回房的时候，恶霸还躺在他床上。看到段佳泽回来，陆压滚了一下，就从人形变成了鸟形，大的那种。他还记得段佳泽说过，要是这个形态，就可以睡在这里。

"你出去！"段佳泽说："昨天晚上你变回人形了，骗子！"

陆压难得地脸上闪过一丝心虚："你又没说……"

段佳泽坐上来："我现在说了。"

他伸手推了陆压一下，手感好是好，但显然是推不动陆压的。

陆压不满意地道："你要求太多了！"

段佳泽重复："你出去。"

陆压躺下来，装死。

段佳泽抓着陆压的翅膀："你还记不记得自己的设定啊？你的高冷去哪里了？"

陆压："……"

陆压："别闹。"

段佳泽摇晃他："我跟你说……"

段佳泽还没说完，整个人就一低："咔"一声，他的床板不堪重负地和边框分离，塌下去了。床单被子也都随着床板塌下去的角度卷了起来。

陆压更惨，整个卡在中间了，段佳泽揪着他的羽毛，还没回过神来。

才侍了几天寝啊，床就塌了。

陆压也愣了一下，随即埋怨道："我就说别闹，不给你修床，看你睡哪儿，看你明天怎么解释！哈哈！"

埋怨到后面，已经不知不觉变成幸灾乐祸了，甚至忘我地笑了出声。

段佳泽："……"

126

"我就不信了，"段佳泽拿着锤子钉子等工具，推了一把陆压："你让开。"

陆压从塌陷的床里爬出来，沉重的身体在起来时把木板压得咯吱响。

段佳泽决定自己修床，他不信陆压不帮他修，他还就没床了。

上次在临水观，那窗户破了就是段佳泽自己修好的，也是陆压做的孽。这次有些不一样，床特别大，这就是张双人床。

段佳泽把床品都收起来，露出下面光秃秃的木板，这才发现，木板直接从三分之二的地方断裂了，然后掉下来时，边框处也断开了。

这床是当初老海角动物园留下来的，别说不是特别坚硬，就是换了更好的结构、木料，在陆压那胖鸟一坐之下，还能好？

段佳泽愤愤的，把"胖鸟"两个字都带出来了。

陆压响亮地冷哼了一声，对这些人族的眼光表示看不上。段佳泽居然说他胖，分明是非常标准的，还有那些看直播的人，也老说什么母鸡……都是胡说八道！

陆压："我的道体便是根据原形变化的，我在三足金乌里一点儿也不胖！"

那就是种族的原因了，段佳泽问："你们三足金乌是不是因为太重，所以需要两三只脚来支撑啊？"

段佳泽的这个问题提出了新思路，陆压一时间沉默了。

段佳泽也是为了争这口气，硬着头皮尝试木工活，他把其中一块木板直接取来，截成几段，然后放在其他木板的断裂处下面，钉上两头，衔接起断掉的木板。这样虽然木板少了一块，稀疏了一点儿，也过得去。最后还要拼回边框之中，敲敲打打。

陆压在旁边看着段佳泽修床，眉头越皱越深："破破烂烂，太难看了。"

见过给衣服打补丁的，没见过给床打补丁的。

段佳泽毕竟不是专业的，床板被他一拼，看上去更惨了。他其实心里也觉得无语，还不是为了和陆压斗气，不然他又不是疯了，都园长了还睡补丁床。

"哪里难看了，我觉得很有风格。"段佳泽还要勉强回嘴，虽然开着空调，他头上都出汗了。

陆压："……"

不过最后段佳泽也没能把床拼完，他实在太困了，趴在床边打起盹来，又被手里锤子落地的声音惊醒。

陆压一伸头，把段佳泽给叼了过来，体型变得更大了一点儿，将段佳泽放在自己背上。

陆压可不是非要床才能睡的，或者说他根本不需要睡觉。他缩起腿，就这么趴着，充当了段佳泽的临时床垫。

段佳泽毫无所察，被叼在空中时费力地睁了睁眼睛，最后臣服在睡意的魔爪下。他躺在陆压背上，因为陆压刻意调整过的舒适温度，不自觉扭头在羽毛上蹭了蹭脸。

如果这时有人进来，就会看到这神奇的一幕，人与鸟的大小关系颠倒，一个成年人趴在一只巨大的金红色的鸟的背上，很有种错乱感。

第二天，段佳泽醒来的时候，还没回过神来，只觉得怎么身下这么软，他的床垫哪有这么舒服了？

结果睁眼一看，一片金红色，这才醒悟过来。段佳泽从陆压背上爬下来，看着仍然有些零落的床板，抓了抓脑袋："我昨晚睡过去了啊？"

陆压趴在地上，脑袋也垂着，瞪了段佳泽一眼没说话。

这算什么？

好像算不上良心发现，真良心发现怎么不给弄张床出来？但是说心里话，睡在陆压背上可舒服了，段佳泽用手给陆压顺了顺被他睡出来的倒毛。

段佳泽不好意思地换了衣服，又找到后勤的管理人员："那个，我的床坏了，给我买张新的过来吧，还要大一点儿的，晚上喜欢翻身。"

段佳泽不得不多解释一句，免得有歧义。

员工古怪地看着段佳泽："好的，园长。"

段佳泽："为什么这么看着我？我那床是老海角留下来的，很旧了，昨晚坏掉了！"

员工忙不迭点头："是啊。"

段佳泽还是觉得不对，逼问道："到底为什么？"

员工："我真的没多想，昨晚好多人都听到您房间的动静了。而且……"他犹豫了一下，说出了重点："刚才陆哥就来找我了，说您床坏了。他觉得过意不去，您昨晚都没睡好，所以来叮嘱一声换新床，务必要结实一点儿。"

真实情况就是，陆压昨晚看到段佳泽那么倔强地修床，就有些过意不去了，于是今天找人说了买新床的事情。

但是他这一前一后来找人，能让人不多想吗。

段佳泽："……"

他就说自己话里也没透露什么，员工为什么一脸古怪。

听听，陆压说的都是什么话！什么过意不去，没睡好……太下流了！

平时死都不认错，这会儿怎么这么有觉悟了？！

段佳泽已经不知道从何解释起了，语塞半天只好道："就……买床吧，我走了。"

再过半天，小道消息传遍了灵囿。

园长在陆哥的要求下，半夜不知道玩什么，把床都玩塌了，声音响彻上下楼。园长大为光火，陆哥小心逢迎，亲自过问购置新床事宜，并给出指示：一定要结实。

一个几句话能说完的小故事，全体员工可以脑补出三万字的详细内容。

到了中午的时候，段佳泽一落座，旁边的有苏就道："园长，你和道君昨晚打架了啊？"

段佳泽："……"

他预想到瞒不住，昨晚动静实在太大了，换床也躲不过那么多眼睛。但是……传得这么快，连有苏都知道了，是谁啊，居然还跟小孩儿说八卦。

段佳泽看着有苏，想从她的神情中分辨出来，她到底是有意还是无意的。

有苏仿佛知道段佳泽心里在想什么一般，呵呵了一声道："我觉得他们猜错了，床应该是因为打架塌掉的。"

不愧是九尾狐，几乎猜到了真相，段佳泽服气地道："是啊，我还修了半晚上床，也没修好，最后只好再买张新床。"

这时段佳泽收到消息，是宣传部马主任那边，把剧本和曲谱都发了过来，估计刚上班就发了。段佳泽一看，剧本名字叫《东海魂》，前面有个大纲，大致介绍哪些民间故事。

段佳泽把剧本拿给熊思谦看了，熊思谦说："园长，我听说你床昨晚塌了，下次再有这种情况，你来找我啊！"

段佳泽一扭头，盯着熊思谦，这事儿连小熊也知道了："嗯？"

熊思谦被他一看，弱弱地道："我帮您修床啊……"

"哦，还是算了。"段佳泽觉得他要真答应让熊思谦帮忙，那就是在害熊思谦："你看下这个剧本吧。"

熊思谦接过段佳泽的手机，将这个剧本看完了。十多二十分钟的剧本，花了熊思谦好一会儿工夫才看完，然后说道："这是个串烧啊？"

"是啊。"段佳泽笑道："非常常见的模式。"

他把回龙皮影戏的事情解释过了，熊思谦思考片刻，还犯着曲谱哼了一下，最后说道："我觉得可以。哎，园长，你看这里面还有精卫，不如我们把精卫也叫来配音吧。"

段佳泽："……"

这里头是有精卫填海的传说，精卫有台词，变成鸟后就是鸟叫声，熊思谦提意见，让精卫本鸟来配音。

熊思谦："唱段精卫殿下不会，可以让演员来，后面的鸟叫总可以吧。园长，这精卫声乃自鸣，演员叫得又不好，也没有这样的音效，不如让精卫自己来。"

段佳泽有点儿晕，他觉得精卫要是真的答应了，这出戏才是真的增大光了……

谁家排演戏剧，能把本尊请来出演啊，还是这种性质的。

段佳泽想，说不定还真的可以呢？试试吧，总不能思想比熊思谦这个年纪的妖怪还保守吧。

段佳泽："我找精卫问一下。"

精卫答应了!

精卫说："不就是配音吗？既然这是给我做宣传，希望人们听了我的故事后被感动，一起来填海。"

段佳泽："……"

您想多了，应该不太可能……

熊思谦安慰精卫："殿下，会有的。我看新闻上说好多沿海城市因为用地紧张，都在填海造地，以后东海市也要用地，说不定也有这样的工程了。到时候，一群人帮你一起填海。"

精卫惊喜地问起了熊思谦这个新闻的来源和细节……

段佳泽："……"

段佳泽刚开始觉得"什么鬼"，但很快就觉得，这也不无可能啊！

说不定，某年某月，人族真的会帮精卫填起东海，虽然整个全填平应该不太可能。

熊思谦被特许不时出门，去和《东海魂》演出成员排练。

不日，待旅游晚会拉开帷幕之日，熊思谦同刘老先生及一众演员一起出演，他们其实都在录音棚录了自己的部分，但晚会这天，还是要唱个现场，显得排场大。

灵囿作为东海市的旅游重点项目，段佳泽本就在邀请嘉宾之列，他也没带别人，就带着精卫去欣赏了一下。

毕竟，这个伴奏带里还有精卫献声的。

精卫演员还惊奇呢，她都做好准备自己来学鸟叫了，谁知道熊老师直接拿了个成品过来。她一听，就是一只鸟喊着"精卫"的声音，活灵活现——虽然她也没听过精卫怎么叫。

那声音，既能听出是在叫"精卫"，又不会让人觉得是人类学的，就好像是真的鸟叫出来的一般。

到了现场，段佳泽和认识的人会面，顺便介绍一下自己带来的精卫。人家一看精卫，都连连问段佳泽她在哪里上学，还有人主动说，要是升学遇到什么困难，可以联系他。

段佳泽不解了一阵，最后眼神落在精卫那一头扎起来便露出底下五颜六色的头发，顿时了然。正常学校哪有这样染彩色头发的啊，怕是以为精卫成绩不好，在一个很随意的学校吧。

段佳泽带着精卫坐在比较好的位置观看表演，回龙皮影戏是压轴登场，最后大轴戏是个本地大学生的诗朗诵，全都是描写东海的诗词。

轮到回龙皮影戏时，主持人先介绍了一下回龙皮影戏的起源和现状，这次表演的渊源，是齐心协力，一起帮助回龙皮影戏。

下面，有关部门的领导还在给旅游商们介绍熊思谦，强调虽然你们听着没名气，但其实是民间高手，我们副省长特别推崇，京剧院的专家也肯定过。

段佳泽知道，今天这出，是刘老先生和他的徒弟、儿子一起表演的，用到的皮影很多，阵势很大。

灯光暗下来，随着本地戏院的乐师司笛，悠扬清亮的笛声回荡，幕布上出现了海浪、礁石，一条龙在空中盘旋，仿佛行云布雨。

渐渐地，在这样的条件下，东海边出现了房屋、人群，接着故事才正式开始。

按照时间顺序，一开始就是精卫填海。女娃在海边玩耍的时候，被无情的大海吞噬，她为了报仇，魂魄化身为鸟，从西山衔来木石，誓要填平东海。

在全新的改编之下，音乐更具欣赏性，加上刘老先生师徒父子三人的精湛技巧，光影晃动之间，皮影人物活灵活现，展现出千百年前的传说。

不能说每个人都看得津津有味，至少都还算专心。

正是这个时候，段佳泽旁边响起了抽泣声。

段佳泽："……"

他转过脸去，拍了拍精卫的背，把纸巾递给她。

周围的人也都看向精卫，不知道这少女怎么哭了起来。

少女一边擦眼泪一边说："呜呜……对不起，太感人了……"

众人："……"

段佳泽："……"

看到这么漂亮的女孩哭，围观群众都不禁反省起来，是自己太麻木了吗，否则为什么没有感受到任何泪点？

这时候，戏中的唱词已经在哀悼精卫，赞颂她敢于挑战大海、锲而不舍的精神。

精卫眼泪不断，大概是想到了当年。

市电视台的记者还在现场拍摄，一看居然有观众哭，兴奋得就像抓到了老鼠的猫，冲过来举着机器对精卫拍特写，恨不得把镜头怼近点，再近一点儿。

不但有观众感动哭了，还是个美女观众，还能有比这更出色的画面吗？

台下，精卫泪眼朦胧，意犹未尽。台上，熊思谦的角色也已经出场，他扮演的是哪吒闹海一节中李靖的角色。这些演员要到最后才会露脸，毕竟主角还是皮影。

熊思谦的调门十分高，中气十足，明显和其他演员不在一个水平线上，听得台下不管懂不懂京剧的观众都是精神一振，嗯，这个厉害。

这市政府设备毕竟不是专业的，唱到一半，音响设备出了点儿问题，一下没声儿了。

但是台上的乐师都是专业人士，刘老先生一门和熊思谦更是老练，丝毫没有乱，皮影照样动作，熊思谦则是在现在的基础上，再次提高嗓门。

也幸好这是现场配乐，要是放伴奏，那估计就得暂停了。

设备不是专业的，除了半道没声之外，其实还有个问题，就是音质不会特别好。

台下观众瞬间发现，这音响没了之后，演员自己把声音提高，大家非但照样听得清楚，甚至觉得这声音在宽阔的礼堂里听起来，仿佛带着天然的混响，比扩音之后更好听！

本来应该是一场事故，反而令人惊艳。长了耳朵的人，都能听出来好，单说能够把声音传得那么远，这功底就足见深厚了。一瞬间，并不是什么激烈的故事桥段，全场也为台上演员鼓起掌来。

让他们可惜的是，没一会儿，音响又恢复了。

待到将近二十分钟的表演完了之后，全场掌声雷动，主持人介绍之下，配音、配乐者逐一出场，最后是刘老先生师徒父子三人。

隔着些距离，台上台下，段佳泽都能看清楚，刘老先生脸上淌着几滴激动的泪水，他已经很久没有这样正式、声势浩大地表演过了。这个画面，让刘老先生想起很多年前的小时候，跟着自己的父亲，到别的乡民家中，搭台演戏，台下满满当当挤满了邻里街坊，期待地看着他们表演。

最后的诗朗诵也结束后，段佳泽带着精卫一起去后台，他要和刘老先生聊一下，约个时间谈一下邀请他们去灵囿表演的事情。

走到后台的时候，段佳泽听到有人喊："佳泽！"

他还以为是在喊自己，一看是个妇人抓着个小孩喊佳泽，顿时失笑，原来是个小朋友和他同名了啊。

熊思谦也在不远处，听到那声音，嘿嘿笑道："园长，这小孩和你同名。"

这对母子是来看晚会的嘉宾，特意到后台想近距离看看皮影，听到他们的话，还好奇地看了段佳泽一眼。

段佳泽抿嘴一笑："……我也叫佳泽。"

妇人也笑了："那可真是太巧了。"

大家都是去找刘老先生，又有这样的渊源，便聊了几句。妇人一看段佳泽与自己儿子同名，无端多了几分亲近感，又觉得他家和自己品位接近，才会都起了这个名字。

妇人说道："您一看就很斯文，不像我这儿子，太皮了。"

段佳泽客套道："令郎活泼可爱。"

"活泼什么啊，"妇人露出了纠结的神情："出去十回九回被狗咬，从床上往下跳都能骨折。"

小孩一听就哭了："为什么狗老咬我——"

看着也是很委屈，一说到伤心事就大哭。

这时刘老先生过来了，熊思谦给他们介绍一番。刘老先生对小孩很好，看着那个也叫佳泽的小孩道："这小朋友怎么了？"

"你不是要看皮影吗？爷爷来了啊，别哭了。"妇人安慰儿子，又好笑地给刘老先生解释。她经常和人抱怨儿子的事情，顺嘴又多说了几件倒霉事，比如儿子和小伙伴一起玩，别人都没事，只有他各种受伤。

刘老先生一听小佳泽的遭遇，晃了晃脑袋说道："几十年前，我们镇上也有个小孩，出生后父母给起名叫'灵泽'，后来没了。据说是因为生在东海之边，还往名字里加水，那小娃娃命本来也比较薄，经受不住就没了。"

妇人脸色顿时变了一下。刘老先生讲话太直了，这不是暗指她儿子也命薄吗，她不迷信，但是又不得不联想到孩子莫名其妙的倒霉遭遇，当即坐立难安。

刘老先生没事人一样，还拿了个皮影人出来，教小佳泽怎么摆弄。

小孩子听不懂大人的话，看到皮影人就擦擦眼泪，转涕为笑。

段佳泽小时候也听过类似的说法，比如给小孩起什么皇帝的名字，小孩可能会受不住，属于民间传说，和华夏古老的生肖五行、八卦命理之类有关。

当然，这次有点儿不一样，因为段佳泽名字和这小孩一样，顿觉有点儿怪异，嘀咕道："我也叫段佳泽……"

虽然他小时候没被狗追着咬过，但是也没见命多硬啊，还不是穷到了大学以后。大学以后开动物园倒是不穷了，但是忙到希望工程要给他发丹药。

熊思谦凑过来说："园长您想多了，您命里肯定狂缺水——叫这个名字才能扛得住三足金乌啊！"

段佳泽："……"

说得对，他命简直太硬了，养了只三足金乌还没事。

按照这个说法，人家命里缺水所以起带水的名字，他难道是命里有个金乌，所以得用大江大泽来补？

127

小佳泽的母亲脸色阴晴不定，十分忧虑。

刘老先生陪着小孩玩了一会儿后，告诉她："我们镇上早就没有懂这些的人了，但是好在市区还有个临水观。"

临水观也是东海的著名景点，虽然它在业内的名气更大一些。这妇人以前不信这个，但是听了刘老先生的话，心中觉得如果是去临水观，应该还好。至少这地方不是什么不知名的神婆家里，相对正规一些，看看也无妨。

妇人离开之后，段佳泽和刘老先生聊了聊，今天太晚了，他们约了次日商谈。

刘老先生知道是要谈什么，显得十分兴奋。他身子骨还健朗，还能演上几年，嗓子虽然不好了，但是他儿子和徒弟都还能唱。

第二天，段佳泽和刘老先生，以及他的儿子、徒弟会了面，宣传部的马主任也在场，谈妥了邀请他们到动物园来表演的事宜。

动物园的黄金时间段是周末，段佳泽请他们每周末过来演上几场，还要专门创作和动物园有关的戏，这个会另给稿费。寒暑假呢，还要增加场次。

马主任笑容满面，对刘老先生的儿子道："你现在开的那个店生意还好吗？昨晚的旅游商可是还有询问的，说不定除了段园长，还有人请你们去演出，你到时候忙得过来吗？"

刘老先生的儿子喜出望外，忙不迭地点头："我儿子现在到店里帮忙了，还有我师弟……"

他的师弟，刘老先生的徒弟，平时都是打工，也没有一个特别稳定的工作。要是演出多了，他师弟完全可以当作职业。

商谈好价格、条件之后，段佳泽让人去草拟合同，下周开始，他们就可以在灵囿演出了。

刘老先生那里有很多皮影角色，包括动物的，段佳泽要他创作和保护动物有关的儿童剧，其实最主要的是剧本。

段佳泽说，不但可以和动物，还可以和东海传说结合起来。

刘老先生大受启发，回去钻研。

段佳泽也用灵囿的平台广为宣传了一下科普馆即将有回龙皮影戏登场，上演各种传统剧目，日后还会有科普剧。

很多孩子都愿意在科普馆坐下来看表演，而且灵囿在征集意见，孩子们喜欢让什么动物做主角，他们都讨论得热火朝天。

根据统计显示，猴子、熊猫、鹦鹉的票数是最多的几名。

小孩子其实特别喜欢猴子和鹦鹉，熊猫是可爱，而这两种动物呢，一个和人类最像，一个还会说话。

刘老先生就选了这几种动物当主要角色，演出日过来的时候，还对段佳泽说："段园长，我做了一个金箍棒。"

段佳泽一时没懂什么意思："啊？"

刘老先生拿出来一个皮影，是个棍子，而且是个可以伸缩的棍子，两边一拉，小棍儿就可以节节变长，成为一根很长的棍子。

原来，在刘老先生的设计中，主角中的那只猴子，是齐天大圣孙悟空的徒子徒孙，手里也有个山寨版金箍棒。他还专门给金箍棒设计了一套动作，到时候小猴子可以用这个棍子耍出来很多花招。

"这个构思还挺巧妙的啊。"段佳泽乐道，向现代审美靠拢的皮影戏，就必须增强剧情和趣味性。

刘老先生给他演示了一下片段，金箍棒在幕布上随着他配音的"长、长、长"一节节变长，戳到另一个动物的屁股，还可以甩出去在空中上下翻飞。

现场还有一些看完皮影戏没散的小孩，看到刘老先生演示，全都兴奋地叫道："这是如意金箍棒！"

一秒钟就认出来了。

段佳泽还玩了一下，他把猴子也拎出来，但是操作不如刘老先生灵活，猴子玩棍子被他操作得不伦不类。饶是如此，围观的小朋友们也捧场地鼓起掌来，完全是冲着角色。

段佳泽笑道："我小时候也想有个金箍棒，牛逼死了。"

从科普馆出来后，段佳泽就往回走。刚刚刘老先生告诉他，之前的旅游商还真有来找他们约演出的，给外地游客展出本地民俗。段佳泽建议，完全可以表演《东海魂》。

走到办公楼时，段佳泽瞥见旁边宿舍楼边的电线上挂着一件很眼熟的衣服，仔细一看，这不是他的吗，早上出门时还好好晒在阳台上的，也不知道被哪阵怪风吹下来了。

段佳泽左看右看："也没只鸟……"

"园长，看什么呢？"段佳泽正在思考之际，袁洪出现了，他吊儿郎当站在段佳泽旁边，手臂搭着段佳泽的肩膀。

段佳泽镇定地道："是星君啊。一点儿小事，我衣服被吹到电线上了，正想着弄下来。"

袁洪质疑道："那你想到办法了吗？"

按照他对人族的理解，园长现在好像没什么办法吧，那个高度梯子也够不到。

段佳泽："看起来我好像是束手无策，其实我正在等哪只鸟经过。"

来只喜鹊或者鹦鹉，就能帮他把衣服叼下来了啊，再不济一通电话给陆压……当然，那样是有点儿大材小用了。

袁洪乐出声了，摸着肚子笑道："园长，你挺搞笑的。"

段佳泽："……"

段佳泽看着电线上的衣服，心想要是在这里请袁洪爬上去，会不会被人看到啊。

他正在思索呢，就见袁洪手里出现了一根铁棒，真是他那个武器。

袁洪一伸手，铁棒迎风就涨，愈来愈长，然后他手一动，用铁棒将电线上的衣服挑起来，那铁棒再往回缩到原来那么短，抬了抬，衣服便掉下来。

段佳泽一伸手接住衣服，惊喜地道："你这个也会变长啊？"

袁洪："是啊，铁棒都能变长的，你不知道吧？"

段佳泽诚实地摇头："我怎么知道，不过我看你拿着怎么那么有分量的样子，上次我拿着就轻飘飘的，跟没有一样……"

一个人把一样东西拿在手里，那东西有没有分量，是可以从他状态上看出来的，除非这个人在飙演技。

段佳泽看袁洪拿那铁棒，就像是有些分量，这也和材质符合。他上次拿着，虽然是金属的，却觉得轻若无物。本来他还觉得是因为铁棒材质特殊，毕竟仙界来的，但是看袁洪自己拿着，又不是那样了。

段佳泽伸手还想去碰一下铁棒，袁洪却是眼疾手快，手腕一翻，铁棒就不见了。

袁洪侧身说道："我这可重了，上次为了方便你拿，特意变轻的！"

段佳泽恍然大悟："是这样啊，我说呢。"

那难怪那么多猴子都喜欢用棍棒，从袁洪到孙悟空，再到六耳猕猴，都是用的棒子。

说到别的猴子，段佳泽对袁洪道："其实我恰好想征询一下你的意见，我们园里现在有皮影戏在表演，他们编了个新剧，用动物园里的动物当主角。其中一个是猴子，因为金丝猴是我们最珍贵的猴子，所以表演者想设定其为金丝猴。"

这园里目前唯一的金丝猴，就是袁洪了，虽然段佳泽强烈怀疑袁洪自己就没去上过几天班，老能看到他在外边耍……

袁洪欣然接受："可以啊。"

段佳泽小心地道："但还有一个问题，那就是他们还想把这只金丝猴设定为孙悟空的传人……"

段佳泽看到袁洪古怪的神色，尴尬地道："星君要是不愿意，那就算了，我们设定为普通猕猴。"

可以理解，大家都是猴子，凭什么我在戏里是你的传人啊。人家袁洪星君，成名还早一些呢。段佳泽问这个问题，也就是确定一下，算是尝试过了。

谁知道，袁洪居然缓缓点头道："没事，你就用吧。"

段佳泽睁大眼睛："真的？"

袁洪满不在乎地道："反正那些人族也不知道是我。"

"谢谢星君，您真是太有气度，太大方了！"段佳泽猛夸袁洪，见多了陆压动不动"传到三界我颜面何存"，袁洪相比就更加好说话了。

更何况，刚刚人家袁洪还拿自己的武器当晾衣竿，帮他取衣服，这人性真不是吹的。

袁洪听到段佳泽这么夸自己，还挺不自然。

段佳泽顿时觉得四废星君人更好了，除去他偷桃子，翘班……

鲲鹏自从把电线杆上救下来的小猫带回来之后，就每日悉心照料。当初薛定谔来灵囿时已经断奶了，这只小猫却只有一个月左右大，鲲鹏弄了羊奶放在奶瓶里喂小猫。

鲲鹏看小猫嘴巴力气不够，还在奶瓶前端把小孔弄大，方便小猫吃奶。

白天是薛定谔带小猫，晚上就是鲲鹏自己带，好几次段佳泽都看到鲲鹏跟抱小孩似的抱着小猫，另一手用奶瓶喂奶。到后面，可以吃些泡软的食物，鲲鹏也是亲自喂到小猫嘴里。

就连陆压看了这个场景，表情都有些怪怪的，像是吃了什么脏东西。

有苏也说："想不到妖师还有这样充满母爱的一面……"

段佳泽一开始不觉得有什么，好多小孩子对宠物都特别好，鲲鹏老师就是长得比较阴郁。但是有苏告诉他，鲲鹏成人形态是什么样子后，他就理解陆压的心情了。

在鲲鹏和薛定谔的照料之下，小猫从一个巴掌大的弱不禁风的小不点儿，到后来可以上蹿下跳，咬窗帘布了。这个时候，也该是它离开灵圃之际了。

段佳泽帮忙打印了一份领养启示，贴在动物园里，以灵圃的流量，无须在什么网络上发领养启示，很快就有本地游客表达了收养意愿。

鲲鹏在几个游客里，挑了一户人家，是一对年轻夫妇和一个上小学的小男孩组成的三口之家。他们家里已经有一条狗了，想再养一只猫。

据说那只狗是小男孩出生时就开始养的，现在七岁了。看上去，他们家还是很负责任的。

既然鲲鹏都答应了，段佳泽也就把小猫交给了他们。

小猫离开的时候十分不舍，一直在对着薛定谔喵喵叫，直到被装进包，塞到车里。

小男孩在车上给小猫起了一个名字，叫"大王"。回到家后，他们家养的金毛立刻凑上来，发觉了这个新伙伴，汪汪叫想看它。

大王在小男孩怀里瑟缩了一下，小男孩立刻把金毛赶走，因为爸爸妈妈说要先隔离，让它们慢慢熟悉。

大王在小男孩家里住了几天，从一开始和金毛分开房间待，到现在能够共处一室了。金毛对小猫特别感兴趣，动不动就叼着小猫的后颈走来走去。

小男孩就教育金毛："你不要欺负大王，大王长大后就是老虎，小心它以后咬着你走来走去。"

小男孩对自己的推测坚信不疑，要知道，他们就是在动物园的老虎展馆外看到的领养启示！很有可能，他们领回来的不是一只猫，而是一只老虎！

很可惜，现在的小老虎还太弱了，金毛随便挤一下，它就滚到一边去了。

大王也非常气愤，这个新家的狗，老是把它从头舔到尾，搞得它满身都是口水。它没有觉得自己长大会变成老虎，但是要知道，在动物园的时候，那里的几只大狗都对它非常尊敬的（因为身上有鲲鹏的味道）。

大狗们对薛定谔也是平等的，所以大王的印象中，自己与大狗平等。没想到这里的狗不按常理出牌，狗脚摸过来，就把大王压倒了。

就像现在……

"喵喵喵！"不要舔啦！大王四脚朝天，肚皮都金毛的舌头一下下舔过去，爪子不停地拍着金毛的大脑袋，身体扭来扭去，尾巴都僵直了。

金毛埋头吸了一阵毛，才欢快地抬起脑袋，撒腿跑开。

大王气喘吁吁地翻过身来，趴在地上喵喵叫：可恶的大狗！

他们是待在小男孩的房间，这个时间，主人一家三口去朋友家做客了，没带上宠物。

这时候，位于二十三楼的窗户被从外面打开，夜风刮得呜呜响，一只长毛的大猫踮脚走了进来，低头看着大王。

"喵！"大王立起来，兴奋地叫了一声。

薛定谔从窗台轻巧地跳了下来，在他身后，鲲鹏也钻了进来，回手关上窗，他也跳下来，坐在地毯上把大王抱起来："我们来回访。"

"喵喵喵。"大王歪头在鲲鹏手上一下一下地舔，激动极了。

"汪！"听到动静的金毛从客厅冲回来，站在门口对着鲲鹏叫了一声。虽然大多数金毛天性黏人，但是它可不是那种会和家里出现的陌生人亲热的笨狗狗。

鲲鹏甚至都没抬眼看它一下，薛定谔跳上床，居高临下地对金毛哈气。

薛定谔毕竟修炼了一段时间，把金毛给吓了一跳，趴在地板上呜咽了一声。

薛定谔虎视眈眈地看着金毛："喵喵喵？"

大王："喵！"

鲲鹏揉了揉大王的肚子，淡淡道："它喜欢舔你？还舔得你打滚？那你也舔回去好了。"

"我回来啦！"小男孩换了鞋就往房间里跑，女主人在身后提醒他："又去抱猫猫吗？记得要洗手哦！"

小男孩冲进房间，看到小猫正乖巧地待在猫窝里，他伸手摸了摸小猫，问道："大王有没有乖乖吃东西呀？今天给你吃小鱼干好不好？"

金毛也听到了主人的声音，循着声音找过来，对着主人亲热地叫着。

小男孩把大王放下来，又摸了摸金毛的头："乖。"

平时，金毛看到了大王肯定会上前"非礼"一番，今天却是例外。

大王被放在地毯上后，就仰着脖子对金毛叫了一声。

"汪呜……"金毛一下子蔫了，趴下来，尾巴还不安地一动一动。

大王踩着它的腿，爬到了金毛头上，耀武扬威一般叫了一声。

小男孩瞪大了眼睛："哇！"

他的小猫猫真的进化了吗？这是在散发虎威，吓到了狗狗吗？

大王趴在金毛头上，伸出小舌头舔狗狗的毛，不过它太小了，好一会儿也只是舔顺了一小块区域而已。又叫了一声，金毛就小心地一歪脑袋，让小猫从自己头上滑下来。

小男孩被女主人叫去水果了，小猫留在房间里，吃着小男孩刚刚新倒的猫粮。

大王埋着头吃猫粮，金毛就趴在后头眼馋地看着它的尾巴，非常想去玩一玩，又不敢，可以说非常委屈了。甚至在大王吃完后，它还得贡献出自己的尾巴，给大王拍着玩。

金毛："汪汪汪！"

这不是我想象中养了猫后的生活！

"鲲鹏老师带薛定谔去哪儿了？我刚切了三文鱼，打算给薛定谔吃点儿呢。"段佳泽说道，他刚才到处找薛定谔都没找到，平时只要喊一声，薛定谔就会自己跑过来了。

"我去回访小猫了。"鲲鹏淡定地道。

段佳泽："回访？可是我们之前约好的，是视频回访啊。"

鲲鹏："视频回访不好，我自己过去看了一下。放心，他家没人，只有一条狗和小猫。"

段佳泽凌乱地道："就是没人才比较可怕吧，你们没把狗怎么样吧？"

鲲鹏沉默了一下才说："没有。"

"算了，我还给你们留了点儿三文鱼，过来吃吧。"段佳泽决定不去纠结这个问题了，他把人带进休息室。

薛定谔他们去回访就花了不少时间，其他人早就吃完了，这会儿也三三两两回去了，这就跟打哈欠一样有传染性，不一会儿休息室就空了。

除了陆压，他还坐在沙发上，因为段佳泽还没走。

段佳泽正在看鲲鹏喂薛定谔吃三文鱼，他觉得薛定谔吃东西真有意思。

而且薛定谔真是越来越大了啊，足足有二十多斤，成人都得两只手抱住它，再加上毛发蓬松，看上去就更大了。

陆压因为和鲲鹏共处一室，且没有别的什么人而显得有些焦躁，要不是为了等段佳泽，他才不会待在这里。此时脸色有些阴沉，不耐地催促道："你回不回去？"

段佳泽都没意识到陆压在那边等自己，回过神来道："好，我把盘子收一下。"

鲲鹏看了一眼陆压，细胳膊一撑，从椅子上滑了下去，抱着薛定谔道："我回去了。"

段佳泽略点头，就见鲲鹏抱着猫往外走，经过沙发时，还停顿了一下，对陆压点点头。

陆压直接把头扭开了，待鲲鹏出去，沉着脸道："我就说水族都太讨厌了，走到哪儿都一股腥味。"

段佳泽惊愕地道："我闻不到……不过，鲲鹏是水族吗？他不是在水为鲲，出水为鹏吗？"

陆压："所以更讨厌了！还是个两面派！"

段佳泽："……"

陆压小时候出了那样的变故，不能怪他一直敌视鲲鹏，没揍死鲲鹏都算克制了，鲲鹏自己也是小心翼翼的。

段佳泽安抚道："那你吃不吃鱼，还剩了点儿。"

刚刚鲲鹏吓得溜走了，鱼也没吃完。

陆压那口气还没咽下去呢，他走到段佳泽旁边："不吃。"

段佳泽把剩下几片鱼吃了，手里收拾着碗："对了，那你小时候都过的什么日子，是不是要风得风，要雨得雨？"

那时候，天庭还是妖族当家，陆压还是殿下呢。

陆压奇怪地看了他一眼，然后慢慢道："本尊现在也要风得风，要雨得雨。"

段佳泽："……"

陆压回忆了一下："小时候比较单纯，除了修炼，一棵树都能玩上半天，也没什么好玩的。你们人族虽然弱小，却比较有创造力。"

"那时候多大？"段佳泽比画了一下："刚孵出来有母鸡那么大吗？长毛了吗？蛋壳吃了还是留着？"

他兴致勃勃，问起了三足金乌的生活细节。

陆压憋了口气一样看段佳泽："你问这么多做什么？当然长毛了！"

段佳泽："那长什么样啊？好多鸟小时候和长大了根本不一样。"

陆压沉默。

段佳泽笑出声："我肯定问到黑历史了，你小时候是不是长得像鸡仔啊……"

陆压恼羞成怒，揪着段佳泽要凑过来亲他。

段佳泽捂着嘴："我刚吃了鱼，你不是讨厌水族吗？"

陆压："……"

两人离得特别近，段佳泽看到陆压那几撮金红色的毛，就想到床坏了的几天，他都睡在陆压身上。一开始觉得陆压坏脾气，讨厌鬼，就跟抗 × 剧里的太君似的。后来渐渐地就觉出他的真正性情了，在"被迫"在一起的时候，陆压更是展现出了许多令人意外的地方。

最糟糕的是，他猛然发现，刚才陆压靠近，他想到的甚至不是闪躲，而是非常自然、笑嘻嘻地开玩笑，已经在潜意识中接受了。

难道说，他已经被道君掰弯了吗？

陆压不知道段佳泽怎么突然盯着自己出神，他本来气势汹汹，把段佳泽给提起来了。这会儿被段佳泽一盯，脸颊不由得飞上两抹薄红，不太自然地移开了目光。

段佳泽心脏跳得巨快，勉强咽了口口水，只觉得口舌发干，鬼使神差一般吐露了心声。

他有些慌张，磕磕绊绊地道："怎么办，我，我觉得……好像喜欢上你了……"

陆压闪躲的目光停住了，皱眉看着段佳泽："难道你之前不喜欢我？"

128

段佳泽："……"

画风一转，段佳泽突然觉得很不妙。

这个话题不应该发展成这样啊……

而随着段佳泽迟迟不回答，陆压的眼神也越来越危险了。

陆压："说清楚啊，到底什么意思？"

面对这道送命题，段佳泽毕竟迟疑了一下，再改口有些来不及了。

段佳泽只好弱弱地道："也不是不喜欢，就是有时候不是赞同你……"

陆压难以置信地看着段佳泽，虽然段佳泽说得极其委婉，但是认知到某一点儿的陆压很容易发挥自己的联想力，把内容补充得更加糟糕。

陆压往后退了一步："你……"

段佳泽："你听我解释。"

话音未落，陆压已经一阵风一样逃离现场了，室内瞬间只剩下一人、

段佳泽呆呆站在原地："……"

到底还有没有人关心一下，他刚刚弯了？

陆压大受打击，不知跑到哪里去了。他这次没有选择火烧园长，而是逃避了，段佳泽摸着自己的头发，也不知道这到底是好还是坏。

段佳泽有些懊恼，当时他也是一时慌张，说漏了心声。当然，段佳泽也想知道陆压凭什么觉得他一开始没有讨厌过他……

陆压看似凶残，其实内心还是有些脆弱的，这和他的经历有关。他现在已经跑得不见踪影了，段佳泽踟蹰半天，却是不敢找其他派遣动物帮自己寻找。

这些派遣动物里能人那么多，肯定有人能找到陆压，但是，要真带着人找到了陆压，发现陆压正躲起来哭怎么办？？

考虑到陆压的自尊心，段佳泽不太敢把这件事告诉其他人。

他犹豫了好一会儿，把狗给牵来了，又把陆压的枕头拿给狗闻了一下，结果四大天王直接腿软，汪的一声直往后退，哪敢闻着味儿去找。

段佳泽自己在园里遛了一圈，没找到人。他在陆压的展馆里还喊了几声，也没回应，也不知道陆压到底躲到哪里去了。

没办法，段佳泽只好回房间，他想，陆压总不会连明天的班也翘掉吧？

躺在床上，段佳泽心想，我大概是世界上最惨的告白者了，我那么有勇气地告白，结果陆压这个坏鸟……

翻来覆去好一会儿，段佳泽才睡着。

第二天醒来的时候，段佳泽一睁眼便看到陆压的脸，愣了一秒钟，才抓了抓头发："你什么时候回来的？"

昨晚段佳泽差点儿找到隔壁公园去了，也没看到陆压的人影，还在想他会不会翘班，结果他居然半夜自己回来了。

而且陆压也是醒着的，就像以前段佳泽每次半夜醒来看到他时一样，他正在盯着段佳泽发呆。

陆压冷不丁对上睁开眼的段佳泽，想都没想，立刻转过身体，背对着段佳泽。

段佳泽小心翼翼地伸手，放在陆压肩膀上。

陆压扭了一下，但是也没把段佳泽的手给甩掉，段佳泽硬着头皮问："你还在生气吗？"

陆压没说话。

段佳泽想哀号，妈的，我也刚弯，真的没什么经验啊！

他坐起来，扶着陆压的肩膀道："哥，咱们聊聊吧，没那么严重吧？本来人与人之间的关系就是逐渐递进的，不可能所有人都一开始上来就特别好，特别喜欢对方，对吗？"

陆压含着怨气道："我不是人。"

段佳泽："就是这么个意思，我听说小青和白姐刚认识的时候还打架呢，也没人否认他们现在感情好不是吗？"

陆压还是沉默。

段佳泽手下用力，把陆压给翻过来了。陆压虽然没有反抗，但是他转过来段佳泽才发现，陆压脸色特别难看。

陆压幽幽道："不用解释了，你以前很讨厌我对吧……"

昨晚说的是不喜欢，这就进阶了，虽然陆压也没说错。看到陆压这个三观颠覆的样子，段佳泽实在于心不忍。陆压活了那么多年，还没这种经历，打击可谓非常大。

段佳泽："没有没有，我说了，就是有点儿不赞同。"

然而陆压心态已经崩了，他垂下眼，表情分明就是不信。

段佳泽有点儿无力，把腿放下床，穿上拖鞋。

陆压动作很快，一下从后面把段佳泽给抱住了："你去哪儿？你什么意思？你这个骗子！"

段佳泽："我喝口水。"

他就想喝点儿热水，缓和一下心情，至于这么大惊小怪吗？

陆压这个家伙，刚才还要死不活的样子。

陆压一伸手，热水就自动倒进了水杯，飞到他手里。

段佳泽接过水喝了两口，委婉地道："我觉得你可以再淡定一下……现在可以聊了吗？"

他回头一看，陆压还满脸犹豫，似乎不确定要再自怨自艾一会儿，还是听听段佳泽的"甜言蜜语"。

段佳泽把水杯用力一放，然后揪着陆压的耳朵把他的脸拉近，陆压刚刚低叫了一声，段佳泽已经把他呼声全都吞了回去。

陆压："……"

半晌，段佳泽撑着床半坐起来，靠着床头道："现在可以聊了吗？"

"不用聊了……"陆压小声嘀咕着，再度扑上来。

段佳泽："……"

"鱼都到哪儿了？"段佳泽一手放在触摸池里，旁边的大海星就伸出触手，在段佳泽手上蹭了一下。

员工告诉段佳泽："昨天白哥说有点儿事耽误了，要晚几天。"

这个白哥当然是白鱀豚白海波，如今灵囿引进水族仍然有部分是靠他的关系。灵囿这边海洋馆里的水族，有些也修炼到了一定的时期，会辞职出去化形之类，这都是正常的人员流动，再补上就是了。

白海波在环保部门上班，不时有事也是正常的，这边只是他的兼职而已，段佳泽也没放在心上。

正说着，外面一道闪电亮起，随即是轰隆隆的雷声。

"好大的雷，不会又要洪水泛滥了吧。"段佳泽往外看了一眼，上次这个天气，直接把市动物园搞得没了脾气，把一部分动物送到他们这里来避难。

下雨对游客来说当然不美，打着伞谁还能有兴致游览，要不是灵囿现在的度假酒店极其宜居，待在这里的人都要崩溃了。

员工也看着外面，看到粗大的闪电，有些小怕地道："这不会劈到什么建筑吧，也不知道是哪位道友在渡劫。"

段佳泽哈哈笑了两声，他倒是和临水观的人聊过，如今是末法时代，鲜少有新生代的人族修士会达到渡劫那个水平。这还不是说飞升的大劫，而是各种小劫。

修行者逆天修行，突破大境界、生出心魔、造杀业都会酿成劫数，不一定以天雷的形式降下，其实也有风火之劫，只是雷劫声势浩大，最广为人知，连普通人也知晓一二。

像妖族化形，修成道体，也会招来雷劫。

至于飞升之劫，就更是上千年没有听说过了。

还有一个顶级的天地劫数，则是关系三界各族生灵的无量量劫，这种属于无形之劫，上一次要追溯到封神之战，下一次还遥遥无期。

相对这些，人类的生命太短暂了，而且时代发展至今，灵气稀薄，大多数妖怪、修行者，都更专注于当下的享乐。

眼看时间差不多要下班了，段佳泽在海洋馆洗了把手，就往食堂溜达。

中途遇到咬着自己的缰绳同样去食堂的吉光，段佳泽伸出手来："搭个便车。"

吉光在段佳泽面前停下来，段佳泽翻身上马——经过多次练习，现在的段佳泽已经不需要吉光趴下来，自己也能爬上去了，动作较为流畅。

段佳泽骑着马去食堂，到了门口便跳下来，一拍吉光的脖子，吉光自去吃饭了。

那些派遣动物速度都比段佳泽要快，他犹豫了一下，走到陆压身边坐下。

有苏挪了一下，挪到段佳泽对面："园长，我和小青想请假去市里买衣服。"

段佳泽思想歪了一下："都是买女装吗？"

有苏："不知道。"

陆压一伸手，搭在段佳泽肩膀上，对段佳泽道："你少跟狐狸说话，她不是什么好东西。"

"呵呵，道君，我听得到。"有苏笑道："而且，这句话您已经说过很多遍了。"

那不一样，现在陆压是强烈怀疑，以前段佳泽讨厌自己，就是这只野狐狸在作祟！

但是陆压不能说出来，让人知道段佳泽以前不喜欢他，他在三界之中的威名怎么办？

所以陆压只对有苏冷笑了一声。

"大家都是同事，和气生财。"段佳泽胡乱打着圆场，对于三足金乌和九尾狐之间的矛盾，他已经调节到没想法了。

有苏却是盯着陆压搭在段佳泽肩膀上的手，咬着勺子哧哧地笑了两声："哦……"

段佳泽觉得浑身发毛："怎么了？"

有苏眼波流转，已然从小细节中勘破真相，也明白为什么道君今天又找自己茬了。园长以前还会躲躲闪闪，现在虽然也有些不好意思，但面对道君的动作，可一点儿回避的意思也没有。太有意思了。

外人，包括很多派遣动物可能对段佳泽、陆压的关系还比较迷糊，懵懵懂懂，甚至还有袁洪这样压根没意识到的。

有苏绝对是除了谛听之外，掌握得最清楚的人了。她知道之前那种微妙的状态，也知道现在是怎样的转变。

"园长说得对，大家都是自己人，"有苏捧着自己碗小声道："道君向来醉心修炼，不问外事，如今得成好事，难道对房中……"

段佳泽真急了，一伸手把有苏的脑袋摁饭碗里了。

有苏："……"

看到这一幕的人都开始怀疑自己的眼睛，园长怎么了，被陆哥感染了吗？为什么会这么粗暴地对小姑娘？

"对不起对不起……手抖了。"段佳泽充满歉意地把有苏拉起来。

有苏冷静地一擦脸："没事，我去洗脸。"

有苏走开之后，陆压还没弄懂："她刚才说什么？？"

段佳泽道："没什么，大概说我们房中要重布置一下吧，毕竟你老过来。"

陆压略有些得意又不屑地道："算她识相。"

九尾狐精得很，定然是意识到自己不能再对管理层作死，于是小意讨好。

段佳泽擦了把冷汗："嗯嗯。"

陆压自觉与段佳泽的关系再次升华，有些憋得慌，没法昭告天下，又想炫耀，于是频频从段佳泽碗里夹菜。

于是员工们也频频看他们，并小声讨论："我的天，陆哥和园长最近越来越过分了……"

段佳泽终于忍不住了，他用力一放碗："一两次就算了，你把肉全夹走了，我他妈吃什么啊！"

陆压："……"

段佳泽还想再说陆压，这个恩爱秀得也太没水平了，手机铃声就骤然响起来，他再次看了陆压一眼，接通电话："喂，江道长？"

电话那头是江无水，临水观的弟子，他抖着声音道："段园长，我现在坐在出租车里，在灵囿门口，我有急事找您！"

段佳泽一惊："我马上过来，你把手机给他们。"

江无水把手机给了门口的员工，虽然员工们都知道临水观和灵囿合作，但他们也无权在这个点让人打开大门把车开进去。有了段佳泽的话，便把江无水和出租车放了进去。

段佳泽挂了电话后，把剩下的菜也悉数扒进陆压的碗里："哥，你饿就多吃点儿，我出去一下。"

陆压："……"

段佳泽冲出去，却见逐渐降临的夜色里，江无水站在出租车旁，手里打着一把伞，看到段佳泽过来便用力招了招手，将后备箱打开。

段佳泽走到近前一看，里头却是一个大大的水族箱，里头赫然是一条白鱀豚，将近两米，弯着身体缩在里头，身上有几处伤口，血丝沁在水中。

这个水族箱里只剩下一层水了，角落里还缩着一些小鱼，瑟瑟发抖。

看到这个水族箱，还有那条白鱀豚，段佳泽有些凌乱了："这不是海波么……这个水族箱怎么有点儿眼熟啊？"

因为给孙爱平的鱼治过病，段佳泽便认了出来，这好像是他家的缸。这个缸里段佳泽记得应该还有一些装饰用的沉木和水草，现在都不知道哪里去了。

江无水擦着汗道："这是林业局孙局长的。"

果然，这是孙爱平的，他没看错。

司机下车来，帮着段佳泽一起把那个大大的水族箱抬了出来，还问道："这是什么鱼啊，看着像海豚，这是道长捐给动物园的吗？"

段佳泽狂汗，白鱀豚能是随便买卖的吗？他随口应付过去，把水族箱弄到了海洋馆里，重新加上水。

看看四下无人，段佳泽这才问道："到底出什么事了？海波本来今天就该过来的，他打电话说有些事耽误，难道受伤了？"

江无水哭丧着脸道："原来您真的认识它啊，这是孙颖小姐来找我，给我的。他们学校今日出去郊游，忽逢暴雨雷电，她去找厕所时，遇到了一路被劈后脚跟的……此物，狂奔而来，借她人身避过了那波雷电。孙小姐便带着来宝塔山，我恰在周遭，就接收了。"

这白鱀豚能度雷劫，少说也有几百上千年修为吧，也非常符合灵囿深不可测的形象。

"但是，"江无水心有余悸地道："但是我也束手无策啊，这定然是在度劫。我又不是什么功德之体，孙小姐是教师还能挡得一时半会儿，我只好山都不上，直接来找您了。"

他一路过来，看着雷云未消，就知道还没完，生怕被连累，一道劈死了。

江无水看孙颖跑来找他，就知道可能孙颖不知道她其实应该去灵囿。他也没敢说破，更不敢不收，只好硬着头皮打发走孙颖，然后来灵囿求救。

段佳泽没想到白海波说有事耽搁，是要渡劫，而且更惨的是，这家伙那么丢脸时遇到了前女友，幸好前女友好心，把她爹的水族箱都拿来装前男友了，越想越是无语："我知道了，他就交给我吧，江道长，麻烦你了。"

江无水听出来这是要送客，看了一眼白鱀豚，不敢说什么。其实他特想留下来，怕被雷劈是一回事，但是现在到了段佳泽手里，他又想看看他们怎么救这白鱀豚了。

既然找人类求助，定然是没法自己度过。然而雷劫这玩意儿，就算灵囿的几位居士要帮人扛，怕是也有一定难度吧？

很可惜，江无水虽然充满好奇，还是只能一步三回头地离开了。他打算就在附近找个地方，就盯着雷看了。

江无水离开之后，段佳泽摸着白海波身上的焦痕，用了几个治疗术法，好了那么些许。毕竟是天雷造成的，不同普通伤势。

白海波此时十分虚弱，强撑着开口解释道："我昨日遇到几个老仇家，还以为只是一会儿工夫就能解决，谁知道撞到了雷劫。我已经五百年没有度过劫了，怕是大限将至。我运来的那些鱼，还在车上……"

度劫不是那么容易的，尤其对于妖族来说，每个阶段的劫数都会刷下一大批去轮回。

"别说了，你不会有事的。"段佳泽看他还在念叨那些鱼，有些感动。听到外面雷声滚滚，仿佛随时都会再劈下来，想到白天看到的奇粗雷电，赶紧打电话给小青。

白海波也算是灵囿的编外成员，是段佳泽特聘的招聘经理。他让小青把陆压叫过来，说白海波这里要度雷劫了。

过了一会儿，不只陆压，好些派遣动物都来了。吃饱饭，撑着腰，过来围观人间界的小妖怪度劫。

"现在的年轻人啊，这么点点大的雷也呼天抢地……"

"想当年我和姐姐化形之时，那雷几乎要将山头也劈开了。"

"呃，我只记得我陪雷公电母一起办公了。"

派遣动物们细声吹嘘当年的经历。

陆压懒懒道："这小鱼不行了？"

"再劈两下就真不行了。"段佳泽本来还有些担心，听到其他人的八卦，就安心多了："你能挡挡吗？"

白海波已经有些神志不清，只听清了身边段佳泽的那句话，生出一些希望："这，这真的可以吗……"

他知道陆前辈很厉害，但是，这可是天雷啊！

陆压得意地道："这算什么……"

他话音刚落，蓄势待发已久的雷便炸了下来。天空一亮后，伴随一声巨响，天雷朝着灵囿落了下来。

闪亮把外面照得如同白昼，但是只听见响，地上什么动静也没有。

段佳泽一喜："还真行，道君可以啊。"

陆压却是皱眉道："我还没动。"

段佳泽蒙了，陆压没动，那是谁帮忙挡的。段佳泽看向其他人，他目光所到之处，众人也纷纷摇头，以示他们没有和道君抢这个出风头的机会。

这怎么回事？

外面雷声还在一道接着一道，里头的人却毫无所感。

段佳泽怀着疑惑，跑到门口，却见惊雷落下，确实直直冲着他们的房子，然而一点儿也没传到室内来。他索性举着雨伞冲到空地中，往上一看。

只见狂风暴雨、电闪雷鸣之中，袁洪勾身坐在房顶，浑身湿漉漉的，金棕色的毛发都不再毛糙地贴着脸。他一只脚盘着，一只脚竖着屈起来，手握一根铁棒，抵着肩膀直直对着天。

泛着紫光的天雷劈下来，全都落在袁洪手中那根铁棒上，然后一切惊人的力量全都在袁洪身上消失，仿佛被他吞食了一般归于平静，只留下雷声回荡。

电光一瞬间照亮袁洪，反射之下，仿佛他那透着对任何事物都不屑一顾的眼睛也冒出了光！

这个场景看得段佳泽汗毛倒竖，鸡皮疙瘩都起来了，他一个激灵：卧槽，牛逼，袁洪这棒子还能做避雷针？

129

这一晚，灵囿度假酒店的诸位客人，以及所有工作人员，全都看到了一道道粗壮的雷电落在灵囿野生动物园的园区内，只是远远的，他们看不清是否有损伤。

雷声滚滚，让人心惊胆战，别说靠近了，好多住客都吓得关掉了电视，祈祷酒店的避雷针靠谱一点儿。

过去了七八分钟，雷声才停止。

在这样的情况下，没有人想得到，他们的园长段佳泽就在雷电落点周围不到五十米的地方观看。

段佳泽紧张地盯着袁洪看。

直到最后一道天雷落下来，这也是威力最为强大的一道，从形态上看几乎是此前天雷的两倍大。

一直像根避雷针一样杵在屋顶的袁洪终于动了，他跃升而起，迎向泛着紫光的雷电，将手中的铁棒当头一劈，便将挟着天威的滚雷悍然击散！

一瞬间，天地之间只剩下哗啦啦的雨声。

袁洪手中铁棒撑在屋顶，当风而立，向上看了一眼。

此刻，劫云也迅速消散，暴雨变成了小雨，让人觉得就像在袁洪的目光下落荒而逃一般。

袁洪从屋顶一跃，轻松落在地上，铁棒在手中转了一圈。

"星君辛苦了。"段佳泽心服口服，深觉这位四废星君名气虽然不大，但绝对是实力派啊！

"那个，也不知道之后还会不会再来。"段佳泽不太懂他们的规矩，之前第一次来是在孙颖的庇护下躲过去了，这一次不知道怎么算。

袁洪无所谓地道："来一次打一次。"

段佳泽服了。

这时再进去一看，只见陆压抱臂而立，满脸不开心。其他派遣动物噤若寒蝉，都不敢说笑了，气氛有一点儿点压抑。

白海波还在水族箱里，精神好了许多，望着这边口吐人言："园长，再造之恩，海波无以为报啊！"

"都是这位袁洪袁老师出手相助，你要谢谢他吧。"段佳泽赶紧给他介绍袁洪。

"你这小鱼，身上伤还没好，就不要废话那么多了。"白素贞一手伸进水里按了按白海波，她刚才给白海波疗了下伤："这不过是举手之劳而已。"

不是白素贞越俎代庖，这就是事实，对于灵囿的大多数派遣动物，即便是他们中较为年轻的白素贞来说，这个等级的雷劫也不致死。当然，也不会像袁洪那么轻松，他们在里头，甚至感觉不到在度劫，这房子也没有伤到分毫。

白海波更加觉得灵囿的前辈深不可测了，本来他只知道陆前辈是高人，现在园长随便拎一个人出来都帮他挡了雷劫，还一身轻松的样子。刚才人家在外面挡雷劫，他在里头一点儿动静都感觉不到，哪还是他记忆中的模样。

这位与他同姓的前辈，更声称这只是"举手之劳"。

举手之劳？每次度劫之时，有多少各族修行者化为劫灰啊！

"你好好休息，单位那边要请假吗？"段佳泽到底是人类，想得比较实际。

白海波这才回过神来："哦对，我本来后天要回单位的。"

段佳泽就和白海波商量了一下，以亲戚的名义帮他向单位请个病假，然后把白海波留在海洋馆修养，身体好了再送回去。

白海波被雷劈得都变回原形了，伤得确实很重，要不是段佳泽和白素贞连续给他治疗，他都要没力气说了话。

白海波就被留在海洋馆了，其他人各自回去。

"你看得很开心吗？"陆压问段佳泽。

刚才他就看到，段佳泽站在外头看袁洪挡雷劫，看得那叫一个开心啊，就差没拿手机出来录视频了。

段佳泽："我就是关心一下国家一级保护动物，白鳖豚都功能性灭绝了。"

陆压哼了一声。

"我肚子有点儿饿了，之前没吃饱。"段佳泽说，他接到江无水的电话后，饭也没吃完："你把我菜都吃完了吧？"

一说这个陆压就更不开心了："我吃你东西，你居然骂我。"

"我没骂你啊，那也叫骂？"段佳泽反驳道："你才是呢，一般都是给对象夹菜，哪有你这样的，强行吃我的菜，你早说我给你夹啊，你急什么。"

陆压："……"

三足金乌，性格太急躁了。

段佳泽暗笑，一手勾着陆压的脖子，往他背上跳："走，再去吃一顿。"

陆压赶紧道："岂有此理，怎么能骑在本尊背上。"

那也太不雅观，太有损威严了！

五分钟后。

袁洪看着趴在陆压背上经过的段佳泽："他们竟然是这种关系？"

一旁，有苏呵呵一笑："你终于发现了。很惊讶吧，一般人都会被吓到，毕竟这可是陆压道君。"

袁洪震惊地道："是啊！谁能想到，陆压道君会甘愿做他人的一介脚力呢？"

有苏："……"

"我的鱼，我的鱼啊！！"孙爱平在家中哀号。

孙颖在一旁心虚地道："鱼……鱼都没死，就是在佳佳那边，回头给你拿过来。"

她心中也有些疑问，怎么白海波没有自己的老巢吗？被江道长救了之后，居然送到动物园去？

孙爱平看着地上被掏出来的沉木和水草，叫得更惨了："我的缸，我的缸啊！"

他那水草缸不是在店里买的，而是自己一点儿一点儿布置的，选沉木，种水草……结果全给孙颖掀了！

没办法，孙颖要把白海波带去灵圃，那时候白海波变回原形了，差点儿没吓死她。一米多长的白鱀豚，别的容器也装不下啊，只好把她爹的缸给挖了，急得她都没来得及把鱼弄出来。

等孙爱平回来，孙颖就说自己救了一条大鱼，也没敢说是白鱀豚，这点儿常识她还是有的。

孙爱平捂着脸哀叹一声："算了，我去把缸和鱼拿回来。"

孙颖要去开家长会，就没和孙爱平一起去。

孙爱平要去灵囿，孙颖早就和段佳泽说好了，他过去拿缸和鱼，也不用麻烦别人，反正那边员工也都认识他，把缸搬了就是。

因为是周末，海洋馆人也多，孙爱平进去之后，工作人员认出来是孙局长，连忙说去帮他把缸搬出来，再运到车上，请孙局长稍做等待。

孙爱平也一段时间没来灵囿了，在海洋馆内转悠了一下，忽觉腹痛，赶紧找厕所。

上完厕所后，路过一个房间，忽听里面有人呼痛，孙爱平赶紧停下来问了一句："什么事？你需要帮助吗？"

这下又没有声音了，搞得孙爱平有些怀疑自己听错了，难道是电视声？但是走了两步后又觉得不安，万一真有人受伤了怎么办，那房间好像是个办公室啊。

孙爱平赶紧退回去敲了敲门，还是没声音，他便握着门把一拧，推门进去。

刚才可能真的听错了，应该是别的房间的声音。孙爱平呆呆地想。

但是，这个房间摆着的大水族箱内，那条淡青色纺锤状的鲸类，分明就是极危状态，已经宣布功能性灭绝，只有极少数野生数量的国际一级保护动物——白鱀豚啊！

孙爱平整个都凌乱了，他可没有想过会是什么非法购买之类的，毕竟这又不像老虎狮子，就跟大熊猫似的，你一展出合不合法立马就会被发现。

为什么灵囿会有一条白鱀豚？他虽然是林业部门的，但是没理由不知道啊！

"……不是，不是，我只是还没来得及上报，忙着抢救，真的。"段佳泽接到孙爱平的电话后都慌了，也不知道是谁去探望白海波时没锁门，白海波负伤没法使用障眼法，竟然被孙爱平发现了。

这要是游客发现也就罢了，也不是每个游客都能认出白鱀豚来，偏偏孙爱平认得，他还绝对不可能帮忙瞒着。

也幸好是孙爱平，他就算满腹怀疑，也会听段佳泽解释，向着他这边。

段佳泽只好把孙颖搬了出来，说这个是孙颖从河里救起来的。但是孙颖也不认识这是白鱀豚，送到海洋馆，他们救过来才确认，这应该是白鱀豚。

这倒是和孙颖的动作对上了，孙爱平没再怀疑。

孙爱平嚷道："白鱀豚，活的白鱀豚啊！那既然是这样，快点儿联系渔政局吧！"

孙爱平嗓子都要喊哑了，毕竟，白鱀豚被认为灭绝都快十年了，也宣布了功能性灭绝。直到这两年又有人目击到白鱀豚，但也并没有确凿证据。

眼前却是一条活生生的白鱀豚，它就是白鱀豚没有灭绝的铁证。

已知白鱀豚都生活在长江流域尤其是中下游，以及钱塘江、洞庭湖等处，长江又是汇入东海，虽然这条白鱀豚不是在长江中出现，而是另外一条河，但是谁知道它从哪条道过去的呢，这个踪迹还是说得过去的。

当然，管它东海出现过白鱀豚没有，现在出现了，这就是一个天大的新闻！

段佳泽特别不想联系渔政局，可是孙爱平已经惊动了海洋馆其他员工，这么些人，说不定连游客也听到风声了，怎么可能捂得住消息。

以白鱀豚的珍稀程度，一旦被发现了活体，肯定不会把它放回去继续野生野长。

这不是要做什么坏事，因为白鱀豚的数量太少，现在自然环境又不好，很难繁衍种群。极有可能是养在保护区，或者建立机构圈养，再继续寻找对应性别的白鱀豚，帮助繁殖。如果成功，等它们发展到一定数量，才会进行真正的放归，就像大熊猫一样。

但是这条白鱀豚，他是白海波，不说妖怪不妖怪，人家在环保局还有工作呢！

这下段佳泽可犯难了，然而孙爱平已经联系渔政部门，人家层层上报，不一会儿，这个惊天好消息就已经传遍了渔政系统，并且继续扩散。

分分钟，就有命令下来了，立刻由本地专家共同乘坐专机，护送白鱀豚到中科院的水生生物研究所去进行治疗。这里多年前就有医治、养育白鱀豚的经验，也是唯一人工养殖过白鱀豚的地方。

整个过程不过半天而已，就有人来接白海波。

白海波在水里惊恐地道："我还要上班啊，我不去！园长！"

"海波，没办法了，我陪你一起去，咱们先去首都，完了再见机行事。大不了你伤好了，能变化了，就溜。"段佳泽沉重地道，没办法，谁让白海波被发现了呢。

这可不像老虎花虫一样，还能借机留在灵围，连野生大熊猫都不可能留住，更别提白鱀豚了！

白海波很郁闷，溜当然要溜，他可不想留在那里陪人类做研究，说不定还要被迫找对象，但是，他要假死金蝉脱壳还挺对不住全国人民的，让全国人民白高兴一场。

　

"'长江女神'没有灭绝！十年后再次现身！"

"受伤白鱀豚现身东海市，被救后送往中科院水生生物研究所。"

"市民不识白鱀豚，救起后送至动物园。"

关于白鱀豚重现的新闻把全国人民轰炸了一遍，媒体将一个市民把白鱀豚当作江豚甚至海豚救起，送往动物园，结果发现这是一条白鱀豚的事情津津道来。

段佳泽已经陪着搭飞机去庭北了，研究所位于庭北，那里属于长江流域，建立过白鱀豚科研基地。

于是，媒体热烈采访了海洋馆的工作人员和爱心市民孙女士，各种挖掘其中的故事，询问孙女士为什么会仗义出手，当时心里在想什么。

孙颖都是晕的，结结巴巴地说："我们东海这边，有时候也会有海豚搁浅啦，顺手救一救……对，我真的不知道那是白鱀豚，所以我就送动物园去了……"

"你问我惊不惊喜？"孙颖呵呵笑："我真的很惊喜啊，我不知道那是白鱀豚。"

"富有爱心的孙女士将白鱀豚救起之后，才知道这是几近灭绝的国际一级保护动物，长江女神……"记者对着镜头道："据说，动物园园长也是在救治完，才确认这是白鱀豚。"

孙颖低着头翻了个白眼，说实话，要是她在河里看到什么受伤的鱼，她可能只是打个电话给渔政部门，绝对不可能扛回家用缸装着，再送到动物园去啊！

她救那条鱼，完全是因为那是她前男友好吗？

而孙颖的前男友，现在正被人围着喊"女神"。

段佳泽陪同白海波抵达庭北，他的治疗术法全都用在白海波身上了，但是焦痕仍然存在，雷劫造成的伤害没那么轻易好。

研究所的专家紧张地接手，做了一番检查，也震惊了。

这是他们多年之后再次见到白鱀豚，听到消息后，激动得要死。当初曾经有考察团沿着长江流域寻找白鱀豚的踪影，拍到了影像，但是也没有确证，证明就是白鱀豚。

这下白鱀豚现身入海口附近，还受了伤，还能有比这更确凿的证据吗？大家是又激动又担忧，还把几个参与过人工养育白鱀豚的退休专家都叫回来了。

年轻工作人员难掩激动，一口一个："女神！"

段佳泽犯嘀咕，这是个男豚……

老专家们则后怕地道："没想到伤口比图片上看到的还要严重，但是很费解，怎么会造成这种电击伤？是遇到了什么样的情况？"

这几天东海市暴雨，电闪雷鸣，难道是白鱀豚撞上了漏电的物体？

更不可思议的是，这样的重伤之下，白鱀豚坚强地活了下来。

研究所一位专家和段佳泽握手："段园长！多亏你们抢救及时！"

段佳泽赶紧道："应该的，应该的。"

专家居然还认识段佳泽，他说道："我早就听说过了，之前东海有一起中华白海豚搁浅案例，你也参与了救治，成功把中华白海豚救回，放归保护区。"

所以他才毫不犹豫地认为，灵圃在救治白鱀豚中起到了关键作用。

段佳泽："惭愧，能帮上忙就好，接下来就要辛苦各位老师了。"

那些专家又是采血又是测量，白海波不舒服得很，脑袋一仰，冲着段佳泽叫了好几声。

专家们迅速反应过来："白鱀豚对救助了自己的段先生有好感，段先生你能过来帮忙安抚一下吗？"

段佳泽走过去在白海波头上摸了几下："女神，你再忍忍，老师们是在帮你治疗。"

白海波："……"

本来白海波在灵圃，一个星期左右就能复原，段佳泽也只帮他请了一个星期的假，现在只好再打个电话过去了。

"对对，海波病情恶化，医生说还要住更久的院。没什么，你们不用来看了，也不是什么特别严重的病。"段佳泽打了通电话给白海波他们办公室主任，假条还得回头补。

白海波的同事一放下电话就说："靠，绝对是痔疮。"

段佳泽把白海波送到之后，也没他什么用武之地了，他准备回去，回去之前，悄悄和白海波聊了几句。

"园长！他们刚刚还采我精！采血就算了，这也采……我死都不配合！"白海波带着哭腔道。

他本来要开口安慰白海波的，这下也咽回去了。这种事，实在不知道怎么安慰。

白海波伤心地道："算了，园长，你先回去吧，我就按照原计划，慢慢假装不治身亡……呜呜，但是他们会不会把我做成标本啊。"

段佳泽汗了一下，白海波说的还真有可能，但是这个不难解决，他犹豫一下，说道："我和研究所的老师聊了聊，我觉得他们对保护白鱀豚真的很上心，还在感慨当初的养殖计划失败。海波，你认不认识其他幸存的白鱀豚啊，现在工业污染那么严重，要不你把白鱀豚介绍到这里来吧？说实话，要是按照自然繁衍，白鱀豚的灭绝危险是很大的。"

研究所不是海洋馆，人家可以圈一片水域，白鱀豚不会很束缚，只是对白海波这样有工作的豚不好，但是普通白鱀豚住在这里，其实环境更好一些，只是白鱀豚们不会知道。

白海波自己就是做环保的，怎么会不知道污染的严重性，这几天也看得出研究所的尽心尽力，他摇头摆尾想了好一会儿才道："我和那些小辈也不熟，谁知道它们听不听我的……唉，我试一试吧，我走了之后，和它们谈一谈。"

不管其他白鱀豚来不来，白海波该金蝉脱壳还是要金蝉脱壳的。

"行，那你就试试吧。"段佳泽和白海波道完别就出门了。

临别的时候，主持救治工作的专家还特意送了段佳泽一小段路，笑呵呵地道："段先生也是爱护动物的人啊，我刚看到你和女神讲了好一会儿话。"

虽然已经知道这条白鱀豚是雄性，但是因为那些年轻人乱叫，大家都习惯了称呼白海波为女神。

段佳泽尴尬地笑了一下："呵呵，我就是有和动物讲话的习惯，在动物园也是这样。"

很容易就会被认为是动物痴迷者，其实，他是真的可以和动物对话……

专家感慨道："我就送到这里了，还要回去继续忙，伤势太重了，唉。"

"别担心，"段佳泽犹豫一下，还是安慰道："皇天不负苦心人。"

半个月后，新闻报道，从长江下游入海口救起的，被研究人员昵称为"女神"的白鱀豚由于伤势太重，在救助半月之后，还是去世了。

本来还有媒体报道，有风声称它的下场是做成标本或解剖，结果正式通知出来，居然给埋葬了，据说是上头下的命令。

但是，很快所有人的目光就被另一个新闻吸引了。

比起市民不知真身救起长江女神更具有新闻价值的，那就是研究所在送走"女神"的第二天，科考船就直面遇到了五条白鱀豚，这绝对是前所未有的。

不，这简直就是奇迹！

清晰的影像显示，与以往昙花一现般的现身不同，这一次，它们徘徊在科考船边迟迟不愿离去，就像在求助一般。

"小白好了吗？回头可以让他来我这里再复诊一下。"白素贞看到新闻便想起了白海波，顺口说道。之前她就给白海波治了一下，后来白海波给送走了，也不知道恢复得怎么样。

"可以，他在研究所就恢复了好几成，已经能变回人形了。现在回去上班，他们同事体谅他，都让他干些轻松的活儿。"段佳泽想到白海波抱怨自己回去被问痔疮好了没，就觉得好笑。

陆压看到新闻上说国家各种重视，要给白鱀豚们怎样怎样的保护措施，阵势大得很，就忍不住哼了一声："不就是数量少一点儿，还专门划水域……"

"就是，再少少得过我们道君吗？"段佳泽笑嘻嘻地摸了摸陆压的耳朵："本园长这就建立野生三足金乌保护区，专门解救单身三足金乌。"

130

段佳泽说到做到，为了逗陆压，他还真上网定做了一个牌子，亚克力仿古的，上边写着"三足金乌保护区"。

拆快递的时候陆压就在一旁，看到段佳泽从里头拿出一个牌子。

陆压知道段佳泽就是在胡说八道，只是没想到段佳泽这么无聊，还真去做了个牌子。

陆压气道："你有本事就挂出去。"

"这个要用贴上去。"段佳泽若无其事地道，他把后边的纸撕开："啪"一下把牌子贴床头了。开什么玩笑，他还能贴到外边去不成？

陆压："……"

陆压把段佳泽给摁住了，他觉得段佳泽真是越来越嚣张了，毕竟现在连唯一的烫卷发都无效了。他直接变成大鸟，用中间那第三只爪子按着段佳泽胸口："建了保护区，你做不做繁育工作？"

段佳泽："……"

不可能，这不是他认识的道君，太下流了！

段佳泽有点儿凌乱，陆压明明很纯真的啊，难道有苏瞒着他私底下给道君科普了？

陆压得意扬扬地道："怕了吧？"

段佳泽："人和鸟有生殖隔离的……"

陆压鄙视地道："你知道姜嫄履迹而孕吗？"

这个故事段佳泽小学就知道了，不就是说弃的母亲姜嫄踩到巨人脚印，然后怀孕生弃吗，古代很多大人物都有类似的出身。

段佳泽惊恐地看着陆压，靠，不会吧？所以并不是有苏给陆压做了什么很污的科普，而是他们那儿的通用规则？

陆压一只脚踩在段佳泽旁边，在柔软的床褥上印下一个深深的爪印。

段佳泽一瞥就能看到脚印，更加慌了："我靠，你不要乱来啊……"

陆压一爪抓着段佳泽的胸襟，把他给翻了过去。

段佳泽趴在陆压那个爪印上哀号："啊——"

陆压冷冷道："你傻吗？男的怎么怀孕。"

段佳泽："……"

"你这个情况啊，再吃上半个月的药，就能好全了，但是药材有点儿难找。"白素贞放下白海波的手腕，对他道。

"谢谢前辈。"白海波诚惶诚恐地道。

段佳泽问他："今天留下来吃饭吗？"

白海波挣扎地道："……不了，我要去感谢孙颖。"天知道他多想留下来吃饭，吃一顿等于占了多大的便宜啊。

"好吧，对了，你有没有问那几条小白鱀豚，它们现在过得怎么样？"段佳泽问道。

"我回去看过一次，"白海波精神一振："它们在水生所过得非常好，有三条以前在洞庭湖，两条就在庭北一带的长江流域。环境没有什么不适应的，一开始它们也担心人类，都不敢睡觉……毕竟当初白鱀豚就被大量捕杀。但是后来发现，那里的人类和我说的一样，确实是在帮助它们。

"而且，经过体检之后还发现它们体内存在有害物质，都是生活在污染水域导致的，尤其是两条住在长江的白鱀豚，那边工业污染太严重了！"

一说到这个，白海波的神情就有点儿凝重："现在住在研究所就好了，已经给它们制定了调养方案。"

在白鱀豚消失十年之后，且刚刚失去了"女神"，华夏人非常迫切想要让这五条白鱀豚健康长寿，再想得远一点儿，繁殖种群的希望可能就在它们身上了。

段佳泽一听白鱀豚体内还有有害物质，神情也严肃了一些。这是情理之中的事情，但听到后他还是有些不开心，水污染太严重了。

白海波说道："当年我还是小鱼的时候，长江的水质可好了。现在，我宁愿泡游泳池也不想回去了。"

"别说你小时候，就连我小时候，水质也不是现在这样。"段佳泽黯然道："等我发财了，就给污水治理捐款。"他没办法从事相关行业，就只好尽一分力了，现在灵圃各方面都要用钱，但以后总有机会的。

不管如何，现在这个白鱀豚家庭获得了全国上下的关注，媒体报道不断。

它们的身体情况也被报道了出来，大众更是猜测不休，知道它们受到水源污染的困扰，更是认定了它们是向人类求助。

大家一致忽略了，明明是因为人类才数量急剧减少的白鱀豚，为什么会跑来和人类求助这一点儿，被感动得泪眼蒙眬，呼吁一定要保护好它们。

不过因此而导致的各个媒体科普水族生存环境，倒是一个很好的结果，让更多人知道了受水质污染困扰的水族们的处境。

这也让本来被投以关注的孙颖轻松了很多，人们更多的还是在意活着的五条白鱀豚："女神"已经去世，就没什么人再关心孙颖了。

在这样全民爱护白鱀豚的氛围之下，灵圃以保护动物为主题的新皮影戏也上映了。

孙悟空的徒孙孙小猴是一只珍贵的金丝猴，它在金丝猴繁育基地生活，跟这里的动物、人类都关系友好。长大之后，孙小猴要去动物园相亲，在去动物园的车上，认识了几个也要去动物园的好朋友。

但是路上出了点儿意外，它们遇到了偷猎的坏人，这些人趁运送的人不注意，把动物们偷走，并且要卖掉它们。

以孙小猴为首的几个动物非常机智地从坏人手中逃脱，但是流落在人类世界的它们，并没有想象中那么快活。保护区外面的世界，还有太多来自人类有意无意的危害。

人类可能只是随手扔掉垃圾袋，但是水鸟、鱼类吃掉，却容易致命。孙小猴的鸟类朋友不小心吃进了人类制品，差点儿死掉，幸好被孙小猴把异物给拍了出来。

还有一些没有动物保护概念的人，见到这些动物就想捕捉。

直到后来，它们担惊受怕，被抓起来绝望之时，才发现这些把它们抓起来的其实是好人。保护区公开了动物失踪的消息，人们看到它们后，就帮忙困住，送回了保护区。在治疗之下，它们在外流落时受的伤，也都恢复了。

因为主要是给儿童看的，所以剧情非常简单，关于动物在人类世界遇到的危险，都参考了林业局以往的案例。将其呈现在戏中，观看后孩子们就知道平时做的这些事是不对的，会伤害到动物。

因为找了年轻人帮助修改剧本，所以整体也不失趣味，有很多搞笑的小细节，可以说寓教于乐。

这出新的皮影戏上映后，尤其在本地儿童间有很好的反响。

教育局闻讯，还和刘老先生商议，花钱购买了版权，把皮影戏录下来，发给各个小学播放。

同时，因为刘老先生一门还在另外的旅游商处，为外地游客演出，现在一周只有两天休息时间了。他的儿子和徒弟，都已经全职来做这份工作，且商量着招新徒弟了。

回龙皮影戏逐渐复苏，还引来了外国观众呢。

近年成为比较火的旅游景点的东海市，也有一些国外的旅游团、观光客光临啦，星条国的本杰明就是其中一员，他其实也不是专门来旅游的。

本杰明是一名兰花爱好者，今年的兰花博览会在华夏举行，本杰明便千里迢迢从地球另一端来到了华夏。他豪掷三百万，买下一株名为"幽谷佳人"的兰花。虽然这比不上博览会上最高价的一千多万的兰花，但也算很不错了。

本来想飞回去的本杰明，无意中看到了东海市的旅游宣传片，大为心动。因为东海市就在一旁，距离举办博览会的城市不过一个多小时车程，本杰明的决定，去东海市玩一圈再离开华夏。

本杰明找了一个当地成团的旅游团，导游带着他们看了回龙皮影戏。

本杰明对这种艺术形式太感兴趣了，他很想再看一场，可惜已经结束了，而且这个地方并不是天天都演。

好在本杰明打听到了，这个皮影戏班还会在一个叫"灵囿"的动物园演出，而且同团的游客告诉他，这个动物园也很有名。于是，本杰明利用自由活动的时间，来到了灵囿，入住灵囿度假酒店。

如果是经常来华夏的外国人，可能还不会有什么感觉，但本杰明是第一次来华夏。灵囿度假酒店的外观让他兴奋得嗷嗷叫，像看到什么景点似的，在外面拍了好多张照片。

入住自己的房间之后，本杰明就更是兴奋了，这里非但异常舒适，胜过他住过的任何一个度假酒店，还有他非常欣赏的东西。导致他一时没打通前台电话，就急得直接找到酒店前台。

前台还有人在排队，本杰明前面还有好几个人，第一个人和工作人员已经扯了大半天了。他忍不住问排在自己前面的人，那人在说什么。

好在本杰明前面的人会说外语，他问本杰明是要办什么手续。

本杰明表示自己已经入住了，只是，他非常想购买酒店的装饰花瓶。他觉得他房间的花瓶实在太漂亮了，就像他的"幽谷佳人"一样漂亮，简直是艺术品！

前面的人呵呵笑了两声道："那您可以慢慢等了，这里起码有五个人都是想买花瓶的。"

更让本杰明绝望的是，想买花瓶的人多也就算了，酒店好像每个房间都有不同的器物。可是，这个酒店并不出售他们的装饰品！

并且，这些装饰还是他们找艺术家定做的，世间独一无二！

"噢……"本杰明在知道这个消息后，一拍脑门，极其伤心。

但是本杰明不想放弃，他就是一个看到喜欢的东西就会千方百计想得到的人。所以他决定接下来的时间，一有空就来磨酒店的人。起码要告诉他那位艺术家的联系方式吧，他一定要把东西买到。

在这样带着不甘的心情，本杰明根据动物园给出的时间，把珍贵的兰花往酒店一放，就去看皮影戏了。

然而到了科普馆本杰明才发现，今天上演的皮影戏和昨天他看到的充满浓郁华夏色彩的皮影戏不同，属于儿童戏。

幕布前面有好些矮凳，家长们多数选择在一旁等待。于是，坐在一群小朋友中间高大的本杰明就格外醒目了……

本杰明甚至能感觉到有人在拍照。

这虽然是面向儿童的，而且和昨天不一样，没有翻译，但本杰明还是欣赏完了。

谁知道今天还有本地的新闻记者在，他们拉着本杰明采访了一通。本杰明把刘老先生给大夸特夸了一通，在记者的引荐下，也和刘老先生见面交谈了一番。

这些记者本来是来拍熊猫的，但是听人说这里有个外国人跟小孩一起看皮影戏，就过来拍了拍。

刘老先生在记者的翻译之下，和外国友人交流，也有点儿乐。他没想到，这人还喜欢到追到动物园来了，就为再看一场。

本杰明热情邀请刘老先生一门共进晚餐，详细探讨一下皮影戏。他第二天就要离开灵围了，虽然他只待一天，还没有参观动物园，但是，他的目的本来也只是看皮影戏而已。这个酒店已经是意外之喜了，至于动物园，本杰明不觉得这个动物园和他逛过的其他动物园会有什么不同。

刘老先生欣然接受，因为他和徒弟、儿子都不会英语，记者又得回单位，所以双方无法沟通，幸好有位工作人员交班，愿意陪同充当一个临时翻译。

结果，这顿晚餐又让本杰明大开眼界。

他在兰博会期间，也享用了一下当地美食，只能说别具风味，和星条国开的华夏餐厅都不太一样，是正宗的华夏味道。但是这家酒店的餐厅菜色，几乎让本杰明后悔了。

他后悔没有修改行程多待几天，还答应了别人回去后一起赏兰花，现在他想多在这里待几天品味美食也不可能了。

于是，除了皮影戏的细节外，本杰明又多问了一些食物的问题。他真的很好奇，这难道是华夏酒店的平均水平吗？

聊嗨了之后，本杰明也告诉他们，自己是来参加兰花博览会的，还买了一盆兰花，邀请他们一起上去观赏自己的挚爱。

经过一顿饭，大家关系近了很多，虽然沟通需要转一道手，刘老先生还是欣然接受。

本杰明把他们带到自己的房间，兰花就大大咧咧地放在桌子上。这一趟华夏之行，本杰明都是这么把兰花放在酒店，自己出去玩的。

"它叫'幽谷佳人'。"本杰明那"幽谷佳人"四个字说的还是中文："是芳汀兰花园今年培育的新品种。"

刘老先生戴上眼镜，看了半天，也只说了一个"好"字。这花看着漂亮是漂亮，但也仅此而已了，他可看不出来有什么特殊之处。

"这个宝贝，花了我三百万人民币。"本杰明把兰花捧起来，不无得意地道："但是它一定会让我在朋友们面前出出风头的。"

工作人员瞪大眼睛，呆了一下才转述给另外三人。

刘老先生和他的徒弟、儿子也都惊讶极了，这么一盆花居然就要三百万？

他们几个人都是不太懂兰花的，刚才看花时没品出什么味道来，听到价格后，都吸着凉气，有了一番新的体会。

刘老先生对工作人员道："小杨，你问他，三百万的东西，他就随便放桌上？自己出去，也不怕被偷掉？"

小杨咽了口口水，翻译给本杰明。

本杰明很随意地道："我觉得华夏治安很不错，而且一般我不说，没有人能猜到它价值三百万。"

刘老先生无法认同，无论是花三百万买盆花，还是买都买了居然就这么放着："这花要是养死了可怎么办……而且就放这儿，万一有个什么意外，再有钱也不能这么造啊！"

本杰明听了翻译之后，说道："谢谢你，不过我不觉得会有什么意外……"

本杰明这个外字还没落地，整个酒店忽然猛地震动了一下，本杰明心头滑过"地震"二字的同时，手中的花盆也随之脱手而出，正面朝下砸在了地面上！

众人一起惊呼。

"我的幽谷佳人！我独一无二的幽谷佳人！"本杰明两眼一翻，直接往后一倒，砸在床上，人事不省了。

"先生，先生你怎么样了？"

本杰明缓缓苏醒，在他的视线中出现了一张年轻的华夏人面孔，身上还穿着动物园的园服。

呆了三十秒后，本杰明才弱弱道："我怎么了……"

本杰明扶着年轻人的手，想要从床上坐起来，却被按住了。

这个年轻人用他们国家的语言说道："我是灵囿的园长，我姓段，您刚才情绪激动晕倒了，不过我们的医生已经做了急救，现在已经平安无事了，但是针还没取下来。"

哦，急救啊……

针？什么针？

本杰明无意识地低头一看，顿时惨叫一声："针，我身上怎么有针啊！"

他的胸口赫然插着几根亮闪闪的银针。

段佳泽按着本杰明，安抚道："没事的，这是华夏的针灸，您听说过吗？"

本杰明快吓尿了，这才找回一点儿理智："好像听过……"

在他们国家也有华夏的医生运用这种治疗方法，但是他可不敢尝试。

醒来之后，本杰明慢慢回神，猛然想起晕倒前的地震，和自己的兰花。他抓着这位年轻的园长，眼泪汪汪地道："是地震了吗？我的兰花呢？我的兰花是不是断了？我的天啊，我才拥有它不到一个星期，兰花园只有这一株……"

"冷静，先生。"段佳泽平静地拍了拍客人："是否是地震现在还不清楚，我们政府的官方评估还没出来。至于您的兰花，它安然无恙，已经为您换了一个花盆。"

说着，段佳泽转头让人把兰花拿来。

本杰明只见有人从外间端着一个花盆走了过来，他的幽谷佳人果然一点儿伤痕也没有，太神奇了，明明是脸朝下摔的，却一点儿折痕也没有。甚至，甚至好像比之前更光彩夺目了……

还有，那个花盆，质感绝佳，花纹细腻，好像和他房内的花瓶是同一个系列的啊！

本杰明眼睛发亮地道："请问我要为这个花盆付多少钱？"

"这个不要钱，毕竟您是在我们酒店晕倒的。"段佳泽扫了一眼，那个花盆就是朱烽随便烧的试验品，连做送给 VIP 的赠品的资格也没有，就像边角料一样。

本杰明乐开了花，顶着一胸口针捧着自己的花盆，看着兰花，笑得嘴也像开花了。

"啊，对了，杨和刘，他们都没事吧？有没有在地震中受伤？"本杰明忽然想到了自己刚认识的朋友，看他这个记性，怎么能忘掉这件事。

"没事，他们已经回去了，震动时间并不久。"段佳泽答道。

眼看客人安然无恙，白素贞将针也取下来之后，段佳泽就退出去了。

至于本杰明，除了得到心仪的容器、兰花死里逃生之外，更目睹一位华夏美人为自己疗伤，直到他们都离开，他还是晕乎乎的。

出门之后，白素贞疑惑地道："方才那真的是地震吗？我从前在青城山也经历过地震，没这么短，怎么可能就震一下？"

段佳泽刚刚还站出来安慰了酒店的游客们，这大晚上猛然震一下，可把人吓死了，还有游客直接逃到大堂来了，随时准备冲出去。

段佳泽无语地道："我们东海根本就不在地震带上，怎么可能发生地震。这不知道是哪个地方发生了爆炸之类的事，我给市里打电话，他们也不知道呢，还在调查，我也不敢乱说。"

白素贞说道："嗯，你们人类现在发明的东西威力也挺大的，还真有可能是人为造成的。哈哈，要真是那样，等着看新闻就知道了。"

她忽然想起什么，又道："园长倒是好心，还将那人的兰花救了回来。"

"不救能行吗？人都晕倒了，回头再把他给刺激出个什么好歹来怎么办？"段佳泽把兜里那瓶从熊思谦那里要来的稀释版杨枝甘露拿出来，瓶子特别小，是用完的风油精瓶子。

当时小杨把他找来的时候，本杰明的花盆倒在地上，因为震动还摇了几下，兰花都碾成几截了。段佳泽了解情况后，思考再三，还是给小杨放了个假，然后把本杰明的兰花给救活了。

白素贞掩唇一笑："说得也是。"

段佳泽伸了个懒腰："白姐，那我回去休息了，看明天那倒霉地震局怎么说吧。"

已是月上中天，灵囿动物园承包地，一株株紫竹在桃树的包围下随风摇曳着。

随着蝉鸣声声，一株粗壮的桃树上，一个倚靠在分叉树干上睡觉的年轻人猛地惊醒，身体往后一栽，几乎要摔下去。但他的脚一伸，便钩住了树，成了一个倒挂金钩的姿势，金棕色的头发落下来。

在树上荡了两下后，年轻人跳下来，从落叶里捡起一根金属长棍，挠了挠头嘟哝道："什么时候掉下来的……"

131

东海市地震局的人要郁闷死了。

大晚上的，忽然大半东海市民都感觉到了轻微震感，网上迅速开始流传地震的消息。然而，东海市根本不在地震带啊，怎么莫名其妙会发生地震。

搞得他们大晚上去加班，但是监测仪器显示，这根本就不是地震。震源在海角街道一带，不在地下，而在地上，甚至是在山上。

不可能是什么工厂爆炸，压根没动静，也不是什么武器试验，更没有矿山，不可能是矿山的炸药。

那这到底是什么？难道有市民私自搞事情？

有关单位连夜跑到那一带去勘察，结果连个坑都没找到。能引起那么大的动静，不可能任何痕迹也没有吧？但事实就是，半点儿痕迹也没有，东海市莫名其妙摇了三摇！

明天这可怎么跟全市人民交代呀？

周围的村民是感觉震动最明显的，但是他们也没能提供什么有效信息，这附近倒是因为发展乡村旅游在动工，但大体来说，并没有什么可能造成动静的工厂。

不过，有人联想到了前些天的暴雨惊雷，是不是留下的遗患啊？

要知道，那次打雷，有件事情让大家很疑惑。很多人都看到，雷大概往海角山、灵囿那个方向落下去，但无论是海角公园还是灵囿动物园，一草一木都毫发无伤。

市政府的人听着嘴角抽了好几下，觉得村民联想能力真是太好了，难道雷电的力量还能埋伏下来，然后伺机而动吗？

村民表示："不是因为这个，那是因为什么？难道是孙悟空又闹龙宫了吗？"

这是东海的俗话了，每次发生了什么事情，就喜欢往东宫上联系，毕竟东海市这一片曾经就是海洋。打不到鱼就说是龙宫动摇，吓到了鱼，天气不好也说是龙王修房子去了。而最终，都要怪到孙悟空头上。

市政府的人一时语塞，他们还真没找到原因。

但是一晚上过去，还不公布的话，肯定会引起骚动。在多方请示之下，只好在第二天硬着头皮发了个通告，表示东海市确实发生了 2.3 级地震。震源在海角街道，震感范围也不是特别大，基本上仅限东海市市区及周遭，没有波及下属县。

虽然东海市不在地震带上，但是有些导致地震的断裂带无法识别出来，而且断裂也是不断生灭的，所以东海市发生地震也不是完全不可能。而这个等级的地震，不会对生活、生产造成危害，大家可以继续安心过日子。

东海市民松了口气，但仍是津津乐道，台风也就罢了，但地震，他们中大多数人，一生都没遇到过一次。地震级别这么小，其实不用官方说明也知道，不会产生什么影响。

还有人讨论起来，哪个地方感受到的震感最明显。结论是，城区都还行，有的人甚至没察觉出来，越靠近郊外就越明显。

人民兴奋探讨的时候，东海市政府已经忙疯了，找省、国级专家来调查这古怪的震动……

段佳泽认真打听了一下，毕竟震源在海角街道，他还问了地震局，想确认一下会不会有更高级别的地震发生。

人家干巴巴地说，咱也预测不到多远。以前还说东海市不会有地震呢，这不还是地震了，谁也没把握说这就是最大的一次地震了。

段佳泽觉得幸好他的房子大多数都是希望工程奖励的，非常稳，那天晃是晃了，但那属于地下晃。他后来还找人来检查了，证明房子一点儿问题也没有。

这次小小的地震对酒店的影响不是特别大，大家潜意识里都不觉得东海市能有大地震，就是觉得比较稀奇。那天晚上，发生的最大事故就是本杰明三百万的兰花给砸了，就这还被段佳泽给救了回来。

本杰明走的时候，还特意和段佳泽百般道谢，感谢他慷慨地赠送了自己一个漂亮的花盆，以及本杰明怀疑是东海市……怎么说？用华夏话来说，就是风水好，他的"幽谷佳人"在这里待了两天，显得越发漂亮了。

观察了很久后，本杰明觉得这绝对不是自己的错觉。他拍了照片和以前做对比，虽然在照片里不太明显，但是本杰明相信自己的观察力，除非那一晕把他的视力也晕好了。

"喝了杨枝甘露，能不好吗……"段佳泽嘀咕了一下。

就在这时候，派出所民警又来了。

段佳泽和辖区民警打了好多次交道了，算是比较熟悉，不知道他们这次又有什么事。

民警搓着手道："这次又要麻烦段园长了……"

段佳泽一听这个话就醉了，这种台词啊，他真的听过很多遍了。有关部门从居民那里收缴的各种非法养殖的动物，从鸟到蛇再到虫子，都往动物园送，因为创文，连街上的流浪狗都想塞他们这儿来。

"怎么了？"段佳泽问。

民警说道："我们接到村民求助，前两天不是地震了吗，山里有一窝蜜蜂的窝不知道是毁了还是怎么，反正他们就搬家啦。有个村民院子里正在晒柜子，结果那窝蜜蜂就把人柜子当巢了。"

段佳泽："你的意思是？"

民警迟疑地道："蜜蜂也是动物吧，你们动物园……"

狗也就算了，怎么蜜蜂也叫他们去，虽然是动物园，但是灵囿也就养养蚂蚁，昆虫馆都没建呢，蝴蝶全是标本！

民警不好意思地道："一大群蜜蜂，村民手足无措，我们也不知道该怎么办。段园长，你应该有办法吧？"

段佳泽摸了摸额头："我想想吧，你让村民小心一点儿，不要招惹到蜜蜂。大概有多少只？"

民警道："具体数字不知道，但是估摸着得上万了，乌泱泱一大群呢。"

段佳泽应下，把民警送走了。

一万多只蜜蜂，要筑个巢也就是三五天的事情，要不把蜂窝挪走，那家人的柜子算是完了，但是蜜蜂警醒得很，不是专业人士，很难把它们安全挪开。

东海市没什么这方面的专家，倒是听说下面县里有养蜂场，但那村民也不太舍得花钱请人，就琢磨动物园要不要蜜蜂，要就白拿去。

段佳泽倒是对蜂蜜很感兴趣，但他们动物园没有这方面的人类专家。

所以，段佳泽去找动物专家了。

"小熊，你喜欢喝蜂蜜吗？"段佳泽搭着熊思谦的肩膀问。

熊思谦身子迅速从段佳泽手下挪开，口中却兴奋地道："当然喜欢了！"随即有些黯然地道："但是观音大士的道场没有蜂巢，我都几百年没吃过蜜了，你不说我都快想不起来蜂蜜的滋味了……"

一说起来，熊思谦就伤心得很。观音道场那么高档的地方，也就养养鱼，种种竹子。

段佳泽喜道："野山蜜喜欢不？就旁边村，从山上移了一窝蜂，影响了人村民的生活，他们希望能把蜂窝搬走。要是可以的话，我们去把蜂窝挪到我们的承包地去呗，就归你管了。"

一想到甜滋滋的野山蜜，熊思谦口水都要流下来了："可以可以。"

"成，那我们明天去村里。"段佳泽迅速道。

熊是最不怕蜜蜂的，皮毛厚实。熊思谦当年还是真小熊的时候，就常在山里掏蜂窝，那叫一个美啊，蜜蜂怎么叮都叮不走他。

段佳泽和熊思谦讲定了，就起身一边用手机给民警发短信，一边往回走。经过潘旋风的位置时，看到潘旋风手里拿着个桃子也不啃，呆呆的，就顺手摸了下他的脑袋："吃东西也能发呆啊？多吃点儿。"

潘旋风忙不迭点头："哦哦。"

祝光明住在同心村村尾，比较靠近山的地方，最近他家都快成景点了，不时就有人远远围观。这都是因为有一窝蜜蜂搬到他家院子里来了，就住在他的柜子里。

现在祝光明全家，进出屋都是从后门，免得被蜜蜂叮。饶是如此，也不时也会有蜜蜂误闯到他家来，他们家大女儿毛毛都被叮了两下，手上肿起老大的包。祝光明结婚晚，生孩子更晚，就毛毛一个孩子，可把他给心疼坏了。

祝光明家本来还有条护院的土狗，被叮得快成猪了，只好暂时放在村里别人家养。本来这狗忠心得很，晚上必定趴在院子里，现在隔着大老远不敢回来，被叮怕了。

一家人想了各种办法，也没能把蜜蜂赶走，它们就铁了心要在这儿扎根了。

　　好在报警之后警察同志答应了，帮他去找动物园的来解决。段园长也特别好，说会带专家一起过来，把蜂巢移走。

　　"再忍忍，明天就好了！"祝光明对老婆和女儿道。

　　祝光明的老婆抱怨道："真是，明天要还不行，我带女儿去娘家住几天得了。"

　　"别说了，上学不麻烦啊？"祝光明又看了看女儿的手："再多擦几遍药，知道吧？"

　　毛毛乖巧地点了点头："好的，爸爸。对了，爸爸，明天我可以去动物园吗？我想和同学一起去看熊猫。"

　　"可以，去吧。"祝光明答应道，反正明天这里要搬蜂窝，待在家也不好。

　　祝光明和老婆都年纪大了，女儿又小，所以一家人睡得都早，很快就熄灯上了床。他们家在村尾，最近的邻居离他们还隔个水塘，灯光一灭，这一片瞬间就黑了下来。

　　睡得迷迷糊糊，祝光明忽然听到外头有动静，他睡眠浅，一下子惊醒了，躺在床上又竖着耳朵听了一会儿。他家以前有狗，不怕贼，按理说现在虽然没狗，但是有蜜蜂啊，那贼还敢来？

　　可是祝光明偏偏就听到动静了，好像是在翻找什么，他院子里也就放了些农具，但那也是财产啊。祝光明赶紧蹑手蹑脚爬起来，把老婆孩子都拍醒了，拿上棍子往外走。

　　祝光明让老婆和毛毛都留在里屋，自己把大门打开一条缝，往外一看。

　　今天无月无星，祝光明虽然视力不好，但是还真看到黑漆漆的院子里有一大一小两个模糊的人影，一个蹲在院子中间，另一个在已经变成蜂巢的柜子旁。看不清是谁，就觉得挺胖的，甚至还有小孩子"啊啊"叫的声音，搞不好是被蜇到了。

　　祝光明当即呵斥一声："哪来的傻蛋？！"

　　"快点儿，快点儿。"潘旋风用脑袋顶了一下粽宝，粽宝几乎翻了个跟斗，看得潘旋风更气了："怎么走都走不稳啊！"

　　粽宝无辜地看着潘旋风。

今天白天听到附近有蜂巢后，潘旋风就心动了，他也是熊，他也爱吃蜂蜜啊！尤其是野山蜜！以前，他做山大王的时候，还专门让小妖怪给自己养蜂，定期去搜刮。来了灵囿，还真想念那味道。

可惜，园长把这美事儿交给熊思谦了。熊思谦又特别敌视他，蜂巢到了他手里，蜜还能有他的份儿？再说就算有，那能有多少？一窝蜂才产多少蜜！

潘旋风决定，今晚就去弄点儿蜜吃，就算以后熊思谦不分他，也值了。

潘旋风不但自己去了，还被粽宝缠上，把粽宝也带去了。

粽宝兴奋得很，它从小到大，还没有干过这种事情呢！新鲜的野山蜜是什么味道，潘旋风描述得太美妙了！一兴奋，粽宝还在门口摔了一跤……不对，好几跤。

潘旋风看粽宝太蠢了，发善心地让它先去吃，自己在这里望风。

于是，粽宝就迈着小短腿爬到了柜子旁。它比较矮，得扒着柜子人立起来，才能够到蜂巢。粽宝按照潘旋风教的，一爪子掏了进去。

蜜蜂瞬间被惊起，往粽宝身上扎。粽宝"啊啊"叫了几声，被潘旋风给训斥了："哪有这么痛？现在的熊猫，真是娇气得很！"

或者说这些人类养大的熊猫，太娇气了。

粽宝委屈地看了潘旋风一眼，虽然皮很厚，但还是有些疼的嘛。它伸手撕下一块蜂巢，顶着一群蜜蜂的攻击舔了起来。

潘旋风咽了口口水："怎么样？甜不甜？"

粽宝又用力舔了好几口，甚至咬下一点儿嚼了。

潘旋风："你这瓜娃，不要只顾到吃嘛！"

粽宝弱弱地叫了几声。

"怎么可能不甜？"潘旋风急了："你是不是偷吃园长给我的巧克力了哦？"

粽宝快哭了，这个真的不甜啊，它都怀疑自己的味觉了，但是真的不像潘旋风形容的那样，还不如它的窝头甜呢。

潘旋风正想上前看看，身后忽然传来人类的一声暴喝：

"哪来的傻蛋？这个还没有结蜜！"

潘旋风听得一愣。

可恶，他就说怎么会不甜！

"谁家的熊孩子……"祝光明看着那一大一小俩孩子连滚带爬地出了院

子，嘟哝着把门关上了。

祝光明的老婆无语道："哪个那么不要命？没给叮死啊？"

"没听到啊了几声吗？给小孩子都叮痛了，怕是穿着衣服都挡不住。"祝光明一想，他就说那俩的影子看上去怎么那么胖，搞不好穿着棉衣来的："男娃真是爱作死，幸好我们毛毛乖。"

"粽宝不晓得怎么回事，身上弄得特别脏……"

段佳泽听人这么说之后，就抽空去看了一下粽宝。还真是，这小家伙才多久不见，身上脏得很，脚下、屁股上有泥巴，还粘着好多草。

灵囿是不会给熊猫洗澡的，粽宝年纪不算太大，来的时候还挺干净的，这突然间却变脏了好多。

潘旋风正在给粽宝摘身上的草，察觉到段佳泽来了，顿时冷汗直冒。

段佳泽没进去，他等下要去同心村。这会儿盯着粽宝看了半晌，他发现粽宝身上有草也就罢了，居然还挂着苍耳。

段佳泽正想说什么，电话来了，催他出发，他看了两只僵硬的熊猫一眼便出去了。

灵囿虽然没有养蜂人的服装，但是他们饲养各种动物，也有比较严密的防护服，再戴上一个头盔，这就齐活儿了。纵然有一些缝隙，也没关系，因为负责转移蜂群的，是熊思谦。

到了同心村后，院中有蜂蜜的祝光明夫妇早已在等候，祝光明还说："谢谢啊，园长，幸好你们来了。昨天晚上，还有熊孩子来偷蜜。"

段佳泽一惊："啊？"

祝光明道："被叮走啦！但还是很危险，要不是昨晚我喊了一嗓子。那俩熊孩子太傻啦，这窝蜜蜂才来了几天，结蜜起码要一个月呢！"

段佳泽看了一眼院口的苍耳，"唔"了一声："那我们赶紧弄走，以免再发生这样的事情，危害到……"他嘴角抽了一下："熊孩子。"

接下来，围观的村民们就看到了非常精彩的一幕。

那个粗壮的汉子，手里拿着一个装蜂筒，直接活捉蜜蜂。蜂王是最早落网的，被他捏着翅膀，这汉子看上去身体笨重，但是灵活得不得了。也不用熏晕蜜蜂，也不来什么引诱，就这么生提啊。

速度还特快，三下五除二，大部分蜜蜂都捉完了。

"我们得赶紧回去，我那里准备了蜂箱，把它们转移了。"熊思谦一看到这些小可爱，就仿佛想到了自己的蜂蜜。

祝光明看到刚才熊思谦简单粗暴的动作，就有点儿抖："没问题吗？这些蜜蜂可野了，它们要不肯住怎么办？"

"怎么可能不愿意住！"熊思谦大大咧咧地对段佳泽道："走吧园长。"

"嗯。"段佳泽和村民们道别，然后骑上了马。没错，他今天骑着吉光来的，熊思谦倒是搭的车。

回去的路上，到了他们的承包地附近时，熊思谦就从车上下来了，和车主道别，然后跟在吉光后头，一起上了山。

熊思谦准备的蜂巢就在他们的地旁，昨天才做好的，就挂在一株桃树上，旁边还有潺潺小溪，蜜蜂也是需要水源的，这样才能保持蜂巢内的干湿度。

"现在就放蜂吗？是不是先把蜂王放进去？"段佳泽问道。

"等等。"熊思谦从草丛里摸出个盆来，在溪里接了水。

段佳泽一看，立刻心领神会，把自己那个"风油精"瓶子拿出来，往水里倒了几滴。

这时候，熊思谦再将装蜂筒逐一打开。

嗡嗡嗡嗡——

一万多只蜜蜂像乌云一样，从里面扑了出来，在空中没头苍蝇一样飞了两圈后，迅速找到了目标，聚集在那盆不一般的水上头。

虽然旁边就是水源，流动的小溪，但是，它们还是宁肯挤在这盆水周围排队。整个水盆上空，都是密密麻麻的蜜蜂，停着的飞着的，几乎看不到水面。

熊思谦将之前被捏着翅膀，有点儿受伤飞不起来的蜂王也托了过去。

没有一只蜜蜂跑来攻击他们，全都在专心喝水。

在蜂王的指挥下，蜜蜂们轮流喝完了水，又在周围盘旋一会儿，非常干脆地就近住进了熊思谦为它们准备的蜂巢。

"这附近还有不少花、树，再过上几个月，咱就有蜜吃了。"熊思谦忍不住砸了咂嘴。

段佳泽还真没怎么吃过蜂蜜，最多是一些加了蜂蜜的食物，这也太甜了，倒是他以前的女同学说蜂蜜美容，喜欢吃一吃更别说野蜂蜜了。看熊思谦这么馋的样子，段佳泽忍不住笑了笑："那很好啊，我不怎么吃甜的，你随意吧。"

熊思谦悄悄看了园长一眼，心说你还不吃甜的，你和道君那也太甜了吧……

对熊思谦来说，最好的不是自己有了一窝蜜蜂，而是回去之后，段佳泽就把两只熊猫拎出来揍了一顿。

熊思谦全程蹲在旁边，幸灾乐祸地看着。他一看到熊猫被园长揉得滚来滚去就觉得很解气，大家都是熊，凭什么你们待遇那么好，看看，报应来了吧……

那一大一小两只黑白熊，心虚地垂着脑袋，被园长拎着后脖子拖过来——粽宝还成，潘旋风太重了，还得一边被拽，一边自己两只后爪倒着走路。

粽宝还往潘旋风怀里钻，它体型比潘旋风小得多，但是被园长拖着后腿拎出来了。

潘旋风大呼知错，抱着自己的脑袋。

粽宝看看潘旋风熟练的动作，也抱住了自己的脑袋。

段佳泽往潘旋风肉多的地方捶了几下："你真是，胆子很大啊，还敢越狱是吧？你看你把粽宝弄得这熊样，被叮得疼不疼，啊？"

粽宝小心翼翼地点头。

潘旋风皱眉，是不是傻啊还点头。

"疼吧？"段佳泽揪了下粽宝的耳朵："最笨的是你们俩还没吃到，不知道那些蜜蜂才搬家过去几天是吧？要不是人家没看清，你知道今天你们就上头条了吗？"

粽宝还没弄清楚，熊猫上头条不是很正常吗？

段佳泽语重心长地道："粽宝，你以后少跟潘旋风玩，容易一起变瓜。"

潘旋风："……"

熊思谦这才明白过来，之前他也全程在场呢，他乐呵呵地道："哦，原来那俩熊孩子就是他俩啊？"

132

暗黄色的蜂蜜被装在玻璃罐子里，段佳泽把罐子拧开闻了一下，甜香味扑面而来，经过蜜蜂们的辛勤酿造，山里的蜂窝已经出蜜了。虽然段佳泽说了给熊思谦，但他还是"孝敬"给了园长一些。

脚边一只熊猫闻到味道后就更加疯狂了，抱着段佳泽的腿撒娇卖萌。

不远处的潘旋风也鬼鬼祟祟地爬过来了，但是不敢靠近，他想让粽宝来开路。粽宝年纪小，在园长那里总是更加优待一点儿，加上他又犯过错，更没有粽宝受待见了。

"嘿哟，上次没吃到吧？想吃啊？"段佳泽坐下来，低头看粽宝。这个小家伙来灵囿一段时间后，智商提高显著，已经像个几岁的小孩子了。

就是潘旋风毕竟山大王出身，粽宝又喜欢他，段佳泽有时候都怕可爱的粽宝哪天躺下来抠脚……

粽宝两只爪子都合抱着段佳泽的腿了，憨态可掬地点头。

别提了，上次舔了半天，还嚼了蜂巢，一点儿蜜也没有，最后和潘旋风一起落荒而逃了，回去气得它满地打滚。

"下次不敢越狱了吧？"段佳泽问。

粽宝一屁股坐地上了，把脸靠着段佳泽的腿，撒娇地嗯嗯叫着，表示自己上次被揍后就不敢啦。

段佳泽笑了一下，拿了把勺子来，反正他最多就是尝尝，于是舀了一勺，伸到粽宝面前。

粽宝伸出一只爪子搭着段佳泽的手，就跟怕他走了似的，然后再探出一截红舌头，在勺子上舔了一下。甜蜜的滋味顿时让粽宝疯了，看到蜜往下流了一丝，快要滴下来，赶紧又把头挨过去，使劲舔着。几口把蜜舔光了，还含着勺子吸着余味。两只眼睛都眯了起来，整只熊散发着快乐的气息。

段佳泽看着有趣，把勺子抽了回来，又倒了一勺。

粽宝懂事，不敢冲上去挖蜜罐子，抱着段佳泽腿趴在他膝盖上，盯着他倒蜂蜜。

这个蜜实在太香啦，熊思谦把蜜放在桃树边，然后每天催着蜜蜂们去采花蜜，采的类型都是他早年研究过的，哪几种花比较好。加上这些蜂蜜有幸吃了些稀释的杨枝甘露，酿出来的蜜自然不同凡响。

粽宝还真是第一次吃蜂蜜，可把它美死了，尤其吃完一勺后，紧紧盯着蜜罐，口水都要流出来了。

段佳泽接满一勺，蜂蜜鼓出来一个弧度，饱满诱人，他慢慢往粽宝不知不觉大张的嘴巴里放。

潘旋风在旁边"啊啊嗷嗷"地叫着，试图吸引粽宝的注意力。他很急，为什么粽宝一副什么也没注意到的样子呢，说好了粽宝做先头部队，怎么还没有他的份儿，怕是把他给忘了吧！

粽宝已经完全屏蔽外界的声音了，啊呜一口含住勺子，这次它一口吃了一整勺，高兴得发出了"唔唔"声，身体上下动了动——要不是太胖，它这会儿都能跳起来了。

没出息，太没出息了，一勺蜂蜜就乐成这样。潘旋风眼红地看着粽宝，想当年他做山大王的时候，可是抱着一整个蜂巢吃的，一勺算得了什么啊？

但是，真的好香……好香啊！

作为一个熊猫，以及一个妖怪，潘旋风的嗅觉比段佳泽好太多啦，隔着一段距离他都能清楚嗅到浓浓的甜香味，甚至能分辨出来这是采了什么花蜜酿出来的。

潘旋风忍不住了，他也往那个方向猥琐地爬过去，前肢抬起来搭在段佳泽腿上，整个把粽宝笼罩住了，然后把血盆大口张得老大。

段佳泽似笑非笑地看着潘旋风："干吗？想吃了我啊？"

潘旋风抖了一下，赶紧把嘴闭紧，他哪敢啊！

段佳泽喂完两勺，就拍了拍粽宝的脑袋，叫它离开。粽宝每天的食物都是规划好的，包括零食，这已经是额外的了，不能吃太多。

粽宝没潘旋风那么大胃口，园长说不能吃虽然还渴望，但也老老实实从侧面爬开。到这个时候，它才想起潘旋风，非常惭愧地把脑袋埋在潘旋风身上。

潘旋风心里念叨：小白眼熊小白眼熊小白眼熊……

早知道就该一直保持高冷，不能因为这个小白眼熊百般讨好，就对它那么好，看吧，有了吃的就忘了大哥！

潘旋风有一丝懊恼，他做山大王时挑选马仔时就不会把同类放在首选，近年是大熊猫数量减少了，早年可没这么少，那时他也不愿意。就是因为，它深知自己的同类很容易出吃货，你带它去巡山，它可能就抱着蜂蜜吃忘记任务了……

所以说，这么没有自制力的马仔，即使是同类，潘旋风也有点儿嫌弃，就因为了解。

这生在熊猫基地的熊猫，就更加没有自制力了！

潘旋风愤慨之时，段佳泽已经倒了一勺蜂蜜，把它的嘴巴掰开塞进去："好了，就一勺，这是惩罚。"

潘旋风冷不防嘴里倒进来一小汪清甜的蜂蜜，整只熊都呆了呆。

这可比他想象中的还要好吃，甜滋滋的味道弥漫在口腔，淌进喉咙……

潘旋风一屁股坐在了地上，好可惜，只有一小勺。

这么一个小勺子，对大胖子来说实在不值一提呀。

段佳泽把蜂蜜罐又拧好了，在潘旋风和粽宝的注视下，放到了柜子顶上，然后对着痴痴的两头熊笑了一下。

潘旋风觉得浑身发毛，瑟缩了一下。明明园长没有修为，笑容还很温柔，那一笑还是把他笑得汗毛倒竖了，就像是什么威胁一般。

留恋地看了一眼蜜罐，潘旋风觉得就是把他馋死，他也不敢去偷了，园长真是笑得他发毛。

难怪能和陆前辈那什么，内在真是一样凶残。

熊思谦还拿了一些蜜去食堂，叫他们做蜂蜜鸡肉给今天加菜。

中午吃饭的时候，同事们都欢呼一声，好些人都知道，熊老师在隔壁同心村弄了个蜂巢来，没想到他们还能跟着加菜，这蜜的味道也太好了。

吃着蜂蜜鸡肉，还可以再看看《千里莺啼》的首集重播。

蒙绮绮主演的动物保护题材电视剧已经在有关部门的关怀下，获得了播出资格，从杀青到播出，只用了半年左右，可以说是神速了。

因为这剧很多场景都是在灵囿和东海市其他地方拍的，所以东海人民对这部剧也比较关心，昨天晚上很多人都看了，社交媒体也炸了。

到了今天，员工们更是把食堂的电视调到了重播频道，再回味一遍。

蒙绮绮身上的新闻导致这部剧有了不少关注度，昨晚播出后，更是有许多自发"安利"的，在全国各地，都有不少和他们一样，正在看重播的人。

一开头就有蒙绮绮在灵囿的戏，虽然剧中蒙绮绮的工作地点不叫灵囿，但凡是来过的人都能认出来，更别提宣传期间也时常提到灵囿的名字。

这首播集还不错的原因，就是开门见山，把蒙绮绮那个被他们家鹦鹉欺负的桥段拍得特别有趣，还带出了蒙绮绮的特殊体质，因为这个特别体质，蒙绮绮在工作单位更是有了特殊待遇。

蒙绮绮饰演的女主角的那些同事，甚至会要求她帮忙扮演坏人，把动物拉去打针之类的，这样动物就不会对他们产生坏印象。

反正蒙绮绮都那么招鸟讨厌了，也不差这点儿仇恨值了嘛。

一个被鸟讨厌的女孩，却成为兽医，有趣的剧情就从这里展开了。

看到熟悉的地方，甚至同事出现在荧幕上，灵囿的员工们即使第二遍看，都不禁热烈讨论。昨晚好多人都是各自用手机看的，也有人还没看，今天刚好互相再讨论一番。

有些饲养员的角色，可是直接请他们的饲养员客串的，毕竟你请群众演员，还要培训一下手法。虽然有时候只是做个背景板，甚至只有几个字的台词，大伙儿也挺欢乐的。

那时候本来导演还想让段佳泽来演个路人，纪念一下，被段佳泽拒绝了，他对上镜倒是没什么兴趣。

《千里莺啼》剧组也花了一笔宣传费用，剧集开播前后，把主演们送去各个节目宣传，把因为蒙绮绮的特殊体质甚至更改剧本等故事，说给大众听，又让蒙绮绮火了一把。

另外一个让大家津津乐道的，就是灵囿这些动物演员。电视剧结束时剧组专门感谢了灵囿动物园，很多人都知道，大部分动物园演员是灵囿提供的。

它们在剧中精彩的表演，也是一大亮点。剧组不失时机地把幕后花絮放出来，让大家知道那些和动物的对手戏是怎么拍出来的，观众这才有所了解。

原来，那些人和动物的对手戏，有的是饲养员用食物引诱动物做出相应动作，有的甚至是后期剪辑，但绝对没有用到特效。

最搞笑的是，和蒙绮绮、鸟有关的戏，基本上不用饲养员怎么引导。

导演还表示："呵呵，每次拍到这样的戏，我们基本上都让蒙绮绮自由发挥。"

应该说让蒙绮绮和鸟自由发挥吧，但是这对手戏拍得还真是"火花四溅"，赢得了非常多观众的喜爱。

导演都说幸好当初更改了人设，不然说不定都没有这个效果。这个设定虽然蒙绮绮不被鸟喜爱，但是一点儿也不招观众讨厌，后期的反转更是会让形象拔高一些。

不管怎么说，《千里莺啼》的播出，除却为剧组、演员带来一些实惠之外，也确实很好地宣传了动物保护，对灵囿的人气也有一些提升。

随着剧集播出后越来越火热，许多观众也会特意来灵囿，看看拍摄地点，和蒙绮绮的搭档合个影。

要是你够胆的话，还可以 cos 一下女主角，不用别的，拿着食物往麻雀面前一站就行了。

午夜街头，一个穿着青色长裙的女孩在徘徊。

她漫无目的地走着，从繁华地带走到冷清的小巷，神情迷茫，就像找不到人生的希望。

偶尔有晚下班的好心大叔、阿姨看到，都会忍不住问这漂亮姑娘："你这孩子怎么了？考试没考好？和爸妈吵架了？"

女孩委屈地道："我失业了。"

夭寿啊，这么小年纪就出去工作，还失业了。大叔阿姨们安慰几句，也管不了那么多，这世上可怜人太多了呀。

不知不觉，女孩就走到了海边。她看到一群男人在打架，准确地说，应该是几个男人围殴一个男人。

女孩蹲在旁边围观了一下，这大晚上的，正打人呢，她居然蹲在旁边围观。几个男人心头都怪怪的，心想她不会报警了吧，踹了那男人几脚，就走了。

那个被殴打的男人趴在地上，翻了个身，吃痛地叫了一声："啊……"

女孩走过去，蹲在他旁边："你有没有手机啊，要不要联系你家人？"

也是走近了，女孩才发现，这男人一身酒气冲天。

他茫然地睁开眼睛，看了看眼前这个清瘦漂亮的女孩，痛苦地道："我没有家人了，有手机有什么用……那也联系不到我的家人。"

根本看不出来他到底是因为身上的伤痛，还是心痛。

女孩却是眼睛一亮，就地坐下来："你找不到你家人吗？"

男人望着天没说话。

女孩："你怎么不说话啊？我不是坏人，我叫水青，我是个信使。"

"信使？你是说信差啊，你是邮政的吗……这个年头还有人寄信啊……"男人喃喃道。

水青捧着脸道："没人寄信了，所以我是一个失业的信使。"

"我也是一个失业的人，唉。"男人捂着脸道，这个自来熟的小姑娘，让他忍不住把憋在心底话说出来，反正对着一个陌生人，说完就算："我小时候，父母就去世了，后来，我和同事结婚，我们非常恩爱。但是，也许我生来就不被老天眷顾吧，她也被老天夺走了。"

说着说着，男人哽咽起来："我还没有，和她告个别……"

水青从怀中掏出一张纸一支笔："你早说啊，你想对你妻子说些什么，来，写上。"

男人看了一眼，那个明信片上是东海风景，显然是东海的明信片。这女孩可能真的是邮政的，他可没有什么心情写东西，只是喃喃道："阿敏，我好想你，你是不是很怨我，都没有和你道别。我每天都在看你以前写的便利贴，就好像你还没有离开。我好想知道，你离开前说，回来后要告诉我的事情是什么……"

水青看男人不理自己，急了，又听他一个人念叨，提笔写字："没事，口信也行！我速记一下！"

男人半醉半醒，水青写完伸手就去翻他的身份证。他刚刚被人揍了一顿，也无力反抗，还以为水青是要拿自己的钱："已经被那些人拿走了，别翻了。"

水青记住了身份证上的姓名和出生年月，又给他塞回去了。

"你等着，等着啊！别走！"水青还不放心，抬头在夜空中寻觅了一下……

男人不知道那个烦人的女孩什么时候离开的。他躺了半天，有了些力气，吹着夜风酒也醒了，浑身发冷，便吃力地爬起来，想要离开。

还没走出去一步呢，头顶便砸下来一块石头。

"哎哟！"男人捂着肩膀抬头看，一片黑茫茫，只看到一道影子掠过，也不知是什么鸟。

这石头难道是鸟砸下来的吗？男人吃痛，一时又坐下来揉着肩膀，清泪都落了下来："怎么连鸟也欺我孤家寡人……"

这时，水青跑了回来，气都没喘，从怀里拿出一张明信片："我回来啦，阿敏也是给的口信，她说让你好好照顾自己，千万不可因此颓废，她会在下面等你的。"

男人猛地抬头，怒视着水青："你有病吗？！"

男人的忧愁都被水青给赶走了，这个小丫头，居然还拿他老婆说些疯癫的话。

水青看了男人一眼，继续念叨："嗯……她还说，她那天说回来要告诉你，她的申请领导已经同意，就等正式批准了，到时候她就可以调到分公司，不用一周只回来一次了。"

男人浑身一震，难以置信地看着水青。阿敏去世后，公司的领导来慰问，的确告诉他，阿敏本来可以调动了，她当时日常都住在公司宿舍，因为离得比较远。

可是，这件事这个女孩怎么会知道？难道是他的朋友们故意找来的演员，或者阿敏真的在另一个世界……男人的心中，多想相信最虚无缥缈的可能性啊。

水青："我怕你走了，急着回来，差不多就是这些。"说着，水青还和天上的精卫挥手打了个招呼。

"你你你……你到底是谁？你怎么会知道阿敏的事情？"男人扑上来，夺走水青手里的明信片，但这就是水青自己记的，而且只有一些简单的词语帮助她记忆，回来传达口信而已。

水青一本正经地道："我是信使啊。"

"阿敏……"男人又想到阿敏的话，让他不要颓废，可是他连工作都丢了，不禁捂住脸哭起来："阿敏，我一定会振作起来的。"

"啊，我该回去了。"

男人听到女孩的声音又响起，他迅速抬头，但是当他抬起头时，女孩的身影已经不见了，杳无踪迹。

这可是在海滩上，周围空空荡荡，她便是飞，也不可能一下飞走吧？

一瞬间，男人的脑子便炸了，仰头大喊："你别走啊！你再帮我送封信！"

可是，天空中只有两只鸟被他的声音惊扰一般，扑啦啦飞过，除却海浪声，再无其他动静。

"东海市新都市传说，午夜青衣女鬼……"段佳泽把手机上的朋友圈新闻标题给念了出来："近日，有个消息在东海传开，如果你在午夜徘徊东海街头，有可能会遇到一个穿着青衣的女鬼，如果你把自己的诉求告诉她，这个好心的青衣女鬼就会满足你。据说，她生前是一个慈善家，死后也在帮助他人……"

"这什么鬼？"段佳泽念完后黑线都要有实体了："什么乱七八糟的，有临水观在，还能有女鬼在街头徘徊？"

"就是，我哪有什么都答应。"水青委屈地道："有要送信的我才答应。"

"对，然后你给送到阴间去了。"段佳泽看着水青道。

就这个都市传说流传开后，临水观的道士十分紧张，特意埋伏捉女鬼，结果可想而知。最后周心棠一状告到动物园园长这里来了，因为水青自称编制是在临水观。

这可是东海市，闹这种女鬼传说，他们临水观还有面子吗？

水青哭道："下岗都允许再就业，我失业了，我能怎么办。"

段佳泽："……"

水青幽怨地看着段佳泽，又小心地看坐在窗台上暂时一言未发的道君，失落地道："不工作，人生还有意义吗？园长，我以为你理解我的。"

段佳泽汗道："我是理解你，工作多难找，当初园长我差点儿去搬砖，但是我理解没用啊。"

本来，水青是在人间找到了新工作，那就是帮陆压送信，不但有活儿还有面子。

但是，自从段佳泽和陆压在一起后，陆压就越来越不需要水青了。因为他和段佳泽关系越来越近了，也就不需要青鸟这个信使了。

可怜的青鸟，再次失业，于是每天在街头伤心地徘徊，谁知道就这样，让她找到了再就业的机会。

人类都用手机、电脑传信没错，但是，总有地方他们传不到啊。

对青鸟来说就不一样了，三界之中，就没有她不熟识的地方，就算沧海桑田，地理位置也在她心中！就算上天入地，蓬山无路，青鸟也能把信送到！

……当然，目前来说，还要看顶头上司的啦。水青瞟着园长，以及园长家属。

陆压不耐烦地道："行了，你就不能跑远点儿吗？你又不是精卫，怎么就盯着东海祸害？"

水青一时语噎。

段佳泽道："道君这个话还是有道理的，主要是临水观也算咱们的友好单位，不要让他们太难做了。你也别老抓着人类，有的时候，信送成了，人可能吓死了。"

水青惭愧地道："我知道了，我以后会把客户范围着重放在外地人和妖怪身上。"

段佳泽也不好说水青什么了，工作狂有错吗？白天水青工作可都非常上心，晚上他们动物园也不开业，水青只能上外头忙活去了。

水青离开之后，陆压便说道："青鸟哪里都不错，就是有些傻。"

段佳泽："有三条腿最不错是吧……我跟你说人家有爹有娘，你别老意淫了！”

段佳泽也“饲养”了好几年了，还能不知道陆压在想什么吗？他自己平时嘟囔的早就暴露了！

陆压嘴硬道：“我才没有，我不稀罕，我有五十多个崽！”

段佳泽正想说陆压呢，忽然一个陌生电话打过来，他接通了：“喂？”

那头传来一个有些熟悉的声音：“段园长吗？你好，我是付峰。”

段佳泽想了几秒钟，才猛然想起来，这是市公安局的副局长。他们在市里开会时曾经遇到过，孙爱平和他认识，两人打过招呼，但是没什么交情。

平时也就是民警联系，段佳泽还以为青衣女鬼的事情查到他头上来了，心惊胆战地道：“付局好，您这是？”

付峰有些急，开门见山地道：“长话短说，是这样的，金丰大厦顶楼目前有几名犯罪分子胁迫了多名人质，他们持有武器，经验老到，而我们目前无法掌控内部情况……”

金丰大厦，是东海市最高的大楼。就那个高度，别的大厦根本看不到顶楼情况，航拍机也太明显，不知道用其他方法了解屋内情形是否成功。听上去，好像是没有。

段佳泽听到和青衣女鬼无关，才慢慢放心，随着付局长介绍，则渐渐露出了有点儿古怪的神色，盯着旁边的陆压看。

所以，是航拍机上不去，要借航拍压吗？

133

经过付局的介绍，段佳泽了解了详细一点儿的情况，确实是要借鸟的。

那几个挟持人质的犯罪分子，是从外地流窜过来的重案犯，正被全国通缉。一路流窜他们甚至还一路作案，非常凶残。不过因此路线也暴露了，他们不知怎么的到了的东海市，可能是想坐船离开。

但是，即便是在东海市，这都什么时代了，大家也看得到通缉令啊。被发现后，这伙人就绑了人在金丰大厦顶楼，大约六十层楼那么高。

金丰大厦今年才开始运营，发生这种事情，实在是无妄之灾。

东海市毕竟是小城市，无论警力还是技术、装备，都比不得大城市。可以说，无论是软件还是硬件，都有硬伤，难以妥善处理这个等级的事故，十分无奈。

现在犯罪分子绑架了人之后，要求在两个小时内准备好他们想要的东西。

现在事情刚刚发生，消息被封锁了，警方向上请示后，被告知分两路行动，一方面准备好他们要的东西，但是要做点手脚；另一方面，还是要准备好强攻。

但是，强攻的问题在于，他们对于顶楼的情况一无所知，别说内里分布情况，甚至不清楚具体人数。如果强攻，很可能导致人质受伤，这无疑是警方不能接受的。

那些人经验丰富，无时无刻不在威胁警方，航拍机这样的东西，一露面他们就要伤害人质。其他侦测仪器，也无法很好区别人质与罪犯。

人质安全危在旦夕，在这样的情况下，大家想了很多办法，付峰付局长就想到了灵囿动物园。

当初，陆压就是因为制伏绑架小孩的歹徒成名的，它的训练有素，是全国人民一致认可的。而且，东海市环境比较好，野生动物包括大型鸟出没并不稀奇。

付峰认为，不妨用它一试，也不失为一种办法，反正要是人质安全得不到保证，肯定以满足歹徒，保护人质安全为优先，于是他给段佳泽打了一个电话。

在付峰打完电话后二十分钟，一辆灵囿动物园的面包车就飙到了现场指挥处，远远超出平时从灵囿到这里需要用的时间。

付峰正焦头烂额，听到属下说灵囿的车过来了，亲自往那边迎。

只见面包车的车门被拉开，首先是灵囿那个年轻的园长跳下来，跟着就是一大群鸟飞了出来，把所有人员吓了一跳。

这里头当先飞出来的，就是陆压，他停在段佳泽肩上。后头还跟着青鸟、精卫、鹦鹉、喜鹊等，要不是火烈鸟太大了，朱雀都得跟来。

这些鸟轰一下从车门里飞出来，看样子都没带笼子，它们或低空盘旋，或停在车上，目测起码有二三十只之多。

两人都没有寒暄，付峰握住段佳泽伸过来的手，汗道："段园长，我们好像就借了一只鸟吧……"

付峰当然知道动物园有很多鸟，但是因为先前的认知，他还是比较相信陆压。他觉得段佳泽与这只鸟是最佳配合，这鸟的智商也高，能够完成指令，就跟他们的警犬一样。

段佳泽道："付局，我当时一想，万一那些歹徒犯罪之余，喜欢刷个微博什么的呢，我怕他们认得出陆压，所以干脆多带几只鸟来……"

付峰："……"

他倒不是没有往这方面想，但是当时他觉得，可以给陆压做点儿伪装之类的，比如一次性喷雾染色，但是现在看来段佳泽有更好的办法。

付峰看着站在段佳泽肩头，目光锐利的大鸟，不禁点头道："那其他鸟你能完全控制得了吗？"

他就担心那些鸟不如陆压智商高，可能无法完成任务，毕竟这不是让鸟上去飞一圈而已，指令更为复杂。他是知道陆压的本事，才要求借陆压的。

"我可以通过指挥陆压，来控制这些鸟。"段佳泽当然不会说他连麻雀都能指挥。

付峰大喜："那真是太好了，来试一试吧。"

他说的试一试，就是给鸟安上微型摄像仪器，将其固定在鸟身上，这样鸟类飞翔至顶楼高度，就可以将画面传输回来，达到侦察的目的。

那陆压就不是航拍压啦，是总控制压。

"有多少啊，多安几只鸟吧，一起飞。"段佳泽提议道。

大家都目睹了这些鸟没有束缚也跟在段佳泽周围的样子，心想动物园长确实是有些能耐的，现在时间紧迫，没有过多疑虑就给几只鸟身上安好了微型摄像头。

在这个过程中，他们没有遇到任何抗拒，这些鸟全都特别乖顺。

作为东海市警局邀请的特别外援，在段佳泽轻拍脖子之后，陆压发出一声清亮的啼鸣，振翅一飞，几只身负任务的鸟就跟着他向上飞了。

按照和段佳泽沟通的，陆压没有飞到最上层，他在距离顶楼几层的地方就停下来了。大厦已经被清空，警方的人待在下面，而顶楼的窗边有人守着。

看守的人即使身处高处，也没有放松警惕，他们也知道说不定就有人爬上来，破窗而入。虽然站在窗边有可能被警方的狙击手干掉，但还是不得不守在这里。

但是千防万防，他们绝对不会防到几只悠闲掠过的小鸟。它们之中，有的佩戴了摄像头，有的只是作为掩护。

这几只鸟，在指挥下绕着顶楼交错飞行，将内里的情况拍摄下来，因为部分地方有遮挡，几只胆大包天的云雀，甚至大胆地靠近了窗户，停在窗台上。

它们中只有一只身上有摄像头，在歹徒心一软，伸手去摸它的同伴时，它已经在掩护下把室内的情况拍得一清二楚了。

随后，它们就像被歹徒惊扰了一般，四散而开。

歹徒感慨道："看人家这个城市，自然多和谐，要不是……真想住在这里养老。"

下方，警方看着传输回来的画面，迅速记录下屋内布局。

付峰对段佳泽道："非常好，段园长，麻烦你了，请它们持续观察。"

付峰都客气得用请了，因为这些鸟实在是解决了他一大困扰。

警方一直就有用动物协助破案的案例，警犬更是一直在编制中，所以付峰向上汇报他的动作时，也没有什么反对，只要这鸟真的训练有素，不会打草惊蛇。

这下子看到管用，就更加振奋人心了。知道了内部人员分布情况，就有助于可能进行的强攻。

段佳泽这边，不时和飞下来的陆压沟通一下，传达付峰的要求，除此之外，他也没什么事了。被感谢时，段佳泽心想，你要再大胆一点儿，可以和上级申请用外援鸟强攻，绝对强得多……

不知不觉，时间已经快到了和歹徒约定好的时间，警方的方案也进行了各种更改。

因为东海市配置实在不是太高，研究了内部之后，最后还是不敢破窗攻进去。他们最终决定，在歹徒放弃人质后动手，他们已经做好了各项准备，保证歹徒无法离开布控范围。

但是就在最后十分钟，狡猾的歹徒突然间更换要求，让他们在十分钟内，派一架直升机到楼顶来，超过一分钟他们就从楼顶往下丢一个人质。而且，他们也不接受用警察代替普通市民为人质。

付峰顿时面色铁青，心知这肯定是早就思考好的。他们选择在顶楼，可能也不是单纯为了制高点，就是要等他们布控好，最后关头更换，来个措手不及。

付峰寒声道："十分钟内是不可能调来直升飞机的，他们至少会杀害五名人质，这应该是他们计划好的……太嚣张了！"

其实从过往经验来看，这伙歹徒就是没有人性的，甚至有故意示威的意思，有种疯狂、不要命的势头。

就算把直升机给他们，也有几名人质有生命危险，虽然他们早就布置好了网绳和气垫，但那可是几十层楼的高度啊。而现在攻上去，在没有了解内部情况前，可能人质会全灭，了解之后，仍然可能死上好些人。

他们知道，画面显示专门有个人拿着枪指着角落里的人质，一刻都不放松。要是强攻，倘若无法在第一秒弄死这个人，那人质就危险了，更别提还有其他几个歹徒的存在……难度太高了。

段佳泽不是内部人员，但是他远远也听到了大概内容，在大家各自忙碌之时，段佳泽悄悄走到了青鸟面前，摸了摸青鸟的脖子，小声说了几句话。

金丰大厦顶层。

人质们发出了悲泣声，他们全都听得到歹徒和警方的对话，不傻的人都知道，在他们之中有些人可能得交代在这里了。

之前心中还有希望成功交换人质，但是随着时间流逝，还有最后歹徒临时更改要求，他们都要崩溃了。

尤其是他们之中，还有一个孩子，孩子的母亲哭得眼睛都肿了，后悔自己为什么要带女儿来。她本来是带女儿带出门散步，顺便来看看自己一个朋友的。

歹徒们的脸色也很阴沉，任凭低声抽泣在屋内回荡，气氛压抑无比。

在所有人都注意不到的时候，一只只蚂蚁排着队从窗台爬了进来，再爬下去，爬到人们的鞋子上，钻进裤子里。

站在窗边的人脚上一痒，皱眉道："十分钟到了。"

他和老大对视一眼，点了点头，嘴角露出一丝残忍的笑意，走到那个母亲面前，把不过一岁的小女孩拎了起来："先丢个小的。"

小女孩和母亲都发出了尖叫声，母亲想上前抱住女儿，却被另一人拦住，只能眼睁睁看着歹徒抱着她的女儿往外一抛。小女孩的身体呈抛物线向外，然后消失在眼前！

"啊！！"母亲几乎呕血，疯狂去抓拦着自己的人。

这时，老大却对着他开了一枪，骂道："你还有没有人性啊，小孩都丢！"

枪声响起，所有人质惊叫一声。

那丢人的歹徒腹部中了一枪，不敢置信地看着老大："我操？那你他妈还贩毒呢！"

他回手也是一枪，但是哪有那么准，没打到他老大，倒是打中了老大旁边的人的胸口，那人一句话没说，脑袋一歪死了。

人质们尖叫着缩成一团，生怕连累到他们。然而事实是，莫名其妙因为指责成员太残忍而互相射击成一团的歹徒们，一枪都没有打歪。

楼下，付峰一咬牙："还有三分钟，各小组强攻准备——等等？！"

付军此刻是举着高倍望远镜向上看的，眼前却出现了惊人的一幕，随着一个小小的孩子被提前丢出了窗！

他的吼叫声还没来得及冲出喉咙，楼下窗沿上一直毫无动作，只是指挥其他小鸟的红色猛禽，忽然一拍双翼，掠向上方，紧紧抓着小孩的衣服背带，带着她一起停滞在空中。

望远镜中，小女孩的嘴巴大张，虽然听不到声音，但付峰好像能感觉到她撕心裂肺的哭泣声，在几百米的空中飘散。而那只红色的鸟，还在淡定地扇动着翅膀。

所有人质本来都缩着，没想到看守的人也投身战场，其他人趁机往外跑，那名母亲却是自己跑向窗边，她确实想一起跳下去。

但是，刚刚跑到窗边，她便不可思议地看到一只大鸟抓着小女孩的背带飞上来，轻松地把小女孩放下，然后冷冷看着屋内的混乱。

母亲捂着嘴一秒，然后立刻紧紧抱着小女孩，什么也没说，飞快地跑出房间！

正在搏斗中的歹徒们没有注意到人质们的动向，他们陷入了疯狂的自相残杀中，而楼下的警方也通过摄像头看到了这不可思议的一幕，在接应完人质后，迅速攻进顶层。

到此时，他们可以看到歹徒已经自相残杀得不剩几个了，而且还在互相诅咒对方的罪行。

救护车早就守在一旁，人质们一下来，就被医护人员围住了，检查身上是否有伤。他们中有的人在挟持过程中，确实受到了一些外伤。

最为严重的，可能是那个一度被抛下楼的小女孩，她现在还趴在母亲怀里不断哭泣，实际上她的母亲也好不到哪里去，虚脱地坐在那儿。

陆压飞下来，落在段佳泽肩上。

小女孩看到陆压，却是哭得更厉害了，被抱到救护车里边。

望远镜不是付峰一个人有，好几个警察都看到了，那小女孩被丢出来，分明是陆压把她给抓住的。有个女警以为段佳泽不知道，还和他说了方才发生的事情："等她以后懂事，就知道感谢你的鸟了，现在可能是害怕。"

说着，女警还露出叹服的神情："您这只鸟实在太厉害了，还知道救人，太不可思议了。"

不过不可思议的又何止是这只鸟呢，它还可以说训练有素，那些自相残杀的歹徒就不知道怎么解释了，刚才大家都暗自琢磨，是不是压力太大精神崩溃了啊。

"嗯，大家都没事就好。"段佳泽摸了摸陆压。

付峰那边忙碌得很，根本没空来送段佳泽。段佳泽也理解，和认识的警察打了声招呼，让他和付峰说明，就先回去了。

段佳泽是一个人开车来的，他开着门等鸟全都上去了，自己才进去。

但是段佳泽没有立刻发动车，而是等了一会儿，才开始数起来："一、二、三、四……好，没错，南柯蚁也到齐了，我们走吧。"

陆压在车上从鸟形化为人形，大摇大摆地坐在第二排，原本也在第二排的鸟全都扑啦啦飞到了第三排去。

陆压懒懒道："耳朵都要被叫聋了，那人族小丫头年纪不大，嗓门倒是高。"

"你和南柯蚁操作、配合还是不够默契，要是没把人小孩丢下来，那就完美了。"段佳泽之前不知道情况，没想到会出现这种紧张的局面，他也怕人质受伤，索性让青鸟回去带了些南柯蚁来。

南柯蚁可以给人造梦，也可以制造幻觉，这都是同出一源的，就像当初小苏继父的倒霉经历，也是被南柯蚁迷惑了。

而且，这也是最为安全的办法，让陆压上倒是能团灭他们，可那就会暴露了。

虽然出了点儿小岔子，好在有惊无险。

段佳泽看到陆压不当回事，后怕地道："这要是头一个丢个壮汉下来呢，你是抓还是不抓，抓起来你就得进研究所了。"

抓个一点儿儿大的孩子还行，人家还能夸你这鸟力气挺大，不愧是猛禽，要抓个一两百斤的汉子，那直接就把歹徒吓疯了。

陆压不服气地道："还没丢下来我就先啄死他。"

段佳泽扯了扯嘴角没说话。

车没开多久，忽然被交警给拦下来了："同志，你车里怎么这么多鸟啊？"

人家在外面就看到了，段佳泽车里好些鸟，一眼看过去，仿佛还有珍稀鸟类，不会是偷猎贩吧？

"我开动物园的，这都是我们园的鸟，我偷猎也不能不要笼子啊，是吧？"段佳泽开窗，非常友好地道。他没说自己是来协助警方的，之前付峰已经吩咐过了，办案内容还得保密。

交警汗了一下："您是市动物园的，还是灵囿动物园的？"

"我灵囿的。"段佳泽还把证件给交警看。

交警依稀也记得灵囿的园长很年轻，加上灵囿私营，也符合他说的那句话自己开动物园，便点头道："那您还是要注意一下，赶紧关窗吧，小心这些鸟飞出去。"

交警还忍不住看了看第二排的那个帅哥，心想这是不是哪个明星啊。

"谢谢啊。"段佳泽嘿嘿一笑，把车窗给关了。

东海市本来就没发生过这种大案，整个过程几个小时结束，随之而来的，就是全城乃至全国的关注。

根据警方公布的细节，这个案件就更是神奇了，以凶残狡猾的歹徒内斗而结束。

警方通缉、追拿那么久都没拿下，最后堵在一个小城也就罢了，还是以这种方式落网，让那些努力了好久的专案组成员都有点儿哭笑不得，觉得一拳打在了棉花上。

民众戏称为报应，媒体关注点除了这个戏剧性的结束方式外，就是那段惊险的高空抛人了。

歹徒一度将一个小女孩抛出窗外，但还没等各个楼层的网绳、气垫起作用，她就已经被大家熟悉的猛禽救回来了。

虽然在高处，仍是不乏人看见。

媒体还不知道从哪儿得到一张模糊的照片，从下往上拍的，依稀可以看清陆压和小女孩的身形，是陆压已经抓住小女孩那一刻的。

"社会我陆哥，又立功啦！"

"卧槽真的牛逼，那么高掉下去，安全布置也没用吧，幸好有陆哥了。"

"歹徒太可恨了！活该！"

"要我说当时直接把陆压放进去，提前两小时结束战斗，全都给啄瞎了。"

"惊呆了……好惊险，要不是陆压，小孩儿起码得重伤吧？有没有专业人士计算一下？"

小女孩的母亲及全家更是千恩万谢，当时他们都呆住了，没有来得及和鸟的主人道谢，后来回过神来，还跑到警局和灵囿去送锦旗。

警方这边，付峰却是有点儿头疼，这救人被拍到了也没办法，他们并没有对外公布陆压是邀请过来的外援，一方面是案子还没完全结束，细节不能公布；另一方面就是因为那些歹徒还有未落网的同伙，怕有打击报复行为。

可是偏偏有了陆压救人这一出，人家照片都有了，这时候就算说是无意中飞到那儿，又顺便救了个人，也太不可信了。再一看那个高空位置，聪明人一想就知道干什么去的了。

付峰本来打电话想安慰段佳泽，一方面让他们保持低调，一方面说警方已经在审讯中，掌握信息就捉拿剩下的隐藏同伙。

结果说到后面，又流露出一些不好意思。一般动物园干了这种事，肯定恨不得大肆宣传。

段佳泽安慰付峰："没事的，他们都要被通缉了，哪会跑来管我们。要真来了，我们放狗咬他们就是了。"

付峰差点儿笑出声来："段园长您心态真是好，那好吧。"

段佳泽挂了电话，恰好看到一个新通知，点开一看，是新派遣动物在途中的消息。

段佳泽开了这么久动物园，还没有见过这种信息，他都忍不住叫陆压来看一下了。

以前那次派七夕鹊和南柯蚁的时候，他就怀疑系统坏了，虽然后来证明没有坏掉。但是这一次他真的忍不住再次怀疑程序算法有问题了。

只见手机上头显示：

派遣动物数量：二分之一。

二分之一，二分之一个派遣动物？

我去，请问谁家派遣动物一派派半个啊？！

134

自打这流氓 APP 强制安装后，就没少给段佳泽带来"惊喜"，这 APP 不是刚研发没多久吗，也就升级过一次，简陋得很，饶是如此，也总能推陈出新。

主要是人家这个 APP 的内容不一般，花样也太多了，二分之一个动物，这让段佳泽上哪哭去。

陆压被段佳泽给叫过来了，看了看内容，沉吟了很久。

段佳泽看着他："哥，别告诉我你都不知道这是什么动物，这也太神秘了吧？"

"不是我不知道，而是太多了。"陆压横了他一眼："只剩半扇身体还能活下来的太多了，还不论那些洪荒异兽。"

他头皮发麻，只剩半扇身体还能活下来？他忍一忍倒是能接受，毕竟经过锤炼胆子大了很多，但是游客怎么办？

灵囿虽然吸引了很多年轻游客，但孩子也不少，这个完全少儿不宜啊。

小朋友想看动物内部构造看科普馆的图书就行了，非得看你那血糊糊的？

陆压拿着段佳泽的手机看了半晌，也非常嫌弃地道："太简陋了，也不写是什么。"

来的是什么陆压都不会怕的，但他也不屑这简陋程度。

段佳泽最早就是被这系统的自动抓取功能给坑了，这时抱着头也没办法："算了，我就看他能来个什么。"

在派遣动物来之前，段佳泽先迎来了一批帝企鹅，这不是从青鸟动物园来的，而是从另外一个动物引进的。他要办繁育中心，这些应该叫"种鹅"吧，首先自己得有一定数量的帝企鹅，才能办起来。

之前资金没有那么充裕，引进的几对帝企鹅也是投石问路，后来效果特别好，年年都能孵蛋，孵化率百分之百，质量还都特别好，也就让段佳泽大为放心，继续引进了。

要多不了久，他们的繁育中心就可以办起来了。

而且，因为上次蜜蜂的事情，也让段佳泽想到，他们其实还缺一个昆虫馆。大多数动物园其实没有昆虫馆，或者用标本来代替。这不是什么必要的，所以希望工程当初就没给灵囿建昆虫馆的任务。

现在系统的扶助任务早就没了，饲料也已经按照之前想的方案采用自种、掺稀释杨枝甘露等方法来解决，就更别提帮忙建展馆了。

发展计划早就攥在段佳泽自己手里，他没忘了自己还有个十年任务，在此期间发展为一流的动物园。段佳泽是想建个昆虫馆的，而且对于这个新展馆，他有些想法。

现代动物园不能一成不变，单调乏味，必须拓展自身，向游乐园学习。以前的笼养区都是室内展馆，昆虫馆按理说也当如此。

但是，这次段佳泽希望把展馆给去掉，他可以把园林和昆虫结合在一起。让室火星君来设计园林，将笼舍直接露天摆放在花草树木之间。而且，这个绝对要有很强的观赏性，不是说一个玻璃箱摆在一堆乱长的塑料花里。

当然，在这其中肯定会有不少问题，需要一一攻克，但段佳泽希望有个新花样。反正他比别人多个优势，就更要在可控范围内"作"一下了。

既然有了这个念头，段佳泽就开始收集资料了。他没有直接交给下面员工，而是自己先构思了一下，再去问专业团队能否完成。

再说回帝企鹅，这次一共有十对青年帝企鹅夫妇加入了灵囿大家庭。

帝企鹅是群居生物，它们是必须和灵囿原有帝企鹅合群的，生下的孩子也会继续加入这个群体。但是不能一开始就让它们和其他帝企鹅接触，而是采用隔离的方式，让它们彼此先熟悉一下声音、味道。

不只是新引进的帝企鹅，就算是人工养大的幼年企鹅，加入群体时可能也要用栏杆隔离一段时间，否则容易被成年企鹅欺负。

当然，像奇迹那样一只帝企鹅排挤其他帝企鹅的，属于特例。

对于这些新来的帝企鹅，段佳泽还专门去盯了几天，他怕奇迹欺负新来的二十只帝企鹅，以奇迹的凶残性格绝对做得出来。

原有的帝企鹅也发展到了二十多只，段佳泽一去就看到，它们隔着栏杆在冲着对面叫，胖胖的身体还不时冲击一下栏杆。

奇迹倒是没有参与，但是它蔫坏，在一旁扇阴风点鬼火，人家刚消停，它就叫一声，然后两边又叫开了。

"我就知道……"不出段佳泽所料，他赶紧换了衣服进去。

虽说两个群体融合时肯定会有磨合，但绝对不是奇迹这种单方面欺负。

奇迹一看到段佳泽就往后跑，它现在多聪明，一看到段佳泽的身影就知道为什么进来了，不想挨骂就往后跑。

段佳泽看它跑，既好气又好笑地哈哈了两声，往前跑。

但是奇迹的跑和段佳泽的跑可就不一样了，企鹅是这样的，不管水下多灵活，陆地上它们的跑顶多等于人类的快走，奇迹也不能例外，跟它们的翅膀一样，属于先天短板。

段佳泽小跑很快就要追上了，奇迹还在吭哧吭哧，它扭头看了一眼，往前一趴——就滑出去了。

这里有个坡度，奇迹一下就滑下去了，肚子贴着地面，两只窄翅膀微张，动作潇洒自如。

这下距离又拉开了，奇迹咻一下站起来，继续撒腿。

段佳泽："你还跑！我告你干爹了！"

奇迹一下不敢动了，蔫蔫地转过身来。

外头玻璃幕墙外还站了好些游客，他们也没听清段佳泽具体说的什么，隔得有点儿远，还有道玻璃墙，但是动作是很分明的。那看着像饲养员的年轻人追着最大的企鹅跑，那企鹅也跑，还滑出去，搞得年轻人追不上了，年轻人就指着它喊了一声，企鹅立刻慢悠悠转过身来，那可怜劲儿，简直了。

段佳泽气喘吁吁地走过去，他体力也不差，但是穿着衣物很笨重，在里头就比较吃力了。

"你还跑？"段佳泽往奇迹肉厚的地方——也就是随便哪儿，拍了一下："好的不学，就学坏的，搞什么动物园霸凌，你学习怎么样了？今天练功了吗？"

奇迹底下了头。

那么高大胖一只帝企鹅，就低着头站在段佳泽面前听他数落，外边的游客看得都开心死了。

还有人问旁边的讲解员，为什么饲养员要骂企鹅："它看着很乖啊，那边几十只企鹅都在互怼，就它乖乖在一旁呢。"

讲解员一看可能是个第一次来灵围的游客，干笑道："您可能不太了解它，这是我们极地区一霸，叫奇迹。那个也不是普通饲养员，是我们园长，当初是他把奇迹人工孵化出来的。您别看奇迹好像没参与，但其实双方争吵都是它在撺掇，它是原来这群企鹅的老大，所以园长要教训它。"

游客惊奇地道："原来是这样啊！"

本来大家都以为企鹅做了什么错事，饲养员要教育它，现在虽然没有错，但内容比他们想象的复杂，原来是它暗中挑事。这可太有意思了。

另一个游客道："要不怎么是动物园园长呢，哈哈！我听说猴子也是这样的，普通猴子做了什么错事，饲养员就找猴王。"

讲解员嘿嘿一笑："正是这个理，管理动物就得先管住它们的老大，您看就连搬蜂窝也得先捉住它们的蜂王呢。"

里头，段佳泽还在教育奇迹，已经到尾声了："……你要用功啊，爸爸等你喷小火苗呢。"

奇迹这才抬起脑袋，冲着段佳泽一张嘴，火是没喷出来，就一道热风而已。

"好了，知道修炼难。"段佳泽骂了一顿，又心疼地抱了抱奇迹，再次引得外头观众发出一阵兴奋的叫声，这才慢悠悠出去。

而奇迹呢，在段佳泽的教育下，也不敢再撺掇了，让双方企鹅好好交流、融合。

出了极地海洋馆，段佳泽又往办公室去了。

今天也有大风，站在办公楼前段佳泽一抬头瞟到旁边，还以为和上次一样又有衣服掉下来了，仔细一看才发现，居然是有苏挂在电线杆上。

段佳泽停住了脚步。

有苏一抬头也看到了段佳泽。

段佳泽看了看周围："你在上面干什么？"

有苏神情郁闷地道："没什么，我挂一会儿。"

段佳泽好笑道："什么叫挂一会儿啊！你以为你是鱿鱼干啊？"

已经被看破，有苏也就不顾忌那点儿面子了，她低落地道："说实话吧，我下不来了。方才我们看电视，我看到隔壁省建了个珍稀鸟类保护区，顺口评价了一句，道君就攥着我上电线杆……然后把我定在这儿了。"

段佳泽都无语了："你也是嘴欠的，姐，怎么就改不了这毛病呢？"

想也知道，有苏那句"评价"不可能是什么好话。

有苏如果还是狐狸形态，还能动，肯定不停摇尾巴："我都挂二十分钟了，要不是用了障眼法早就被发现了，道君还说要我挂九九八十一天。园长，你拿个杆儿把我戳下来，然后接着我吧。"

"不行。"段佳泽脸色一变："你从那么高的地方跳下来，我伸手一接，手是不是立刻就断这儿了。"

这些派遣动物，总是不清楚人类能脆弱到什么地步。

有苏长叹一声,她也开始感慨自己为什么要作死呢,而且还乐此不疲了。没办法,九尾狐那么聪明,但是死亡率也奇高啊,谁让她们喜欢在刀尖上跳舞。

但是段佳泽也没有置之不理,真挂九九八十一天那像话吗?

这高度晾衣杆也戳不到,段佳泽灵机一动,又去找袁洪了。其他动物可能会怕陆压,但是袁洪有绝招,他化身特别真实,大家都分辨不出来。

段佳泽让袁洪帮个忙:"您把有苏戳下来吧。"

有苏脸色一变:"你既叫了人,何必用戳的,直接给我解了定身术法不行吗?"

段佳泽一想,对,也是啊,他毕竟没有那个概念,一时拐不过弯儿。

"啰唆!"却听袁洪不耐烦地拿他那棍子一划拉,有苏就掉下来了。

但是袁洪没有去接,段佳泽也接不了,有苏硬邦邦掉下来却也没落地,早有一群喜鹊飞过来,搭成桥面,有苏便稳稳落在了它们身上。

袁洪这才去帮有苏解开了定身术法,然后扬长而去,不留身与名。

有苏气得很,一跺脚:"这什么人啊!别以为我没看到,他还偷笑了!"

对,偷笑是最无语的。

段佳泽想再和有苏说一下,关于克制自己作死念头的事情,手机忽然响了,是游客服务中心打来的:"园、园长,有个社会人士找您……"

语气十分紧张,段佳泽一听,也心中一紧:"还有人找我们收保护费?那你们快把他保护好!"

员工有点儿不知道怎么应对,卡住了。

段佳泽:"人在哪儿呢?我过去会会。"

段佳泽刚才可不是开玩笑,真是收保护费的,可不得保护好,不然一不小心就被哪位大神打杀了。

员工弱弱道不敢把人请进去,现在留在游客中心的一间招待室里,这里和办公楼的会客室不太一样。办公楼在里头,他们看那人凶恶,当然不敢请进去。

段佳泽没想太多,赶到游客中心去了,也没带有苏一起。他觉得真是什么社会人士,能放狗解决就放狗解决,还是不要麻烦亡国级别的祸水了。

段佳泽看着瑟瑟发抖的游客中心员工,安慰了几句,这里多是年轻女孩,胆子小。

"好了，难道这人比老虎还可怕吗？"段佳泽开了个玩笑，这几个女孩当初一起内测散养区，可是经历过老虎跳出来的事故。

　　员工们这才被逗乐了一些："园长，那人长得好凶！"

　　"行，我去会会他。"段佳泽叫她们各自回岗位，自己去招待室。

　　推门一看，里头木椅上坐着一人，正在喝茶。察觉有人，便抬眼看来。

　　这一眼段佳泽看得明白，其实这人长得并不丑陋，甚至可以说五官端正，但是他眉梢眼角都流露着一股凶恶的煞气，动作也十分干脆，干脆到有些用力，让人觉得他随时都会暴起伤人。

　　光凭气质来看，何止是凶，简直就是煞。

　　段佳泽眉心跳了一下："您好，我是灵圃动物园的园长段佳泽，先生贵姓？"

　　这人把茶碗一放，嘴角轻轻一撇："叫九爷吧。"

　　段佳泽往后看了一眼，伸手去摸门把，他准备放狗了。

　　这自称九爷的人看段佳泽回身，又道："事先说好了，待我离开的时候，给我打个高分，我这便有事去了。"

　　段佳泽动作一下顿住了："你是希望工程派下来的啊？"

　　九爷掀起眼皮看了段佳泽一眼，冷笑道："你才明白？"

　　"我以为你是来收保护费的。"段佳泽嘟囔了一声，他就说怎么东海市还有敢收他保护费的，尤其是在他和东海市警察局刚刚合作过一番之后。都是那几个女员工没说清楚，大概是被九爷唬住了。

　　段佳泽又想他方才说的话，这也是个打算把改造当度假的。段佳泽说道："不好意思，我是普通人族，看不出来。关于高分和离开的事情，请您跟我到办公楼那边去聊两句吧……还有，我想问一下，我接到通知说来的是二分之一个动物，请教您的根脚是？"

　　这也是段佳泽为什么没想过这人是派遣动物，不是说二分之一吗，这位九爷看起来完完整整得很啊！

　　谁知道，段佳泽就这么几句话，九爷就炸了。

　　倒是和他的气质一样，有种说动手就动手的煞气。他一步踏过来，一拳把段佳泽旁边的墙壁捣了个洞，阴沉着脸道："啰啰唆唆什么毛病！别以为希望工程真保护得了你，要杀一区区凡人多得是法子！"

　　段佳泽也不知道九爷有没有看过凡间的电视剧，反正他这个单手砸墙的姿势很像壁咚。这时段佳泽听到外头有员工尖叫一声，大概听到这边动静了，他连忙喊了一声："没事，别吵！"

九爷看段佳泽还敢心不在焉，煞气更盛，脸上几乎冒起了黑气，腾升而起，一副要择人而噬的样子，看着十分吓人。

要是换个胆子小一些的，光看这样子，感受这个气息，大概就吓尿了。

段佳泽小声说："别冲动……"

九爷眉头一挑，以为这句话是对自己说的，刚要抬手，却见一道流光投来，落在屋内，一人从后头一脚踹在九爷背上。

九爷顿时扑街，整个趴在地上，五体投地，入地三分。

陆压踩在九爷身上，不等段佳泽说什么，无形化有形，杀人刀凝结在手，一刀便斩去了九爷的脑袋瓜！

再是一道太阳真火，那掉下来的脑袋还没来得及用自己狰狞的嘴脸吓到段佳泽，就已经成了飞灰……

段佳泽震惊地道："你怎么把他杀了，这？！"

他一时没法组织语言，虽然九爷很凶残，但是二话不说就把人砍了真的好吗？

他还未惊完呢，就见九爷断颈上又生出一颗头，和原来的一模一样。

段佳泽吓了一跳："我靠！"

"我说哪来的二分之一，原来是你这九头虫。"陆压冷笑一声："此物生得九头，一头便是一命。"

段佳泽一听，一下明白这妖怪的来路了，就是当初偷舍利子的九头驸马，被二郎神、猴哥等追杀，一颗头被哮天犬咬掉："……他以前不是逃了吗？"

"后来落网的，又砍了我三颗头，否则我怎会伏法。"九头虫没好气地道，他微微扭头，语气没之前那么凶了："我没想到，道君也在此处，小九冒犯了，不过，我那一颗头也足以……"

段佳泽心说，靠，刚刚还九爷呢，遇到陆压这就小九了。

这人缘得多次，才会连陆压在他这儿都不知道。算一算这人倒是掉了四颗脑袋，难怪系统标记是二分之一个动物了，它不完整啊！原来，是这么个二分之一！

段佳泽也不知道该高兴还是叹息了，高兴的是并非半扇动物，不用看血糊糊的内脏，但是这九头虫，它能安分吗？

说起来，这希望工程也不是很严谨嘛，这只能说约等于二分之一，实际上是九分之五……

再说小九，他那还没说完转折呢，陆压提刀又砍下去了，霎时间又是一颗脑袋落地，照样化为飞灰。

小九脑袋再长好后，整个都暴躁了几分，在陆压脚下直动弹："凭什么又砍我一下！我敬你是前辈，但你也不能太过分吧！！"

他被天庭追杀那么久才掉了三颗头，陆压说话这会儿就砍了他两颗头，不怪他毛起来了，这两条命去得太冤了！就算他有所冒犯，一颗头还不够赔罪吗？

段佳泽："我哥还是这么不讲理。"

陆压冷冷道："本尊许你说话了吗？"

小九顿时哑火了，他是想嚷嚷，但是他怕陆压伸手又是一刀。这人有多凶残，整个三界都是知道的。刚才砍他头，竟然就是因为他擅自开口，他是凶煞，但是这位除了凶残还什么都不怵啊。

陆压脚下又是用力踩，小九虽然吃痛，却不敢留把柄，咬定牙关不出声，心中大骂陆压无耻。

"哼。"陆压看他不出声，冷笑一声，对段佳泽道："你要不要也砍个头出气？"

小九目眦欲裂，再砍他可就只剩俩头了。

"不用了，太血腥了。"虽然知道九头虫有九条命，段佳泽看着还是有些无法接受："那什么，还是带到那边楼去吧，这儿游客来来往往的。"

刚才九头虫砸那么一下墙就把员工吓到了，等会儿还得叫人来补墙和地板。

陆压提溜着小九出去，外头的员工都看呆了。

陆哥什么时候来的啊，还把这个社会人士给制服了，再看园长跟在后头……哇，陆哥这男友力，简直了。

段佳泽哪知道他的员工们在想什么，他刚锁了门，免得员工立刻进去，紧走几步跟在陆压旁边："我有点儿不记得了，你给我回忆一下，他原形什么样？"

"待会儿叫他变给你看，就是九个头的鸟，丑得很。"陆压淡淡道。

段佳泽也想起来了，没错，九头鸟，原形长得特别凶恶，也属于猛禽。但是，肯定没有陆压猛。

两人走到派遣动物们的老地方，陆压打算在这里给九头虫讲讲规矩。这家伙下来就犯了几个重大错误，第一敢对园长不敬，第二想挂职出去玩，第三敢壁咚园长，砍掉两颗头都算他今天走运。

这时袁洪拿着个桃子进来了，他们还没通知其他派遣动物，这位估计是胡乱溜达无意进来的。

小九不认识袁洪，只瞟了他一眼，继续在心中痛骂陆压和段佳泽二人。一路过来他算是明白了，陆压脾气差是一方面，主要就是为了这个人族砍他的。

袁洪一瞧见那九头虫，却是把桃子一抛，将铁棒拿出来用力一抡，一棒就把小九打死了，只一棒便不出气了，霎时间又去了一命。

这九头虫一日之内，已经丢了三条命，统共没有半个小时，都说他身上血气重，也不知今天倒的什么血霉。

打死后袁洪再将桃子捡起来，对目瞪口呆的段佳泽解释道："这是什么玩意儿，煞气逼人，吓了本星君一跳！"

段佳泽有点儿蒙。

听过随手乱扔垃圾，没听过随手打杀人的。

过了两分钟小九才活过来，气急败坏："我自趴在这里，与你何干！你也来趁我被制住害我性命，我，我……"

他一口气没上来，差点儿气死，这可就只剩下两条命了啊。

连段佳泽都忍不住同情地道："再别打死了，我还要开展工作的。人家天庭送下来是好好的二分之一个动物，送回去只剩三分之一了，不好吧。"

135

等到派遣动物们陆续来了之时，九头虫已是被陆压踹成原形，趴在地板上。他虽有好几条命，但是被陆压和袁洪连番打压，这时也精神不振了。

心理打击尤其大，无端就去了三条命。

段佳泽也总算是看到九头虫是什么样了，它一丈多长短，羽毛倒是鲜亮得很，翼展宽大，双爪锋利尖锐，两只头奄奄一息靠在一处。如果仔细看，就能发现羽毛掩护下还有七处断颈痕迹。

最可怖的是它浑身血气，也不知是天生还是后天的，一看就是凶禽，普通人多看几眼都得腿软。

赶巧这时小青进来，缺心眼地"嚯"了一声："哪来的双头鸟？"

小九身体一抖。

段佳泽差点儿没憋笑憋死，看到九头虫一脸羽毛也遮不去的郁闷，他就更想笑了。

有苏扫了几眼，讶异地道："这不是九头虫吗？"

"我姐还是博学。"段佳泽赞了一句："这是新来的小九。"

众人脸色皆是古怪，九头虫的名声虽然不如陆压之类响亮，但好歹是个人物，根脚很不错，一出生就有九条命，数量稀少，并未繁衍成很大的种群。

这小九当年盗佛宝，更是能在二郎神、猴哥手下逃脱的，虽然也是因为他们没去追，但实力可见一二。

但是眼下呢，竟然只剩两颗头了，令人百味陈杂——到底怎么混成这样的？

小青知道是九头虫后，有些后怕，但是看九头虫趴地上，又安心许多，只是也没敢把心里那句"那现在应该叫小二"给说出来。

大家同是取经路上的妖怪，灵感还知道一些八卦："这不就是九头驸马吗，当年可是娶了条小龙！"

灵感也是水族，对他们来说，潭里的小龙那也是龙啊，即便他是跟着观音大士混的，也不得不高看一眼，所以他其实是有点儿佩服九头虫的。

听到灵感说话，陆压却是有些不屑地哼了一声。

段佳泽看了一眼，知道陆压对水族的厌恶，就算龙族，估摸着在他眼中也一样。

九头虫被大家盯着脑袋看，那两只脑袋四只眼睛中投射出可怜的光芒，因为残破的身躯而少了许多威慑力："我，我能变回去了吗？"

陆压也不理，九头虫好歹脑子机灵了一点儿，又看向段佳泽。

段佳泽咳嗽一声："行吧。"

他倒不是心软，只是九头虫原形怪诡异的。原本九个脑袋跟花环一样堆簇着，现在砍得就剩俩了，实在古怪。

小九化作人形，蹲在一角。随着那些派遣动物进来，他的心情是越来越低落。

为什么，为什么没有人告诉我这里的情况？？

有四方神君这样的大神，更有鲲鹏这样的大妖，还有灵感这样的关系户……这些不是最可怕的，因为他们不一定管得着九头虫。

可怕的是这里还有个三足金乌，这三足金乌竟然臣服在区区一介人族之下！

他要是知道陆压在这里，他死都不会来啊！

大家都是鸟，论根脚，他连朱雀都比不上，更何况是三足金乌了。

非常简单的一个道理，他们修炼还要吸收天地精华日月精气，人家的爹——世界上第一只三足金乌就是从太阳星里化形的，太阳星还是盘古之眼所化，一只三足金乌就是一个小太阳，能比得上吗……

所以说坏事就坏在这儿了，九头虫不时扫段佳泽一眼，倍加郁闷。

小九偷看段佳泽时，又发现有人盯着自己，他不经意看过去，却是四废星君袁洪。他也是听这些人聊天，才知道此人是袁洪的。

小九不禁抖了一抖，对于他这个凶禽来说，这可是很难得的，能让他感觉到威胁。

只见袁洪蹲在沙发上，手拿一只桃还在啃着，眼睛却盯着小九，不知打些什么主意，叫小九头皮发麻。

正是这袁洪，方才一个照面就打杀他，去了他一条命，比陆压还不讲理，陆压好歹还有个"护主"的理由。

四废星君也是早于小九多年成名的人物了，只是因为魂魄上天封神，心有不甘，一直隐世不出，所以小九对他也不太了解。没有想到，本人居然如此暴戾！

这会儿还要盯着九头虫看，小九被看得浑身不自在，不知自己哪里惹怒了他。

再看回段佳泽，却发现他身边的九尾狐也在悄悄打量自己，还露出一个不怀好意的笑容。

小九不寒而栗！

"九头虫一身凶煞血气，肯定不能化成普通鸟类。"段佳泽查了下资料，然后道："我看啊，变成安第斯兀鹫倒还行。"

这是公认的世界上最凶猛的鸟类，也是可以飞行的鸟类中体型最大的一种，它们生活在美洲新大陆，翼展可以超过三米，虽然比九头虫原形小一些，但总比其他鸟类要好。

这种兀鹫是近危动物，在一些动物园留有血脉。它们食谱很广，几乎什么动物的尸体都会吃。

段佳泽让九头虫变成安第斯兀鹫，以后就要在笼舍里上班了，这种猛禽当然不能散养。一般露天笼舍也就罢了，可以剪羽，但绝对不会散养。

小九知道自己要做动物后，像吃了脏东西一样，极其不乐意，然后面对陆压威胁的神情，他又不敢说话了。连三足金乌都在动物园当动物，它九头虫又有什么资格说不呢……

小九憋屈地变成了一只兀鹫，段佳泽还让它调整了一下。兀鹫体型已经够大了，而且中国根本没有动物园引进过，所以不需要刻意再变大体型去吸引游客。

有苏笑嘻嘻地说："最好暂时不要展出，拉去教育一下怎么接客。"

小九心中一沉。

段佳泽也擦了擦汗："接，接客……"

有苏："我的意思是说，接待游客，呵呵。"

小九看了有苏一眼，暗骂奸诈的九尾狐，看九尾狐和人族也那么亲密的样子，分明是拿他来讨好人族了，还想这种方法折辱他！

其实九头虫多想了，这个提议单纯只是有苏觉得他太不懂规矩，怕他给动物园坏事。

"大家请看，这就是闻名世界的安第斯兀鹫，它们是安第斯人心中的安第斯文明之魂，所以也叫安第斯神鹫。目前安第斯兀鹫属于世界近危物种，这次我们动物园费了千辛万苦，才从阿根廷引进了一只刚成年的安第斯兀鹫，它的翼展足足有三米四。"

小苏热情洋溢地给大家介绍着这只安第斯兀鹫，在铁丝网走来走去，从各个角度展示这只大鸟，还找来对比物证实它有多大。

虽然声音很热情，小苏可不敢靠得太近，即使有铁丝网，她甚至不敢和小九对视。这鸟真的带着杀气，园长要是不说从动物园引进的，她都要以为是野生的了。

兀鹫一来动物园，还得选饲养员，全园的男性饲养员一和兀鹫对视，都不太敢担当饲养员了。要不是园长说这算猛禽，有补贴，真的没人愿意做饲养员。

太吓人了，上一次带给大家这种感觉的，就是陆压鸟了，而陆压鸟是园长养着的，而且并非时时刻刻都在吓人，还有朝园长撒娇的时候呢。

段佳泽也站在一旁，他不是来跟着直播的，他是来看看九头虫。

自从一周前，九头虫来到灵囿动物园，就没过上好日子。

当天被砍了三颗头不提，后来连段佳泽也不知道为什么，每天他出现在饭桌上都是鼻青脸肿的，好几次都想逃，又被陆压捉住，威胁要再砍他脑袋，导致他连连求饶。

段佳泽一开始以为是陆压揍的，但陆压说他已经打杀小九两次了，后来小九对园长也算恭敬，他没那么无聊。

然后段佳泽才听说，其实是九头虫私下和其他动物斗殴所致。他因为不习惯动物园的生活，又记恨大家那日嘲笑自己，不时就会发牢骚，和其他动物发生争执。

而且九头虫江湖习气重，觉得自己有必要确立一下在食物链中的位置，他虽然敌不过陆压，总能欺压一下别的动物吧？

但是人家多团结啊，就算单个打不赢九头虫，联手也碾压他了。要不是段佳泽说，别最后只剩九分之一回去，他们就直接打杀九头虫了。

这都是因为九头虫不太了解动物园的风俗，这里没有什么食物链，要真有，那就是所有动物在陆压的威胁下瑟瑟生存，同舟共济。

小青说："他被打多……不，待久点儿就知道了，分名次没有什么意义。"

你比武力值，还不如比受游客欢迎程度呢！

段佳泽就多加关注了一点儿，想看看小九什么时候开窍。

那边，恰好遇上饲养员给小九喂食，小苏拍了一下，说话带颤："这只兀鹫叫小九，在阿根廷一家动物园出生，他们喂养时比较注意留存兀鹫的野性……"

野，真的太野了。

有领着小孩来看传说中最大的飞鸟的，小孩直接被兀鹫吃东西的样子吓哭了，就跟陆压带给人心理阴影最大的时候似的。

网友们看到小九吃东西那个劲儿，也都在感慨。

"除了陆压之外，还是第一次对'猛禽'有清晰认知……隔着屏幕都能感受到"

"吃东西的样子太凶残了，爪子和嘴巴真的厉害，眼神也很锐利，它一看镜头我都觉得在盯着我，汗毛倒竖！"

"体型也好大啊啊，人遇到这种猛禽大概也是一死吧！"

"这个体型，两个我也没它翼展那么宽。"

"眼神也好犀利，哎，不知道它和我们陆压哪个更凶残？"

"没听说这是世界上最凶猛的鸟类吗？应该是神鹫更胜一筹吧！"

"我也觉得是神鹫……虽然我很崇拜陆压，但是这个体型压制啊。"

段佳泽不知道网友们还在讨论陆压和小九哪个更厉害，而且还是小九占了上风。他看到小九吃东西，觉得这家伙路子真的是野。

陆压是妖二代了，吃东西还挺文雅，只是攻击人的时候很凶而已，小九这家伙吃东西就跟野兽一样。

其实，小九一边吃一边把这些肉当作他仇人的肉了。

"九尾狐，通背猿猴，青蛇……"小九咬着牙撕肉吃，充满悲愤。可是，只剩两个头又受制于人的他，哪还有什么肆意妄为的资本呢。再掉一个头，他就跟那些只有一颗头的普通鸟一般了。

这么一想，小九的吃相就更加凶残了，偶尔还张开宽大的翅膀长鸣一声，引来游客们的惊呼。

世界第一猛禽，果然不负虚名啊！

这时，弹幕上关于陆压和小九的高低也彻底一边倒了，陆压很聪明也很凶残，但是单说武力值小九应该更猛。

就在大家要盖棺定论之时，一个熟悉的身影出现在天空上。

小苏也抬起手机拍了一下："嘿，陆压来了。"

自从陆压和段佳泽确定了关系之后，这家伙翘班翘得是越来越严重了，动不动自己把笼子打开，在众目睽睽之下飞出去，连个替身都不留。

现在陆压是全民称赞的英雄，救过两次人的那种，广大群众恨不得让它每天待在外头，怎么能关在笼子里呢。

因为之前救人的事情，陆压的人气又高涨了一番，听说新闻都上到国外去了。太惊险了，高空接人，这么有戏剧性，如今是天下谁人不识压。

他一出场，弹幕又刷屏了，就连现场的游客也纷纷抬起手和陆压打招呼。

陆压在空中绕了一周，便飞下来落在段佳泽怀里，段佳泽伸手把它抱住。陆压趴在段佳泽怀里，很是舒适的样子。

段佳泽也顺了顺陆压的毛，小声问他："怎么来了……"

"噢噢噢——英雄气短，女儿情长啊，一到园长怀里，猛禽变母鸡了！"

"可恶，刚刚我还给陆压打 call，说它气势不输小九！"

"哈哈哈哈哈笑晕，这真的是那个英勇救人的陆压吗？我怎么觉得这和我当初粉的不是同一只鸟……"

"这不是我在新闻上看到的鸟！假的假的！"

"恍恍惚惚，我记得最开始我买的是高冷猛禽鸟设。"

正在大家乱糟糟起哄的时候，就发现直播的小编把手机移四十五度角，这下就把钢丝网那边的小九摄进来了。

只见方才还趾高气扬的小九，不知何时开始，打蔫一般伏在栖木上，也没继续东西吃了。

正当大家奇怪，觉得是不是食物有什么问题之时，就听到陆压叫了一声。

这声音陆压经常发出，一点儿都不凶，一般是和园长玩时才会发出来的。但是听到这声音，小九却是猛地瑟缩了一下，恐惧地用爪子走到了笼舍另一头的栖木上。

在沉默了好一会儿后，弹幕就猛然爆发了。

"这是怕了陆压吗？牛逼啊！"

"说好的世界上最大的猛禽呢？"

"不是，百科真的说安第斯兀鹫是猛禽，但是小九大概是兀鹫里比较弱的？"

"白长这么大个子啊，还是陆压牛逼，体型差这么多都能压制。"

"陆压半散养的，灵囿前几年才开张。小九是在动物园长大，再保留野性能保留多少啊！"

"社会我陆哥，刚才说陆压不如小九的都去哪儿了？出来走几步啊，脸疼不疼？"

"猛禽，我只认陆压。"

段佳泽看到小九都不敢吃东西了，索性带着陆压走开。

他一开始挺讨厌九头虫的，因为太凶了，但是后来发现，灵囿又不是没有反派，但这家伙是人缘最不好、最笨、最惨的一个，他就只剩下怜悯了……

熊思谦凶不凶？鲲鹏凶不凶？比九头虫不知道高到哪里去了，但是人家识时务啊，现在一个每天掏点儿蜜吃，一个做猫奴，过得美滋滋。

至于九头虫，借用有苏的一句话来说，他九个头都是空的，没脑子。

段佳泽领着陆压，走到哪里游客都往他们这边看，最近陆压风头正劲。

还有人小声议论着："真鸟好像也不是特别大，比那只兀鹫小多了，你说它怎么抓起来小孩的？"

"练的吧，动物和我们可不一样。我倒是想知道它能不能帮主人提水桶。"

段佳泽听了一汗，我没事提水桶干什么啊。

还有那种胆大包天的孩子，拉着父母的衣角，嚷着非要摸摸陆压。

要搁以前他们的父母肯定不太敢，因为陆压有把别人啄得血肉模糊的前科，但前段时间他救了人，形象顿时和善了不少。

所以，还真有和段佳泽提的。

段佳泽一一婉拒了："不行，我们家鸟会啄人。"

"听到没？会啄人的！"家长一听赶紧拉着小孩儿走开了。

小孩儿还不甘心，一边回头一边喊："那叔叔你怎么能抱着？"

到这会小孩儿都走出去一截了，段佳泽要大声喊才能传到那边去，他也没大声喊，就是小声嘟囔了一下："这是我男朋友……"

陆压一头扎进段佳泽的衣服里面。

段佳泽一笑，把陆压拎起来在脑袋顶上亲了一下，也没人会多看，毕竟这是鸟形。

陆压靠着段佳泽的脑袋哼哼 JJ，非常扭捏地接受了段佳泽的示好。

段佳泽已经设计好了昆虫园的方案，本来是昆虫馆，后来他打算结合园林，也就变成了昆虫园。

段佳泽拿着方案去问别的动物园专家可行性，灵囿现在也是华夏动物园协会会员单位，可以向其他单位咨询，大家还是乐意互帮互助的。

国内少有这样的结合式展馆，最后问了好些专家，段佳泽知道做纯露天难度还是太高，主要是后期维护上会很麻烦。

所以，段佳泽又更改了一下，可以做个全透明的全玻璃外墙。就像玻璃花房，但他这个是玻璃昆虫园，而且无论室内面积还是玻璃面积都会更大一些，可以容纳很多游客。再用花草装饰一下间隔处，效果会很好。

段佳泽找了设计公司来设计外观，又请国内一流动物园的总工指点了一下内部笼舍设置，他希望美观和实用并重。

随着游客越来越多，虽然儿童是主流，但也不能忽视年轻人的人数，这部分人群对"颜值"很在意。

就为了美观，还得专门请人设计、定做装置，普通养殖昆虫的装置，多以实用为主，达不到要求。

整个设计分作三部分，园林、笼舍、外部建筑分别由不同单位负责，，为了统一风格，室火星君朱烽还要进行整合，把他的理念让其他部分融合进去，这样才不会有分裂感。

最后出来的效果是非常好的，段佳泽看到电脑制作的效果图就已经很漂亮了，实物不知道如何，还得等动工完成。

段佳泽非常相信朱烽的审美，绝对差不了，看如今灵囿度假酒店被多少人夸赞就知道了。

至于地点，是在新园区和散养区之间辟了一块地，挨着科普馆，没有另外租地。该挖的挖，该推的推，辟出一块地修昆虫园。

等昆虫园修好之后，南柯蚁也有个更好的休憩之处了。

除却外部设施，段佳泽也准备了一份拟引进昆虫名单。他的昆虫园要以活体昆虫为主，从蝴蝶、竹节虫、蝎子到各种爬虫。

在这个过程中，段佳泽还犹豫了一下，要不要把两栖动物、爬行动物搬到昆虫园去，比如青蛇白蛇。

要是一般的动物园，可能自己拿主意就算了。段佳泽直接问了一下小青和白素贞的意见，她们说玻璃房太热了，不愿意去，这就算了。

数月时光转瞬即逝，待到春暖花开，灵囿动物园的新园区——昆虫园落成，在全面宣传之后，也正式面向广大游客开放啦。

136

当年，黄芪被冤魂缠身，险些跳崖，幸好在山底下先进了灵囿动物园，保住一命。后来留下来工作，中途也离开过，最后还是选择回来。

几年下来，黄芪一直是灵囿的中流砥柱，最近正式被任命为副园长，也算是众望所归。说起来，他和段佳泽一个园长一个副园长，都是干这行后才钻研专业，自学成才。

之前黄芪业余时间也一直在做以前公司的外包，因为灵囿做得越来越大，黄芪思考再三，把兼职也辞了。他下决心就投入这一行了，以黄芪的眼光来看，灵囿有很好的发展前景，未来可以做得更大。

段佳泽以前还想黄芪会不会又转行，看他都把兼职辞了，这下便毫不犹豫，把一直负责很多本职以外工作的黄芪升了上来。

灵囿说是一个动物园，但也是一个公司，不断扩建的灵囿，未来还会有别的产业。黄芪这个"副园长"，其实也是公司的副总，他相信自己日后不会后悔，灵囿发展的天花板并不低。

黄芪在他的同事们眼中，也是个带有传奇色彩的人物，之前他女友去世后，他在动物园待一年还可以理解，工作生活双重压力之下，休养生息一下嘛。但是后来，还真的彻底转行，去动物园工作了，这完全不搭边啊。

当然，只是有"点"传奇色彩，他们这行，做和尚的都有，何况只是转行。再说了，灵囿现在比黄芪刚去时名气大了不知道多少，也属于行业翘楚，更没那么难以理解了。

最近，黄芪的两个同事休年假，他俩是一对情侣，也不想去太远的地方，而省内旅游最近大热的就是东海市，于是结伴来了东海。

黄芪这两个同事一个叫莫子楷，一个叫华诗，以前和黄芪处得还挺好。好到什么地步呢，好到黄芪回去上班那会儿，愿意把从灵囿带过来的笋分给他们吃。

莫子楷和华诗来了东海，肯定要去灵囿看看黄芪，再看看他工作的地方，他们对这地方也算听闻已久了。

因为黄芪在那儿，看到什么新闻他们也会多关注一点儿，这地方三五不时不是上新闻就是微博被热转，关注度还挺高。

有这么个老同事在，莫子楷和华诗当然不需要买票，不但不用买灵囿的门票，临水观的门票都不用买了！

黄芪送了两张联票给他们。这年头，发电子码就行了，因为灵囿在城外，他俩先游览了城内的景点，最后才到灵囿，知道这里有个酒店，便决定最后两天就住这儿了。

黄芪在朋友圈，可老是发东海尤其是海角山的空气多么好，他们早就心向往之了。

来了东海后也证实了，虽然老东海人总说海水污染了，那也是和自己比，比起其他地方，还是强太多，毕竟开发没多久。

这下子，他们就更好奇海角山了。

莫子楷和华诗到了灵囿门口，便看到门口竖了纸板，宣传今天昆虫园开放，欢迎大家免费参观。

华诗一看那上头的效果图，就兴奋了起来。她本来是惦记着鹊桥的，要拉莫子楷去蹲守，情侣一起来灵囿不看看鹊桥怎么行。但是，昆虫园特别的设计吸引了华诗，她现在决定先去昆虫园了。

因为黄芪提醒过，早于高峰时间来，拍照效果比较好。华诗在网上看过很多这里的游客照、宣传照，也想拍个照，挺早就来了。

也幸好他们来得早，等到后来游客多，昆虫园都被挤满了。

两人是带着行李一起来的，也没去酒店。黄芪早帮他们打过招呼了，把行李放在游客中心，自然有人顺路带到酒店前台，等他们入住时再拿上就是了。

一进去，莫子楷就给黄芪打了个电话。原本他们约好，两人一来，黄芪就会来作陪，他特意留出了时间，谁知道莫子楷打过去，黄芪却是说有点儿事，叫他们先逛逛，自己忙完就来。

"老黄不愧是老黄，在动物园也这么受重用，大早上都这么忙。"莫子楷也不在意："那我们就自己先逛着呗。"

现在才八点多，开园没多久，游客不多，华诗一马当先，照着地图往昆虫园去了。

两人到了昆虫园前，就算莫子楷向来糙得很，也不禁和他女朋友一起惊叹了一声："真漂亮啊！"

在宣传图上，他们就知道这昆虫园是少见的玻璃外观，真正看到实体后，发现更加生机勃勃。

如果不是事先知道，他们都要以为这是个玻璃花房了，墙身是大块大块的玻璃，锥形房顶更是有一条条花藤缠绕着，遮挡住一块块玻璃的交界处，让它看上去"毫无破绽"。

也正是通过这些透明的玻璃墙，可以清楚地看到内里仿若植物园林。

充满了中式风格的昆虫园内，栽种了各色植物，中间甚至还有小桥流水，竹片搭成的月亮门也爬满了紫藤花。春暖花都开了，悉数装在一园之内，却繁而不杂，装点得当。

虽说开放参观只在白日，有日光，但夜晚饲养员还要工作，所以园内也有灯。只是一盏盏吊灯上也缠满了花藤，不仔细看都发现不了这是吊灯。

而作为一个昆虫园，其重中之重还是各种昆虫。实际上，华诗一进门就能看到在花树掩映下，左右非对等地摆着两个笼舍。

这两个笼舍十分大，有一人多高，是多边鸟笼的外形，除了玻璃就是木头——至少外观是木头，十分精致。

笼舍顶部有灯光，只是现在没亮起来，只有阴雨天光线不好，或是夜晚才会开启。不像室内的展馆，白日也会开启。

内里底部铺一层土，高矮层次地种着花草甚至矮树，或者是搭着竹片架子，上头缠着藤花，也有沉木、石头等装饰，乍一看，就像是园林一角一般。

它们和外部的布景相互呼应，整个就像园中之园。当然，这里面也是有喂食容器的，只是制作得较为精致，丝毫不会让人出戏。

然而这些只是背景，重要的是在其间穿梭飞舞着的色彩斑斓的蝴蝶，它们大小不一，根据旁边的指示牌可以对应上类别。在背景的映衬下，这些忙碌的蝴蝶显得更加美丽了。

华诗整个人都快趴到笼舍上去了，对莫子楷喊："快给我拍照——"

莫子楷举着手机，对着华诗半天，忽然道："要不你闪开算了，总觉得你破坏了画面。"

这后头的景色多和谐啊，偏偏多了个穿着长 T 恤和牛仔裤的华诗，让他怎么看怎么别扭。

"你走！"华诗气愤地把手机拿回来了："你还不如自拍杆，都不知道我怎么瞎了眼和你在一起。"

莫子楷摸摸鼻子，没好意思说话了。

再往后看看，在路径两旁还有更多的笼舍，并非每一个都是这么大，也并非每一个都是鸟笼形状。按照不同昆虫所需的空间大小，有的只有水族箱大小，被树干形状的底座高高托起。

里头则是相应的昆虫，但无一例外，每个笼舍都像是微缩的园林一般。大的笼舍可以用到矮树，小如箱的笼舍可以用苔藓和矮小的植物。

这导致观赏的游客们移动极慢，他们并非只是看看那些稀有的昆虫，更是连带着它们的居住环境一起参观。甚至还要看一看它们是如何在居住地攀爬活动，或者飞翔。

有些昆虫即使长得不怎么样，但是处在这样的环境下，也让华诗没有什么害怕的心理了。

她几乎是走几米就要停下来拍照，而随着时间流逝，进来的游客也越来越多了，让华诗庆幸自己来得早。

否则，现在拍个前景，到处都是人头了。

不断有游客的赞叹声响起，这个昆虫园是朱烽作为总设计师的，就像是华夏园林带给人的观感，处处都是景色，即便换个角度，都有不同的风景，值得玩味。

这个昆虫园和别的展馆不一样，它可以让游客在这里停留很久。整个灵囿动物园，除了北极狐所在的展区，这可能比大熊猫馆还能留人。

和华诗一样，新来的游客们，尤其是女孩子也特别乐意在这里拍照、合影，这里有太多背景让她们喜欢了。

人在不断进来，而进来的人却待得很久，没多久，开放第一天的昆虫园开始限流了，不让进，只许出。外头的游客隔着玻璃看里头的环境，又是幽怨又是迫切。

可以看到，为了这一天动物园派了很多员工监管。没办法，这里头环境这么好，万一哪个没素质的破坏了怎么办？

有个"破窗效应"，说的就是一个房子如果一扇玻璃被砸坏了，要不了多久，其他玻璃也会坏。干净的大街上，出现了一张纸屑后，很快就会随地都是垃圾。

人都是有从众心理的，所以更要严加监管，免得本来没这个想法的人，看到别人不爱惜，自己也跟着损毁。

好在华夏人民的素质越来越高，基本上没什么随手摘花的，就算有小孩子手贱，也会被父母喝止。

这样的环境，正常人都舍不得破坏。

整个昆虫园，不用想，最受欢迎的肯定是那些蝴蝶。一笼笼蝴蝶散布在昆虫园各处。

每处景色都不一样，它们数量多，内里的环境设计又和外部是交相呼应的，在不同的地方虽然没那么统一，但是美感有变化。而且，这些设计也会考虑到这一类蝴蝶的特色。

比如凤蝶、闪蝶较大，色彩艳丽，它们的笼舍内外种的植物，也会比较鲜艳、高大。而蛱蝶、绢蝶的环境就优雅一些了。

女性同胞最喜欢这样颜值高的昆虫，蝴蝶笼旁围聚的女性是最多的，下到刚会走，上到九十九，年龄一点儿也不影响她们对蝴蝶的喜爱。

华诗把每个蝴蝶笼舍都看遍了，还将手点在玻璃上，一只凤蝶上下翻飞，忽而飞到了华诗的手指尖——当然，是隔着玻璃的。它停在这儿，就像对华诗的手指很感兴趣一般。

华诗喜出望外，屏住呼吸拍了张照。随即，其他蝴蝶好像也有从众心理一般，纷纷聚拢过来。

"哇——"华诗可以听到周围其他游客小声欢呼，他们都盯着那些好奇的蝴蝶看。

莫子楷在旁边开玩笑："你怕不是香妃转世吧。"

华诗对他翻了个白眼，把手指慢慢缩回来了。

随着华诗的手指撤离，那只最开始依附过来的凤蝶也振翅离开。牵一发动全身一般，它一动，其他蝴蝶也纷纷拍动翅膀飞快，扑啦啦一下散开，又引起游客们的惊呼声。

看着其他游客艳羡的目光，华诗不可谓不满足，假装若无其事地走开。

"我们也该出去了吧，在这里面都待了快两个小时了。"莫子楷看看时间，说道。

"行吧。"华诗流连地再看了看这个大大的"花房子"，说道："对了，老黄怎么一直没来，你再问问他呗。"

之前黄芪说有事，忙完过来。现在过去两个小时了，他那边还没动静，这也太忙了吧，他们都要怀疑自己被遗忘了。

昆虫园内正是人最多的时候，两人往外挤，好不容易才出来。

一看，外头还有好些人等着要进去呢，这也是因为昆虫园看着面积不小，但是植物、笼舍就占了很大一部分面积。

排队的好多是女孩子，一边等一边在外头拍照，外面也种了不少植物啊，环境也是很好的。

莫子楷心有余悸，这些人也真不怕挤，之前过来时这里头要是人就这么多，再漂亮他也不敢进去了。华诗就不一定，她可能还是会往里头冲。

出来后莫子楷才掏出手机打了个电话给黄芪："喂，老黄，你忙完了吗？我们刚从昆虫园出来。"

黄芪："啊？行，我现在去找你们吧，不好意思……"

过了大概五分钟吧，黄芪开着员工巡逻用的小车慢悠悠过来了，因为路上有游客，他开得比较慢。

华诗远远看到黄芪，推了一下莫子楷："哎，你看，那是不是有个小孩儿啊？"

莫子楷眯了眯眼睛："好像是有个小女孩，坐他旁边。"

黄芪车越来越近，旁边的小女孩面容也越来越清楚，是个特别漂亮的小萝莉，穿着仙气飘飘的白色纱裙，皮肤白嫩，美中不足的是，在她漂亮的脸蛋上，有道青黑色的瘀痕，上头还涂了些药水。

黄芪车开到近前，华诗和莫子楷跳上来，三人打了个招呼，充满了久别重逢的热情。

"还以为你把我们给忘了呢！"莫子楷说笑道："你解释一下，这个难道是私生女？"

黄芪没好气地道："你看我生得出这么漂亮的女儿吗？"

这个漂亮的小女孩正是有苏，黄芪摸了摸有苏的脑袋说道："介绍你们认识一下，有苏，这是莫子楷哥哥和华诗姐姐，我的朋友。这个是我同事的妹妹，陆有苏。"

有苏听到那个"陆"字，脸就绿了绿，但还是挤出一个笑容。

莫子楷和华诗当然夸了一通："好可爱，好漂亮啊……脸怎么受伤了，没事吧？"

有苏继续不吭声。

黄芪也有点儿尴尬："一点儿意外，刚才我就是在给她上药。"

一说起来黄芪就生气，他就觉得陆哥对自己妹妹总是很过分，他一个外人都看不下去，和园长说了好几次。怎么说，园长和陆压也是一家人，有苏也等于园长妹妹了吧，何况有苏一直很信赖园长。

但是，园长可能事太多了，最近自己也不上心，有次他甚至看到园长也上手推有苏！

这怎么可以呢，园长没有保护有苏，自己还和陆压学了。

还有，他们对有苏不关心真是到一个境界了，从来不上心有苏的学业。有次黄芪问了问有苏，发现这么大的孩子，连 π 等于多少都不知道！令人痛心啊！

黄芪确实一直谨记园长救了他，陆压更是气场强大，园里没人敢挑衅，但是，他实在忍不住了。今天吃早餐时，他又看到陆压欺负有苏，一怒之下，就和陆压吵了一架。

当时陆压的脸色很难看，园长也很尴尬，一直劝架。黄芪不管，就带着有苏去上药，还说今天有苏就别去上课了。

伤成这样，还上什么课啊！

不过，这些都是人家的家务事，黄芪自己插手也就算了，怎么会和莫子楷他们说。

黄芪含糊过去之后，莫子楷和华诗也没有多问，他们又不是不谙世事，听得出来黄芪的回避之意。华诗只管逗小女孩玩，莫子楷则问了问黄芪他工作上的事情。

黄芪满足了下他们的好奇心，说了动物园的工作内容，遇到的一些好玩的事情。

很多人印象里的动物园，都是充斥着动物粪便臭味的，但是灵圄给他们的印象很好，环境好，发展前景也不错，他们也就完全不担心黄芪了。

黄芪存款足够了，也许现在赚得没有以前，但以后可不一定。

黄芪开着车，把他们带到餐厅去吃饭。这时候也十一点儿多了，已经有不少食客，去晚了好菜都卖完了。

饭桌上，华诗和莫子楷也终于尝到了黄芪万般夸赞的菜色。

"来，有苏，多吃一点儿。"华诗太喜欢有苏这孩子了，最重要的就是她长得漂亮，华诗也想生个这么漂亮的女儿，她和莫子楷马上就要结婚了。这菜这么好吃，她都还惦记着有苏呢。

一般动物园的员工，都管有苏叫小小苏，因为他们已经有个"小苏"了。华诗和莫子楷不认识小苏，和有苏也没那么亲，就叫她有苏。

莫子楷也对黄芪说："你到时候来参加我们婚礼啊，你也是，都三十了，现在还没打算吗？"

一提到这个，黄芪笑意淡了淡："还没有，且忙着吧。"

黄芪是有阴影了啊！想想他上一任女友，一分手就自杀，还缠着他，他实在是怕了。

幸好在灵圄有园长坐镇，还有那么多道士往来，绝没什么妖魔鬼怪。他刚来那会儿晚上睡觉都睡不着，别提找女朋友了。

"早点儿结婚，我看你们这里人来人往，同事也多，有好的就发展一下。结了婚，生个有苏这样可爱的女儿。"莫子楷看了看有苏，也觉得喜欢："看看，这小女孩多乖巧啊，一看就懂事得很。"

有苏微笑不语。

提到有苏，黄芪忧伤地说："要是不结婚也有这么可爱的女儿就好了。"

有苏继续微笑。

黄芪心想，可恨陆压那家伙，有个这样的妹妹也不珍惜，还老是虐待儿童。

这时，旁边一桌坐下来几个食客。

"唉，特意过来拜白狐的，怎么就不在呢？"

"就是啊，咱们容易吗，坐了一个小时的车，谁知道偏偏今天白狐大仙去体检了。真是倒霉。"

"上次应该求求大仙，叫我们来时它不要去体检的……"

"哈哈哈哈哈哈！"

莫子楷听了，好奇地道："就是那个传说的白狐大仙啊，我在微博看过，还想看看呢。"

黄芪都副园长了，他也不知道哪个动物哪天不在这些琐事："嗯……反正你们还住一晚呢，明天去看吧。"

大家边吃边聊，十分愉快。

中途有苏说去找果汁喝，黄芪也没管，有苏在灵囿还能出什么事。

他和莫子楷喝了几杯，也有些尿急，后来跑去洗手间了。但是因为顾客多，洗手间人也多，男厕还好，女厕排队都排到门口来了。

饶是如此黄芪也有些等不了，好在他是内部人士，去内部洗手间就是了。

黄芪在洗手间洗了把脸，打算醒醒酒，正在擦脸的时候，忽然听到一个熟悉的声音，是段佳泽的，他好像在外面。

"……你们老掐什么，我话都没说完，你们就聊开了。"段佳泽特别无奈："我都打算跟我同学说，已经分手了，用不着你再去冒充什么，你们也太性急了。"

黄芪喝了点酒，脑子还没转过来，不懂这什么意思，园长这是和谁说话呢？

紧接着，竟是有苏的声音响起，委屈地道："我也是好心问问，道君要是想和你一起出席，也犯不着动手吧……"

段佳泽急道："喂，那你这是干什么啊，让他看到又揍你了，而且说不定待会儿有人过来的。"

黄芪下意识觉得他们话中另一个人指的是陆压，虽然内容有些奇怪，但他那喝了酒的脑袋转不了太多弯。

早上黄芪带有苏离开时，可以说是拂袖而去的，主要是积攒了很久的情绪一下子爆发了。后来觉得还是要和园长谈一谈，这会儿听到园长的声音，黄芪晃了晃晕乎乎的脑袋就往外走。

巧了，择日不如撞日，就现在吧。

黄芪转了出去，空荡的长走廊一头，站着一男一女，男的是他顶头上司段佳泽，女的生得国色天香，言辞难以描述其美貌千万之一，一侧眼看过来，上扬的眼角妩媚极了。

即便黄芪带着醉意，也被惊艳到了。

他的脑子迟钝地转动了两下，向两旁看看，迷茫地道："有苏呢？"

137

段佳泽很郁闷，他就说这里有人来往容易看到，没听到他们说话还成，偏偏黄芪在这儿也不知道待了多久。

有苏就是刚刚变成这样的，换了个人，绝对不可能想到她就是那个小女孩，顶多以为有苏说话说着说着不知道钻哪去了吧。

但黄芪不一样，他来这儿就是因为见鬼了。他一直觉得段佳泽是个高人，在他的世界观里是有这么回事的，很容易想到。

果然，黄芪琢磨半天，眼神慢慢转变，他回过味来了。刚才有苏说的那些话里，就有些破绽。但是他一时半会儿还是傻的，毕竟他拿有苏不说当女儿，那也是当小妹妹看，不时给根棒棒糖那种。

现在有苏站在他面前，可能比他十八辈祖宗年纪还大，他心里有点儿过不去，这会儿呆呆地看着段佳泽和有苏。

段佳泽看着有苏："这怎么办啊？"

有苏不甚在意地道："这个好办，这种事以前也发生过……"

段佳泽一喜，他指望有苏是不是能调个失忆的药水出来呢。

有苏仰头回想一会儿，说道："园长，咱把他的心也给挖了吧。"

段佳泽心中一惊，靠，比干啊。

想当年妲己和狐狸精姐妹们一起喝酒，狐狸尾巴露出来被比干发现了，火烧她老窝。作为报复，妲己就挖了比干的心。

段佳泽越想越是冒冷汗："黄芪辛辛苦苦，清清白白……"

有苏一笑，道："我说笑罢了。不过，园长，既然黄芪都是副园长了，有些事告诉他也无妨。"

段佳泽这才明白有苏是开玩笑，但她刚才笑得实在让人发毛，两人对视一眼，他擦擦汗道："行吧。"

再看黄芪，他正扶着墙，两腿打飘呢。

段佳泽上前把黄芪一扶，拉到旁边的房间去了。

黄芪被摁在椅子上，只见有苏慢了几步进来，但已不是方才那个国色天香的大美人，而是他比较熟悉的小萝莉，脸上瘀青还在呢。

正常情况，正常人，看到那大美女肯定心猿意马。但是黄芪不一样，他回过味来了，这是有苏，而且刚才念叨挖心什么的……

黄芪一寒，当然他知道这是开玩笑，园长不可能答应的，但拿这个开玩笑的也不正常啊！这不是他认识的可爱的有苏了！

黄芪捶了捶脑袋，清醒不少，对有苏道："你不是人！你哥你姐都不是人！"

段佳泽嘴抽了一下，唉，这实话听着跟骂人似的。

有苏也嘴角一抽："那不是我哥！"

黄芪没听，他问："园长，你、你总得是人吧？"

他还带着两分怀疑，但总体来说，他还是觉得和道士们往来的段佳泽是人。

段佳泽点头："我当然是人。"

有苏说得是，有些事可以告诉黄芪，还是她脑子转得快。以后灵囿越做越大，黄芪是他的副手，又是一个很可靠的人，如果他知道，有些事就方便很多。

段佳泽倒了杯水给黄芪，看他好像没有大碍，毕竟经过了前女友的洗礼，问道："先问一下，你想辞职吗？"如果黄芪非要走，那他还是会尊重的。

黄芪愣了，他刚刚修订了自己的十年人生计划，还和所有人说了自己就去动物园行业了。他苦笑一声，慢慢摇了摇头。

他毕竟是人族精英，还经过前女友的磨炼，在鬼门关前走了一遭，比常人豁达多了，思考后缓慢而坚定地说道："我不辞！"

他在灵囿也工作了好几年，就算这些人其实是妖怪，那园长也救过他，园长的形象现在在他心里更加高大了，还能管住妖怪。

而且这几年他什么事都没有，也没有什么人在他们动物园受害。他可是每天和这些人……应该说妖怪，在一起相处。

段佳泽听了开心不少。

黄芪又喝了杯水，平复心情后道："园长，那他们，都是你的朋友在这儿玩吗？临水观的人也知道？"

来玩的话，陆压不说，其他人还有走的可能性。

段佳泽干笑一下："临水观知道。他们不是来玩，是在这儿工作。"

黄芪疑问："工作？没见过啊，什么工作？"

段佳泽："就……做动物。"

黄芪瞪大了双眼。

段佳泽道："有苏是狐狸。还有常来的白海波，他就是白鱀豚。"

黄芪眼珠子都要掉出来了。

难怪北极狐今天没上班，白鱀豚一到水生所就死了。

妖怪到动物园当动物，这个操作真的新奇。没想到时代发展，连妖怪也要打工了，还和临水观结成友好单位，难道临水观其实是监管单位？

黄芪看着可爱的萝莉有苏，带着惊叹的味道试探着问："那有苏你，怕不得有几百岁吧？"

嗯，还是有点儿保守了，但是段佳泽也不好插嘴说你往高了猜。

有苏微微一笑，谦虚地道："差不多。"

黄芪："那园长以前玩蚂蚁，其实也不是在玩蚂蚁？"

段佳泽："对。"

黄芪舒了口气，他暂时还不清楚所有派遣动物的身份，这时脑子转得快了点儿，一边琢磨一边说出来："那陆压鸟就是陆压本人，这样看来，他和传说中的陆压道人重名啊！哈哈！"

段佳泽神色有点儿不自然了。

黄芪看着段佳泽的表情，忽然觉得有点儿不对。

段佳泽尴尬一笑："你知道妲己的部族氏名是有苏氏吗？白姐以前从医其实就在杭州那块儿；小卫老喜欢打水漂是因为……"

没等段佳泽说完，黄芪两眼一翻，直接晕过去了。

他接受能力已经很好了，人也够豁达了。但是，普通妖怪和传说里的妖怪不一样啊，就像普通老师那能和王后雄一样吗？

黄芪是在医务室醒来的，为了他的心脏，段佳泽没让白素贞来给他扎针。

黄芪盯着医务人员离开房间，才白着脸对段佳泽说："园长，你真没和我开玩笑吗？"

按照园长的说话，陆压就是三足金乌，小卫是精卫，白姐是白素贞，有苏是妲己……妲己啊！其他那些人他都不敢想了，太刺激了！

段佳泽就怕黄芪被吓得精神不正常，那他真要叫白素贞来了，他说道："是真的，他们都是因为某些原因来这里的。我看也没法瞒你几十年，连有苏都觉得你靠谱，我就告诉你算了。"

黄芪："这动物园还要开几十年啊……"

段佳泽："这话怎么说的，你还记得你是副园长吗？难道我们几年就倒闭啊？"

"我不是这个意思，"黄芪懊恼地道："我是说，他们竟然要做几十年动物？这，这都是大人物啊！"

这都是神话传说级别的存在，黄芪就跟做梦似的，刚才不是都被刺激得晕过去一回了。

有苏也在一旁，她跷着脚淡淡笑道："这自然有我们的道理，你也不必深究。既然说与你知，一则是园长信任你，二则日后也不会少了你的好处。"

做动物这件事，确实是有点儿点没面子，所以有苏在段佳泽之前故作高深莫测地说了一番，黄芪还以为这其中有什么秘密，被唬住了。

有苏说的后半段也令黄芪心脏狂跳，他就是再豁达，听到有苏这个话，也有些不淡定了啊！

说实话，要是他没看到有苏的成人形态，可能还有些怀疑。但他先就看到了，除了妲己，还有谁这么漂亮？

跟大神们一起工作，还有好处拿，只要接受了设定，世界焕然一新。

想想吧，他早上怼了三足金乌，给过妲己棒棒糖吃，白素贞以前还帮他把过脉……

段佳泽看黄芪表情变化，身体也放松下来，就知道他差不多接受了。

段佳泽感同身受，他也是这么过来的，但是他比黄芪好，当初他是一点儿一点儿接受的，不像黄芪，猛一下给吓晕过去了。

因为有苏说得比较直白，黄芪有点儿不好意思，又按捺不住，虽然有苏说了不要深究，但是问问还有哪些大神是可以的吧？

段佳泽给黄芪讲了一下，也不是每个派遣动物都有名，但光是有名的那几个，也听得黄芪连咽口水，心跳加快了。

说真的，就算现在辞职，他这辈子都值了，他想起来上周他因为无聊还陪精卫一起丢了水漂呢！

有苏原是坐在一旁，她看到黄芪听段佳泽解释时，不时往她这边看几眼，心中了然，一定是黄芪发现自己从前对九尾狐多有"不敬"，竟是当个小丫头看待，心中忐忑吧。

她也不说话，但笑不语，保持神秘。

久而久之，黄芪却是先忍不住了，终于期期艾艾问道："我能问个问题吗？也不知道算不算'深究'的，我只是觉得，您可是九尾狐……"

这都用上"您"字了，敬畏十足。

有苏淡淡道："说吧。"

黄芪弱弱道："那 π 等于几您到底知不知道呢？"

段佳泽和黄芪走在小路上，他要传授黄芪一些经验。

昨天黄芪撞破了有苏的身份，段佳泽索性把真相告知他，黄芪好不容易才接受。为了不让黄芪的朋友担心，后来还把他打发去继续招待了，但是黄芪一直心神不宁。

尤其是莫子楷和华诗再拿有苏来打趣的时候，黄芪都汗津津的。

以前不知道还没什么，知道后就不得了了。

段佳泽："所以说，像 π 等于几那种问题以后就不要再问了，放三千年前，你现在已经是个死人了。"

黄芪狂汗："是是，我那时太激动了。"

也不能说激动，反正挺不正常的，精神、心态都非常复杂。

段佳泽强调道："别看有苏平时那个样子，在你们面前话也不多，但是整个灵圃不能招惹的非人类，前三名就有她。"

九尾狐也许不是实力最强的，但是搞事她绝对最行。

因为不能留下证据，两人都是口头交流，各个非人类对应的动物，都靠段佳泽口述。

黄芪一时也记不住那许多，他们两人在园内走着，他看着那些动物，自己也猜测一二："朱烽不会是天蓬元帅吧？袁洪是齐天大圣？"

段佳泽听到他的话，心情好了很多，想当初自己也猜错了。现在看黄芪也是这样，可算释然不少："当然不是了！别看到猪啊猴的就觉得是天蓬和猴哥！"

黄芪语塞了。

那句话还是借鉴了袁洪的呢，段佳泽拿出来怼黄芪，看他无语的样子十分好玩。

黄芪昨晚都没能睡着，总觉得是不是梦一场，就眯了两个小时，这会儿眼睛都有点儿发红，无言一会儿后，忽然道："园长，你说我到时候有什么好处能拿？"

他是把段佳泽当自己人，说话也很不遮掩。

当然，在他心底，他觉得园长也不是普通人，但是妲己说他们没说的他不要深究，他就没有深究了。

段佳泽愣了一下，随口说道："大概以后黄泉路上帮你打点一下吧，孟婆汤里加点儿糖精。"

黄芪："……别啊！死了才兑现啊？"

段佳泽也没和有苏通过气啊，他也不知道黄芪最后能拿到什么："我开玩笑，不过我真不知道，回头我帮你问问，看是不是当工资发下来。"

不说别的，这些派遣动物身上拔根毛，精卫捡块石头，都很值了，那还有棵蟠桃树呢。

黄芪美滋滋的，他们俩正走在水禽湖边，一群火烈鸟觅食经过，黄芪看四下无人伸出手挥了挥："您好呀！陵光大神！"

段佳泽惊道："你认得出陵光？"当初在辨认陵光上，段佳泽可是吃了苦头的，他还准备告诉黄芪一个诀窍呢。

黄芪："不认识啊，但是一群里总有一个是吧？不是他也不知道。"

段佳泽无语半天，闷闷道："反正以后你再别领着有苏逃课了，上班时间遇到潘旋风偷懒抠脚也别不当回事，陆压就算了。"

黄芪满口应下。

只是黄芪一气乱猜也就算了，这家伙还把潘旋风和熊思谦认错了，搞得两人，尤其是熊思谦很不开心。他就记得俩原形都是熊了，而且这俩名字也很像，见着黑风喊黑旋风，这不是要死的节奏吗？

但总体上来说，还是好的方面居多，因为和派遣动物打交道也不需要他太费心，只是不要再做些拿棒棒糖收买九尾狐之类的傻事就行了。

黄芪在深刻了解自己的工作单位和员工之后，制订的发展计划就更加准确了。

他做了个用代号表示的表格，用于警醒日后哪只派遣动物充作的动物寿命尽了，要暗中操作一番。甚至，他还问段佳泽："那能不能请这些大神进行流动岗位啊？"

段佳泽一时没听懂："什么，什么流动岗位？"

黄芪："比如说小鹏一三五做蝙鲼，二四六做鸟；小青一三五做蟒蛇，二四六做竹叶青。只是打个比方，可以设置成更加珍稀的动物，不怕被发现，我们只说为了让动物休息，规定展出日期就是了。"

段佳泽心中很是服气。

要不怎么说黄芪社会经验丰富，这种剥削方法都能想出来，要不是种类都登记上了，没有操作空间了，段佳泽还真想答应他。

珍稀动物都是有数的，价格也高，按正常渠道灵圃还真吃不消。而这些派遣动物就像万能牌一样，理论上来说什么都能变。

黄芪听说不行，还有点儿失望，又拼命撺掇段佳泽给餐厅提价。

自从他知道以前吃的都是什么之后，去餐厅检查工作看那些食客时眼神都有点儿不正常：你们这些人，占大便宜了啊！

之前段佳泽是考虑到市场，整个东海市消费水平也不高，定太高可能都砸手里。

黄芪为了说服他，还特意调研了一番，证明现在外来游客涌入，都很能消费，加上数量有限，显得固定数量的餐品越发稀少，物以稀为贵，涨个价完全合理。

他们之前的定价，还不如一些大景区的普通餐点呢。

于是，酒店和动物园的餐厅几个高端系列的餐品价格都翻着番儿涨价。虽说引起了一些讨论，这是难免的，但因为并没有取消平价菜，所以大部分论调都是："越来越红，我就知道会涨价！"

要说到涨价，段佳泽倒是在新闻上看到了一位老朋友，就是以前在他们酒店晕倒过的那个老外——本杰明。他在兰博会买了株几百万的兰花，地震时折了，还是段佳泽用杨枝甘露救回来的。

但是段佳泽也没想到，他还能看到本杰明，虽然是在电视上。

有新闻报道，一名外国兰花爱好者，从华夏的兰花博览会购买某某兰园的兰花后，回去养了一段时间，兰花竟然变异，品相变得更好了。

这名外国友人欣喜若狂，同时，也有土豪愿意出价千万购买他的兰花，他不太愿意。另外，还有一些人闻讯赶到培育那盆兰花的兰园，要寻一下宝，说不定他们也有那样的运气。

记者采访了相关专家，专家也觉得很稀奇。

兰花市场上有种行为叫作"赌草"，山里挖来的野生兰花品相一般，也不值钱，就跟草似的，但是具有变异性，经过栽培后，有的兰花变异成好品相，那就可能卖出高价。

而从兰园那里购买的兰花，本身就是特意培育出来的，又变异成品相极品的兰花，专家自己都很想知道其中的关键。这里头的价格，可是差太多了，对于一些兰花爱好者来说，更是可遇不可求。他们迫切地想知道，如果购买不到本杰明那株兰花，如何自己再获得一株。

名种兰花数量有限，还是那句话，物以稀为贵，自然价格就上去了。现在那盆兰花就本杰明有，现在是千万，以后要是没有相同品相的培育出来，那价格还要继续涨。

段佳泽一边吃瓜一边看完新闻，那上头还有本杰明擦眼泪的样子呢。他叹了口气："我就说，我干点儿什么不比开动物园挣钱呢？"

也就是开动物园他有便利，系统能遮掩。这已经不是第一次了，所以段佳泽只是麻木地关了电视。

春天到了，这是许多动物繁衍的季节。

像动物园编外成员薛定谔，也到了那啥的时候。普通人家里的猫咪，送到医院咔擦绝育就是，但薛定谔不一样，鲲鹏怎么可能给它绝育。

于是大家就经常看到鲲鹏面色凝重地鼓励薛定谔："平心静气，精血乃先天之本，你且平卧运气，安神节育……"

然后薛定谔就平躺下来，二十多斤的长毛猫，躺下来就像块小地毯似的，四只脚缩着，憋气运行那点儿微末灵力。

路过的派遣动物，都一笑置之，偶有鼓励的，轻飘飘落下一句："加油。"

"喵喵喵……"薛定谔可怜地叫着，和自己的天性做斗争。

有时候失败了，那尿就滋出来了，这属于本能。

可恨的是鲲鹏让它平躺着运气，这个姿势，猫尿滋得老远。后来每次薛定谔一躺下，段佳泽就在旁边铺猫尿片，以防万一。

再有就是园中一些单身的动物，也需要进行相亲。园内有的，饲养员、兽医多费心组织就是了，园内找不到对象，那就得上别的动物园蚩摸。

不过灵囿名声很好，以前他们几次相亲活动的"成果"都十分喜人，大家愿意让自家动物和这样基因好的动物配一配，繁育出更加优秀的下一代。

而且，今年以帝企鹅的年纪来说，奇迹也老大不小了，更多人开始关心奇迹还没有对象。园内的帝企鹅都矮它一大截，确实大家看了都觉得配不上，但也不能一直这么光着吧。

"突然有一点儿点理解鲲鹏老师了。我儿子开了灵智，现在心性还是个人类小孩呢……"段佳泽用手机回复各种关心奇迹的人，黄芪都在外挡了一波了，这还有找上来的。

说着说着，段佳泽便觉得不对。陆压坐他旁边，这会儿越靠越近也就算了，情侣嘛，但还老往他身上蹭就有点儿那啥了。这都把他挤得贴墙了，就差没摩擦起来。

段佳泽一急，往前一闪，睁大眼睛看着陆压，然而对方似乎只是本能反应。

陆压还一脸茫然，不知发生了什么事。

段佳泽："挺热的，你坐开一点儿。"

陆压脸一沉："我不。"

段佳泽：皱皱眉头。

陆压骄傲地道："我是谁，凭什么让我坐开？"

"你是人类的好朋友，行吧。"段佳泽没办法了，只是身体略侧了侧，一会儿又面红耳赤地跳起来了："你，你平躺下来，运气……"

138

陆压严厉注视段佳泽，说道："你不要模仿鲲鹏！"

段佳泽叹气，唉，总觉得重点有些错了。

陆压看段佳泽蹦起来了，还想拉他坐下来。

段佳泽不从，被陆压使劲一拉，趴他身上了。

早年间洪荒的生活很残酷，人们思想没有那么复杂。陆压也是如此，他有的就是本能，段佳泽一趴他身上，他就下意识想把段佳泽再摁下来。

段佳泽更加脸红了，他都成跨坐陆压腿上的姿势了："那我坐旁边去。"

陆压下意识道："我觉得这样也不错……"

段佳泽其实也是头一次："你，你这个样子是要被和谐的。"

陆压既无辜又蛮横："我不管。"

这时旁边冷不丁站起来一人，正是手里拎着一叠尿片的鲲鹏，被遗忘很久的他冷静地道："我去丢垃圾。"

段佳泽差点儿吓出心肌梗塞。

往前二三十年，科技还没那么发达，华夏人民的娱乐方式并不多，动物园生意好做多了，而要让生意更好的方式，那就是邀请或者自己创办一个马戏团。

这种方式，也一直延续到了今时今日。在今年有关部门大力推行取缔动物园动物表演的形势下，很多动物园取消了这个项目，和马戏团也解约了。

鲁青马戏团就是其中之一，他们以猛兽表演为主，也有一些杂技演员，以前驻扎在某二线城市的动物园，现在合同到期，没再续约。

鲁青马戏团的吕老板也没有选择另外租一个场地，而是选择了"巡回演出"，带着他的班底，到别的小城市去表演，尤其是一些刚开业的乐园。当地如果没有马戏团，那他们是很受主办方欢迎的。

等新鲜感过去了，再换一个城市。像这样的表演方式，吕老板十几二十年前就做过，不过那时候他们根本不需要依附什么主办方，自己举办一场表演，客似云来，特别受欢迎。后来，为了稳定，就和动物园合作了。

最近，鲁青马戏团就接到第一场演出，去东洲省东海市一个新开的亲子乐园进行为期五天的表演。

到了那里之后，吕老板和乐园老板交流了一下，对方提醒吕老板，要以杂技为主。

吕老板随口问了一句为什么。

乐园老板看了一眼他们笼子里蔫了吧唧的老虎、狗熊，说道："你不知道东海有个灵囿动物园啊？你就是让你的狗熊翻一百零八个跟斗，也比不过人家动物园几只虫子啊。"

说的正是灵囿新开的昆虫园，最近可火了。按理说小姑娘挺怕虫子的，但谁让这昆虫园花大价钱设计了一番外观呢，反而招人喜爱了。而且，那里也有蝴蝶这样漂亮一些的昆虫。

吕老板依稀听过这个动物园，还是在他之前所驻扎的动物园园方人员处听到的。他今年五十多了，也不怎么爱上网，平时都在抓园里的事务。听到主办方的人这么说，他只是笑了笑没说话。

要吕老板说，那动物园噱头再足，也没他们经验丰富啊。他们团全是大型动物表演，而且难度很高，非常有观赏性。普通动物园自己搞动物表演，顶多也就是什么海豹玩球，鹦鹉数数了。

想当年吕老板各地表演，到处都是市民的惊叹声，惊险刺激的表演让他们十分喜爱。

杂技演员要练出来，得花费多年苦功，台下不知吃了多少苦。那些猛兽演员要完成台上的表演，同样，而且只可能更苦，它们没有人的智商，训练动物，靠的就是严厉的训练，这才能让动物听话，脑子记不住，就用身体记住该怎么做。

表演日之前，吕老板在后台巡视了一番。驯兽员正在安抚因为在新地方也显得焦躁不安的老虎，他吩咐了一句："一定不能出错，待会儿先去熟悉一下，场地是新的。"

动物表演吩咐驯兽员，杂技表演直接和演员说就是了，很简单，不用多说，谁要是出错，扣工资呗。

当初和动物园解约后，就已经走了一批演员，留下来的，都是没有别的出路的，要吃饭就得跟着吕老板到处跑。所以，吕老板的叮嘱是很有效的。

吕老板憋着劲儿，要让乐园老板看到他们物超所值，他也好打出口碑，接更多演出。

实际表演的时候，却不像吕老板想象的那么简单。

亲子乐园的目标群体是小孩，来这里玩，顺便看表演的也基本上都是家庭，小孩很多。

杂技表演上，高难度的动作倒是引来了满堂彩，轮到动物表演时，台下气氛却是一变。

在敦促动物表演时，驯兽师难免用到一些棍棒、皮鞭，在他们的指令下，动物们做出指定动作。看上去倒是憨态可掬，比如狗熊骑自行车，老虎钻火圈。

可是观众们，从大人到小孩表情都有些迟疑，气氛凝滞起来。

这可不是吕老板心目中的场景，他一皱眉，想是不是表演还不够精彩，台下已经从迟疑到议论纷纷了。

这两年本来就提倡停止动物表演，大人知道不奇怪，东海市这些小孩，基本上都看过教育局免费播放的保护动物主题的皮影戏，那里头就有和马戏训练相关的桥段。所以，他们还真不好糊弄，年纪小却早已经树立起了一个观念。

别说吕老板不知道当地有个很红的皮影戏了，就是主办方也没意识到小孩中的流行风向啊，他之前单纯以为灵囿动物比较可爱受欢迎。但是这个气氛他们是感受到的，看到已经有小孩拖着大人退场的，赶紧让吕老板换节目。

吕老板也只好让人赶紧带着动物园下场。驯兽员拉着还在表演的老虎，老虎稍有迟疑，驯兽员就一棍抽了过去。

这下子台下的观众更为不满了："好可怜啊……"

"太狠心了，居然打老虎。"

"我还是喜欢动物园的老虎，胖胖的。"

"让孙小猴揍他！"

吕老板黑着脸让驯兽员快点儿，然后迅速换上杂技演员。

饶是如此，之后在乐园做调研时，也有不少游客表达了这个项目太残忍，他们的小孩来，不是为了看血腥画面的。

吕老板觉得很冤，哪有什么血腥，动了动棍棒而已，那么大的猛兽还能一下抽伤了？不疼，那也不会听话啊！

乐园老板也觉得很不合适，没想到反响这么差，让他之后几天不要加入猛兽表演了。

吕老板正在争取，这是不可能的，他的动物不上场，驯兽师就拿不到这场演出的钱了，也会抗议啊。而且他每天喂养动物都是一笔开支，没收入这不是在贴钱吗。当初签合同时，可没说过要临时换节目。

"那是因为我们不知道你们的动物表演这么野蛮，还以为和灵囿的动物一样，只是展出一下可爱的动物行为呢。"乐园老板也狡辩道。

这是吕老板第二次在他口中听到灵囿了，气呼呼地道："那你们怎么不找灵囿，而且，早也没告诉我们，你们这儿小孩的喜好啊。"

要是早知道，大不了他不上狗熊、老虎，搞几只猴子来跳个舞。但是现在已经引起不好的反响，连猴子跳舞都不让了。

乐园老板心想，我们倒也想找，人家不玩这个啊："不好意思，但是现在已经有游客在网上给我们留言表达不满了，这个确实和我们的定位不符合。"

因为当初合同签得也不明确，双方开始你来我去地扯皮、争辩。

争到一半时，也无须再争了，因为吕老板被抓起来了，理由是他非法运输野生动物。

乐园老板都吓傻了，幸好没有波及他，但也赶紧把剩下的人赶出了场地。只是因为这一场风波，导致游客锐减，一个刚开放的乐园，愣是没什么人来。不知道真相的人，还以为他们乐园也犯什么事了呢。

乐园老板没想过这会犯法，他可是找的正规马戏团。鲁青马戏团以前还是在公立动物园驻场的呢，也有野生动物繁育养殖证。他哪里知道，他们到外地演出也需要给动物办理运输证。

因为团里很多猛兽，都是些国家一级、二级保护动物园，所以这罪不轻，不但要交罚金，还要蹲上好几年。

再往深了一打听，在这方面管理不严的有关部门怎么揪到鲁青的？还不是隔壁公园举报的！

这亲子乐园附近就有个公园，里头也驻扎了很多商户，有养了少许观赏动物的，也有收费游乐设施，一看大家目标群体差不多，别的把柄找不到，一通举报电话，就把吕老板弄进去了。

他们也养动物，乐园老板不了解相关条例，他们了解啊。这年头的民间马戏团，哪有那么多各种证件齐全的。

同行是冤家，他们不像海角公园和灵囿，地方偏得很，而且海角公园里头压根没那么多商户，双方现在属于互相成就，往后还有隔壁的同心村也会加入进来。

乐园老板吃了个闷亏，既又恨公园的人，又恨吕老板，根本不理会人生地不熟的马戏团。

马戏团老板都进去了，剩下的人慌了，把吕老板的老婆找来。他们不能老是不开工，跟着吕老板是因为缺钱，要是吕老板出不来，他们就得自寻生路了。

吕老板的老婆也没办法，去交罚金时见了吕老板一面，问他怎么办。她可没法组织人，杂技演员可以遣散，动物怎么办？

提到动物，吕老板呆呆愣愣的，半晌才说："时代不一样了……"

吕老板的老婆出来后，把演员都遣散了，剩下的动物呢，她硬着头皮找了东海市的动物园，问他们买不买。

市动物园的人看了动物后，摇摇头，这些动物从小进行训练，身体条件差极了，多少还有伤病，他们买了光治伤就是一大笔费用。

这么些动物，市动物园都不要，其他饲养单位还能要吗，吕老板的老婆根本没报什么希望，又去找了东海市另一个动物园，灵囿野生动物园，就是买一两只也好啊。

但是令她欣喜若狂的是，灵囿全都买下来了！

虽说不肯出高价，但是对她来说，能够把这些动物脱手就算好的了，一天饲养费都要上千块，没有表演，留一天就是亏一天。

吕老板的老婆向吕老板汇报了这个消息，卖动物的钱可以给吕老板请个律师啦。吕老板听到那个传说中的灵囿动物园居然买了他们的动物，又愣了很久。

从鲁青马戏团已经不剩几个人的场地，灵囿动物园把这里的十几只动物拉了回去。

一头黑熊，一对老虎，一头幼年亚洲象，三头狮子，五只猕猴，两匹马，这些就是鲁青马戏团的动物资产。

虽说驯兽员们平时对待动物粗暴，但离了他们，这些动物还真不习惯，在笼舍中焦躁地走来走去，不安地低吼。

段佳泽走到笼外，蹲下来看了下，老虎对着他张嘴吼了一声，但神色十分畏缩。马戏团的动物大多是青壮年，但身体素质根本不是正常壮年动物应有的，实际上这些地方也基本上没有动物能够寿终正寝。

段佳泽皱眉，这老虎一张嘴，他并不觉得害怕，因为老虎天天吃不饱，实在没什么气力，就像当初他刚到海角动物园看到的场景。而且这老虎比当时海角动物园的动物更惨，一口烂牙。

兽医周敏挨个笼子看了一遍，眉头紧皱，她是女孩子，就更加心软了："园长，这些动物身心条件都不是很好啊，刻板行为，口腔溃烂，皮肤病，骨折旧伤……"

粗略一数，就不知道多少毛病。

"就算治好了病，可能也无法和别的同类相处。"周敏以自己的专业知识断定，它们肯定会被其他同类排斥的。这些动物生长环境扭曲，极有可能无法被接纳。

"先治病吧，不行回头先隔离养着。"段佳泽说道。

这么多动物，对于灵囿的兽医们也是个挑战。除了日常工作之外，还要治疗它们，比以前忙碌了不知道多少倍。

段佳泽也去帮忙了，那些猕猴里有只还是小猴子，小小年纪就精神恍惚，神情呆滞。段佳泽戴上手套，把它从笼子里抱出来，它也没什么反抗。

段佳泽把颈圈取下来，这猴子身上还穿了一件小马甲，他把马甲也脱了，然后给小猴子做检查。

动物园里头，猴子算是最活跃的动物之一，但是这五只猕猴，都有些呆呆的。

身上不说干净，倒是没虫。估计马戏团的驯兽员也会给它们驱虫，他们虽然没什么医疗条件，但自己和动物长期相处，总不能搞得自己也生跳蚤吧。

周敏在给那头幼年亚洲象治腿，都是大象，它和灵囿的白象初果相比，身体条件真是一个天上一个地下。另一边的狗熊也是瘦得脸都尖了，和熊思谦根本没得比。

段佳泽正在给猴子耳朵里面滴药，就听到窗子被敲了敲，往外一看，居然是袁洪蹲在外头的台子上，和段佳泽对视一眼，把窗子推开就跳进来了。

"袁哥，旁边就是门啊！"段佳泽很无奈。四废星君原形就是猿猴，哪能指望他规规矩矩的，平时不说话时还好，一动起来一点儿斯文都没有了。

袁洪听都没听进去，他看到那几只瘦了吧唧的猴子，一脸震惊："这是哪来的？"

动物园的猴子他都认识，这几只绝对不是灵囿的。

段佳泽给袁洪说了一下，这驯猴之事古往今来都有，有的驯猴人对猴子好，也有的十分狠毒。袁洪也不是没见过，他气愤地从笼子里把一只看起来很虚弱的猕猴抱了出来。

徐新开口想提醒，猴子也是有攻击性的，别乱抱啊。但是一看袁洪动作大大咧咧，但那只猴子竟然纹丝不动，且园长都没说什么，也就闭嘴了。

袁洪动作看起来粗糙，但是架不住人家猴子不在意啊，甚至，在袁洪怀里的猕猴眼睛都湿润了，好像要哭一样。

对猕猴来说，袁洪外表虽然是人类，却透露出令它亲近而敬畏的气息。

"没事，没事，叫段佳泽给你治伤！"袁洪安慰这只猕猴，还从怀里摸了个桃出来，要喂给猕猴吃。它那么虚弱，一半是身上总带着伤病，一半就是饿的。

这几天马戏团在遣散，驯兽员心不在焉，吕老板的老婆也不是行家，又缺钱，这些动物都吃不到多少东西。

段佳泽按住他："一个太多了，分了吧。"

袁洪一想也是，一手把桃子掰开，核抠出来，再分作几瓣，和段佳泽一起喂给猕猴们。

段佳泽拿着一瓣桃子，喂到怀里那只小猕猴嘴边。小猕猴有点儿急地张嘴咬了一口，这蟠桃汁液饱满，它一口咬得汁液都淌下来了，又嗍干净。

段佳泽拿了张纸巾擦擦，其他兽医各自忙碌着，他们人数比动物呢，哪里管得上他们喂猴子。

小猕猴有记忆以来，还没有吃饱过。它抱着这一小瓣桃子吃了几口，顷刻间就饱了，摸着自己的小肚子，神情放松起来，眯起的眼睛甚至带了几分舒适。

因为在段佳泽手里吃饱了，加上旁边有个气息非常可亲的袁洪，小猕猴情绪非常好，在段佳泽掌中安心待下来。

其他猕猴也都吃饱了，它们这辈子还没吃过这么好的食物。马戏团都捡便宜食材买，又不会给吃饱，这一顿让它们对袁洪更加死心塌地了，全都扒在袁洪身上。

袁洪自然不会嫌弃，还叫段佳泽教自己给它们上药。

过了会儿，徐新过来给猕猴抽血，看到袁洪身上挂着四只猴的造型也是哑然："您还真有猴缘，那帮忙按一下吧，我抽血去化验。"

有些问题是肉眼分辨不出来的，得抽血检查才知道它们具体需要怎么照顾。

袁洪在动物园也待了这么久，不会以为抽血就是什么坏事，他立刻抓过一只猴子按住。徐新一针扎下去，猕猴疼得龇牙咧嘴，发出痛叫声。

其他猕猴也不安地吱吱叫起来，在袁洪身上不安地动来动去。但是令徐新惊讶的是，它们害怕归害怕，却没有跳开，仍然待在袁洪身上。

就这么一只接一只抽了血，俱是如此，没有一只猴子逃走。

徐新对袁洪刮目相看，有些动物园的饲养员就是这样啊，跟猴王似的，要么是猴子们通人性，知道这是要治病，要么就是袁洪是个中行家。从表现看来，应该是后者，真不愧是园长的朋友。

那只小猕猴待在段佳泽怀里，十分渴望地看着袁洪。

它是马戏团五只猕猴里年纪最小的，也是身体最弱的。它和其他四只猕猴没有血缘关系，是马戏团买来的，小猴子穿上衣服样貌可爱，比较受欢迎。

小猕猴不是很敢过去，害怕被其他四只猕猴欺负。

段佳泽看它一直瞅袁洪那边，索性把它捧了过去。

袁洪双手接过来，其他猕猴也无可奈何。小猕猴在袁洪掌中极为开心，不一会儿竟然甜甜地睡着了。

像这些动物的伤，段佳泽都没有立刻用治疗术法。他那个效果太显著，要用也是没人时，晚上偷偷用，现在先上了药、打了针也好。

忙碌完了之后，段佳泽看了下，却发现那只小猕猴不见了，奇怪地问："小猕猴呢？"

周敏说道："不是被袁哥带走了吗？那个，我还以为是园长你允许的？"

段佳泽之前帮他们一起给熊上药去了，压根没在意袁洪，谁知道他走的时候把小猕猴也带走了，顿时有些无奈："这……好吧，回头检查结果出来再说。"

这些动物备受折磨，小猕猴要跟着袁洪，可能还更安心。

晚上袁洪出现在休息室时，果然肩上蹲着那只小猕猴。短短半天时间，它精神可好多了，毕竟现在跟的老大不一样。

大家看到袁洪带着小猴子进来，朱烽还好笑地问道："星君哪里来的私生子？"

众人一阵哄笑，都知道在开玩笑。

袁洪翻个白眼道："你见过猿猴儿子是猕猴的吗？"

"这算什么，"小青也打趣道："那道君和园长的儿子还是企鹅和鹦鹉呢！"

袁洪当然听过园长管企鹅叫鹅子，他随口道："你也晓得，那是养子。"

反正园长不在，小青忘情地调侃道："养子也是子，我们园长夫妻爱情的结晶……"

大家默契地笑起来。

袁洪忽然疑惑地道："谁夫妻？"

众人皆不语了。

袁洪环视一周，更加疑惑了："怎么不说话，他俩怎么是夫妻啊？？"

139

一片寂静中，袁洪无论看谁，那人都尴尬地把目光挪开。这让袁洪不解，甚至有点儿生气了："你们什么意思啊，就瞒着我一个？"

小青叫冤道："什么叫就瞒着你一个啊，星君……"

白素贞拉了小青一下，小青不爽地放低了些声音，嘟哝道："就你一个看不出来吧。"

有苏微微一笑，问道："星君，那你知道小青和肖荣是什么关系吗？"

袁洪又愣了一下，肖荣他知道的嘛，一个和他们尤其是小青走得很近的人族，连大家的身份都知道，但要说起关系……他疑惑地道："小青的哥们儿？应该是吧，好几回我看你们一起睡的。"

众人一时沉默下来。

本来挺简单的事情，但是看着四废星君纯真的眼神，大家都不知道该怎么解释了。小青更是一捂脸，什么话都不想说了。

"怎么了，到底怎么了？难不成是养着吃人肉的？"袁洪又环视了一圈，但大家还是没有回答他，俱是一脸无语。

"不说就不说，气死我了！"袁洪怒而出门。

袁洪脑中胡思乱想，什么也没注意，出门走了几步，就觉得脚下触及什么柔软之物，然后只听一声尖利的"喵嗷"声，一只猫蹿了出去。

哎哟，踩着猫尾巴了。

还把肩上的小猴子也吓了一跳，袁洪摸了摸小猴子。

薛定谔让袁洪踩了一下，嗖一下蹿到旁边原本正在示范如何吸收日月精华的鲲鹏身上。鲲鹏抱着猫，袁洪架着猴，两人在夜色下对视了一下。

他们不是很熟，所以袁洪有点儿尴尬："对不住。"

鲲鹏并不在意地抱着薛定谔走开了。

"等等，"袁洪叫住鲲鹏，犹豫道："你知道小青和肖荣什么关系吗，'园长夫妻'指的又是谁吗？"

鲲鹏转过身来，脸色还是一如既往的阴沉，他木然道："我也不想知道，但是……小青和肖荣是一对儿，人妖恋。'园长夫妻'我没听过这个说法，因为陆压和段佳泽都是男的。"

袁洪愣在了原地。

鲲鹏看了一眼像被雷劈了一样的袁洪，漠然走开了。

马戏团送来的这些动物，兽医们琢磨着起个名字，也好称呼。在驯兽员手底下，它们曾经有过名字，但是马戏团的人都七零八落了，谁搞得清。

段佳泽说："那就你们起吧。"

以往，动物园的动物要么是饲养员起，要么就是在游客中征集，后者一般是比较受欢迎动物的待遇，你去征集野猪的名字，也没什么人会在意的。

这些动物就不太一样了，周敏都觉得园长是在做慈善。

但大家还是你一言我一语，给动物们命了名。

周敏的目光落在了两匹马身上，这两匹马上次马戏团表演时没上场，因为它们的腿受伤了，接手的时候灵囿的人就问清楚了，是从外地运送过来的途中搬运不当导致的。

这两匹马都是棕色，很瘦，看惯了吉光那样的高头大马之后，灵囿的兽医再看到这两匹马都深深觉得太瘦弱了。

等他们给这两匹马称重后，也显示不太符合健康的标准，受伤后紧接着就是马戏团出事，它们都没能得到好的照顾。

现在，两匹瘦马都躺在地上，饱餐了两顿的它们，肚子好歹鼓起了些，大大的眼睛和周敏对上，仿佛也有些温柔。

周敏提议道："叫飞黄和越影吧，希望它们以后也和传说中的神马一样。园长，这名字像不像和吉光一个系列的？"

段佳泽："……"

什么啊，人家吉光是真的……

段佳泽看了一下这两匹瘦马，说道："那行吧。"

就是不知道吉光认不认识飞黄和越影本体，要认识那就尴尬了。

"我觉得它们精神都好多了，应该知道自己来到安全的地方了吧。"徐新说道，他拿着一把牧草递到飞黄口边，飞黄张嘴就吃。

这些动物来了之后，有东西张嘴就吃。

老虎的牙不好，所以他们把肉切碎了喂给它，那老虎一点儿警惕心都没有，闻都没有闻几下，就狼吞虎咽吃起来，实在是之前饿狠了。

它们的笼子都被清洗消毒过了，满满当当摆在兽医室的几个房间里。

徐新领着兽医们，每天都会给这些动物检查伤势恢复情况。他发现，越是伤重，恢复得越快，让他非常惊讶。

这些动物的体质，居然还挺好？

其实是因为伤重的用了治疗术法，才不会一下好全了，被觉察出不对。

也有例外，比如那几只猕猴。它们本身也没有什么伤，只是有点儿小毛病，加上长期身心受折磨，心理有问题。

但袁洪每天都会来看它们，那只小的更是跟在他身边，吃了蟠桃肉，猴子们还能不好吗，它们是最快恢复的动物了。

猴子一旦恢复了精神，就比较闹腾，在笼子里，隔着房间撩隔壁的猛兽们。

老虎虽然牙不好，但不影响吼叫，吃饱后的老虎吼起来震天响，又会影响其他动物。

所以，徐新今天就准备让人把这些猴子带走了。

徐新道："我看它们精神挺不错的，要不试试放到猴山里去？"

本来大家觉得，这些动物很难融入原来的群体，它们在马戏团长大，也许普通人看起来区别不大，但是对于灵囿的动物来说，它们就是异类。

动物园的猴子和野生猴子之间也会产生排斥，但像灵囿这种野生动物园，情况会好一些。

现在徐新改口，就是看到它们比刚来时活泼多了，加上袁洪带猴子很有一手，他想是不是可以试试。

"行，试试就试试呗。"段佳泽把猴山的饲养员叫来，大家一起把四只猕猴带到猴山。

猴山现在有大约一百只猕猴了，其间更换过一代猴王，现在的猴王是一只年轻力壮的猴子。

通过在兽医室的相处，兽医们和猴子比较亲近，他们从笼子里把猴子抱出来，进了猴山。

猴子们很聪明，如果饲养员推着吃的进来，它们很快就会围上去。而这些兽医呢，它们每次见到都得被摆弄来摆弄去，有时候还要打针吃药，当然不待见，不但没有围过来，反而都躲到了一边。

外面还有一些游客，这个点刚好是熊猫放风的时间，大多数游客都会往熊猫馆汇聚，这里的人不是很多。他们看着这一幕，有些好奇，这是新来了猴子？怎么这么大阵仗？

兽医们把新来的四只猕猴放下去，它们抱着兽医不是很敢下来，一百多只猴子啊，它们从小到大，可就见着身边的几只了。

饲养员从一群猴子里找到了猴王，冲它喊："馒头，过来！"

猴王馒头在原地犹豫了好一会儿，它不太敢过去，好几个兽医站在那儿，不会叫它过去拿针扎它吧？

饲养员加重语气，又喊了一声："馒头！"

他可不信馒头听不懂自己在叫它，他平时管理猴子，相当一部分就得靠馒头，这家伙机灵着呢。

馒头望着天，果然是假装听不到。它要耍赖皮，饲养员也没办法。

外头的游客看着半懂不懂，反正还挺好玩，这是饲养员在召唤其中一只猴子，但没有猴子理他？这就尴尬了！

段佳泽没进去，他就站在外头看，这时候在护栏上拍了拍。

猴子们吱吱叫着看向这边的动静，段佳泽指了指馒头。

馒头蔫头蔫脑地走向了饲养员……

灵囿的猴子们向来是最能谄媚园长的，即使换了一任猴王也不例外。

而游客们，还没有把馒头的转变和段佳泽的动作联系上呢。

饲养员松了口气，刚才它太没面子了吧。他看到馒头走过来，就给它介绍这几只猴子，完全是把馒头当人，也不管它听不听得懂："你别左看右看，仔细听一下。这几只是刚来的兄弟姐妹，以前吃过苦，马戏团你知道不？你来，握个手。回头给你加餐。"

饲养员拉着馒头和那几只猕猴里的老大接触，有群体就有领导者，即便五只猕猴也是分出了老大的。

只是这个老大和馒头比起来气势就差多了，它畏畏缩缩地抱着兽医的腿，不太敢靠近馒头。

兽医也盯着它们俩看，以防打起来。

馒头比这几只猴子高大了整整两圈，它动作也随意得多，一下扑了过去，绕着圈地打量这猴子。

外头的游客好像也看出点儿意思来了，一个站在段佳泽旁边的人嘀咕道："这是相亲呢吧？"

段佳泽嘴里要有水这会儿就喷出来了，他说道："这两只都是公的……"

游客惊诧地看了段佳泽一眼，有点儿尴尬地道："呵呵，是吗？"

馒头对围着那只猴子转了几圈，把人家吓得够呛，它自己倒是和善起来了，猛一下拉着人家在对方身上嗅起来。

它在这只猴子身上嗅到了熟悉的味道！

猴子们这几天都和袁洪接触过，当然会闻着熟悉。

本来要是没有这个味道，它绝对会被馒头欺负一顿，再考虑要不要接纳——毕竟也要看饲养员的面子。但是它身上有袁洪的味道啊，馒头考虑了半天，对着这几只每根毛都透着异类气息的猴子发出了接纳的信息。

馒头往前跳了几步，又回头对着它们一招手。

这几只猴子又犹豫了一会儿，才跟了上去。

饲养员一喜，满以为是自己刚才的谈判起效了，还扬声道："回头就给你加餐！"

和动物相处也要讲信用，可不能答应了的又不兑现。

馒头把几只猴子领了回去，虽然它们是陌生猴子，但其他猴子碍着猴王，也不敢怎么样，只是围观了一下，压根没有发生什么欺凌事件，就这么圆满融合了。

段佳泽在外头看着，乐了一下。

兽医也松了口气，他们还以为要靠袁洪呢，不过有饲养员和猴王沟通，好像也一样。

回过头来，段佳泽在熊思谦那里弄了些蜂蜜。

熊思谦十分警惕："给谁吃的？"

他就不想便宜了那两只黑白熊，但是那小熊崽子多可恨啊，在潘旋风的指导下，屡屡违规卖萌，迷惑园长以达到自己的目的。

"就新来的小熊，马戏团出来的，太瘦了，我给它丰富下食谱。"段佳泽说道。

熊思谦一听是那只熊，也就松口答应了："我好多年没见过那么瘦的熊了。"那还得是好多年以前，他还是普通黑熊的时候。倘若遇到饥荒年，能

334

吃的都被刨了，才会瘦出那样的熊。

可不是吗，那只熊以它们的年龄来说是青少年，正是能吃的时候，活生生饿得都要脱形了，脸都是尖的。

段佳泽拿了一罐蜂蜜才去兽医室。熊是杂食动物，目前他们也喂少量碎肉，但是兽医们都发现，它不爱吃碎肉，就喜欢啃竹笋。

这是熊的本能，它知道紫竹笋是好东西，对自己有好处，当然不愿意留出肚子给其他的。但兽医们讲究营养均衡，控制着它的食谱。

段佳泽进了房间，熊仔正趴在那儿舔自己的手掌，看到段佳泽进来，立刻就爬了起来。

其他人都去忙了，也没人看着，段佳泽趁人不在，就偷偷把手伸进去。熊仔不敢舔他，舌头上有倒刺呢，就在他手上蹭了两下。

段佳泽坐在地板上，把蜂蜜罐子打开，舀蜂蜜喂它吃。

一个屋子里还有只老虎呢，他们空间也没有大到可以每个动物住单间。再说，就算住单间，以动物的灵敏，这个地盘也是不够的。

老虎在笼子里转悠两下，冲着这边吼了一声。

"你也想吃啊？"段佳泽问。

熊仔正把嘴巴长得大大的，贴着笼子等段佳泽。段佳泽给熊仔的笼子里放了些竹笋，它立刻顾不上蜂蜜，抱着竹笋利落地剥皮，啃了起来。

段佳泽走过去，蹲在老虎笼子外头："张嘴我看看？"

老虎乖乖把嘴巴张开。

马戏团的老虎都是要拔牙拔爪子的，这只老虎的尖牙就被拔了，刚来时段佳泽就看到稀疏几颗残缺的烂牙，口腔也有溃疡。

段佳泽晚上溜过来，给老虎治了伤，它一张嘴就可以看到，口腔溃疡已经好了。

段佳泽喂它一点儿蜂蜜，尝尝味道就行了，它也是好奇催得。

虽然身上还有伤痛，但老虎看到段佳泽后，仍是十分快乐的样子。这几天已经是它们从未过过的好日子，尤其是段佳泽来的时候，它会莫名其妙健康一些，这让老虎对段佳泽充满了信赖。

老虎吃了一点儿点蜂蜜，就趴在里头，试图把爪子伸出来扒拉段佳泽。

段佳泽握着它的爪子，爪子本来也有些溃烂，它的利爪被连根拔起，现在好多了。

老虎隔着笼子，想用脑袋蹭蹭段佳泽，但被挡住了，它讨好地低吼了一声。

"乖，等你好了，就能出来了。"段佳泽挠了挠它的额头，听到有声音，赶紧把手缩回来。

徐新拿着针管进来："园长在啊，刚好，我要打针呢。"

老虎的想法比较简单，虽然大家都是治疗，但是段佳泽治疗不疼，医生打针会疼，所以对徐新，老虎的态度就没那么好了，甚至往后缩。

给老虎注射是用吹管，把针筒装在长长的塑料管里，一吹，针就射出去了，上头有皮筋，一动就推动针管注射进去了。

老虎看着吹管，又怕又恨。

徐新也没办法，笼子就那么大，老虎躲也躲不开，徐新一吹，它就挨了一针，嗷地叫出来。

另一边的熊仔被震慑了，低叫了几声。

段佳泽总觉得，老虎看自己的眼神好像有点儿埋怨，像在怪他怎么不救自己。段佳泽安慰了老虎几声："吃得苦中苦，方为虎上虎。"

徐新汗了一下，问道："猴子是融入猴群了，园长，这老虎、狮子、熊什么的，回头放哪儿？"

他不太认为原有的熊、老虎和狮子能接受这些同类，猴子那边好歹是饲养员沟通过，而且那几只猴子的伤也不怎么重。像这老虎，以后吃东西可能都得特制了。

要是单独放笼养区呢，徐新觉得就得给旁边注明了，这是马戏团退役的动物，不然人家一看身上的伤痕，还以为是他们虐待的。

"就放散养区，大不了中间隔开，慢慢熟悉一下。"段佳泽想说，你是不知道咱们的猛兽到底有多乖。想想，熊思谦、花虫、大宝小宝，包括吉光，哪个会不听话？

这里头就大宝和小宝是普通狮子，但它们是段佳泽一把屎一把尿带大的。这可不夸张，刚出生的小狮子没法自主排泄，还得靠段佳泽揉肚子擦屁屁。

段佳泽要让它们别欺负新来的三只狮子，它们绝不会违逆，段佳泽比它们亲爹乐乐有威严多了……

徐新半信半疑地点头。

段佳泽在兽医室又泡了大半天，最近他的关注主要都落在这上面了。眼看差不多了，才收拾东西回去。

路上又看到袁洪挂在树上睡觉，头枕着手臂，小猕猴还趴在他胸口打盹，口水都快流出来了。

不远不近的地方还站着两个女生，她们评估了一下搭讪难度……或者说高度之后，可惜地走开了。虽然这个饲养员——动物园里抱着猴，只能是饲养员了吧——很帅，但是这也爬得太高了吧，她们可够不着。

段佳泽黑线地走到树下："袁哥。"

袁洪一下就醒了，听到段佳泽的声音，差点儿摔下来。好在他身手灵敏，一下钩住树干，又捞起滑下去的小猕猴。

小猕猴也吓醒了，揪着袁洪的衬衫，低头看到段佳泽后，友好地叫了几声。

段佳泽头疼地道："这里人来人往的，你也睡得着？"

"呃呃嗯……"袁洪胡乱点头。

"回头换棵树吧，这个地方实在是容易被游客围观。"段佳泽叮嘱了一声。

"等等……那个，"袁洪看段佳泽要走，趴在树上问他："你和陆压道君，真的是一对啊？"

他还有点儿怀疑，鲲鹏在骗他，毕竟鲲鹏这家伙的人品，三界知名。

段佳泽莫名其妙，他觉得很奇怪，虽然他没好意思一字一句地承认，但是那还不够明显吗？

段佳泽问道："你不知道？那你以为陆压为什么能把他羽毛给我？"

袁洪哑口无言，尤其看到段佳泽还一脸理所当然。

看他不说话后，段佳泽就走了。

剩下袁洪挠着猴子的脑袋，也不管它听不听得懂，有些幽怨地嘀咕："竟成了我眼拙！都是公的，这怎么分得清到底是一对儿还是兄弟。要这么说，文殊和普贤还老一块儿旅游呢……"

段佳泽推门进去，就看到一只金黄色的小鸡仔蹲在自己床上。

"哎哟？"段佳泽走过去："这哪里来的小鸡？"

而且这小鸡特别圆，一身蓬松的绒毛，就像珠子一样。

小鸡僵了一下，站起身来。

它太圆了，段佳泽也是看了好一会儿，才"咦"了一声，伸手一拨方才看清楚，它绒毛之下竟是有三条腿。

段佳泽差点儿没喷出来："陆压啊？"

陆压生气地道："你故意的，你说我是鸡。"

"不是，我绝对不是故意的，我不知道你小时候毛色的是金黄色。"段佳泽快要笑死了，他知道陆压为什么变成这个样子，因为陆压跟他打赌输了。

昨天晚上陆压又来蹭他，他为了分散陆压的注意力，就跟陆压数蚂蚁玩，不准用法术，凭运气猜蚂蚁是单数还是双数。

两人傻子一样蹲那儿数了半天，最后是段佳泽赢了，时间也消耗完，可以睡觉了。这也是陆压最气的地方，怎么他陪段佳泽玩这么弱智的游戏，还是他输了啊？

陆压输了就得答应段佳泽一个要求，段佳泽说想知道他小时候什么样，陆压说要准备一下。

段佳泽本来以为给自己看个幻象就行了，谁知道道君这么实在，直接变化了。

陆压一拍翅膀，竟是飞了起来。他身体虽然圆，然而飞得还挺快，在房间里腾空转了几圈，仿佛一道火光："再来数！"

段佳泽要笑哭了，没想到今天陆压主动要玩别的，他还愁怎么打发时间呢，陆压最近火气太旺盛了，当即幸灾乐祸地道："数就数，这回输了你只能变蛋给我看了。"

陆压阴沉沉地道："等着吧，你惨了……"

段佳泽想笑却笑不出来，他忽然觉得有点儿不妙，但又不知道哪里不对。

140

段佳泽虽然心里惴惴不安，但是他话都放出去了，哪能收回，只好硬着头皮上："说好了，不能作弊的啊，不准用法术。"

陆压冷哼一声，显示自己并不屑作弊。

数蚂蚁，当然不是数普通蚂蚁，那就真的太傻了，还要下楼捉，数的是南柯蚁。

南柯蚁平时都是晚上工作，而且它们数量多，可以倒着班来，不用上班的南柯蚁就散布在动物园中。

南柯蚁和普通蚂蚁的区别很小，也就是个头稍微大一点儿。但是，蚂蚁嘛，大也大得有限，要是没个对比，再拿放大镜观察，根本看不出来谁大谁小。

要按往常得数几个小时，但是今天段佳泽心中不安，就要求以一分钟为限，来个二十局。

他们就随便召集了一下附近的南柯蚁，一分钟内爬进来多少只南柯蚁，就是这个数了，单数是段佳泽赢，双数是陆压赢。

等了大约五分钟，段佳泽趴在沙发上，才看到有蚂蚁顺着窗台爬进来，他精神一振道："来了，一。"

随即又有两只蚂蚁一起爬上来，段佳泽和陆压一人一边，挨个数着。

这些南柯蚁上来后就待在内侧列队，横是横，竖是竖，整整齐齐。一时半会儿它们还不会走，作为"辛苦费"，待会儿段佳泽还要舀蜂蜜给它们。

到了接近一分钟时，段佳泽看着手机倒计时，不禁有点儿紧张了："一百三十四……"

最后一秒，眼看段佳泽就要赢，一只蚂蚁掐着点爬上来："一百三十五。"

这种游戏完全就是靠运气，段佳泽看到第一局是单数，本来有点儿不安，一下子心放下去不少。刚才陆压就是吓他吧，要么就是被他一说，又不好意思作弊了。

然而事实是，数了二十局，二十局全是单数，全是段佳泽胜。

就算运气再好，也不至于二十局全胜吧，这是什么样的概率啊？说好的他要惨了呢？这看着好像还是作弊了，但到底向着哪边啊！

事实上到第五局时，段佳泽就满腹怀疑，到第十一局提前锁定胜利时，段佳泽已经是一脸不可思议了。

陆压的脸色不是很好看，盯着蚂蚁面如寒霜。

段佳泽不可思议地道："你就这么想……变蛋？"

陆压臭着脸，想说什么又憋回去了，半晌挤出来几个字："不算！"

"等等，凭什么不算啊，"段佳泽笑起来了："哈哈哈哈，你是不是作弊，想让它们帮你，结果说错获胜条件了啊。但是你要作弊了，还是直接判你输！"

陆压更加咬牙切齿了："我没有作弊……"

段佳泽观察陆压，好像还真不像说谎的样子，心念一动，对着南柯蚁就用了一次兽心通。

"陆压道君怎么会需要作弊呢……"

"但是他白天在我们面前走来走去，发了好大的脾气！"

"今晚他要是再输，肯定会把我们灭了的！"

段佳泽一惊，还真的没有作弊啊？

而且这还真符合陆压的作风，作弊犯规啊，他只要稍加暗示一下，南柯蚁又不是普通蚂蚁，自然会设法保命。

然而还没完，南柯蚁心中又想：

"可是园长要输了，一定也会生气。园长一生气，道君又灭我们了。"

"还不如，就让园长赢"

段佳泽终于明白了。

看看，陆压这个恶霸，搞得大家多艰难！

陆压听段佳泽说了怎么回事后，也黑线了，他满以为万无一失，这些南柯蚁自己会琢磨他的意思。没想到坏就坏在南柯蚁有想法，而且它们想法太多了！

段佳泽分了一勺蜂蜜给南柯蚁，把它们打发走了，然后道："虽然现在还早，但是接下来的时间我可以'玩蛋'，所以不需要它们了。"

陆压："……"

段佳泽一伸手："请吧。"

陆压眼神闪烁，这要是传出去了，他在三界的威名……

陆压始终还是相信，自己还存在那种东西的。

段佳泽："快点儿快点儿。"

陆压看段佳泽竟然要赶尽杀绝，眼神不禁有些羞愤。

段佳泽说道："你别这样看着我啊，我要是输了，现在还不知道怎么样呢。"

陆压恨恨道："不要太过分了，我不过想要你伺候我一天穿衣吃饭而已。"

段佳泽一下呆了："啊？"

陆压念叨："让你伺候一下至多也是打平了，你还看金乌蛋……"

段佳泽没话说了，他果然不该对陆压有什么误解，一步上前拦住陆压接下来的话，伸手道："可以了，我就让你一回。来，亲爱的，我帮你宽衣。"

陆压瞬间僵硬闭嘴，眼睫毛垂下来，透出几分不好意思。

段佳泽看着被喊了句亲爱的就满足了的陆压，心想我们家鸟怎么这么好满足啊，我都不忍心了。

今天是三只从马戏团买来的狮子伤愈，放入散养区的日子。

徐新看着三只狮子，颇为感慨，动物的恢复力就是好，它们仨在兽医室住了也半个月了，从原来无精打采，皮毛黯淡，身体消瘦的样子，到现在，不说每根毛都在发亮，但是吼起来底气十足，精神多了。

而且饱餐一段时间后，肉也长起来了，称重后已经差不多达到了标准体重。

但是对于它们是否能被狮群接受，徐新还是持怀疑态度。

灵围的散养区有五只狮子，一只白狮向来是独行侠，它才属于真正的异类，这也无可厚非。另外四只，除了大宝小宝之外，就是两头后来引进的母狮，比两兄弟都大一些。但它们可不是一对对的，只是一起待着，大宝和小宝还没有成年呢，不过也说不定以后会怎么样。

徐新开着车，副驾驶就是段佳泽，他碎碎念道："乐小翔和乐小天虽然年纪不大，但是身体素质比这俩好多了，人家爪子都受过伤。而且它们平时还会互相练习打架，狮多势众，四只对三只，不知道白狮站哪边……"

乐小翔和乐小天就是大宝小宝的大名，段佳泽只当他的声音是空气，压根不理会。

到了地方后，徐新把车开到狮子的活动区域之内。

很快，大宝就出现在了草丛中，它观察了一会儿就扑过来了，扒拉着车门的玻璃，要和段佳泽打招呼。

段佳泽也不便下车，和大宝挥了挥手。

不一会儿，小宝也来了，另外两只母狮远远徘徊，没敢上前。倒不是不喜欢段佳泽，只是它们要敢上来，就会被大宝和小宝挠的。

那三只狮子就在车后的笼子里，徐新也是奇了怪了，问道："它们怎么不去后头看看啊，这还能看不到闻不着？"

按理说，三只雄狮啊，怎么着也该顾着可能有威胁的同类吧。

段佳泽："它们还是孩子呢！"

是呀，换算成人类年龄，它们也都是孩子，现在鬃毛都没长齐——狮子鬃毛长齐要到四岁。

徐新看了一眼段佳泽，嘀咕道："所以就只顾着奶爸了？"

段佳泽哈哈一笑，凑到玻璃墙对窗外的大宝小宝指了指后头，它们俩往后一看，互相对视一样，这才慢慢往后面走去。

两只半大的狮子对着笼子里三只起码四五岁大的狮子吼叫了一声，那三只狮子竟是瑟缩了一下，全都是慑于它们身上的气息。敏锐的动物们容易察觉到人类察觉不到的东西。

徐新回头观察了一会儿，苦恼地道："咱们没有那么大的地，不然它们各自有领土，也就差不多了。"

"我还能有钱到给它们各自分一块那么大的地啊，"段佳泽也往后看着，然后道："我觉得还不错，它们是能接受大宝和小宝领导的。"

动物之间差距太大，就连打斗都免了，直接臣服吧。大宝和小宝年纪虽小，但是平时经常和妖怪混在一起，不管是陆压，还是谛听和隔壁的花虫。

就像猴王闻到新猴子们身上有袁洪的味道，就接受了它们。这些狮子闻到大宝和小宝身上的味道，也就怕了，虽说要真一对一，指不定谁赢。

大宝和小宝在笼子外对着三只狮子吼了半天，把它们吼得趴在笼子里，一点儿脾气也没有了，这才心满意足地绕回车前。

徐新看着仍然在扒拉着车门的两只狮子，好奇地道："现在您要是和它们接触，会受伤吗？"狮子一看就认得段佳泽，但亲密接触时会不会受伤就不一定了。

"试试看啊。"段佳泽说着，冷不丁把车门打开。大宝就嗖一下蹿了半个身体上来，张嘴"吼"的一声，吓得徐新惊叫一声，整个人都贴着另一边车门，拼命往后缩。

大宝只是叫了一声而已，然后腾空的后脚也踩了上来，只是空间不足，它半个身体趴在段佳泽腿上，大脸正冲着徐新的大腿。

徐新大口喘气，看出来大宝不伤人了，但还是不太敢坐下："园长，你太坏了！"

段佳泽哈哈大笑："吓到了吧？它们有分寸的，我平时也会偷偷进来看它们。"

徐新还真不知道，他白着脸，不知道该怎么表达自己的敬佩之情。这里头可不只有大宝和小宝啊，还有另外三只狮子，这不仅是要笃定两兄弟不会伤他，还得肯定它们不会让其他狮子对他出手。

"你坐好吧，没事的。"段佳泽一拉徐新，徐新这才坐正了，大腿都碰到了大宝的鼻子。

大宝又往上蹭了蹭，还转了个身体，把屁股放在徐新腿上了。

对于大宝的"信任"，他都不知道该不该表现得受宠若惊。

两人分担了大宝的体重，倒是不觉得很沉了。大宝在他们腿上一个翻身，就像大猫一样，示意段佳泽摸摸自己。

段佳泽就给它挠了挠下巴，大宝就跟小时候一样，从喉咙里发出低吼，眯起眼睛扭动身体。只是小时候它这么做出来是憨态可掬，长大了做出来就有点儿可怕了。

徐新把手举起来，就怕不小心碰到大宝的肚子，大宝给他来一口，他可受不了。

小宝在下头转悠几圈，也吼了起来，它没地方上来了啊。看到大宝在段佳泽腿上撒娇，它就更急了：兄弟，你不能这么自私啊！

"行了，我跟你说啊，后头那几位哥哥你可不能欺负它们。"段佳泽好像开玩笑一样说了几句，用手揉着大宝的狮子脸，挤成一团："下去吧，我再跟小宝说几句。"

大宝哼哼 JJ，装作听不懂。

段佳泽把它给推下去了，小子现在还挺沉。大宝依依不舍地滑下去，小宝立刻蹿了上来，段佳泽又是嘱咐一番，还在小宝脑门上亲了一下。

接着，段佳泽又亲自下车，带它们去后头，又隔着笼子，按头让它们对三只狮子发出了示好的声音，但还是把人家吓得够呛，段佳泽嘀咕着让双方交个朋友。

徐新在车里听不到段佳泽说了什么，就看到大宝和小宝好像还要凶人家，被段佳泽按头拍了几下就不敢了，觉得还真挺有希望的。

等段佳泽回来后，他也有信心了："我看咱们是可以试试，把它们放这儿。"

"你现在信啦。"段佳泽说道："当初它们的爹乐乐，在海角动物园待着情况也不比这三只好多少，后来还不是和别的狮子合笼了。"

"那能一样吗？那是欢欢阿姨啊。"徐新无语道。

徐新开车往回走的时候，两只狮子还在后头追，搞得对面的游客非常兴奋："卧槽！狮子在追车！"

"咋回事，是不是不让他们把自己同伴带走！太感人了！"

段佳泽和徐新对视一眼，都有点儿想笑。

狮子终归还是追不上车的，他们甩开大宝和小宝，找了个稍远一些的地方把三只狮子放下去。这里安了很多监控，等会儿从监控里看情况就是了，如有不妙再进行人工干预。

回去之后，段佳泽又和一众兽医、饲养员在监控室坐了半天。三只狮子暂时还没有和大宝、小宝接触，主要是它们躲着其他狮子，所以也没什么冲突可发生，还需要继续观察。

这算是成功的第一步了。

周敏还从监控里截了些图，说是小苏让她截的。

小苏和她的下属们拿周敏提供的各种图片，做了个长图。

之前官博并没有汇报过购买马戏团动物的事情，但迟早是要说的，小苏观察了半天，决定从狮子入手。除去猴子，它们是最早放入散养区的动物，也是猛兽里头一批伤好的。

小苏是受到了启发，网上有很多流浪狗领养前后的对比，所以她也做了图，写了文案。

为了避免一些麻烦，小苏只说有一批动物从马戏团退役，它们来到了灵囿动物园，略去了鲁青马戏团这个具体名称。在它们之中，有三只雄狮，它们是三兄弟，刚刚来到灵囿时，是这样的：

在笼子里，毛发结成一缕缕的狮子们颓废地趴着，甚至有点儿畏惧，身上有脏污和伤痕，爪间有血垢，肚子也瘪瘪的，看上去可怜极了，一点儿没有人们印象中狮子的威风。

然后就是一些兽医给狮子打针、喂食物、冲澡的图片，在这短短半个月时间里，它们大变样了。一张在笼子里怒吼的动图，让人看出了几分霸气。

最后则是伤好后放到散养区，监控中它们在草地上走动、休憩，柔软浓密的鬃毛迎风飘扬，看上去舒适无比。

最后再来个对比图，就更加直观了。

评论：

"看小图我还以为你们领养了流浪狗……好吧，比流浪狗牛逼多了。"

"马戏团的狮子好可怜啊，我都不敢细看那个爪子的图，幸好现在过上好日子了。"

"为什么不放生到野外！"

"说放生到野外的怕是脑子进水了吧，且不说环境问题，它们根本不可能在野外生存下去的！"

"马戏团是解散了吗？还是抛弃它们了？不管怎么样，祝福它们逃离了痛苦。"

"其他动物接下来也放一下吧，看到它们大变样我竟然觉得特别爽，就跟看化妆视频似的……虽然这个比喻有点儿不对。"

"很爽加一，而且很温暖，我就喜欢看这种，还有之前给被抛弃的狮子喂奶我也爱看。能恢复健康真是太好了，希望没有什么后遗症。"

接下来，小苏也逐一在微博上公布了其他动物的详细情况，以后在动物园里也会注明一下，它们是从马戏团退役的。

一方面是宣传一下动物表演的坏处，一方面也是以免有人还以为是被动物园养成这样的。

这其中，小苏还放了一张袁洪和小猕猴的照片。

袁洪每天都带着小猕猴。小猕猴没爹没妈，以前老被吓唬，跟着袁洪之后，脾气都娇了不少。它先天就比较弱，动物园挑它就是为了选只娇小的猴子逗游客。

袁洪走到哪都带着小猕猴，各种给它喂吃的，被小苏抓拍了好几张，问他能不能发到网上，袁洪十分随意地答应了。

小苏就和其他几只猴子的图片一起发网上了，注明这只小猴子没有父母，所以暂时由专家亲自抚养。

网友们表示：

"请问有父有母还能抚养吗？我想求抚养。"

"喂东西吃这么萌的吗？"

"请问专家头发是染的哪个牌子哪个色号……"

"专家我可以和你一起养猴子啊！我家有香蕉树！"

当然还有更多是夸小猴子可爱的。猴山里也有小猴子，但是放出来的图片都是母猴子带着的，哪有年轻帅哥喂猴子看起来养眼。

小苏还拿评论给袁洪看，和他开玩笑："哈哈哈，袁哥你头发染的什么色？"

小苏乐了一会儿，发现袁洪一脸漠然中带了点儿疑问，好像不知道她为什么问这么奇怪的问题。

太尴尬了，小苏自己找补："哈哈，其实大家更想知道能不能和你一起养猴子，不然生一个也行……哎，我还有事，先走了。"

面对袁洪的眼神，小苏觉得自己好像被鄙视了。和园长打听了一下后，小苏才知道袁洪平时不爱上网，所以和普通年轻人笑点可能不太一样。

小苏在袁洪那里尴尬了一番，回去和几个女同事聊起天来缓解一下。

其他几个女同事都有男朋友，一聊就容易聊到各自的对象。小苏因为工作忙，一直没找，这会儿也羡慕地说："你们别光顾着秀恩爱啊，也给我介绍一个。"

"行，回头我就给你介绍一个。"一位女同事很热情地道："你喜欢什么样的？"

有和小苏玩得比较好的，开玩笑道："小苏是老司机，你得介绍一个纯情一点儿的，两人互补。"

小苏："我的本质还是很纯情的。"

"你别说，这个年头还真有啥都不懂的人。"有人想起什么来，好笑地说道："我男朋友的表哥就特别纯情老实，他前女友请他去家里，他愣是不知道该怎么做，后来让人气得赶出去了。"

"噗，不会吧？"

"家里管得严，个性也比较老实。"那人感慨道："我还有个朋友的朋友，也是一样，和男朋友在一起就是抱着蹭蹭，别的就不懂了。"

小苏笑死了："哈哈，我怎么从来没见过这种，小说里都没见过。"

同事也笑，大家熟悉得很，还能不知道小苏的爱好："那是，你都看的那啥小说，怎么会有这种情节！"

小苏汗道："你一说搞得我好像都在看小黄文，不过呢，我要给你们'安利'一下我昨天看的小说……"

她们中有些人平时下班无聊，也是什么类型的小说都看点儿，只要好看来者不拒。这会儿都在听小苏眉飞色舞地形容自己最近很喜欢的作品。

大家不时插言，觉得哪里不合理，哪里有意思。

聊得热火朝天，半晌有人起身倒水，才"我靠"了一声，引得其他人都回头看。这一回头看，满场都寂静了。

陆压侧身站在办公室门口，眉头紧锁，也不知道听多久了。

同事 A："我去把表格做完……"

同事 B："修图去了。"

同事 C："到时间，喂猴子去了。"

上班时间闲聊，内容还不太营养，被领导家属发现，这还能好。霎时间，办公室就冷清下来了。

小苏看着陆哥冰冷的脸色，也想哭了，太尴尬了，怎么谁也没发现来人了呢。她含糊说了句"陆哥好"就跑了，心想陆哥不会向园长告状吧，说我上班时间给人'安利'小说。

人都跑光了后，陆压才慢慢松开眉，心中喃喃："没想到段佳泽这么纯洁，什么都不懂……现在我知道了，我要教给他。"

141

段佳泽万万没想到，自己逃过了有苏，却没能逃过小苏这能把他膝盖射穿的一箭。

这天小苏还跑来和他承认错误，说自己上班时间在办公室和同事们闲聊。

段佳泽有些诧异，但还是道："你们也不是包身工，虽说是上班时间，但如果不影响工作，偶尔聊聊天也没什么。"

动物园的工作环境其实比较宽松，尤其是小苏这样的岗位，平时还专门到处直播溜达呢。

小苏也看出来段佳泽有些疑惑自己怎么还特意跑来认错，弱弱道："聊天时被陆哥逮住了，他好像很生气……"

段佳泽顿时乐了，原来是被陆压看到了，怕他私下告状，吹枕头风，干脆自己提前来认错。

"没事，他其实不爱管这些。"段佳泽没当回事，挥挥手让小苏回去了。

后来想起来，他真是后悔啊，当时他就该察觉到不对的！

等到段佳泽回房间的时候，就看到陆压面无表情地坐在单人沙发里，不熟悉的人看过去可能就是平时那个高冷的道君，但段佳泽和他太熟悉了，能分辨出来这家伙好像有点儿兴奋，手指一直在一下下地点着扶手。

段佳泽今天心情也不错，春天游客多啊。他乐呵呵地把睡衣拿出来，和陆压打了个招呼，准备去洗澡。

陆压眼睛比平时都亮了不少："段佳泽，教你一个新知识，怎么样？"

段佳泽诧异地道："你不会要教我修仙吧？我可没时间啊！"

他一想又不太可能，以陆压的意思，也就小青才需要让肖荣修仙了，搁他身上……地府还敢收他的人？

陆压略带得意地道："不，是人间的知识。"

段佳泽好笑地道："你学会用微博啦？"

知道网络世界那么多人编排你了吗？

陆压不明白他怎么这么说："不是。"

陆压走过来，把段佳泽给抱住，然后在他耳边说了几句话。

段佳泽脸上的笑容渐渐凝固了。

学……学你个鬼啊……

段佳泽差点儿没吐血，但是他能推开陆压说"我早知道了"吗？

所以他只能干巴巴一笑道："不太可信吧，那都是小说里写的，怎么可能有那种事呢。"

陆压一看，更肯定段佳泽太纯洁了，大气地拍拍段佳泽："呵呵，去洗澡吧。"

他差点儿被陆压那个语气给气死，退一万步说就算他真的不知道……你不也是刚知道的吗？！得意个鬼啊？

段佳泽在陆压鼓励的目光下，迈着沉重的步伐走进浴室。

他特别想说咱们先继续柏拉图吧，我第一次弯真的没这胆子啊！但是对着陆压，他能说得出来么？

第二天，段佳泽没去吃早餐，而且还迟去了办公室很久。

中午吃饭的时候小苏还一无所知地招呼段佳泽："园长，早上有你最爱吃的，你都没来，上哪吃去了？"

段佳泽心情复杂地看着小苏。

小苏一脸茫然，不知道为什么园长看自己的表情那么复杂。

"……我是个好人。"段佳泽深吸一口气，给自己发了张好人卡，憋住了现在就找茬扣小苏工资的欲望，缓缓走开。

小苏不明所以。

段佳泽入座后，就看到陆压已经在等他了，还拍拍他的肩膀，小声安慰："没事，会越来越熟练的。"

段佳泽表情凝重。

陆压发现一旁的有苏斜着眼睛瞟他们，就冷冷道："你很好奇吗？"

"好奇心害死猫。"有苏悠悠道："而且，早三千年我前夫也经常不吃早餐。"

路过的薛定谔歪着脑袋，毛茸茸的脸上露出一个疑惑的表情。

这个周末灵囿接到了邀请，到隔壁的赤水市动物园去参观。因为东海市的旅游业大火，也带动了一些周边的旅游，赤水市的动物园生意居然也不错，实际上这也是受到了灵囿的影响。

很多在网上关注灵囿的网友，虽然因为各种原因可能不能去东海市，但也会心痒痒地到本地动物园去玩一玩。不管结果如何吧，反正从这个方面来说，灵囿的成功营销算是给本行业做出了一些贡献。

赤水动物园很早就和灵囿有来往，赤水市以前比东海市富一些，所以动物园也大一些。

最初还是段佳泽请孙爱平帮忙，把市动物园不要的动物送到他们这儿来，周围县市的动物园要是淘汰老弱病残的动物，也可以送来。

那时候灵囿因为缺动物，收了不少"残兵弱将"，比如欢欢。这些动物在他们这儿也生活得很好，所以说大家早有渊源。

赤水动物园也是华夏动物园协会成员单位，到后来，灵囿做大了，大家也有一些动物交换配种之类的合作。

这次，赤水动物园花大价钱，先是引进了一批动物，然后还办了为期一周的动物园狂欢节，再就是请一些周边的兄弟单位来交流指点。

东海市就邀请了东海市动物园和灵囿，市动物园派了个副园长过去，灵囿这边，段佳泽为了让陆压冷静一点儿，就说黄芪比自己还忙，亲自去了。

段佳泽还是第一次去赤水动物园，市动物园的鲍园长倒是以前就去过几次了，他在这行已经干了几十年。段佳泽这边把小苏也带上了，不熟悉就跟着鲍园长，鲍园长也愿意照顾。

不提孙局长那层关系，鲍园长对段佳泽也是很有好感的。以前，灵囿捡他们退役的动物去养，现在，他们还沾灵囿的光呢。

因为去动物园观光这件事再次兴起，他们和灵囿定位又不一样，不但游客没被抢，一年下来算算营业额还增加了……

赤水把这个片区的动物园都邀请了个遍，因为他们这个狂欢节办得的确很大，他们赤水市有个计划，一年要在各种场馆举办多个活动，吸引游客。其中，就包括这个动物园狂欢节。

赤水动物园以前也和东海市动物园一样在市内，也是老牌动物园，前几年迁到城外去了，地盘也大了不少。

段佳泽到了现场一看，有些单位在动协也遇到过，大家友好地打了招呼。

在这一片地区，灵囿就更有名了，气氛好得没话说。

灵囿也办过活动，但他们不是主办，只是配合海角公园。黄芪也说过以后他们可以自己办这样的活动，这次段佳泽也算是来学习经验了。

春天是动物最活跃的时候，在这个时候举办的赤水动物园狂欢节不用刻意安排，就有很多天然的动物表演。鸟类求偶，正是最漂亮的时候，其他猛兽为了争夺配偶更是会展开大战。

这更像一个游园会，有美食区，有花车巡游，还有水枪大战等游戏。赤水动物园的园长接待了这些远道而来的同行，大家先在会议室，听他介绍了一下新引进的动物，还有举办经验，接着一起去参观。

参观当然不会步行走遍整个赤水动物园，这新园区也够大的，大家坐着观光车在园内慢慢穿梭。

游客还是比较多的，段佳泽、小苏和鲍园长及他的属下坐了同一辆车，大家一边看一边聊天。小苏说是来学习人家宣传活动的经验，但轻松得很，过来旅游顺便学习一下。

赤水动物园也有个养水禽的湖，但是结构和灵囿不太一样，有个桥从湖中间穿过去。

他们的车行驶到湖边时，这里站着的十几只火烈鸟忽然就叫唤起来，吸引了大家的注意力。

非但如此，这些鸟还变换着方向叫唤，看着看着，小苏就觉得奇怪了："我怎么觉得在冲着我们叫啊。"

段佳泽一看，还真是，这些鸟可不是随着他们的车行驶，而渐渐转动身体吗。

这些火烈鸟都剪过羽，也没法飞上来，但是冲着他们叫是非常明显的。这些鸟移动的角度速度和他们恰好对得上，车辆行驶得慢但也快过游客走路，连一些游客都发现了，火烈鸟好像是在冲着这车叫啊。

一开始他们还以为是求偶动作呢，后来发现全都冲一个方向，不可能全都冲人类求偶吧？

居然还是鲍园长先反应过来："哎，之前赤水动物园是不是跟你们买了火烈鸟啊？"他们和灵囿合作得多，所以知道灵囿有火烈鸟，就猜测了一下。

段佳泽和小苏都想起来了，好像确实有这么回事。

灵囿原有的火烈鸟群体在园里生活得幸福美满，生了很多小鸟，灵囿也把部分火烈鸟卖给了别的动物园。动物园不可能无限制扩充每种动物的数量，这是正常行为，卖或交换给别的单位，也是一种收入。

现在想起来，赤水好像也买了，只是这种事务段佳泽已经不必自己过手了，所以记忆有些恍惚。同理，小苏主管宣传那一块。

鲍园长呆了呆道："它们不会还认识你吧？"

段佳泽磕磕巴巴地道："不知道……可能是的，我也不知道。"

不是这样好像解释不过去啊，火烈鸟不可能无缘无故对他们那么热情吧。

前面的人好像也发现了，车停了下来。

鲍园长和段园长等人索性也下车，走过去。果然，他们也发现了火烈鸟的一样，停车围观一下。

车就停在桥上，段佳泽站着不动，火烈鸟也站在桥下不动了，脑袋还是朝着上面，更是证实了它们是朝着段佳泽。

游客们看他们开的车，还有火烈鸟的动作，还以为这里头有饲养员。

赤水动物园的园长感慨道："动物的记性真好啊！"

其他人则有些不明白，他们不像鲍园长那样同在东海，猜都猜不到："怎么说？您知道它们为什么这样了？"

赤水动物园的园长把段佳泽拉了过来，迷之骄傲地道："这就要问段园长了，不愧是鸟类专家啊，帝企鹅也孵育得了，火烈鸟也孵育得了，这些火烈鸟离开半年，还认识你这个把它们喂大的人！"

众人"噢"的一声，纷纷明白过来了，向这位央视盖章过的鸟类专家投以友善的微笑，自觉见证了一次人与动物之间的美好情谊。

段佳泽有点儿心虚，我不是……我没有……

段佳泽养过帝企鹅，养过鹦鹉，狮子也养过，但是真的没养过火烈鸟啊，火烈鸟繁育根本用不着他帮忙，他和火烈鸟也不算特别熟。主要是当初认错过，所以总感觉在它们面前有点儿抬不起头来……

赤水动物园的园长也是很会联想，直接就当段佳泽肯定是养大了这些火烈鸟，不然像他们这些园长，主要负责行政事务，一个星期可能不去看一次鸟，能认识吗？

段佳泽再一看，就连小苏都有点儿迷糊的样子，她也不确定园长和火烈鸟的关系如何了。鸟肯定是没养过的，但是园长和火烈鸟关系好不好呢？毕竟平时老是一群鸟围着段佳泽，她不太肯定。

大家已经忽略段佳泽欲言又止的模样了，热烈探讨起动物的情感来。

还有人不甘示弱地道："有时候这动物感情可比人深多了，我年轻的时候喂过黑熊，后来换岗位，有次回去的时候，它还认识我。"

这都是在动物园工作的，类似的事情多少经历或者听过，聊得是热火朝天。

还有人热情地让段佳泽和火烈鸟打招呼，还问他："哎呀，它们叫什么名字呀？"

他怎么知道这些火烈鸟叫什么名字！

段佳泽擦汗道："现在肯定不记得了，它们在这儿应该有新名字了吧。"

火烈鸟们还在下头伸长了脖子叫，估计都在喊"园长，园长"，这是认出老上司来了。

这时赤水动物园的园长又道："别说，灵囿的动物基因都特别好。我们之前还借过孔雀来配，生的小孔雀别提多漂亮了，性格又活泼。这些火烈鸟也是这样的，很喜欢吃胡萝卜，又爱装饰自己，你看一身羽毛多红亮。"

有和灵囿合作的，也出来佐证这句话："对对，我们引进过几只猴子……"

这些动物都在灵囿待过，智慧有一定的提高，不说刻意招人喜欢，但很少惹出什么麻烦，十分自律，加上品相都不错，当然广受好评。

没有合作过的，这时也心痒痒了。

段佳泽一看时机大好，赶紧宣传道："欢迎大家来找我们合作，大家互通有无。对了，今年我们已经筹划帝企鹅繁育中心了，面向国内外接受预订，欢迎大家到时候来引进啊。"

远的不说，周边几个国家还是可以做做宣传的，弄点儿外汇嘛。

近两年灵囿的帝企鹅还是很火的，那只据说是实际上最大的帝企鹅让他们在国外也上了一些新闻，不算火，但好歹相关行业知道有这么回事，也算是露了把脸。

有人就说："哈哈，要是你们那个奇迹企鹅的孩子，我就要。"

其他人也附和道："没错，那基因绝对好。"

段佳泽打哈哈道："我看看，尽量挑个头大的给你们。"

段佳泽在赤水待了两天，收获不小，除了学习了一下他们举办大型活动的经验，还有些动物园找上来要合作，交换或者引进。

真预订帝企鹅的也不是没有，他这繁育中心虽然还没开起来，但是人家也比较相信灵囿的实力。

看到大家对帝企鹅都挺看好，段佳泽也更加有信心了。可能也是因为他们这块儿比较热，大家觉得引进帝企鹅能吸引到很多游客吧。

反正回去之后，段佳泽又好好完善了一下方案，最迟明年，他们的帝企鹅繁育中心就要开起来了。开起来之前再引进一批帝企鹅，种鹅就足够了。

除此之外，在小苏的提议下，段佳泽也开始考虑，给动物园选一个吉祥物了。

首先当然是内部提名，再拿去问游客的意见。一说到选吉祥物，几乎所有派遣动物都"呵呵"一声，表示自己什么看法也没有。

反正也不可能让他们当上啊，有道君在呢！

要知道，最近园长和道君不知怎么的，好像比以前更黏糊了。明明园长向来不喜欢秀恩爱，但近期有点儿热烈，那他们不就更没希望了……

虽然做一个人间动物园的吉祥物好像也不是顶有面子的事，可是选不上岂不是更没面子……

有苏啃着手指头想了半天，也没敢说出来"我选我"这句话，在大家微妙的注视下，嘿嘿一笑："选大熊猫吧，用粽宝做原形不错。"

陆压对段佳泽小声道："你看她多坏啊！"

这死狐狸，知道自己选不上，就把大熊猫给推出来！

"嗯嗯。"段佳泽胡乱答应，然后说："不行啊，我们又不是熊猫基地，况且这熊猫也不是我们繁育的，要选有特色，由我们自己繁育的。"

他加重了"自己"这两个字，大家心中都微微一动。

本来他们觉得，这要落在道君头上了。道君肯定撒泼打滚（陆压：？）也要当上吉祥物，但是一说自己繁育……没一个人是动物园繁育的哈，陆压顶多给太阳代言了。

段佳泽也不可能选陆压啊，这家伙现在在大众眼里还物种未明呢。他其实心里有想法了，只是得给各位大仙面子："我是觉得帝企鹅不错，之后我们还要开繁育中心……"

段佳泽一说，所有人都明白了。就说不选道君还能选谁，选谁道君才能消停，那当然是他干儿子啦！

除了奇迹，选谁陆压都要疯。果然，一听是奇迹，陆压脸色变幻几下，还是鼓了几下掌道："不错。"

段佳泽再拿去和黄芪他们讨论了一下，然后在网上征询意见。

虽说陆压、有苏的人气都很高，但是粉丝们自己也分析了，陆压是私人宠物，物种不明，对儿童来说也没什么亲和力。有苏倒是有了，但是北极狐稍显普通，还略带迷信色彩。

奇迹为什么叫"奇迹"，它可是灵囿创造的一个奇迹，再合适不过了。

段佳泽找了设计公司，以奇迹为原型设计吉祥物形象。

这件事段佳泽还和奇迹说了，奇迹很开心，问段佳泽是不是会在门口放一个五米高的它的雕像，段佳泽说没有。

设计公司出了几个方案，连夜发给段佳泽，段佳泽早上起来时，就迫不及待地用手机看了一下。

看着看着，段佳泽就觉得陆压不知不觉贴过来了，不愧是三足金乌，他眼皮也没抬说道："哥，现在都七点半了。"

陆压露出回忆的神情："儿时我父亲排演了一个周天星斗大阵以镇妖族，集齐了三百六十五名大罗金仙，以太阳星与太阴星为阵眼，上应周天星辰，借星辰之力……"

陆压很少主动提起自己小时候的事情，更别提他父亲了。这是要谈心的节奏啊，段佳泽赶紧放下手机，认真听陆压说话。

陆压一低头："我父亲教了我一点儿，不然我让太阳星暗一点儿吧？"

段佳泽："……"

142

小苏很郁闷，最近也不知道是怎么了，园长早上老不出现也就算了，灵囿都发展到这个地步，没啥大事园长完全可以睡大头觉。至多呢，也就是他们找园长得注意一下时间。

但是，陆压鸟也要疯，小苏老找不到它。之前它就经常"缺勤"了，那时候小苏想的也是，这是园长的鸟啊，出去玩园长不在意就可以了。

可那时候，好歹该出现的时候还会出现，现在直播的时候都会放鸽子了。小苏好几次就是看到陆压的身影，举着手机追着它跑："陆压！陆压！你带上手机啊！"

网友都要笑疯了。

他们不知道这是什么情况，想看陆压直播是一回事，但是看到小编追着鸟跑，让它带上手机也真的很好笑……

小苏只好去找园长告状，园长这才说，以后直接把手机送到他这里来，被陆压很不满意地啄了一下。

小苏一走，陆压就变成了人形。

段佳泽说他："你也不能太过分了啊，连直播都不在了。平时老是翘班也就算了，一天一天见不到影儿，游客怎么办？其他同事怎么想？"

陆压一副他才不管其他人的样子，还抬了抬下巴："本尊都和园长睡一个房间了，还需要考虑别人的意见？"

段佳泽："你这个样子不行啊，有苏那套早就被时代抛弃了，这样容易被推翻的。"

偶尔放水可以，现在动物园的动物多了，大家任务减轻，都比较宽松了。但是这个样子，不是自己推动大家八卦吗？要想偷懒，先睡园长？

陆压只好答应收敛一些，起码直播任务要完成。

段佳泽又拿隔壁有苏举例，看人家有苏，每次在直播中都认认真真吃饭，认认真真洗脸，认认真真睡觉……

陆压脸色明显不好了。

一看陆压的脸色，未免有苏又被碰瓷，段佳泽赶紧转移话题道："新来的小九也完成得不错，直播吃肉，也有一些爱好特别的观众蹲守。"

陆压冷笑不语。

那吉祥物形象，段佳泽琢磨半天还是无法选定。段佳泽向来是很有自知之明的，他觉得自己喜欢也不够，得目标群体喜欢，还是把缩略图发到网上征询了一下意见，最后选定了一个卡通形象。

这个卡通形象既是以奇迹为原型，也以奇迹命名。

以后，它就会出现在和灵囿有关的各个地方了。除此之外，段佳泽还制作了一批玩偶装，到时可以让一些人穿上，在动物园各处出没，让大家记住这个吉祥物，也制造一些乐趣。

这也导致后来大家非常喜爱，还封吉祥物为荣誉园长，最后园方也官方钦定了。

在下订单的时候，段佳泽忽然灵机一动，格外提了一个要求。

过了些天，待套装送来，就有工作人员穿上试了一下："别说，这企鹅装确实是胖一些，而且不好活动啊。"

这企鹅没有手，就两只翅膀，还窄窄的，相比之下，身体还特别圆，腿也短。胖不算什么，玩偶装都胖，主要是比一般玩偶装更加不好活动。虽说中间是空的，那也只是意味着重量负担不大。

不过看起来还是很可爱的，工作人员学了一下企鹅笨拙的走路法，不时拍打一下翅膀，就更加憨态可掬了。

其中一套比较小的玩偶装被段佳泽带走了，他回去后把玩偶装一放，对陆压得意地道："你看看这是什么。"

陆压震惊："你，你要我穿这个？"

段佳泽无语

陆压露出屈辱的神情："本尊宁愿一刻不差待在办公室，也不穿……"

段佳泽难以置信地道："你就不能先看看尺寸吗？你倒是想穿，你穿得上吗？"

这下该陆压无语了。

段佳泽把玩偶装拿起来："Ｓ号，知道什么意思吗？"

没错，这玩偶装也分了大中小号，员工有高有矮，大号的矮个子穿上都看不到外面了，反正是定做的，就多定做几个尺寸。

陆压这才知道不是要让自己穿这玩意儿，讪讪道："那叫我看什么？"

"给你儿子穿的，不能给你看一下吗？"段佳泽反问。

陆压：！！

段佳泽把玩偶装抖了一下："我那天突然想到，可以给奇迹穿这个，然后它也能'光明正大'地出来了，你觉得怎么样？"

陆压万万没想到还有这种玩法，可想奇迹会有多开心了："甚好，我把奇迹带来试穿。"

段佳泽："行，穿下哪里不合适，还可以返工改。"

这一天也是奇迹出生以来最开心的一天之一，虽说法术没成，没法混入人群，但是，这不还有土方子吗，穿上这个玩偶装，它也能在太阳下奔跑啦！

上一次奇迹在外头撒丫子狂奔，还上了热搜，现在好了，把这个一套，想怎么跑怎么跑。

被陆压带过来的奇迹，看到衣服后，刚开始还没明白过来，直到段佳泽他们帮它把衣服套上，它才兴奋地仰起脖子大叫："哦哦哦——"

"别叫了！"段佳泽捏住它的嘴巴："让人听到又以为我看企鹅纪录片了。"

奇迹眼睛兴奋地转着，点头。

段佳泽把玩偶装的拉链也拉好，这个是他定做的，有些和正常玩偶装不一样的设计，除了大小尺寸贴合奇迹之外，头套也方便戴一些，且可以和下装锁好，掉不下去，以防暴露身份。

这也多亏了奇迹足足有一米五之高，它要是一个一米高的企鹅，那段佳泽也没办法了。

和其他人不一样，别人穿这个中间是空的，奇迹穿上就像贴身衣服。

穿上玩偶装后，奇迹就一米六往上了，卡通形象脑袋也挺大，而奇迹脑袋稍微小一些，从玩偶嘴巴下面的小小开口里看东西就没什么障碍了，还能在里面扭头呢。

"方便吗？"段佳泽在奇迹身边走来走去。

奇迹表示，虽然不像在外头一样视野那么宽广，但是勉强也够用了，大不了多扭头。

"那就好，以后不定时呢，就出来放个风。"段佳泽觉得从外面看真是天衣无缝。奇迹被三足金乌养大，还挺喜欢外面的，但它顶多也就在段佳泽他们房间了。既然不怕热，想辙出去玩也不错。

赵昭路是灵囿动物园的一名员工，他在极地海洋馆工作，主要负责和自己的同事们一起管理游客秩序，以及其他一些杂务。

最近，他还多了一项工作，这个工作是有奖金的，要每隔一段时间，穿上动物园新吉祥物企鹅奇迹的玩偶装在展馆内和周边晃几圈。

在正式上岗前，赵昭路还接受了小小的培训。和赵昭路一起接受的培训的还有其他十几个同事，毕竟他们动物园这么大，不可能一个吉祥物到处赶场子，也没有专门雇，自愿报名。

培训内容就是关于该怎么扮演这个吉祥物，不可以随意在游客面前摘下头套，以及用什么样的合影姿势等。这个奖金，拿得也真不是特别容易啊。

这天，赵昭路再次套上了玩偶装，他先到外面去晃一圈，完了赶紧回来吹空调。

一出去，外头还在排队检票的游客就发出了欢呼声，尤其是小朋友们。经过一段时间的宣传，大家都知道灵囿多了个吉祥物。

还有人喊赵昭路："奇迹！奇迹！"

赵昭路就转了几圈，摆了个姿势给小朋友们拍照。

但是，就连这玩偶的原型都特别容易摔跤，何况是玩偶呢，饶是里面装着一个比企鹅灵活的人类，但在这短腿限制之下，稍不小心迈步节奏不对，也会导致赵昭路趴在地上。

他都习惯了，在游客们的哄笑声中淡定地爬起来。就这，也属于还原性格好吗？看了帝企鹅就知道它们多容易摔倒了！

他们这些人，哪个不是玩偶装里戴着护膝啊，再加上厚厚的外壳，就跟真企鹅一样经摔。

就是爬起来也有点儿费劲，因为腿短，翅膀也不是很方便。

周围的游客还在拍照、录视频，一个摔倒的吉祥物，还真比好好站着卖萌的吉祥物更让他们觉得好玩。

企鹅身上还有一个小包，赵昭路爬起来后，就用翅膀拍拍身上，迈着八字步走到游客们边上，把自己的包给掀开了，摇晃着身体，示意他们往里面掏。

游客往里头一掏，就掏出棒棒糖来，没想到还有这样的福利，开心得不得了。

赵昭路送了一部分棒棒糖出去，就赶紧关上包包，对涌过来的其他游客摆摆手，又抱着包包，用肢体语言表示"我也要没了"。

这就是值不了多少钱的棒棒糖而已，但是拿到的游客开心极了，心情一下都好了不少。没拿到的遗憾，却也不至于生气，惋惜地退了回去。

就这么一会儿，赵昭路已经觉得很热了，还是场馆里头冷气足，舒服。他赶紧往回走，还冲大家招手，示意在里面等大家，快进来哦。

走到一半，赵昭路竟是从开口里看到一边的花坛上坐着一只奇迹玩偶。

他视野狭窄，刚才顾着和游客互动，竟是没发现又来了一只奇迹。按理说，大家都有自己的范围，不过这也不是硬性规定，你真想跑到门口去跳舞也没人拦着你。

但是这位同事坐在那儿，让赵昭路觉得有点儿奇怪，就转了个方向，走过去。

游客们有些也是刚刚才发现那边还有一只奇迹，有些好奇地看着他过去。

赵昭路走到这只奇迹面前，戳了一下他，小声道："哥们儿，怎么了，没事吧？"

他也不知道底下是谁，灵囿那么多员工，还要加上酒店的人，他连每个人眼熟都做不到。当时一起培训的，也不是都认识，不过，大家总归是同事，就算不熟，他过来关心一下也是应该的。

坐着的同事抬起脑袋看了一下，没说话。

"不会受伤了吧？还是太热了？要不你到我们馆吹下空调吧。"赵昭路看他可能心情不好，招呼道。

这位同事晃了晃脑袋，站起来，好像是答应了。

"来吧。"赵昭路领着他走。

靠近游客赵昭路就不说话了，但是，他看着这位同事，总觉得对方动作不是很标准。出现两只企鹅，小朋友看到他们不一样的身高，便说这是企鹅爸爸和企鹅儿子。

路上，赵昭路上台阶时还摔了一下，又引来一片笑声。这一次其实是他有意的了，说是摔，其实就是在台阶上坐一下，再往下爬。嘿，游客不是喜欢看这个嘛。

而这位同事呢，则非常木讷，原地转圈左看右看，继续往里面走，一跤也没摔。

进去之后赵昭路把他带到空调口下吹风："这样吹进去的风够吗？不然我们去办公室？"

对方摇摇头，示意不用。

赵昭路乐了："你还不说话啊？哥们儿……或者你是女同事吧，看这个个头像。你咋这么敬业，没人听咱们说话的。"

对方还是不理他，还伸手拨弄起墙上的装饰植物。当然，看上去她就是在用翅膀戳戳。

"咳咳。"赵昭路可以肯定这里面一定是位害羞的女同事了，想想当初一起培训的少数女同事好像都很漂亮，就说道："其实我觉得，你的动作不是很标准哦。"

胖企鹅一下子转头看了过来。

虽然黑洞洞的开口里面啥也看不清，但赵昭路还是觉得对方在犀利地盯着自己，他挥舞着翅膀道："我这么说你不会生气吧？我也是为了你好，下次要是被领导看到怎么办？培训的时候不是教过吗，要仔细观察帝企鹅的动作，身体摇摆起来，步子碎碎，走动时最好有一个前倾的动作……"

赵昭路说得来劲儿了，翅膀都要竖起来了："你太小心了，好像总怕摔倒。我告诉你，不要怕，企鹅老摔，摔倒就是奇迹的标志。你领了护膝套装吗？有时候我还故意摔一下呢，诀窍就是你自己拧一下，你在里头屈膝没人看得到，然后这么一倒……"

赵昭路将自己的经验——说出来，鼓励同事大胆一点儿，不要老不敢动，怕摔倒。

说着说着，几个远远看他们的小朋友磨磨蹭蹭走了过来，赵昭路赶紧闭嘴。

小朋友们抬头看着赵昭路："企鹅爸爸，我们可以抱抱你儿子吗？"

赵昭路缓缓摇头。

好气啊，不能说话。

赵昭路比画了一下，她不是我儿子，我也不是她爸爸，我们都是奇迹，一个是大号奇迹，一个小号奇迹。

小朋友们迷茫地对视一眼："你在说什么呀？"

赵昭路一番激烈的比画，他们什么也没看懂，赵昭路只好垂头丧气地指了指同事，表示你们去吧。

这个他们看懂了，笑着扑向另一只玩偶。这只企鹅虽然比赵昭路矮一些，但对孩子们来说，还是很高大的，他们放心地扑向了大玩偶。

胖企鹅两只翅膀在前挥了两下，惊恐地退了两步，然后脚下一磕碰，一下就坐地上了。

"哇！"小朋友们反而更兴奋，扑在胖企鹅身上，简直就要骑上去了。

赵昭路目瞪口呆，刚才坐的那一下太狠了，看得他头皮发麻，就算屁股后头还有一层玩偶装外皮垫着，也不够吧？

赵昭路赶紧过去救她，他又不敢对小朋友动作，也没法说话，就用翅膀尖轻拍小孩，挥动翅膀示意他们下来。

玩疯了的小朋友哪管他啊，抱着玩偶哇哇叫。胖企鹅躺在原地，一副生无可恋的样子。

不一会儿就把工作人员和游客都招来了，游客们看到有个玩偶被小孩淹没，旁边的同伴在手足无措的样子，都哈哈大笑，觉得特搞笑。

工作人员则冲过来把小朋友抱起来，汗道："小朋友，请不要欺负吉祥物哦。"

工作人员和赵昭路一起把同事给扶了起来。当然，赵昭路只能用翅膀扶一下，小声道："你没事吧？屁股疼不疼？"

可怜的同事还是没说话，但赵昭路也察觉到自己失礼了，怎么能问人家姑娘的"屁股"呢？

虽然隔着玩偶装，但大家还是察觉到了里面的人的畏惧之情。胖企鹅看了看那些小孩，也不呼痛，就往外走。

赵昭路追了几步，对方这会儿倒是走得快了，比他快多了，走到了门口时还摔了一跤，又特别麻利地爬起来，继续往外走，堪称落荒而逃。

他郁闷死了，还没搭讪一下呢。

不过，之前是太急了，这会儿倒是觉得，这姑娘真的好可爱啊。这么一想，赵昭路就更加后悔没能搭上话了。

关于灵囿吉祥物遭小朋友"围攻"，被淹没的视频和图片被当日围观的群众们发到了网上，然后艾特灵囿官博。

管理官博的编辑转发：关爱吉祥物，人人有责……

评论：

"视频最后笑死我了，吓得小奇迹屁滚尿流，还摔了一跤。"

"被小孩践踏的时候，旁边的奇迹超急，隔着屏幕都感受到了，救不了啊哈哈哈哈……"

"哈哈哈哈刚开始还扭动一下，后来直接躺那儿了。"

"这个玩偶是真的胖，特别还原，估计里头根本不好动。"

"这不行啊，以后万一和别的动物园吉祥物打架岂不是稳输？"

"喂喂为什么要打架啊！"

"是不方便，一不小心还会摔倒，连小孩都跑不过，惨！"

"看了这个视频，我有一个大胆的想法……"

"哎呀我去，这个是我鹅子吧，哈哈哈哈怎么傻乎乎的。"段佳泽看着视频上的身影，虽说穿着企鹅装的人很多，但是矮个子的不多，而且这个跑步的姿势，他可以确认是奇迹，否则就白当这个爹了。

也就段佳泽认出来了，其他人都在讨论这个是谁。

唯一和奇迹相遇了的赵昭路都没听过对方说话，他还想打听一下是谁，结果可能是因为太丢脸了，还被广大群众都知道了，谁都不肯承认。

还有人认为，这上班时间跑到别的场馆去，说不定根本就不是他们中的一员呢。这不，玩偶装做了一批，每人一件还余有备用的呢。

这也很有道理，那范围不就更大了，可惜互相猜疑了一番，最后也没找出来到底谁是那个倒霉的吉祥物。

赵昭路一直在偷偷观察，谁像是那个企鹅。这天他和旁边一个女同事尤冰一起到大门口欢迎游客，顺便给宣传人员拍照。他就觉得，尤冰有点儿可能。

首先个头差不多，其次尤冰也不爱说话。他还听说，尤冰好像有男朋友，这就更说得通她不愿意和赵昭路多说了。

赵昭路甚是可惜，但也没办法啊，名花有主。

回去的时候，两只企鹅沉默地走在路上，尤冰不爱说话，赵昭路现在也不好意思搭讪了。

走到一半，旁边岔路又拐出来一个奇迹玩偶，看到竟然有个队伍，愣了愣，然后默默走过来，加入他们。

赵昭路看看这个玩偶的个头，总感觉也是个女的，和她打了个招呼：“回去哈。”

虽然他也不知道这位去哪儿，有什么事，随便打个招呼呗，不然太尴尬了。刚刚他和尤冰就够尴尬了，赵昭路最不喜欢尴尬的气氛了。

赵昭路扭头看着她，总觉得这个动作有点儿熟悉。正是这个时候，他们已经到了尤冰工作的地方，尤冰还没动呢，那位新来的同事往里走了几步。

赵昭路觉得好奇，难道她也在这里工作？还没等他说什么，斜刺里冲出来一个男人，拽着一只企鹅就走，口里还激动地喊：“尤冰！你不要再躲我了！”

那企鹅被他拽得腿都拖在地上了，那个男人仗着人高马大，又是亢奋之下，竟是半拖半抱着对方迅速移动。一个大男人拖抱着一只毛绒大企鹅往前跑，情景十分诡异。

更重要的是他抱错人了。

赵昭路和尤冰有点儿傻了眼了。

赵昭路穿着玩偶装也跑不了，他“卧槽”了一声，对旁边的尤冰道：“那是你……朋友？”

眼看着对方拖错人的尤冰也有点儿无语，她点点头道："我前男友，你跟着，我去叫人。他练过，很危险的。"

说着，尤冰迈着企鹅步往展馆里快速走。

赵昭路也管不了什么规定了，看人都要跑得没影了，周围游客也不多，赶紧一脱玩偶装追了过去。赵昭路现在有种预感，她就是自己之前遇到的那个企鹅妹子。

没错，是她而不是尤冰，那个姿势真是越看越熟悉，刚刚一急他才想起来。

那么柔弱，被小孩一推就倒的妹子，竟然让激动的壮汉给架走了！赵昭路觉得自己一定要及时阻止，免得出什么意外！

143

王飞明，也就是尤冰的男朋友，身高一米八八，曾经练过拳击，前不久尤冰以"三观不合"为由和他分手了。

但是王飞明觉得太儿戏了，什么三观不合啊，他不就是在尤冰工作的地方，趁她不注意给动物喂东西，还有下班时间要带她去吃野味吗。

那动物没吃下去，尤冰也没去吃啊！

结果尤冰和他吵了一架，两人冷战几天后，尤冰就说想清楚要分手，还联系上以前一些小事，让王飞明觉得更无语了。

凭什么啊，你说分手就分手，我还没同意呢。王飞明电话、短信、微信轰炸了一遍，尤冰都没理，周末也不回家了，就躲在单位，气得他直接找来了。

以前王飞明来这儿，都是尤冰打个招呼，同事放他进来。现在同事看到他就尴尬地笑，也不说放他进来，估计尤冰打过招呼了。

但是这没用，他们单位是个动物园，王飞明买票就能进来，尤冰倒是想躲，她这个工作能躲得成吗。今天尤冰还扮什么玩偶去了，所以王飞明稍微等了一会儿，人一出现，拽着就跑。

王飞明也是有些激动得，跑了一段路才觉得，尤冰怎么这么重了啊！还是说，这衣服有这么厚重？

饶是王飞明力气很大，这会儿也有点儿吃力了。所以他也没有跑得特别远，而是找了个角落，把尤冰推过去。

王飞明还真没想过这不是尤冰，她要不是尤冰，能不开口说话？

"小冰，尤冰！你还躲着我吗？"王飞明一手撑着墙，把尤冰困在怀里，有点儿激动地道。他太累了，汗珠子都往下掉。

"尤冰"上下看看他，没说话。

王飞明陷入了自己的情绪中，也没觉得不对，摇晃着她的肩膀道："你凭什么和我单方面分手，你对得起我吗？你根本就是找借口，那么一点儿点小事，还上升到三观的地步！不就是吃点儿鸟肉吗，我怎么知道还是保护动物啊！"

"尤冰"一听，本来随着他摇动的身体顿时往后靠了，诡异地看着他。

王飞明还在兀自激动："嗯，你说话啊？？？"

"尤冰"不但不说话，还一个用力，把脑袋砸了过来，撞在王飞明额头上。套装是软的，但里头不是，而且……

这简直是一股巨力啊！

王飞明一下就被撞得后退八步，一屁股坐在地上，捂着脑门，只觉脑袋发晕："卧槽！"

尤冰娇小玲珑，要是变重了还能说是玩偶装加成，这个力量就让王飞明醒悟过来，这绝对不是尤冰。

眼看这家伙摇摇摆摆要走开，王飞明顶着头晕爬起来，一把将其推倒。这企鹅就拿两个翅膀拍他，还挺疼，他忍着疼去拉企鹅的头套："你他妈谁啊！"

拉了几下没拉下来，也不知道有什么机关。王飞明怒了，没找到打开的方法，就去扒拉企鹅嘴巴下面视物用的口子。可是这玩偶装够结实的，小口子撕也撕不开。

而且到这个时候了，这家伙还是不说话，让王飞明无名火起，格外暴躁。

这时候，王飞明还听到远处有人在喊："尤冰！尤冰你在哪儿？！"

那就是赵昭路了，他也不知道企鹅装里面是谁，所以喊尤冰的名字，希望对方听到可以回应。动物园里展馆植物之类的多，一时半会儿他也看不到人在哪儿。

虽说有人在喊，这企鹅还是不吭声。王飞明非常生气地提起拳头，反正这绝对不是尤冰，但这家伙太讨厌了，先揍一顿再说，不能白来！

王飞明一拳头要砸下去，却是停在半空中，被人用力握住了。

以王飞明一拳的力道，这人居然能够稳稳握停住他的手，这可不简单！

他虽然是业务练拳击的，但拿过业余比赛的冠军，普通人别说拦他，能近身都不错了。

当时王飞明心里就闪过一丝惊讶，回头一看，却是一个长相十分俊美的男人。他头发里夹着几缕金红色，脸色冰冷，握着王飞明的手腕一甩，王飞明就被掀开了。

王飞明觉得自己在他手里，就像个手绢似的，轻飘飘就甩开了，而且连反应的时间都没有。这种情形在王飞明的记忆中，还真没发生过。

虽然瞬间心底已经知道自己肯定打不过对方，但王飞明好强，输人不输阵，他嚷嚷道："哪来的杀马特啊，别妨碍老子！"

这人眉头一皱，令人震惊的是，他相貌堂堂，出手却非常粗鲁，连句话都不说，就把他的脑袋往地上一按。

"砰"一下，王飞明头上鲜血直流，他眼睛都瞪大了："你……我要报警了！"

这时，旁边那只企鹅仿佛找到什么倚仗似的，也一下爬起来，伸着大脚丫往王飞明身上踩，还特用力。

那么重一脚踩在胸口上，当时王飞明就眼前一黑，想吐血了。

男人揽着企鹅，安慰般拍拍头。王飞明这才明白，他们肯定是一伙的，自己可能找错软柿子了……不对，就凭那个重量，估计也不是"软柿子"。

眼看企鹅还想踩，王飞明往前一爬大喊道："来人啊！救命啊！"

他在心中庆幸，幸好自己嫌吃力，没有把企鹅带去更远的地方，肯定有游客会听到他的呼救，等来人他们就不敢动手了。

企鹅气死了的样子，翅膀一扇一扇的，然后翅膀在颈后动了动，不知做些什么。接着往前几步就地一坐，面对着王飞明，两只翅膀夹着头套时，往上一提。

当王飞明意识到他——力气这么大应该不是女孩子——要摘头套，眼睛立刻就瞪大了。

他还真想好好看清楚，这王八蛋的脸到底长什么样。

企鹅气呼呼地将玩偶头套往上一提，就露出了自己毛茸茸的脸，圆圆的眼睛和尖尖的嘴巴。

王飞明瞬间双目圆睁：这他妈什么玩意儿？

企鹅头套之下，还是一颗企鹅头？！

正想着是不是仿真头套，这企鹅脑袋扭了扭，一张嘴发出"嘎"的一声，仿佛在问他惊不惊喜。

王飞明一声都没吭，本来就身心受创的他眼睛一翻，一脸是血地晕过去了。

赵昭路因为脱衣服耽误了功夫，跟丢了人，到处找，还问游客有没有见到人，结果都说没注意。

那么大一只企鹅，你们怎么就没注意呢？！

但是赵昭路也没法和游客发脾气啊，他只好自己一边喊一边找，心中是很急，为什么一点儿动静也没有。

这时候尤冰也带着同事追上来了，她脱了玩偶装，气喘吁吁地跑过来："人呢？"

赵昭路垂头丧气地道："没跟上。"

尤冰赶紧把手机拿出来，从黑名单里拖出王飞明，然后打他电话，但是王飞明早关机了。

就在他们准备分头找一下，并通知其他同事之时，忽然听到了王飞明的喊声："救命啊！"

"那边！"赵昭路眼睛一亮，直接冲过去了。

其他人也跟着往那个方向冲。

唯独尤冰在原地呆立了一会儿，难道只有她反应过来不对了吗？为什么是王飞明在喊"救命"啊？

赵昭路带着焦急冲到了那地方，只见尤冰那个特别高壮的男朋友躺在地上，头破血流，人事不省，旁边则站着企鹅妹妹，还有一个他意想不到的人——陆压。

这和他想象中的画面还真不一样，尤其是那个壮汉凄惨如斯。

陆压正揽着企鹅妹妹说话，对地上的人视而不见……好吧，看情况地上这位可能就是被陆压揍翻的。

赵昭路属于比较后进灵围的员工了，和陆压也就见过面，没说过话，但听说过很多八卦，园长那些朋友可都是他们饭后谈资啊。

这会儿赵昭路都呆了一下："陆、陆哥？"

一瞬间，赵昭路想到了很多，看样子，这个企鹅妹妹可能真的不是他们受训员工中的一个。他们那些人里，并没有和陆压很熟的啊，看陆压这个姿势，赵昭路的记忆里，陆压极少和人身体接触。

再接下来，赵昭路就想到了陆压和园长的亲戚朋友们……

如果这是陆压或者园长的姐妹，那就很说得通了。

那些不都是大美女吗，一说话就能听出来，难怪一直不吭声，可能是怕被发现自己穿着企鹅装玩儿。

女性就那么几个，赵昭路瞟了企鹅妹妹——或者企鹅姐姐几眼，推了一下其他也呆了的同事，尤其是尤冰，她已经傻了。赵昭路蹲下来摸了下王飞明："这得送医院吧？看样子搞不好要缝针。"

陆哥真是太暴力了，把人揍成这样。

陆压却是冷冷道："送到医务室就行了。"

一个同事傻傻地道："咱们医务室医疗条件还不够吧……"

虽说白姐已经是出了名的神医，也学过西医，但也没有缝针的条件。

陆压："谁说要救他了？"

众人一时谁也不敢出声。

陆压逼视了一圈，所有人都抖了两下，愣是没有一个敢反对的。

沉默了两秒后，大家默默迅速把人抬起来，送往医务室。

段佳泽是收到赵昭路的小报告才赶过去的，刚好在医务室堵住他们，他还把白素贞带来了。

白素贞单手把人拎进医务室，段佳泽则是安慰了一番尤冰。

尤冰本来都在惊恐地想陆哥到底要干什么，看到园长后安心了许多。园长看起来可比陆哥靠谱多了，陆哥一副要杀人灭口的样子，其他同事都快以为自己要做帮凶了，但是谁都不敢反抗。

尤冰把事情经过讲了一遍，这事是因她而起的，王飞明以为企鹅妹妹是她才把人拖走，当然，头破血流就是自己作的了。

"没事，他以后不敢来骚扰你了，回头让人和他谈谈。"段佳泽说道。

尤冰："谢谢园长。"

这个时候，医务室里不知白素贞怎么把人弄醒了过来，王飞明声嘶力竭的声音透过墙隐隐传出来："企鹅！企鹅！！企鹅啊！！！"

不约而同，他们都在心底想，陆哥到底对王飞明做了什么？都吓成这样了，真是让人不寒而栗！

接下来大家也没什么好待的了，虽然他们很想看看戏，但都依依不舍地离开了现场。

等人走了之后，段佳泽把还想进去的陆压拦住了："你把人怎么了？"

这回陆压可是无辜的了，他难掩幸灾乐祸地道："我就推了他一下，是你儿子把头凑过去，摘了头套。"

段佳泽明白了！

他就说那人为什么一直在喊企鹅！想想那情形都够诡异，一个穿着企鹅玩偶装的家伙，把头套一摘，里头还是个企鹅头，就跟套娃似的，难怪把人吓成这样，也不知道奇迹跟谁学的这种招数。

段佳泽把奇迹给揪了过来，黑线地道："你这个坏家伙。"

奇迹把脑袋顶在段佳泽怀里，撒娇地摇晃起来。

段佳泽也无奈了："行了，以后注意一点儿，这次刚开始也不怪你，但头套以后不许摘了，万一另外有人看到呢？"

奇迹也不知听进去没有，低声喊了一嗓子。

这里头王飞明的声音已经停下来了，段佳泽开门和白素贞打了个招呼，不能这家伙把事情说出去，不管是给他弄失忆了，还是下个咒不让说。

对了，回头还得送警察局去。陆压还想把人再整一顿才带回来的，他打算直接把人送进去蹲几天，虽说有了奇迹的"教育"，这人以后可能不敢骚扰女孩，也不敢再进动物园了。

"走吧，这件事就到此为止了。"段佳泽走在前，陆压和奇迹跟在后面。

段佳泽越想这事儿越奇葩，哼起歌来："如果你愿意一层一层一层地剥开我的皮……"

陆压和奇迹都觉得段佳泽有点儿莫名其妙。

.

警察来了一趟，还请尤冰和赵昭路做了笔录。王飞明头上裹着纱布，脸色极其难看地进了局子，刚开始尤冰看他脸色还很害怕，不过后来，王飞明就再也没出现过了。

赵昭路则改换方向，继续观察了一下企鹅妹妹，他觉得"企鹅妹妹"有可能是小卫。园长那些亲友里，女性本来就不多，想来想去，也只能是小卫了吧。

这个脑袋后面染得五颜六色的女孩长得清丽秀美，平时就不太爱说话，大家只知道她很喜欢打水漂，是园长朋友家的小孩。

赵昭路很失望，虽然小卫长得清秀漂亮，但是才十几岁，半大孩子啊。唉，没希望，没希望。

"喂，老赵，发什么呆呢？给我帮个忙呗。"一个饲养员推了下赵昭路。

赵昭路这才回过神来："什么事啊？"

饲养员指了指桶子："大白有点儿事，你帮我一起去喂个企鹅呗。"

"哦哦。"赵昭路主要负责引导游客，平时闲下来也这里那里的忙活。看游客不多，还有同事盯着，就义不容辞地帮忙去了。

赵昭路换上衣服，和饲养员一起进了企鹅区。冷气袭来，零下的环境即使穿着防寒服也冻得够呛，饲养员拿着桶子去喂企鹅，让赵昭路帮他打扫一下。

赵昭路慢腾腾地拿了工具来，开始清扫。

他不时还看一眼饲养员喂企鹅，觉得还挺有意思的，他一般也是隔着玻璃看看企鹅，还没有这么近地接触过呢。

不过这些企鹅只和拿着食物的饲养员比较熟，对他这个陌生人就敬而远之了。

别看这些企鹅和游客互动还挺多，真要没了玻璃墙，它们警惕得很呢。

赵昭路正想着，就看到奇迹绕出来了，从一个坡上滑了下来。这个企鹅被他们动物园，尤其是极地海洋馆的人戏称为"太子"，因为是园长亲自人工孵育出来的，一个个都喊儿子。

它也是赵昭路穿的吉祥物服装的原型，非常受游客欢迎，个头比普通企鹅高出几十厘米，可以说是企鹅中的巨人。

除了园长，奇迹和其他人即便是饲养员都不太亲，与其说是警惕，不如说是高冷，还经常传出欺压其他企鹅的霸道传闻。

这会儿，奇迹慢慢靠近，赵昭路心想它应该是要吃东西了，按照以前的习惯，那些企鹅都会让开，给奇迹先吃。它是企鹅们的头儿。

但是，奇迹滑到了饲养员附近后，却没有靠近饲养员，反而奔着赵昭路来了。

赵昭路一开始还不确定，后来发现奇迹直冲着自己，吓了一跳："它，它要干什么？"

饲养员一抬头也疑惑了，喊了一声："奇迹！"

奇迹哪里听他的，继续朝着赵昭路"冲刺"。

赵昭路忍不住往后退："干什么，干什么！"

企鹅即便冲刺，速度也快不到哪里去，架不住赵昭路慌了，奇迹可有一米五呢，体重更是超过他，嘴巴啄人痛不痛，看其他企鹅对它那么害怕就知道了。

赵昭路一慌之下，脚下一个趔趄，就摔坐在地上了。

奇迹瞅准时机，冲过来便泰山压顶一般，趴在了赵昭路怀里。

它还没直接砸下来，只是蹲下再往前趴，这重量已经让赵昭路翻白眼了："我靠——救命啊！"

饲养员早冲过来，推着奇迹："奇迹，奇迹，起来！"

他也吓得够呛，以为奇迹要袭击人，好在奇迹似乎只是很喜欢赵昭路，在他怀里蹭了蹭脑袋，就跟以前和园长撒娇似的。

赵昭路牙齿都在打架："它、它、它到底要干什么？"

"好像没有恶意，这是喜欢你呢。"饲养员笃定地道："你看，它蹭你了。"

赵昭路欲哭无泪："它好重啊！"

赵昭路一说完，奇迹就大叫了一声，大概在表达不满，吓得赵昭路不敢说话了。

饲养员劝了半天，奇迹才罢休，磨蹭着起来，拍着翅膀去吃东西了。

赵昭路惊魂未定，还听到饲养员酸了吧唧地道："想不到啊，你小子还挺讨太子欢心的，干脆调过来算了。"

他在这里养了那么久企鹅，太子也没有主动蹭他过呢。

赵昭路擦了把汗，没好气地道："你给太子压一下试试看？"

后来，觉得有意思的饲养员还拉着赵昭路去和园长说了这件趣事。

段佳泽看了赵昭路好一会儿，这不是老撞见奇迹，还和奇迹搭讪的那个员工吗。奇迹小孩子心性，估摸着也是想投桃报李，和他打个招呼，可惜他并不知道这个奇迹就是那个"奇迹"，遂忍笑道："鉴于其他企鹅躲着你，那可能是你比较有奇迹缘吧。"

赵昭路："……"

"慢点儿，慢点儿……"段佳泽蹲在跑道旁，看着两匹养好伤的马在吉光的带领下，小步走动起来。

它们之前在马戏团运输过程中腿受了伤，伤筋动骨，也是好得最晚的动物。伤口好了，里头筋骨没那么快长好，之前一直在医务室里走来走去，现在才能重新试着奔跑。

吉光在一旁友善地鼓励："唏律律——"

原来的两匹瘦马已经吃得丰满了不少，它们受伤后一直吃不下什么，马戏团因为团主入狱的事也没心情关照，驯兽员都觉得它们可能活不下去了。

但是来了灵囿后，它们又能进食了，现在看上去虽然还是比吉光矮小两圈，但已经健康多了。

这两匹马，一见到吉光就被折服了，吉光身上没有什么妖气，它就是天生的神马。正因为它是神马，飞黄和越影从血脉里对它臣服。

见面第一次，它俩就在徐新不解的眼神中，抵着脑袋对吉光表达敬意。

徐新还琢磨呢，这俩也很识趣啊，一看对方高大，连比都不比就认输了。

先是试探性地小跑，跟在吉光后头，吉光慢慢加快速度，它们也发力跟上去，并没有不适的地方，越跑越快。

"看来已经恢复完全了。"徐新欣慰地记录了一下："对了，园长，飞黄它俩怎么办呢？也在这儿跟着吉光打工？"

吉光在这里挂牌打工，那是有特色的，它跑得快，这两位再快也快不过吉光。而且，它们才从马戏团退役呢，段佳泽想了想，说道："把它们放散养区去吧，怎么开心怎么活。"

跑了几圈，吉光带着小弟们踢踢踏踏走过来。段佳泽拿了个苹果，让它们一马咬一口。

手机响了一下，段佳泽一只手拿苹果，另一只手去摸手机。

每匹马一口，这苹果就只剩一个核了，飞黄从段佳泽手里把剩下那点苹果也叼走嚼了。

段佳泽的手机上，凌霄希望工程却是发布了一个支线任务。

段佳泽浏览三遍后，平静地道："有没有纸巾？"

徐新："怎么了？"

段佳泽："我要喷肝。"

144

就园长说的那些个话，徐新觉得自己都听不懂，怎么就喷肝了呢。他一时间几乎没反应过来段佳泽是什么意思，这是开玩笑还是要犯病啊？

直到下一刻，段佳泽使劲揪自己的头发，他才回过神来，哦，形容词啊。

徐新忙不迭道："园长，怎么了，谁气着您了？"

段佳泽沉默半晌："嗯……陆压吧！"

徐新不解。

陆压就陆压，为什么加个"吧"，这是临时抓的吗？

但是一提起陆压，徐新就不便多说什么了，两口子吵架狗都嫌，他是跟着骂还是劝和都不讨好。

段佳泽看徐新一眼，也没想那么多，就是自己郁闷得慌："我走了，你继续记吧。"

段佳泽要走，被吉光咬住了衣角。吉光没有普通人族和其他派遣动物那么多顾虑，它这是安慰段佳泽，虽然它也不是很清楚具体什么事，只知道和道君有关。

"没事。"段佳泽心中一暖，摸了摸吉光的脖子。

走开后段佳泽长叹一声，说没事那就是安慰吉光，真能没事吗？看看希望工程都办了些什么事吧。

支线任务内容：园内久旷的三足金乌恋爱后心情反复，倍感空虚，情绪不定。请调节三足金乌心理状态，保证全园动物的身心安全。

任务奖励：扶桑木一截。

段佳泽第一眼看完就想问问，什么叫倍感空虚？请问这个数据是怎么得来的？

陆压还空虚，你这计算系统调查过他每天晚上都干了些什么吗就说他空虚？他也想问陆压，你凭什么觉得自己空虚啊，你是禽兽吗……哦是。

总之，这个任务，多的不和谐啊！

段佳泽足足看了三遍，琢磨了三遍内容，越琢磨越无语——奖励已经被他无视了，扶桑木就是三足金乌栖息的神木，相比起内容，这个真不值一提。

三足金乌就三足金乌吧，还久旷，就说打了很久光棍的金乌吧。后头也是，调节三足金乌的心理状态，是为了保证其他动物的身心安全呀？

但是，段佳泽还能怎么调节，这破系统怕是没想到园长和金乌的另一半身份二合一了吧，他只是园长，有权利安排陆压放假，爱怎么填补空虚怎么填补。

可你不能要求园长又上班，又满足那什么吧。段佳泽晚上的时间都贡献出来了，白天他真的没办法，他觉得可能是三足金乌的需求和人族不一样……

思来想去，段佳泽也不知道该怎么完成这个任务，这又间接关乎到全园动物的身心健康，不得不重视。

最后，段佳泽决定去找自己的军师有苏。不找陆压这个当事鸟，他怕以陆压的性格，指不定会有什么反应。

有苏扫了一遍任务内容，她也是全园动物的一员，神色顿时郑重起来。

段佳泽郁闷地道："姐你是知道的，好些回我早餐都没吃，啃的面包……"

有苏诧异地看了段佳泽一眼："园长，你怎么就想着这方面的事啊。"

有苏："道君是不是心灵空虚啊，你给他熬点鸡汤。"

段佳泽差点儿没背过气去："你……"

有苏看段佳泽不但一脸黑线，还臊得慌，笑嘻嘻地道："哎，开个玩笑，我的意思是还可以从别的路子着手。"

段佳泽汗颜，有苏给的启发确实很大，他也不知道为什么自己没想到那方面。

两人又嘀咕了一下，最后有苏在自己嘴巴上比了个叉，表示绝对不会走漏风声，让道君知道任务的具体内容。

今天段佳泽要外出，不过也不远，就在隔壁同心村。

同心村正在改建，要搞乡村旅游，市里准备到时候弄个节会宣传一下。现在正在赶工期进度，前两天也有通知说，市领导们要过来视察。

这是市里几个企业联合开发的，段佳泽当初也答应过参与，后来他的确投了一部分钱进去，虽说不多吧，好歹也是个小股东。

所以，那边一通知，段佳泽也过去了。再说了，他们视察完，肯定到他这里来吃饭的。

灵囿度假酒店建成之后，段佳泽去谈过，好几次市里开会都在他这儿。场地新、好，招待餐也好吃，环境更是不错，人家当然愿意，这也导致很多人顺势成为回头客。

段佳泽临要出门时一看，车都没了，这才想起自己忘了提前和人事打招呼，给他留车了。不过也没关系，这里离同心村近，段佳泽看了看时间，来不及走路了，就把吉光给牵了出来。

段佳泽也不是第一次骑马出去了，甚至不是第一次骑马去同心村。他坐在吉光背上，吉光一路小跑，他俩还有一搭没一搭地聊天。当然，吉光都是以马叫声和点头摇头回应。

市里公交车就到海角公园和灵囿这个路口，再往同心村里头，以前都是黄土路。现在，已经修成了水泥路，焕然一新，路边还种了两排花，深受村民好评。

段佳泽骑着高头大马在路上，不时也和路过或者田里的村民打个招呼，大家都有些习以为常了，之前还有人请段佳泽帮忙顺带过东西呢。

村民们倒是习以为常的，但是那些城里来的没有。

段佳泽快到同心村的时候，几辆轿车从后头开过来，正是今日来检查的市领导们的座驾。车窗被摇下来，里头的大小领导都一脸好笑地盯着段佳泽。

大老远，他们就看到前面有人骑着一匹高头白马在马路上跑，一开始还以为是养马的村民，直到有人说不对，看那头卷毛，好像是灵囿的小段园长啊。

段佳泽的发型，辨识度还是很高的，一说都认同了，对，是小段，但是怎么骑着马？开动物园也不带这样的吧？

"小段！"

段佳泽听到有人喊自己，这才回头，讪讪一笑，在马上打招呼。

轿车驶过段佳泽，留下一串笑声。

段佳泽一看，不能自己比领导还晚到啊，于是一催吉光，疾驰追上，几乎是同时到了村口同样新修的停车场。

段佳泽翻身下马，领导们也从车里下来，第一时间不是看看村子，而是感兴趣地围过来看段佳泽的马。段佳泽挠了挠头作不好意思状："园里车都进城了，我只好骑马代步。"

"嚯，离近了看更加高大了，这马一看就是好马啊！"说这话的也不知道是真懂还是假懂，反正一脸欣赏。

"我倒是觉得小段一看就是好小伙子，这年头能骑马的可不多，还骑得这么好。"

"没有没有，我骑得一般。"段佳泽谦虚地道，他是真心的，全靠和吉光沟通好。只要够相信吉光，谁都可以。

因为之前接待副省长，熊思谦的作用，大家对他透着一股亲近，这东海市机场可是都在建设中。

市长秘书一看领导笑容满面，还起哄道："小段来表演一个马术，有没有啥好看的招数。"

"别，别，我不会啊，这马和我关系其实也一般！"段佳泽一说，大家都嘴角微翘，觉得他有点儿小幽默。

吉光还很配合，段佳泽一说，它就一伸头张嘴咬住段佳泽的后领，然后抬头，几乎快把段佳泽给提起来了。

段佳泽手舞足蹈地把自己解救下来，众人已经笑成一团了，看他奉献了这么一出，自然罢休。

段佳泽大家沿着环村公路走了一截，然后进入同心村，负责人在一旁介绍工程进度。

现在大部分建筑已经完成，村民都入住了。村里还掘了个人工湖，修了亭桥楼阁，现在除了一些收尾工作，就是做绿化。所以虽然屋子样貌都不错，但因为到处都是黄泥，景色并不美好。

当然，大家完全可以比照效果图，想象一下实景。至少就目前来看，建筑和效果图还是差不了许多的。

"这边是广场，现在已经有很多村民喜欢在这里休闲，以后咱们办什么活动，也可以在这里搭台。"负责人指着一个现代化的广场给大家介绍，果然，有些无事的村民在这里聊天、跳广场舞之类的。

那些领导村民不认识，但是认识段佳泽啊，还和段佳泽打招呼。

段佳泽也挥手致意，就没过去聊天了。

待走到湖边时，指着那些仿古式的建筑，工程负责人又说："还有这些楼阁，其实不只是用来观赏，在我们几位老总，还有段园长的倡议下，已经和村里小学达成一致。他们会搬到这里面上课，我们还会提供一套设施。"

众位领导"咦"了一声，没想到还有这样的改动，在最开始的设计里，这些地方除了增加观赏性之外，就是出租给人开饭店。

不过大家都觉得这是好事，教育当然更重要。

负责人解释了一下投资方的意图："原来是想出租做酒店用，但是后来考虑到很多村民也会做农家乐，附近段园长那里又有个酒店了，人家有那个钱，可能更愿意去灵圃吃。再加上同心村小的条件一直不是很好，我们索性请他们入驻。我们还会提供课本，以及一些国学书籍，还有仿古式的校服，甚至在考虑帮助多聘请两位教师。"

负责人用平板电脑把照片调出来，给大家看了一下，是改良式的中式服装，当作校服，既不会与这里的建筑格格不入，又轻便，适合小学生穿着。

与起平凡无奇的饭店相比，这应该更能带给游客好感，还帮助了村里的学生，一举两得。

同心村的小学生，是灵囿严格意义上的第一批游客，直到现在，段佳泽依然保持着那个"传统"，每年免费邀请同心村小全体学生来灵囿参观一次。而且，现在的灵囿，每年都能带给他们惊喜。

他们全校就两个老师，因为地方比较穷，又不在城里，所以没什么人愿意来。但现在环境好了，还有人愿意出钱，就不愁没人来了。

这边市领导们听了也很是开心，夸赞了一番。

在同心村看了一圈后，行程自然是去灵囿度假酒店吃中饭。

大家走回村口，又议论起来。

"小段这马……是真的有灵性。"

"不错，没拴都知道待在这儿等人回来。"

吉光就站在路边等段佳泽，看到人回来，要抬起头叫了一声。

"那咱们就……该上车的上车，该上马的上马吧？"司机憋笑道。

其他人一个接一个上了车，段佳泽也在大家好笑的注视下上了马，一抬手："各位先请，我随后就到！"

"哈哈哈哈哈哈哈哈！"车内爆发出笑声。

有人摇了摇头道："这个小段，什么先请，就算让你先请，你四个蹄子还能跑得过我们车轮子？"

又是一阵笑声。

段佳泽骑着吉光不远不近跟在车后面，心想，你们可占大便宜了，那车要是有灵性，会得意死，自己居然跑过吉光了。

那些人不时回头看一眼，还笑说段园长在要掉队不掉队的边缘。

他们全然没意识到，段佳泽和吉光一人一马虽然落后，但是一直都是匀速前进，分毫不差。

段佳泽也就晚了两分钟到，没人察觉到不对。他早就安排了包间，一进去，立刻有热饭热菜上桌，刚好开吃。

不能饮酒，在座的就以茶代酒，推杯换盏一番，席间热火朝天。

饭后不免又夸一夸灵囿的菜，不少人表示，强烈要求灵囿承包他们单位食堂。

还有人说："说到食堂，灵囿的食堂都强多了！"

这位是去过的，一听他说，其他人也微笑起来："那咱们可得看看去，这是什么个强法，回去也和咱们食堂提提意见。"

别说，虽然好些领导平时很忙，但不时也会在食堂出现，吃个小炒，甚至就吃大锅饭菜。

大家心血来潮，还真让段佳泽带路，去他们的员工食堂参观："没事，我们就随便看看，别打扰员工们吃饭。"

段佳泽暗暗叫苦，他都没来得及报信啊，打不打扰的，有领导参观，可不得让大家注意一点儿。但是这边催着，他只好硬着头皮带路了。

这时候正是员工们吃饭的时候，进进出出的都是人。这个食堂都是扩大过的，不然没法容纳越来越多的动物园加酒店员工。

黄芪拿着饭碗出来，一抬头就看到段佳泽，脸上的微笑还没完成，又看到了旁边那一串人，顿时僵了一下。他二话不说，一副什么也没看到的样子，立刻转身进去。

段佳泽舒了口气，黄芪靠谱。

就这么短短几十秒时间，黄芪已经尽可能地把消息传达开了，在长桌间游走，小声通知大家。

一听有领导临时检查，大家赶紧收敛了一些。其实也没什么见不得人的，只是仪态、言语之间还是要稍微注意一点儿。

某秘书一挑门帘，领导们先后进入，好巧不巧，他们进去那儿靠着门就是派遣动物们。

这下可把人眼都闪瞎了，都是一愣，好几秒后才有人尴尬一笑道："段园长的员工都是一表人才啊！"

他们就顺势站在这一桌边，看看大家的菜色。

因为之前说不要打扰，所以段佳泽这会儿也没法开口。

派遣动物们呢，就更是淡定了，管这群大叔老头干什么，自顾自干自己的事情，该吃吃，该喝喝。这个劲儿，简直让领导们都有点儿蒙了，好歹他们和园长一起出现，这些人好像迟钝过头了吧……

陆压甚至还抬头问了一句："你吃完啦？"

段佳泽："嗯嗯……"

他扫了一圈，找熊思谦的身影，觉得熊思谦很适合出来缓解一下尴尬的气氛，可惜，也不知道是没来还是已经吃完走了。

这时候，其中一位领导也不知道怎么的，思路一拐道："那是，员工们一表人才，段园长也是啊，我记得段园长今年也二十好几了吧？上次听林业局的孙局说，你还是黄金单身汉呢，怎么样，我给你介绍一个女朋友？"

领导们都微笑着看向段佳泽，尤其是自己或亲朋好友家有适龄未婚女青年的。这个小段可是很不错，和临水观周主任关系那么铁，自己身家也丰厚。

这一看，他们忽然觉得有点儿不对，低头一看，却是旁边那一桌的人也齐刷刷看了过来。

……怎么，刚才那句话怎么了？

其实不只是这两拨人，黄芪悄悄散布了消息，食堂里的员工们都知道了，很多人都在悄悄看这边，只是离得远的听不到动静而已。

这就是机会了，段佳泽在心中想。

他一抬头，毅然决然地道："不用了，谢谢王局，我有男朋友了！"

领导们还没琢磨过来段佳泽这炸雷一样的话呢，就见段佳泽拍了拍旁边那个长得也特别帅的小伙子，把他的头摁了过来。

整个现场都安静下来了，而且是从有到无。那些一开始没发觉的人，慢慢看到后，也都呆住了，看着食堂一角的园长和陆哥。

虽然对于这两人的关系从隐晦八卦到全都心中有数，已是定论，但是，他们还真没有在大庭广众做出过这样的举动。这是头一遭！

领导们也忘了形象，表情略显呆滞地看着他们。

不是……你有男朋友就有男朋友，为什么要一言不合就秀恩爱啊？！

先前说了，因为段佳泽和周心棠的关系，以及灵囿本身，大家很有兴趣给他介绍对象。也正因为这些原因，就算他对象是男的，这些人也不会说什么。

可是你腻歪半天还不停就有点儿不像话了哦……

段佳泽好不容易把陆压撕开的时候，现场已经有点儿尴尬了。妈的，本来就打算证明一下，结果陆压这混蛋跟章鱼似的。

明明那么多人，但食堂里基本上只有电视的声音，静得可怕。

段佳泽一巴掌把一脸万语千言的陆压摁下去，自己也害臊地低着头，不敢看大家的脸色："咳……"

仿佛是被这一声惊醒了，市长秘书挂上若无其事的微笑："段园长还年轻呢……不过，在美食方面真是老饕，员工餐也这么精致？"

他把刚才发生的事，归结于"还年轻"，至于性别之类的细节就完全忽视了。

再一看，其他领导也已是一脸淡定，仿佛什么也没看到，尤其是喊着要给段佳泽介绍对象的那位王局长："唔，家常菜色，但是十分用心，和餐厅一样，返璞归真。"

一时间调羹、筷子的响动声也恢复了，食堂内又是一派热闹。

"时间也差不多了，咱们回程吧？下午还有个地方要看呢。"

随着一声提议，段佳泽也送各位出去了。他有点儿蔫，作为始作俑者，反而是看上去最不自然的一个。

临上车前，市长还想起什么，回身来拍了拍段佳泽的肩膀，一脸鼓励地道："年轻就更要趁着这股干劲，把产业做大做强，给咱们东海争光！"

段佳泽感受到了一个潜台词，不禁更加脸热，连连点头。

把人都送走之后，段佳泽蹲在地上抱头冷静了一会儿。

手机也适时地响了一声，段佳泽看都不用看，就知道是任务完成了。按有苏的话说，这可够陆压美了，他还有心思倍感空虚吗，别满足得天上出现两个太阳就行了。

段佳泽舒了口气，站起来往回走。

日子还是要过下去的，反正他作为园长，要秀恩爱员工们也只能憋着……

这时电话铃声响了起来，段佳泽摁通了："孙叔？"

孙爱平的声音在那头响起："佳泽，你和你们单位那个小陆在一起了？"

他看了看时间，这还不到五分钟呢，孙爱平都知道了。

段佳泽一边往回走一边说："对……对，不是误会……嗯，其实也有一段时间了，我不知道怎么和您说……回头见个面吧……"

等挂了电话，段佳泽也走回去了，可以看到陆压表情没怎么变，但是隐隐间有种容光焕发的感觉……也不知道是不是他的心理作用。

段佳泽面无表情地走回去，坐在陆压边上。

除了有苏，那些不知情的派遣动物都戏谑地看着段佳泽，不知道平时比较内敛的园长怎么会做出这样的举动。他们全然不知道，正是园长这个举动，拯救了他们。

陆压淡淡道："段佳泽，方才你有些过了，大庭广众之下……"

段佳泽扶着额头道："哥，你不觉得你现在有点儿过了吗？"

众位派遣动物心中想，确实有点儿过了，刚才园长不在的时候，到底是谁还得意地环视了一周，估计就怕有人没羡慕自己。

段佳泽才坐下来没多久，就发现连孙颖也发短信来了，可能是孙爱平转头告诉她的。

他低头一看，孙颖特别激动地说：我有个朋友在政府办……你和陆压？！

估摸着孙颖在上班，也不好打电话过来，段佳泽回了一个明天一起说，省得给他们父女各说一遍。园里的员工也就罢了，除此之外段佳泽也只需要和孙爱平解释一下了。

段佳泽看了陆压一眼，心里考虑着要不要把陆压带去。只考虑了三秒就认为这一次还是别带的好，免得陆压坏事，说起来他都没法想象陆压喊孙爱平叔叔……

这件事段佳泽就没和陆压说了，他又琢磨把扶桑木取出来，也不知道多大一截，就把奖励领取地点设定在仓库里，再点击领取。

看着陆压吃完了，段佳泽便抬了抬下巴："跟我来。"

此言一出，大家又诡异地看着他们：这才中午啊。

段佳泽："我去仓库。"

众人："仓库啊……"

陆压也说："仓库啊……"

段佳泽都想上手拧陆压了，但是这个动作太娘而且对陆压没什么杀伤力，只好在嘴角微抽之后，及时把陆压拽走。

这个时间仓库也没人，待段佳泽进来，就看到一截直径几乎有十米，高也有十米的木头。

陆压也讶异地"咦"了一声："扶木？"

"我做任务领的，就是没想到这么大。"段佳泽围着这截扶桑木转了一圈，还上手摸了一下。虽然看着像是木头，但是手感给人一种钢铁般的感觉，特别坚不可摧。

更重要的是，整块木头浑然一体，段佳泽忍不住道："扶桑树到底是有多大，这一截就这么粗。"

"这应该只是一小节树枝，扶木宽逾千丈。"陆压淡淡解释，他的本体就够大了，而当年十只金乌都能栖息在扶桑树上。

洪荒时期的东西还真是尺寸大，段佳泽摸着木头道："那这玩意儿摆在这儿会穿帮的啊，太大了。对了，你们当年不都栖息在扶木上，不如你拿这个做个床啊什么的。"

陆压盯着段佳泽。

段佳泽："你那是什么表情？哥你都多大年纪了，我只是说让你做个家具，你至于吗？"

陆压有点儿不爽地哼道："话都让你说了。"

段佳泽黑线，他本来就没说错。

炼化也是洪荒时修道者的必修技能，那时候哪像现在，要什么都得自己炼。陆压不做太子后独自漂泊好多年，自然也掌握了这个技能。

陆压将一截扶桑木炼化成了一整套家具，除了床之外，柜子、桌子、椅子等也一应俱全，房间里根本摆不下，也没法使。其中一部分，就搬到段佳泽的办公室，将他的旧办公桌椅给换了。

别说，陆压的审美还不错，那些家具都像模像样的，上面也有雕花。

不过，他雕的都是一些洪荒怪兽，看起来倒是别有一番风味，还按照人间习惯刷了漆，又迅速烤干，当天做出来当天就能投入使用。

新的来了，旧的就得去，段佳泽让陆压和自己一起把旧床搬去仓库。

陆压还特别不忿地道："我还需要和你一起搬？"

段佳泽平静地道："你一个人背着一整张床走来走去，像话吗？"

他们搬床被小苏看到了，小苏无意识地咬了咬手指，纠结道："园长，又换床啦……"

之前陆压弄塌过一张床，这床还是才换的。按这个频率，小苏总觉得园长消耗床的速度有点儿快啊。

段佳泽："你看清楚，这床没有损坏，我就是新得了一套手工的家具。"

小苏赶紧点头："哦哦，吓死我了。"

段佳泽心中叹了口气。

第二天，段佳泽就独自出门进城了，去了孙爱平家里。

今天是周末，孙爱平也不用上班，连带孙颖，都在家等着段佳泽，人一来便先照常让刘莉安泡了茶来。

刘莉安不太会掩饰，多看了段佳泽几眼。孙爱平也往段佳泽身后看，待他进来关了门后便迟疑地道："那个小陆没来吗？"

孙爱平和孙颖都是见过陆压的，但也就是几面之缘，不熟悉，只感觉这个小伙子不是很好相处的样子，孙爱平夫妇更是连他是员工还是朋友都不清楚。

"他有点儿事，下回吧，这次咱们聊。"段佳泽在沙发上坐下，喝了茶，老老实实道："孙叔，您想问什么，就问吧。"

孙爱平和妻女对视一眼，指着自己的黑眼圈道："不瞒你说，我昨晚是翻来覆去地没睡着啊。"

孙爱平向来把段佳泽当自家晚辈看，段佳泽听了也十分感动："让您担心了。"

"现在时代不一样了，你们年轻人想法和我们那辈都不同，昨天小颖给我解释了半天。"孙爱平抓了抓脸，不好意思地道："再说，你都在那么多领导面前公开了……这就叫覆水难收。所以叔现在就是想问问，这个小陆靠谱吗？"

孙爱平也知道，那些领导不会管段佳泽的私生活，他们只要段佳泽好好交税，增加工作岗位就行了。从他的角度来看，没有了外部干扰，只要着眼段佳泽的情感本身就行了。

段佳泽松了口气，原来孙颖已经给孙爱平做过思想工作了啊。他看了孙颖一眼，孙颖脸上也是带着微笑，这位可是玩过人妖恋的，他这个情况在不知道陆压身份的孙颖面前估计不算什么。

也难怪孙爱平关心陆压没来呢，原来是想考察一下，段佳泽赶紧道："您几位也见过陆压，他其实挺靠谱的，就是，我必须承认，他对待外人不是很有耐心。"

他先把脾气这出交代了，免得再问。要说靠谱，其实陆压确实很靠谱，基本上没掉过链子。

刘莉安也迅速进入家长状态，坐在段佳泽边上关切地问："他家里做什么的啊？还有些什么人？"

段佳泽本来以为今天的主事是出柜这件事，有点儿没防备，想了想道："他现在也在我那儿工作，只要负责鸟类一块，家里……其实他以前算是官二代吧。"

孙颖一下子想到，难怪脾气不是很好的样子，看着却像是家境很好。

孙爱平注意的点不一样，问道："以前？后来出事儿了？"

段佳泽点头道："嗯嗯，算是家道中落吧，所以现在家里没什么人了。"

孙爱平一下就脑补了很多，这两个年轻人家里都没人了，这方面有点儿相似，也难怪会走到一起，他一下子更加理解了。说句实话，陆压要是现任官二代，他还不放心一些，那两人在一起就太不靠谱了。

孙爱平刚要说些什么，家里门铃响了。

"我去看看。"刘莉安起身去开门，一下愣在门口，回头道："这个，这个是不是……"

其他人也扭头看，却见陆压一步踏了进来。

段佳泽："你怎么来了？"

刘莉安去动物园去得少，根本没见过陆压，她笑呵呵地道："我就记得你们说小陆长得特别帅，我就想这是不是小陆，还真是。"

陆压还喊了一声："阿姨，叔叔。"

段佳泽听到他喊叔叔阿姨，冷汗都要下来了。孙叔叔和刘阿姨可能想不到，就刚刚，他们的辈分已经晋升到女娲那辈儿了……

刘莉安和孙爱平都赶紧点头应了，又招呼陆压坐下，给他倒茶："哎呀，还是来了啊。"

陆压坐在段佳泽旁边，段佳泽小声又问了一遍："你怎么来了？"

陆压也小声道："我看你出门……这种事怎么能不叫上本尊？"

段佳泽闭上了嘴。

以段佳泽对陆压的了解，他觉得陆压的想法应该很单纯，就是不放过任何一个炫耀的机会。

但好在也是因为这个，陆压的态度都不像平时那么欠揍了，进门就喊叔叔阿姨，后头讲话也注意了段佳泽的眼色，没有露馅。

还挺出乎段佳泽意料的，就陆压这个鸟脾气，平时欠揍得很，今天表现倒是很不错。

孙爱平听段佳泽说陆压以前是官二代，待和他一聊，也特别相信这一点儿。虽然小陆说话还挺礼貌，但是有些细节是瞒不住的。而且看得出来小陆和佳泽关系很好，说话前总是看看佳泽才敢说。

他们还留了段佳泽二人一顿饭，临走前孙爱平拉着段佳泽小声问道："小陆他爸爸以前……得是省级的吧？"

段佳泽看了一眼正被刘莉安拉着，让带些点心回家去的陆压，干笑了一声道："还要往上。"

再往上，那不就是……

孙爱平"嚯"了一声，又露出深信不疑的神色，开始思考哪位姓陆，要不然就是陆压这名字是化名了。

段佳泽心想，我只说了往上，没说往上多少啊。